糖婚:
人间慢步

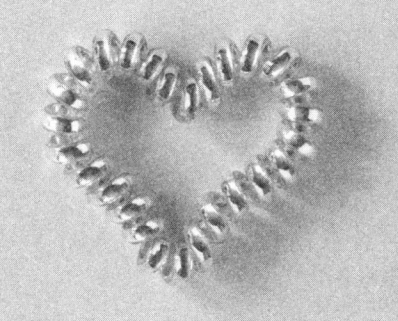

蒋离子 _____ 著

Tang hun renjian manbu

重庆出版集团 重庆出版社

图书在版编目(CIP)数据

糖婚:人间慢步 / 蒋离子著. —重庆: 重庆出版社, 2022.12
ISBN 978-7-229-17003-5

Ⅰ.①糖⋯　Ⅱ.①蒋⋯　Ⅲ.①长篇小说—中国—当代　Ⅳ.①I247.5

中国版本图书馆CIP数据核字(2022)第120789号

糖婚:人间慢步
TANG HUN：RENJIAN MANBU
蒋离子　著

责任编辑：袁　宁
责任校对：朱彦谚
装帧设计：徐　图

重庆出版集团
重庆出版社　出版

重庆市南岸区南滨路162号1幢　邮政编码：400061　http://www.cqph.com
重庆出版社艺术设计有限公司制版
重庆市国丰印务有限责任公司印刷
重庆出版集团图书发行有限公司发行
E-MAIL:fxchu@cqph.com　邮购电话：023-61520646
全国新华书店经销

开本：880mm×1230mm　1/32　印张：15.5　字数：380千
2022年12月第1版　2022年12月第1次印刷
ISBN 978-7-229-17003-5
定价：72.00元

如有印装质量问题，请向本集团图书发行有限公司调换：023-61520678

版权所有　侵权必究

Mulu

目录

第一章　　浓雾　/ 001

第二章　　天寒　/ 021

第三章　　凛冬　/ 041

第四章　　薄暮　/ 063

第五章　　大雪　/ 085

第六章　　朔风　/ 106

第七章　　春来　/ 128

第八章　　初晴　/ 149

第九章　　乍暖　/ 169

第十章　　维夏　/ 189

第十一章　残暑　/ 210

第十二章　白露　/ 230

第十三章　霜降　/ 253

第十四章　蛰雷　/ 274

第十五章　青阳　/ 298

第十六章　乱红　/ 320

第十七章　烈日　/ 340

第十八章　流金　/ 362

第十九章　浮花　/ 383

第二十章　幻月　/ 403

第二十一章　白藏　/ 425

第二十二章　玄冬　/ 447

第二十三章　归途　/ 470

第一章　浓雾

在这座网红城市，每时每刻都有新鲜事，一个热门替下另一个，一个热点盖过另一个，一个热搜压过另一个，在轮转和重复中，又好像根本没有什么新鲜事。

1

宥城的冬夜，冷冽如昔。

寒气裹挟着湿气，席卷了接近尾声的繁华。

一辆黑色SUV从主城区绕上高架，它将这样的繁华一帧帧抛诸身后，正朝着半山别墅区驶来，两盏车前灯似要冲破浓重的雾，却又刺进暗黑的霾。

睡眼惺忪的保安还未看清楚车牌号，大门口的自动升杆便利落抬起，将车放行。保安露出见怪不怪的表情，那车里，必是又一个晚归的业主。

保安叹了口气，如果他在这里有栋别墅，他每天一定早早回家。可是，有钱人呀，他们总是想要更有钱，他们也总是比一般人更忙碌。他们在他眼里，是尊贵的业主，但说真格的，他们忙得团团转的样子，和他前天掏的蚁窝里的蚂蚁并没有区别。

车子在16号别墅门口停下，一个裹着灰色大衣的女人走下车来。她背着硕大的单肩包,踩着笨重的马丁靴,但她闷青色短发下面那张脸,却是小巧而精致的。

16号的门开了,女人消失在这道门里。

门内自然是另一番景象,宽敞、明亮、温暖。挑高门厅的墙壁上,挂着女人的画像。画像里的她还是长发,挺拔的鼻梁却是一模一样。女人径直往客厅走去,一边走一边扔掉单肩包,脱掉大衣,甩掉靴子。

当她正式出现在客厅时,已是身着朱红色针织修身连衣裙,赤足踏地。她立在那里,环顾一周,天花板上的巨型水晶灯想是晃到了她的眼,她揉揉眼睛,软软地坐进了沙发里。

不多时,一个提着行李箱的男人从外边进了客厅,他清癯的面庞铺满倦容。女人没有抬头,男人也并不预备和她打招呼。但很显然,他们都是16号别墅的主人。

就在男人抬腿要上楼时,女人说话了。

她说:"回来了?"

他恍惚了一会儿,略略站定:"回来了。"

"刘瑞,手续要过段时间才能办,跟你通个气。"她的声音有些嘶哑,却极平静。

"我不急。"这个叫刘瑞的男人转身,将行李箱竖起,攥住了它的把杆。已经36岁的他看起来依然年轻,头发茂密,身材挺拔。他很体面,而他的婚姻,也曾跟他一样体面。

"艾瑞说了,她说我们的婚姻名存实亡,让我放过你。"女人说毕,从茶几的纸巾盒上抽了几张面纸,用力地擦拭着她朱红色的嘴唇。用过的面纸被她反复揉捏,一张张揉成了团,团去了唇膏的痕迹。

"她叫洁瑞。"

"她叫什么并不重要。"

"所以,我们的婚姻,最终要一个外人来宣判死刑?"刘瑞已然无话可说,他仰了仰头,"我就不该回家。"

"你可以走。"

"我当然可以走,我现在就走。"他拖着行李箱,往外走去。

这时,女人突然说道:"于新没了。"

刘瑞的身体轻微晃动了一下,很快站定。

女人继续说着:"公司那边还有一堆事要处理,就是因为这样,咱俩的离婚手续得缓几天再办。"

"于新没了?没了?"他回转身来。

"就是你所理解的那种'没了'。"

"什么时候的事?"

"今天凌晨,东郊老厂房着火了,"女人继续搓揉着纸巾,"我们不知道他为什么会跑去那儿,当时人是救出来了,进了重症监护室,但结果很遗憾。"

"你就这样?"

"我应该怎么样?"

"你跟他认识十几年,你们是合伙人,他出了这样的意外,你就像是在说和你毫不相干的事。"

"我还活着,公司上下的员工还活着,他的老婆孩子也还活着,活着的人,总要继续活下去。"

"这会儿,我要是出点什么事,你也一滴眼泪都不会掉吧?是的,你就是这样的人,我早该知道的。安灿,你眼里就只有新灿,就只有你自己。"

这个叫安灿的女人，她是新灿集团的创始人之一。十年了，新灿从一家小小的服装代工厂起步，发展成了如今的集团公司，除了工厂，还开拓着实体门店、电商、社群等品牌零售新模式，个中辛酸，对于作为创始人的她，早已不足与外人道。比起缅怀过往，她更喜欢畅想未来。

然而，今晨，不，此时已过零点，确切地说，应该是在昨晨，同为创始人，并坐在新灿头把交椅上的于新，却殒命火场。这场飞来横祸，犹如在畅想着未来的安灿的胸口来了一记猛击。

这一天的混乱，到底是怎么度过的，安灿不愿再去回忆。没想到的是，当她一路疾驶回家，想要得到片刻安宁时，她的丈夫也回家了。他已经很久没回家了。他们的婚姻早已颤颤巍巍，不管谁轻轻一推，即刻就倒。

前段时间，有个叫艾瑞还是海瑞，或者洁瑞的女孩，联系了安灿。差不多就是那些话吧，"你的丈夫已经爱上了我""不被爱的才是第三者""希望你能尊重爱情"。

口口声声的爱，对年轻女孩来说，总是那么简单，安灿甚至有些羡慕这个叫什么瑞的姑娘。姑娘带瑞，刘瑞也带瑞，听起来一片祥瑞，再合适不过了。

安灿是愿意放手的，只是这段时间，她过得并不轻松，她和于新在经营上有了分歧，她想缓一缓，等解决完工作问题，再来解决家庭问题。

"抱歉，"刘瑞把行李箱放到一边，"我刚才的话说重了。我知道你很难过，节哀，安灿。"

"你走吧。"

"要是你需要，我可以留下来……"

"我不需要，"她一字一顿，冷冷冰冰，"慢走不送。"

说是不送，她到底还是目送着他走出了客厅，目送着他消失在门厅那头。听得那关门声后，她蜷曲在沙发上，随手抓过了一条毯子，此时，她只想好好睡一觉。

真是动荡的一天，她的合伙人于新猝然离世，她的丈夫刘瑞也已离家。如果不能骂脏话，她便只能把头埋进毯子，然后，吐出一个百转千回的"哦"。

哦，我知道了。

哦，就这样吧。

2

入户电梯门开了，安灿走进一套大平层，装修的气味还未散尽，目及之处，尽是奢华。如果没记错的话，墙上那幅新生代画家的画，是林一曼上个月花高价拍卖得来的，她在朋友圈晒过一次。林一曼和她这个圈子的很多太太一样，"懂点艺术"是她们身上诸多标签之一。

没错，这里就是林一曼和于新的家。这房子还在装修的时候，于新有次无意跟安灿吐槽，说他和林一曼因为装修起了争执，他想要简约风，林一曼则恰恰相反。安灿只劝他听林一曼的，再不多话。她不喜欢闲话家常，要是可以，她更希望和他聊聊新灿的发展。

关于装修风格，于新到底还是听了林一曼的。说来惭愧，这还是安灿第一次来这里。于新乔迁那日，安灿要去开一个挺重要的会，错过了据说同样奢华的暖房派对。那之后，安灿好像也没有什么特别的契机来此造访。

毕竟，他们不再是从前的他们。其实这也没什么，这世上从来就没有一成不变的关系。要是让他们还佯装成从前的他们，自己演戏给自己看，那才是最尴尬的。所以，安灿早已接受了这样的疏离。想来，林一曼和于新也是。

空间很大，人也很多，放眼看去，一多半都是新灿的人。不知谁先发现了安灿，众人自觉地退让到了两边，给她留出一条道来。

有个身材微胖，满脸和善的中年女人迎了上去，将安灿拉进了边上的房间。中年女人开了灯，安灿才知道这里是于新的书房。书桌上有摊开的一本书，还零散着几支笔，就好像于新只是出了个差，过几天就会回来。

"安总，你怎么来了？"中年女人注视着安灿。

安灿摆弄着书桌上的一支钢笔："燕姐，我不该来看看一曼和两个孩子？不该过问一下于新的后事？"

中年女人叫薛燕，在新灿还是"代工厂时代"时，她就跟着于新和安灿了，她不但是新灿的董事，也是新灿人事行政部总监。于新的身后事，便是薛燕来操持的。

"孩子们由一曼的母亲带着，保姆也跟过去了，我刚和那边通过电话，情况都好。只是，一曼让人担心……"

"她在这儿吗？"

"在。"

"我要见她。"

"安总，我还是先跟你说说于总的后事吧，你听听我的安排。"

"这些，我自然信得过你。我就说一点，后事，别急着操办……"安灿慢慢坐进书桌前的皮椅，"总要先查清楚，对吧？"

"这个，"薛燕摇摇头，"我说了不算，你说了也不算，得问一曼。"

"一曼在哪个房间？"

"她说，她谁也不想见。"

"哦……"安灿点点头，"那麻烦你转告她，在没查清真相之前，于新不能火化。"

"你要干什么！"随着这话音，一个披着睡袍的女人走进门来，她就是林一曼。

林一曼这些年一直在控制体重，本就清瘦，此刻，罩在宽大睡袍里，披着蓬松长发，未施脂粉的她，像是缩水了般，比原来又小了一号。

安灿徐徐站起："一曼，节哀。"

"你少在这里装模作样……"林一曼甩开了薛燕已去搀扶的手，"燕姐，你出去吧，这里没你的事。"

薛燕往门口走了两步，却又转身："你们一直叫我燕姐，我也一直拿你们当亲人，所以，我也不怕多句嘴。于总努力了这十年，就是为着能体体面面做人。如今他人虽不在了，我们还活着的，是不是也要留几分体面给他？"

林一曼挨着书桌对面的沙发坐下，显得有气无力："我有分寸。"

薛燕点点头，目光转到安灿脸上。

"是，体面……"安灿似乎笑了一下，"忙你的去吧。"

薛燕离开后，安灿从身后的酒柜里取了瓶酒。她晃晃瓶子，还剩一大半，应该是于新还未及喝完的。她倒了两杯，走到沙发旁，递给林一曼一杯。

"这是我家，"林一曼接过了这杯酒，表达着对安灿唐突行为的不满,"这是我丈夫的书房。"

"你丈夫的酒不错。"安灿坐到林一曼身侧,抿了一口酒。

"你到底想干什么?"

"于新必须做尸检,你也应该配合公安机关调查。这一点,他们应该跟你说得很明确了,对于死因不明的尸体,公安机关有权决定解剖,并且通知死者家属到场。"

林一曼挥舞着双手:"我不去我不去,我哪儿都不去!他已经够惨了,为什么还要解剖他?"

她说不下去了,双手无力地垂下,酒杯落地。

"因为……很多人都在等真相,于新这两年在各社交媒体上很活跃,累积了很多粉丝,他们都在等,"安灿放下酒杯,"还因为,新灿和HG的合作正谈到最关键的时候,任何负面影响都会产生不可预见的后果,更因为……我们要给于新一个交代,他不能就这么走了,对吗?他为什么会出现在老厂房,老厂房又是怎么起火的,这些,都得查……"

"够了!有些话,我不想说破。"

"那么,还是说破了吧。"安灿看向林一曼,眼神坚定。

"说了这么多,你不就是想洗清你自己的嫌疑吗?"

"什么嫌疑,请你把话说清楚。"

"你安灿容不下于新,早就容不下了,如果真的有人要害他,只能是你。"

"话别说得这么满,"安灿滑开手机,"你要是有时间,可以上网看看,网友们可都在帮着解谜、破案,他们说,头号嫌疑人,除了我,还有你。"

"胡说!我是他的妻子!"

"对，就因为你是他的妻子，你是他的第一顺位继承人。"

"浑蛋！浑蛋！浑蛋！"林一曼跌坐在地，失声痛哭起来。

安灿犹豫着，走过去，伸手揽住了像是陷在巨大睡袍里的瘦弱的林一曼的肩膀，林一曼下意识要抗拒，却又靠在了安灿腰际。林一曼的双肩剧烈抖动，清晰的骨感似要穿透安灿的手掌。

"哭吧……"安灿哽咽着，她这话是对林一曼说的，也像是对她自己说的。

那层薄薄的泪水铺满了安灿的眼，只是，泪水还未来得及从眼角溢出，便已风干大半。她不记得自己上一次哭是什么时候了，大概是在她告诉自己要做一个情绪稳定的人之前，可那又是多久之前呢？

3

直到中午，雾气才渐渐淡去。入骨的寒凉被阳光一点点驱散，一切变得可期。拨开云雾，才能找到真相。而找寻真相，就是方瑾的工作。

此刻，方瑾双手插兜，正站在物华府门口等人。小区的名字取自"物华天宝"，地段、规划、安保，无不昭示着它的稀缺和昂贵。很快，方瑾要等的人走出来了，那是个裹着黑色大衣的女人，正是安灿。大概是身段娇小的缘故，乍看之下，安灿依然年轻，只是，不知她是否记得当年那个见习女警员。

"你好，是方警官吧？"安灿朝方瑾走来。

方瑾点头，将双手从裤兜里拿出来，点点头："安总，我是方瑾，负责这起案件的调查，我们之前通过电话。对了，于太太她答应了吗？"

"是，一曼答应了，做尸检的时候，她愿意到场。"

"谢谢你们的配合和理解。"

"这本来就是我们应该做的，你看，要是没有别的事，我这边……"安灿抬手看表。

"这附近有家咖啡馆，方便的话，我想和你聊聊。"方瑾看着安灿。

"在咖啡馆做笔录？"

"我们今天的谈话，不算笔录。怎么说呢，就当我找你叙叙旧。"

安灿打量着方瑾，浅笑道："方警官，难道我们之前认识？"

方瑾笑道："2007年，东郊派出所门口，想起来了吗？"

安灿本带着疏离感的笑意僵住了。不是每段过往都值得被回忆，相反，有些正是应被忘却的，最好深埋进泥土里的。

方瑾这才发现安灿脸上有了细细的纹路，或许，那些纹路里，就藏着方瑾想要找的真相。

2007年冬天，年关将至，东郊一个制衣工厂被工人围堵讨薪，这是见习女警员方瑾第一次出警，她忐忑地跟在同事们身后。他们赶到的时候，已有人被打伤，有个女孩坐在地上，她一手抱着头破血流的伤者，一手攥着剪刀，刀尖朝外，指着闹事的工人在嘶吼，不允许他们靠近。女孩是安灿，伤者则是于新。

方瑾再次见到安灿，是在医院的重症监护室外。这天，方瑾还见到了林一曼。和安灿相比，林一曼的个子高些，却显得斯文秀气，她一直在哭。安灿摇着林一曼的肩膀，骂骂咧咧的，"林一曼你别哭丧了""林一曼你除了哭还会干什么"。而后，方瑾和同事带着安灿到派出所，了解基本情况，做笔录。待方瑾下班时，她看到安灿蹲在派出所门口打电话，正低声下气地问人借钱。且不说工厂的后续经营资金,便是眼前,一堆工人等着要工资,于新的医药费也绝不会是小数目,她是真的缺钱,太缺了。

安灿打完最后一通借钱的电话,扭头看到了方瑾。

"那个……会好起来的。"方瑾不会安慰人,半天才说出这句话。

"我们真的不是故意拖欠工资的,有批货一直回不了款……"安灿慢慢站起来,"谁能想到呢,这才开张没多久,就……但是他们不应该打人,也不应该搬机器。该结给工人的工资,一分都不会少,可那些打人搬东西的,该他们承担的责任,他们也必须承担。"

"对。"

"有问题就解决问题,"安灿像是在对自己说,"会解决的。"

"肯定会。"

这时,方瑾看到了安灿眼里的泪光。方瑾意识到,这个看起来什么都不怕的安厂长,她的年纪其实和方瑾相当,而方瑾才上了一天班呢。方瑾摸出包纸巾,递给安灿。安灿愣了一下,才笑着接过,紧跟着笑容的,是两行眼泪。

"借钱太难了,求人太难了,"安灿没顾上擦眼泪,哽咽道,"要是有一天,不用再为钱求人就好了。"

咖啡馆里,方瑾对面坐着的就是不用再为钱求人的安灿。这些年,方瑾道听途说过于新和安灿的创业故事,这个时代和这座城市给了他们机遇,而他们的努力和坚守也配得上那些机遇。小小代工厂早已是过去式,他们被簇拥着,站上了当初可望不可即的舞台。

于新娶了曾在重症监护室外痛哭流涕的林一曼,两人育有一对儿女，搬进了物华府的顶楼大平层。那晚拼死护住于新的安灿则嫁给了参与过抢救于新的重症监护科医生刘瑞，他们住在半山的别墅，像很多忙于事业的夫妻一样，他们并未急着要孩子。四个人都过上了让很多人艳羡的生活，至于是否乐在其中，大概又是另一码事了。

现在，于新死了，殒命火场，而起火的就是当年被围堵讨薪的小工厂。

"方警官，你想聊什么？"咖啡馆内暖气很足，安灿没有脱去厚重的大衣，她不打算久坐。

方瑾道："聊聊于新，聊聊你们的新灿。"

"这对调查有帮助吗？"安灿定定地看着方瑾，脸上没有什么表情，眼里也没有哀色。

方瑾想起了那个紧抱着受伤的于新，用一把裁衣剪逼退闹事工人的安灿。十年了，方瑾不再是无措慌张的实习警员，安灿也不再是濒临破产的小厂长。方瑾想要叙旧，怕是有些天真。身为新灿集团的创始人，安灿有着烈火烹油、鲜花着锦的今时今刻，那些不甚美好的"旧"，她是不会想要和任何人"叙"的。

"于新出事那晚，给你打过一个电话，你没接，有印象吗？"方瑾迎上安灿的目光。

"白天我们在公司起了争执，我知道他打电话过来，是想说服我妥协，这次，我不能让步，所以，我没接电话。"

"那你知道，这是他打的最后一通电话吗？"

安灿没说话，她伸手捂住了面前的那杯咖啡，捂得紧紧的，手指泛了红。

方瑾继续道："于新是你当年豁出命去要保护的人，他对你来说，一定很重要……"

"方警官，"安灿站起来，顺手拎起包，"我认为这样的谈话没有意义，抱歉，我不奉陪了。"

"对了，网上那些东西，你看过吗？"方瑾抬头。

"噢，说于新是被人谋害的，说我和林一曼是嫌疑人，"安灿突然笑了，"怎么，你们警察需要网友来帮忙断案吗？"

安灿说毕，走了几步，又回头："你可以查我，怎么查都行，但是林一曼……你不用枉费力气。这个世界上最想让于新好好活着的人就是林一曼。没有了于新，也就没有了于太太，而'于太太'这顶漂亮的帽子，就是林一曼的全部。你或许不懂，没关系，我也不懂。"

"出事那晚，于新也给林一曼打电话了，她和你一样，没接。"方瑾将桌上的咖啡杯轻推到一边。

安灿顿了顿，才道："总之……方警官，可以的话，请尽量别去打扰她，谢了。"

4

林一曼是善感的，她的泪点很低，有时候，连她自己都不知为何落泪。然而，此时的她，再也挤不出半滴泪。从她答应于新求婚的那刻起，别说是死别，便是生离，她也从未设想过。她设想的是他们共同的未来。等孩子们长大，她要和他过一些真正的生活，只属于他们俩的。在那样的未来里，没有新灿集团，也没有安灿，没有杂事，也没有杂念。

就是这样一个渴望有着长长久久婚姻的女人，却有人在怀疑她谋害了自己的丈夫？她想不通。只是，她想不通的事实在是太多了。有那么几个瞬间，她觉得眼前一片雪白，不知从哪儿来，也不知到哪儿去——她确确实实看不清前路了，哪怕，他们跟她说，为了一双年幼的儿女，要坚强。

往事历历，从相识到恋爱，再到结婚，这条路，走来漫长，却又短暂。

六年前，她和于新结婚，很快就有了身孕，很自然地，她辞掉了那份可有可无的工作。她的生活看似很美好，一个不用为钱犯愁的全职太太，少了无数琐碎的忧虑。也许是因为这样，她偶尔一点半点的委屈，就总是会被于新和旁人无限放大。在他们眼里，她是最不应该委屈的人。

于是，她花了很多时间和精力来消化类似的委屈，是，她只能自我消化。她试过疯狂购物，也试过和差不多条件的全职太太们分享理财、健身、育儿、驭夫经验，她还在学习茶道、艺术鉴赏、日语，加之各种属于她这个圈子的交际应酬，她把自己安排得满满当当。

不过，当她化着全套妆容，坐在客厅等晚归的于新时，她觉得自己还是空的，这种空，像是谁用挖耳勺，一点点地，旷日持久地把她给掏空了。等她回过神来，才发现她只剩一个壳子，一个贴着"于太太"标签的壳子。现在，她连这个壳子也没了。

已经过去的11月6日，对林一曼来说，和之前的每一天并无区别。晨起，保姆哄着两个哭闹的孩子，于新则被电话吵醒。在他和对方的通话中，林一曼大概猜到了他近来总是眉头紧锁的缘故。公司里的事，林一曼从不过问，倒是薛燕偶尔跟她提及，说是安灿主张和国外一家机构合作，为这个，安灿和于新起了分歧。这通电话，说的正是此事。

"哪能什么都听她的啊，你才是董事长。"林一曼取了衬衣，递给于新。

于新接过衬衣，没急着穿，却也没说话，只是不悦地看了林一曼一眼，嫌她多嘴。

"你别什么都由着她，也该听听其他人的想法……"话头已经开了，她得把它说完。

"行了，我心里有数。"他一面套着衬衣，一面走出房门，连一句多余的话都不肯跟她说。

物华府的这套大平层敞亮而华美，他们的婚姻生活却并非如此，他们在各自的进退、取舍、得失里，寻找着某种微妙的平衡。可惜，平衡经常会被打破，那么，失衡的那个人，就得自己想办法找补和调整。这天，失衡的一方是林一曼，因为，于新的态度让她觉得自己被忽视了。

更为重要的是，林一曼陡然意识到，不知从什么时候开始，"安灿"的名字变成了她和丈夫之间的不可言说。就比如她刚刚提及"安灿"，竟极为自觉地用了"她"这个字眼。

然则，有些事是不能探究的，探破了，也就漏了。漏出来的到底是什么，谁也说不准。若想保有长长久久，就不该冒险——这是于太太的婚姻之道。

林一曼之所以没接于新出事前的那通电话，就是因着早上这股不能发作的气，想等他回家给她一个台阶下。这晚，她没等到他，更没等到他的台阶，却在次日凌晨等来了他的噩耗。

刚得知噩耗的那一刻，林一曼不敢相信，也不愿意相信。可就在刚才，不速之客安灿到访，开门见山地告诉林一曼，于新必须等尸检过后才能火化，这事，她们谁都拦不住。原来，于新真的走了，走得唐突、蹊跷，走得没有征兆、无法预料，困在重重悲辛里的林一曼，终于抬头看到了那片疑云：假如于新是被害的，害他的人到底是谁？安灿？

适才林一曼和安灿争执，她说安灿急着让于新做尸检，是为了洗清安灿自己的嫌疑，那只是气话，她们毕竟相识十四载……可人是会变的，她们都在变……不不不……不至于此……

十四年了，总以为岁月静好并竭尽全力维持着这份静好的林一曼，已无力粉饰生活狰狞的一面。

这时，陷在书房沙发里的林一曼缓缓起身，她有些艰难地挪步到酒柜旁，想再喝点酒，有人走进门来，挡在了柜前。

"别喝了。"是薛燕。

薛燕一贯可亲的脸变得有些严肃，接着道："一曼，我有正事要和你商量。"

"非得是现在么？"

"于总走了，新灿得有人带着继续往前走，我要和你商量的，就是接替他的人选……"

"这是你们新灿的事，和我没关系。"

"于总是走了，但他的股份还在……"

"选谁都行，你们看着办。"

"首先，这个人不能是安灿，"薛燕搀过林一曼，让她坐下，"安灿这些年一直在搞扩张，看着轰轰烈烈，但公司早已被她弄得元气大伤。要不是我们守着，于总已经被她完全架空了。一曼，做这件事，我们并没有存私心，都是为了公司日后的发展。"

"那就找个合适的。"林一曼的心思显然不在这些事上。

"你，林一曼，将会是新灿集团新任董事长兼总裁。"

"你们……"惊诧中,林一曼抬头看向薛燕,"你们疯了。"

5

2017年11月7日,立冬,凌晨时分,有对年轻的情侣在山顶的露营基地等日出。将明未明,夜与昼正交替。太阳就躲在浓云重雾后,只透出微茫的亮,将目及处染成灰蓝。陡然撕开灰蓝帷幕的,是远处的橙红火光,如一簇绚丽的焰火。

两个小时后,他们才在社交媒体上得知这绚丽吞没了什么。起火的是东郊一处废弃厂房,陪它毁灭的还有它曾经的主人于新。他们经常看网红总裁于新的直播,作为他的粉丝,他们唏嘘、慨叹、扼腕,然而,让他们疑惑的是,他为什么会出现在废弃厂房,又是为什么,起了这样一场火。死亡对年轻人来说,总是太过沉重。除了哀悼,他们更需要一个真相、一个说法、一个出口。当然,在看到火光的那一瞬,他们想到的是,凡事别慌,先拍个视频。

网络上流传的不只这一段和事件相关的视频,除了吃瓜群众发的视频,还有掌握着流量密码的自媒体们,他们从各个角度剖析着事件和事件背后的一切,而最热闹之处还是评论区。在这座网红城市,每时每刻都有新鲜事,一个热门替下另一个,一个热点盖过另一个,一个热搜压过另一个,在轮转和往复中,又好像根本没有什么新鲜事。

相比恨不得把手机变成身体器官的那部分人,刘瑞是个抗拒接收海量信息的异类。他手机里的APP屈指可数,如果不是工作需要,他连即时通信类APP都不愿安装。他怀念手机只是用来打电话和发短信的年代,那时,手机就只是工具,还不至于将人们的注意力切割成碎片。

所以，直到刘瑞接到新灿集团那边的电话，说他们联系不上安灿的时候，他才得知她卷进了舆论旋涡。东郊废弃工厂的火灾、一条人命、儒雅且接地气的网红总裁、野心勃勃谋划篡位的副总裁、即将继承万贯家财的年轻孀妻，它们叠加在一起，猎奇又刺激，萌生出各种版本的揣测和推断。最具想象力的一个版本是安灿和林一曼合伙谋害了于新，两个女人实现了共赢，是一出现实版的《双食记》，还有人爆料，说于新和安灿的关系不仅仅是合伙人……

刘瑞仿若生活在2G时代，安灿却不是。趁着直播的风口，将于新打造成网红总裁，这还是安灿的主意。她熟知互联网和传播学，什么都不会落下。当刘瑞在山顶的露营基地找到安灿，看到她那张云淡风轻的脸时，他简直不可思议。这就是他的妻子，大部分时候，他根本不了解她，就像他能猜到她会来这儿，却不知她为什么会来这儿。

安灿递了杯茶给刘瑞，她的目光很快就又看向别处。循着她的视线，刘瑞看到远处已烧毁的废弃工厂，宛如一个灰黑的点。那一片，原先是个小型的工业园区，在新的城市规划里，它将被开发成住宅区和相关配套设施，是城市触角的又一个延伸。

"于新说过，在山顶的这个位置，刚好可以看到我们梦想开始的地方。"安灿说着。

"然后，他在这儿搞了个露营基地，送给我们当结婚礼物，"刘瑞坐下，不禁失笑，"很厚重的一份礼物。"

刘瑞刚认识安灿的时候，她带他来过这儿，遥望着那处厂房，细说过她和于新的创业史，很是跌宕起伏。没想到，在刘瑞和安灿结婚时，于新将这开发成了露营基地，并作为新婚礼物送给了他们。梦想开始的地方、能看星星和日出、共同的记忆，这真是一份极富诗意的礼物。

也就是从那时开始，刘瑞才渐渐意识到，于新和安灿，他们俩的关系绝不仅仅是合伙人那么简单。刘瑞曾经天真地幻想过，旷日持久的婚姻生活会一点点将安灿拉到他的身边，也会让他一步步走进她的内心。

再到后来，刘瑞发现，自己根本不是于新的对手。而问题是，人家于新从来没有拿他当过对手。或许，在于新看来，刘瑞还不配。他不配娶安灿，他也不配融入于新和安灿构建的小宇宙。

那个宇宙里的满天星光，仿佛照不到于新和安灿之外的任何人。

可事实上，于新和安灿，一直都是客客气气，保持着合伙人应有的距离，不远不近，从不逾矩。要是逾矩，倒是好了，刘瑞也总能落个心如死灰。可是，他们没有。

送了一份厚重礼物的于新，他甚至都没来参加安灿的婚礼。可笑的是，这个没来参加婚礼的家伙，却始终横亘在刘瑞和安灿中间。直到有天，刘瑞变得不再计较。他的不计较，是根本无从计较。他不懂，那到底是怎样一种情感，大概，安灿自己也不懂。

在刘瑞和安灿分居前，露营基地是他偶尔会陪她来的地方，她喜欢这里，也喜欢常来光顾的那些年轻人。像是今天，他就能猜到，她肯定是往这来了。结婚六年，终究快走到头，若论夫妻情义，情可能不太够，义总还是要有的。他想再陪陪她，哪怕她不需要。

此刻，安灿抱起原本盘在椅子上的双腿，将脑袋靠在上边，像一只惹人怜爱的兔子。可是刘瑞明白,这只兔子,她只要一站起来,就可以对抗一切。因为,在她那套看似自洽的逻辑里,软弱是不被自我允许的。

"十年前,我还是重症监护科的规培生,一直记得那个冬夜,你们将于新送进医院的冬夜……"刘瑞伸手拍了拍安灿的肩膀。

"你们救下了于新,你跟我说,大难不死必有后福。"安灿偏头看刘瑞,她在笑,眼里却含了泪。

"很遗憾,这一次没能……我甚至没有参与救治。他出事那天,我刚结束外地的会议,本来打算第二天回来的,但不知道为什么,心里总觉得有些不安,所以,我连夜回来了,我不该直接回家的,应该先回医院……"

"即便你在,也改变不了什么。"

"跟你说个事,这段时间,我回家住。"

安灿站起:"你应该明白,我们就差一个离婚手续。"

"对,就因为手续没办,你还是我的妻子,那里还是我的家,我有义务陪着你,我也有权利回家。"刘瑞也站起,直视着安灿。

第二章 天寒

人生那么短暂,我必须轰轰烈烈。

1

地理上,冇河将这座城一分为二,二裂变成四,四又裂变成八,如今,城既以新老城区划分,又以各种产业布局来划分。新灿大厦就位于开发区,这里聚集了很多创业公司,也有无数像安灿那样的人,他们无时无刻不在谈论梦想。

新灿大厦的企业文化展厅里,讲解员正给宾客们介绍着新灿的过去、现在和未来。从代工厂到自有品牌开发,再到创立新灿,发展成了如今已拥有5个女装品牌、2个男装品牌和1个童装品牌的集团公司,及至2017年,新灿已拥有门店数千家,到了今年初,直播带货兴起,新灿顺势而上,仍然走在行业前列。打造国民女装品牌、与国际接轨、即将上市,这些词汇高频次地从讲解员口中吐出。

讲解员说得热切,宾客们听得认真,没人注意到展厅里的方瑾。目前,火灾原因仍在调查,尸检也在进行中。方瑾此番前来,主要还是了解于新的社交关系。过了好一会儿,一个自称是安灿助理的年轻人才将方瑾带至十八楼的会议室。简单寒暄后,方瑾得知助理叫任意,刚入职没两天。这让方瑾联想到不久之前在新灿集团发生的另一个引发关注的事件:一批中层职员集体闹罢工,安灿干脆大手一挥,将他们全都给辞退了,在接受媒体采访时,她用了"人员优化"一词,惹来不少争议。

方瑾到会议室的时候,里边已经坐了一圈人,除了安灿,还有新灿的副总裁陈启明和卫开,人事行政总监薛燕等人。众人一面表态要支持公安机关的调查,一面痛斥网络舆情的凶猛,唯有安灿,她显得内敛而沉默,只和方瑾有过短暂的对视。比起薛燕的哀戚、陈启明的愤慨、卫开的低落,冷静的安灿游离在外,就像一切与她无关。

这边谈话还未正式展开,任意俯身向安灿低语了几句,安灿霍地站起,一面和方瑾道别,一面叫了卫开就往门外走。薛燕和陈启明面面相觑,任意则追了出去。门外,传来安灿和卫开的争论声,争论的内容是安灿下午的一个活动被卫开擅自延后了,这让她很不悦。不一会儿,争论声伴着脚步声渐渐远去。

薛燕笑对方瑾:"卫总的意思是,这种时候还是低调一点好,但是安总,她有她做事的风格。"

方瑾点点头,突然问道:"那于新是什么风格?"

薛燕正要张口,陈启明接过了话茬:"于总嘛,他的风格和安总完全相反。"

新灿大厦,第一副总裁安灿办公室。这间位于十八楼顶层的办公室,它不是最大的,但绝对是最好的。层高近四米,方正,南北通透,带露台和大落地窗。大办公桌后面是一排书架,右手边有扇隐形门,推开,是独属安灿的隐私空间,她把它布置成了可以小憩的卧室,正对着床的,是一块自动幕布,偶尔,她也会在这里看看电影。

总裁办公室在楼道的另一头。这两间办公室，中间隔着另外两位副总裁的办公室、行政部办公区域、会客室、大会议室等。

连安灿在内，新灿一共有三位副总裁，除了安灿这位第一副总裁，另外两位是陈启明和卫开。

此刻，坐在安灿面前的就是卫开，他主要负责公关部。上个月，卫开刚过完他四十五岁的生日，顺便和他的第三任妻子举行了婚礼。安灿还记得婚礼的情形，于新喝得烂醉，吐了卫开一身。卫开随手就扔掉了那件价格不菲的定制西服，和于新一起手舞足蹈。

安灿仍有余怒，质问着卫开："不管做什么，你总是这么随性。你不知道这个发布会对我们来说有多重要吗？你有什么权力延后？"

"安总，我刚才已经说得很清楚，风口浪尖的，你还是别抛头露面了。"卫开悠悠说道。

"风口浪尖？你是指那些键盘侠的无端猜测么？不管我做什么，他们都会有自己的解读……"

卫开打断安灿的话："那就什么也别做，等待真相，慢慢平息。"

"你的意思是，我得缩着脖子，躲着不见人？"

"还记得上回的罢工事件吧？闹得是轰轰烈烈。我这边刚发公开道歉信，你却跟记者说，这是我们对人员架构的优化。你认为我们没有错。结果呢？"

"你那封道歉信，我可是没看到一点诚意，全是套话，糊弄谁呢？任何一个行业，任何一个公司，都逃不过优胜劣汰。就拿事业部来说,没优化前,从部门总监到下边的员工,都拿新灿当养老院了!再者,这些被优化的员工,该给的补偿,我们可是一分都没少。你怎么不跟公众说说这些?"

"公众都是同情弱者的。"

"如果新灿示弱,就不会得到尊重。"

"示弱怎么了?这个节骨眼,我们只想平稳过渡。"

"卫开!"安灿站了起来。

卫开照旧坐着,云淡风轻:"别怪我没有提醒你,我不让你抛头露面,本意是为了保全你。有些事,越做越错,有些话呢,也是越说越错。收起爪子,卖两天乖,对你没坏处。你别忘记,新灿不是你一个人的。你看看窗外那片天,它不会总是这样,它会变。等到它变了,你再来品品我刚才说的那些话,你就明白了。"

"发布会如期举行,谁也不能延后。"

"行啊,行!"卫开站起,低声道,"你猜我在想什么?我在想,假如啊,假如出事的是你,于总一定会延后一切重要或不重要,必要或不必要的活动,他会让整个新灿为你默哀……"

接着,他转身离去。

安灿走到窗边,蓝灰色的天空下,高楼鳞次栉比,不远处,就是冇江。

"安灿,你站这儿来,你看啊,从这个角度看过去,冇江像不像一条龙……"于新也曾站在这儿,他看着窗外,"你喜欢这间办公室吗?"

"还好吧,我用哪一间都行。"她走到他身侧。

"这儿风景好,是你的了。"

"这间最大最好,应该给你。"

"没有什么应不应该,只有合不合适。我觉得,你很合适。"他微微扭脸,笑着看向她。

2

和方瑾预想的差不多,和新灿集团几个高层的谈话,虽聊胜于无,但并没有发现什么问题。在所有人眼里,于新都是个好人。他善良、慷慨、富有同情心,他豁达、宽厚、替他人着想,他几乎没有缺点。

昨天,法医给于新做尸检时,方瑾见过林一曼,两人聊了几句。在林一曼看来,于新除了忙得常常不着家,其余的,不管从哪个角度讲,都是位称职的丈夫。这一点,方瑾从他们家的保姆那里得到了佐证。

于新似乎是完美的,他的生活也是。然而,就是这样一个拥有完美人生的家伙,毫无征兆地,深夜独自驱车前往郊外的废弃工厂,他预备去找寻什么,还是说,他在等待什么?

就在方瑾离开新灿大厦不久,她接到了新灿集团副总裁卫开的电话。在电话里,他邀请她参加下午的一个发布会。

冇城大学的礼堂内,人头攒动,发布会便在这里举行。观众席里,有不少不请自来的媒体记者,比起发布会本身,他们更关注处在舆论中心的安灿。

安灿知道,那些记者会写,写她冷酷无情,写她没心没肺——于新尸骨未寒,真相尚未水落石出,而她,则满面春风地出现在公众面前,像个迫不及待的篡权者。可她要是畏畏缩缩、哀哀戚戚,他们又会揣测她猫哭耗子,还会说她没有大将之风,连这样的场面都驾驭不了。话都是别人说的,这些说法一对比,她更喜欢前者。前者起码证明了新灿不会倒。因为，她还没有倒。

这场发布会，主题是宥城大学和新灿集团校企合作项目的正式启动，项目的内容主要是学校和企业共同培养服装行业人才，设立大学生创业基地。要是没有那场大火，今天的发布会上，代表新灿集团签署合作协议的人会是于新。而今，只能由安灿代为签署。

简单而隆重的启动仪式之后，安排了记者提问环节。果然如卫开所忧虑的那样，在几个中规中矩围绕发布会主题的提问后，就有人将矛头转向了安灿。

"安总，如今新灿集团群龙无首，您是否会接替于新先生，出任集团董事长兼总裁？"

安灿道："这件事，我说了不算，得看董事会的决议。"

"除了您，还有更合适的人选么？"是个伶牙俐齿的女记者。

"谢谢。不过，我们现在还是先回到正题，回到今天的发布会。"安灿微笑。

观众席里，坐在最后一排的卫开对身边的方瑾说着："方警官，我带你来这儿，是想让你知道，假设于总真的是被人谋害的，这个人不会是安总，她没必要这么做。你看，外界也好，我们新灿内部也罢，在大多数人的眼里，她一直都是新灿真正意义上的控制人和掌舵人。不管我们服不服，她都是，连于总都是这么认为的。"

"看出来了，你确实不服她。"

"这些也在你们警方的调查范围？"

方瑾笑而不语。

卫开本皱着的眉头倒是慢慢舒展开了，他继续说着："有那么一种人，以为自己是救世主，甚至是造物主，他们喜欢掌控一切，拿捏所有。我应该怎么跟你说呢？你看安总身边那个女孩……"

循着卫开的视线，方瑾看到了那个站在安灿身侧的女孩。女孩穿着白色西装，清瘦挺拔，栗色长发高高束在脑后，额前无一丝乱发。再看她的五官，说不上明艳，也不算动人，只透着某种清清淡淡的气质。这样的气质，让她看起来很专业，也很干练。

"她叫陆玲玲，新媒体运营主管。你看她现在这样，能想象得到，五年前，她还是一个小导购吗？她是安总的一件作品，于总也是。"

"作品？"

"造物主嘛。但不可否认，安总很有魄力，也很有能力。你刚才说，于总是完美的，他确实也是这么要求自己的，但我们都明白，这世界上不会有完美的人，所谓完美，更像是让身边所有人都满意。三年前，他厌倦了这些，想卖掉新灿，安总没同意。也就是那年，他得了抑郁症。"

"哪年？"

"2014年。"

"据我所知，那年你还没到新灿。"

"是于总后来告诉我的。方警官，知己不在相识多久，像安总和于总，他们有着十四年的情分，但我不认为她会比我更了解于总。"

"安灿和林一曼都不知道？"

"不知道什么？抑郁症？是的，"卫开不禁叹气，"就是这样。除了我，他没告诉过其他人。噢，他去年还做过遗嘱公证，我是见证人。他像是准备好了，随时都可以离开。他对生活，怎么说呢,并不像我们想象的那么乐观……"卫开说着,拍拍腿站起,"我得去帮安总应付那帮记者了,鬼知道她会捅出什么娄子。"

方瑾带着一串问号离开会场,刚上车就接到了同事的电话,说是现场勘查结果和尸检报告都出来了。

真相往往并不复杂,复杂的是找寻真相的过程,不,以现今的刑侦手段,一般的案子,其找寻真相的过程也变得没那么复杂了。在方瑾看来,真正复杂的是真相背后的种种,不过,那些东西大多和她的工作无关。

尸检结果显示,于新在火灾前吞服了大量安眠药,而据现场勘查,火灾是由电线短路引起的,这二者,无论发生了哪一件,结局都不会美好。

3

何夕捂着鼻子走出电梯间,电梯间的湿腐味和逼仄的楼道,都让她有些喘不过气来。她狠狠跺了一脚,楼道那盏感应灯才昏昏亮起,那光灰蒙蒙的。

"我回来了。"何夕走进家门,堆在门口的几双鞋七歪八倒,差点没让她摔个狗啃泥。

沙发上坐着一大一小两个男的,大的那个叫王超,是她的丈夫,小的那个叫王乐乐,是她的儿子。

"怎么才回来?晚上吃面条,在锅里,你自己盛。"王超头也没抬,右手正滑动着手机屏幕。

何夕把包一撂:"又是临时通知的加班,再这么下去,直接996得了。"

"乐乐,你回房间写作业去。"王超拍了一下乐乐的后脑勺。

"那把你手机给我。"

"写作业呢,玩什么手机!"

乐乐纹丝不动,就跟没听见似的。

王超一边把手机往乐乐怀里塞,一边嘟囔:"就玩十分钟!"

乐乐如获至宝,笑着跑进了房间。

何夕脱了外套,洗了手,坐到餐桌前,那个叫她自己盛面条的老公,他到底还是把热腾腾的面条端到了她面前。

"于新……真的是自杀?"他问她。

她并不想聊这个话题,只匆促点头:"警方已经出通报了。"

"可是,网上都说,是安灿和林一曼合谋……"

"滚蛋!"

"又不是我说的……也不怪他们乱讲,毕竟,于新这一撒手,钱全归林一曼了吧?还有那个安灿,总拿下巴看人,她应该就是新灿集团的董事长了?"

她用筷子卷着碗里的面条,竭力压着火。

他仍在念叨:"你们是老同学,没事就该多来往往的。你啊,就是转不过弯来,十年前,你要是答应和他们合伙办厂,我们还能住在这老破小?没事,现在还来得及,你听我一句劝,你……"

"我和她们关系挺好的,不劳你操心。"

"要是你跟她们真处得不错,她们也该帮衬帮衬你……"

她到底没压住火:"一曼带孩子出去旅行的时候,偶尔也会带上我和乐乐,机票、食宿,她让我掏过一分钱吗?还有安灿,你妈生病那次,要不是她帮忙,老太太能住进单人特护病房?什么叫安灿总拿下巴看人,对她在意的人,她也是掏心掏肺的好吗!"

"那我让你问她们借钱,帮我们凑个首付,改善一下住房条件,你怎么就尿了呢?"

"王超,话不是这么说的,她们有钱是她们的事,她们没义务带着我共同富裕。大家活着,各凭各的本事。"

"是是是,是我没本事。"

"你看你又来了。说实话,于新出事后,我这心里一直挺堵的。心里堵,下班回来,那地铁比我的心还堵。我一路堵着回来的,气都气个半死了。你倒好,我一回来,你就跟我唱这出。"

于新、林一曼和安灿,他们都是何夕的大学同学。在冇城大学时,何夕和他们并无太多来往。毕业后,他们三人都留在了冇城,而作为本地人的何夕呢,她并没有去外地就业的打算,就这样,兜兜转转,她和他们重逢了。

当年安灿确确实实做过何夕的思想工作,想拉何夕入伙。无奈何夕生性胆小,只想安枕度日。接着,生活给何夕开了个更大的玩笑,她在经历考公失败后,进了一家私企,打算先过渡一段时间。未承想,这一过渡,就过渡到了今天。十年了,她从小文员变成了部门主管,和做业务的同事王超结了婚,有了一套刚需老破小,生了个没少让她操心的儿子。

而何夕的三位老同学,他们的十年,和她的十年,完完全全不一样。要说她一点都不酸,那是假的。可她比任何人都清楚,这十年里,他们付出了什么,又牺牲了什么。至于她,她选择认命,选择知足,选择了会带给她安全感的平庸,这没有什么不好。至少,在现阶段,她是这么认为的。

早些年,何夕与安灿要走得近些,再到后来,何夕倒是与林一曼更亲密了,特别是在林一曼为人母后,两人经常交流育儿经。

其中缘故，大抵是安灿太过忙碌，别说是何夕，就连林一曼，都渐渐和安灿疏远了。

但这并不妨碍何夕对安灿的尊重和崇拜。都说性格决定命运，这一点，在她们三个身上得到了很好的印证。像何夕自己，瞻前顾后，便只能庸庸碌碌。而林一曼和安灿呢，这么说吧，要是有道题出给何夕，说林一曼和安灿掉进水里，先救谁，不用说，何夕先救的那个人肯定是林一曼。林一曼给人的感觉，是需要保护的。而安灿，她可不怕落水，别说游泳了，她可能还会蝶泳、蛙泳、侧泳交替，游出个花样来。

于新出事那天，何夕第一时间赶到医院。医生宣布抢救无效，林一曼数度昏厥，安灿则在楼道里情绪激动地走来走去，那一幕幕，直到现在，还在何夕眼前挥之不去。再想到林一曼自此要独自抚养一对儿女，还不知这个本需要保护的女人将会如何撑过接下来的艰难岁月，何夕鼻子一酸，落下泪来。

见妻子哭了，王超忙摆手："好了，打住，我错了，我向你认错。快吃面，再不吃，可就凉了。"

何夕将筷子一撂："不想吃了。"

"冰箱里还有半碗剩饭，给你炒个饭？"

"不用。"

"给你加两个蛋。"

何夕没再反对。

王超笑道："你啊，真的也就这点出息了，炒饭里加两个蛋，就能把你给哄好。"

"那你去找有出息的啊。"

"算了，我比你还没出息……"王超絮絮叨叨地进了厨房。

何夕突然想起什么,高声问道:"哎,你那笔提成发下来没有?"

"发了发了,等我炒好饭就转给你。"

王超的饭刚炒好,何夕就接到了林一曼的电话,林一曼泣不成声,含糊不清地说着话。何夕哪还顾得上吃饭,拿了外套和包就往外跑。

4

"2007年,于新从天蓝服饰公司离职,和当时已经涉足服装电商的安灿共同创办了一家服装代工厂,这家小工厂是新灿集团的前身。从一家小工厂到如今赫赫有名的新灿集团,于新可谓是白手起家的模板。然而,令人扼腕的是,还未到不惑之年的于新,却选择了……"

何夕拿过林一曼的手机:"别看了。"

林一曼抢过手机,愣愣地盯着屏幕上的那则短视频。

"早在今年初,新灿便传出过将与韩国HG合作,据知情人爆料,正因新灿的两位创始人在某些关键问题上未达成一致,迫使合作计划暂时搁浅。下半年,新灿欲重启该计划,于新自杀的消息却刷爆各大社交平台。网友们在对这位年轻有为的企业家表示哀悼的同时,也有一些猜测。某相关人士称,于新自杀一事,恐与新灿重启与HG合作计划有关。他又称,于新与安灿早已不睦……"

林一曼关掉视频,将手机反扣在茶几上,然后,她抬头看着何夕:"你怎么来了?"

"是燕姐给我打的电话,说你……"

"我是想死,想从这跳下去,一了百了。但是我不能死,对吧?"

"一曼……"

"对了,你进门的时候,看到那一屋子人没有,他们就在这守着我,好像新灿所有人都来了,每个人都用那种眼神看着我,对,就像你现在这样,用一种同情、怜悯的眼神,看着我。我不喜欢。"

"不喜欢的话,我可以让他们走。"是安灿的声音。

林一曼抬头看向杵在门边的安灿:"这是我家,还不用你来做主。还有,请你马上离开这儿!"

何夕轻按了下林一曼的肩膀:"是我让安灿来的……我们都很担心你。"

"好,既然你来了,"林一曼大步走过去,颤抖着将安灿拽进门来,又颤抖着关上了房门,"我正好当面问问你,于新好好的怎么会得抑郁症?我要是早点知道这些,绝对不会让他走到今天这步!"

安灿看着林一曼:"这些也是我想知道的,我了解的并不比你多。"

"你根本不关心这些!你忙着向全世界宣告,从此以后,整个新灿都由你说了算!"林一曼快速转身,抓过手机,滑开,找出一段视频。

视频内容是有城大学和新灿集团校企合作项目的启动仪式。手机屏幕里,安灿化着精致的妆容,嘴角挂着一丝自信而笃定的微笑,正接受着记者的采访。

"我认得这个口红色号,"林一曼几乎将手机贴到了安灿脸上,"你说过,它是你的幸运色,只要你涂上它,就会无往不利……是,你是无往不利了,于新呢?"

"一曼,这只是安灿的工作。你们是这么多年的朋友,于新出事，安灿和你一样难过……"何夕试图拉开林一曼。

"和我一样？"林一曼一挣脱，将何夕推倒在地，"她凭什么和我一样？她有什么资格和我一样？"

安灿挡在何夕身前："你别冲她，有什么就冲我来。"

"怎么？我现在是不是特别像个疯子？是，我疯了，我就是疯了！我不明白，我的丈夫他为什么突然就走了，不告而别，连声招呼都没打……安灿你告诉我，于新他对这个世界到底有什么不满意的……会不会是……我让他不满意了？有什么不满意，他可以跟我说啊，对不对？他说了，我会改的，我一定会改……"林一曼跌坐在地毯上，再也无法抑制，恸哭起来。

"这不是你的错。"安灿的眼角有泪滑落，但她的口吻仍然冷静。

"那是谁的错？你的错？对，一定是你的错。要不是当年……当年你怂恿他和你创业，也不会是这种结局！你知道你给了他多少压力吗？这些年，你得到的还不够吗？你还想要什么？如果你只是想取代他在新灿的位置，你直说就好，他会给你的……你为什么要把他逼迫到这种境地？"

"所以，你心里其实已经认定，于新的自杀，是我造成的？"

"我……"

"你看着我，你就是这么想的，是吗？"

"是！我就是这么想的！"

"好，很好……"安灿转身，"我只能说，你既不了解他，也不了解我。"

林一曼哽咽："那你呢？你真的了解他吗？你又真的了解我吗？"

安灿没有回答,她打开房门,径直走入客厅,环顾着守在那里的众人。原本有些嘈杂的氛围,瞬时安静下来。环顾一周后,安灿将目光锁在了薛燕脸上。

薛燕领会,点点头,跟着安灿往玄关处走,快到入户电梯门时,安灿一个回头,薛燕匆促站定。

"你也觉得,是我的错,对么?"安灿问道。

薛燕迟疑一霎,嘴角扯出微笑,伸手去帮安灿按电梯:"安总,你指的是?"

"你知道我指的是什么。"

"我可不是个聪明人。"

"那倒未必,"安灿想起什么,"对了,你们也都回去吧,一曼有何夕陪着就行。"

"我得留下。"

"不用。"

"安总,这是一曼的意思?"

"也是我的意思。让她安静会儿吧,静下来了,更容易面对现实。"

"万一出个什么事……"

"我担着。错是我的,责任也是我的,"安灿走进电梯,"我早就应该习惯。"

绚烂灯光里的夜,早已没有那抹深沉,连月色都没掩藏。方瑾出了警局,果然看到那辆黑色SUV。半小时前,方瑾接到安灿的电话,安灿说想找人聊聊。

方瑾敲敲车窗,随即拉开副驾的门。车子很快发动,驶入更繁华的夜色。开车的人没说去哪儿,坐车的人也没问,直到在一个十字路口,她们遇到了漫长的红灯。

"我跟你说说从前吧,很久没跟谁说起过了。"安灿扭头,看了看方瑾。

"行啊。"

"你看这城里那么多人,每个人都有自己的故事,我的并不会比他们的更有趣。让我试试看,我该从哪儿说起呢?噢,就从我到这个城市说起,那年……"

5

2007年初秋,冇城还余留着夏的燥热。海大服装设计专业毕业的三个年轻人,通过校招,最终被冇城天蓝服饰公司录用。对天蓝而言,不过是多了三个风华正茂的员工,但对这三个年轻人来说,他们的选择却意义非凡。

当年,国家普通高校毕业生人数已近500万,就业形势不可谓不紧张。三个年轻人能实现自己的夙愿,到国营企业就职,解决就业问题,已是幸运。所以,哪怕他们远离各自家乡,来到陌生的冇城,也都甘之如饴。

更幸运的是,他们不但是同学,还是最好的朋友。大学毕业了,要好的小伙伴们还能一起共事,开始人生新的阶段,又怎么可能不喜悦、不激动、不兴奋?

这三个年轻人,就是安灿、林一曼和于新。说起来,安灿是他们中唯一跟冇城有渊源的人,这座城是她的故乡。安父少时便出门闯荡,最终选择在海市打拼,成了家有了儿女,还创办了一家纺织厂。如此,他回故乡的次数就越发少了。随着安灿的祖父母相继离世,安父和故乡的连接就只剩还在冇城生活的兄长。

对女儿的选择,安父表示费解,他不认为女儿会对故乡有感情，毕竟，他带她回去的次数屈指可数。而他送女儿去学服装设计的初衷，分明是希望她将来能接过他创下的这份家业。比起那个不甚出息、浑噩度日的儿子，天资聪颖、生性果敢的女儿自然是更适合的接班人。

父女之间发生过一次激烈的争执，安父败了，他便以"先让女儿出去闯荡闯荡"的说辞来自我安慰，他笃定她早晚都会回来。直到有一天，他收到她从宥城寄来的明信片，在那上面，她用极为娟秀而端正的字体写道：世人谓我恋长安，其实只恋长安某。

安父顿时了然。他多少也能猜出女儿说的"某"是何许人，不过，这位"某"大概还未能感知女儿的心意。作为父亲，他的内心是矛盾的。他既希望女儿在冲动任性过后，还能回到他身边，接过自家的纺织厂，可他又希望女儿的爱情是得偿所愿的，然后，按照她所喜欢的方式去生活。

不久之后，女儿的爱情故事还未有后续，倒是传来她从天蓝服饰辞职的消息，据说她做起了服装电商生意。很快，她那位叫于新的同学也辞职了。

女儿风风火火地跑回家，向安父展示了她的蓝图和规划：我要留在宥城，我要创办自己的服装集团。她的规划漏洞百出，很多观点根本站不住脚。但她目光灼灼，仿佛不做这件事，她眼里的光亮就会马上湮灭。

"还留在宥城，是他的意思？"安父问女儿。

"谁？"她装糊涂的时候，跟刚才的挥斥方遒一样天真。

"于新。"

"也是我的意思！"

"好，那我问你，你留下是为了他，那他留下是为了什么？"

"他喜欢服装设计。"

"既然他喜欢服装设计,为什么要从天蓝辞职?"

"就是那份工作把他给困住了,他应该有更大的舞台。"

"什么样的舞台?"

"我说不清楚,但是,他想要什么样的,我就能给他什么样的。"

"我没什么可说的了,你已经成年,自己选择,自己负责吧。"

安母坐不住了:"就这样?"

"留不住的,"安父背着双手,慢慢走回房间,"她的路,让她自己走。"

安灿明白,父亲是失望的。可她已经顾不得这个了,等着她和于新的,还有许许多多未完成的事——那时候,她还不敢把那些称之为事业。她只知道,于新选择宥城,她就得选择宥城。

办服装代工厂,本是安灿的主意。从租下东郊那家小工厂开始,到2017年的现在,已整整过去了十年。有时候,她走进那栋属于新灿的大楼,仍有轻微的不真实感。

当年,安灿和于新做了明确的分工,安灿负责对外,于新负责对内。在安灿和于新艰辛忙碌的创业初期,多亏林一曼的工作还在,上班时间相对稳定的她,就负责做家务,料理着他们的生活。他们的合租房不大,是两室一厅的东郊农民房,于新住一间,安灿和林一曼住一间。其实,林一曼在公司里有宿舍,但她坚持要搬过来,就是为了照顾他们俩。

回忆太多了,闸口一开,便汹涌而来。他们都相信,只要努力,未来会一点一点好起来。但是能好到什么程度呢?他们不敢想,也根本没时间去想。

彼时的林一曼，并不懂什么艺术鉴赏，但她把三人的合租生活过成了一种艺术。她做的每一道菜，哪怕是一盘酱萝卜，都会精心摆盘。合租房里家具破旧，她总能想办法补救，或者找块碎花布遮盖，或者买了材料亲手维修。现在的年轻人总说"房子是租来的，但生活不是"，这个理论，林一曼当年就付诸实践了。

安灿经常开玩笑，说不知将来哪个男人有这样的好福气，能把林一曼娶回家。林一曼听了这话，脸涨得通红。

"我才不结婚，结了婚，就不能跟你们混在一起了！"她说。

安灿便笑："难道我们还能一辈子在一起呀？"

"一辈子怎么了……我看是你想嫁人了吧！"

安灿听了这话，也有些不好意思起来，就伸手去挠林一曼的痒痒。

于新则在一旁挠头傻笑，一边笑，一边给她们俩削苹果。

"一曼，要不你也辞职？从天蓝出来，跟着我们俩干。"笑闹完，安灿问林一曼。

林一曼把脑袋摇成了拨浪鼓："我啊，我还是算了。你们俩是做大事的，我不行，我就喜欢安安稳稳的小日子。说真的，当时我选择来宥城，根本没奢望你们也会来……其实，你们可以有更好的选择……"

"宥城也很好啊，虽然比不上北上广，但正因为乾坤未定，一切皆有可能。"安灿笑道。

"对对对，一曼你千万别乱想，你就踏踏实实上班，我一定会给你安安稳稳的小日子……"

"嗯？"两个女孩都看向于新。

"我是说，我们的日子一定会安安稳稳的。"

"你们俩啊?"安灿打趣。

"不是,不是,"于新急了,"我说的是我们三个人啊,我们……"

"我可不想安安稳稳,"安灿站起来,做了个奋斗的手势,"人生那么短暂,我必须轰轰烈烈!"

第三章　凛冬

总得试试吧，难道还会比现在更糟吗？

1

"后来呢？"方瑾问安灿。

黑色SUV已经停在江边，前挡风玻璃蒙了层薄雾，江畔的景观灯透过那层雾映照在她们的脸上。

"后来……"安灿笑了，"后来就是被拖欠货款，被工人讨薪，于新被打伤，我被你们带进了派出所……"

那是2009年3月，也是在东郊工厂，于新痊愈，安灿追回货款，他们给工人补发了工资，还接了好几个大单子。与此同时，因着于新独特的选品眼光，他们的网店产生了第一件爆款女装。终于，他们买下了作为根据地的这间小厂房。

这天，安灿来到于新的办公室。她一直在等，等一个合适的机会，向他吐露心声。她在他那本摊开的记事本上，看到一行小字。那行字，她再熟悉不过——

世人谓我恋长安，其实只恋长安某。

刚刚送到这天最后一批货的于新回到办公室，他的笑容很灿烂："你来得正好，帮我选个餐厅，就是那种，你们女孩子喜欢的，浪漫一点的那种……"

"你要请我吃饭？"

"还有一曼，"于新深呼一口气，"现在，我们的事业慢慢步入正轨，有件早就应该去做的事……总之，我终于有底气，也有勇气了。"

"什么……"

他的笑容里带了羞涩："所以，我决定表白。"

她的耳根在微微发烫："表白么……其实我……"

"对，我要告诉一曼，我喜欢她，我一直喜欢着她。"

她往后退了两步，差点撞到桌角。

他看起来有几分得意，继续说着："这么说，我的保密工作做得不错，连你都没看出来。当时就是因为一曼要来冇城，我才来的嘛。"

原来如此。

她怔在那儿："你为什么不早点告诉她……"

"我想着，等我有能力给一曼相对稳定的生活了，再跟她说。"

"唔……"她背转过身。

他绕到她身前："你觉得她会答应我吗？"

"当然会，"她闪了一下，从他身侧走过，"我这就去给你们订餐厅。"

挡风玻璃上的薄雾散去，外边那些个灯光变得明晰无比。大概是刚倾吐完过往，光晕里的安灿，眼里蒙了层泪水，这让方瑾想起了十年前那个在派出所门口到处打电话借钱的女孩——她们分明是同一个人，分明，又不是。

"这之后的事，你都知道，我就不说了……"安灿似乎发出了一声轻笑,"挺可笑的,我身边每天都围着很多人,结果呢,能让我说出这些话的人,居然是你。"

"我的工作是找寻真相,但我找到的那些真相都不美好。你的,不一样。"

"你认为……我的这些过去是美好的?"

"可以这样定义。"

"可以这样定义?"

"取决于你自己。就好像,你来这座城市的意义,你留下来的意义,不都取决于你自己吗?"

"方警官,谢谢你。再次。"

宥城人民医院,重症监护科。刘瑞走进办公室,他身后跟着几张年轻的面孔。

一个实习生满脸委屈,嘴里碎碎念着:"他们干吗冲我撒气啊,我也是想给病人家属一些宽慰……"

"是啊,你这边刚跟家属说病人一定能脱离危险,那边病人就走了,他们能不急眼吗?"另一个实习生接嘴道。

"在咱们科室,怎么和家属沟通是个不可忽视的课题。什么情况下,该给家属希望,什么情况下,该让家属面对现实……"刘瑞的语速渐渐缓了下来,"时间久了,你们自然能明白我说的沟通到底是指什么。都散了吧。"

待实习生们散去,办公室内的另外一位医生凑到刘瑞跟前:"怎么,我听说你又搬回家住了?"

"够八卦的。"刘瑞坐下,翻着病例。

"我哪有闲工夫跟你八卦,9床住进来半个月了,呼吸机还是撤不下来，今天总算看到点希望，我得做好撤机后的准备。"

"有希望，就是好消息。"

"这都几点了，你赶紧回吧。"

"不急……"

"你不急我急啊。你看咱们科室，这几年陆陆续续离婚的已经有那么两三个了吧，你可不能离，你啊，得让我这只单身狗对婚姻还有那么一点向往。"

因着科室的特殊性，不夸张地说，他们每天都在和死神较量，稍有懈怠就会酿成悲剧，所以，这帮人几乎没有准时下班过。久之，他们难免会疏于对家人的照顾。但那种从绝望中找到希望，从"坏消息"变成"好消息"的成就感，总是一次又一次地坚定着他们的执着。

刘瑞回到家时，夜已深沉。住家保姆张姐满脸喜悦地将刘瑞迎进门，转头却又忧心忡忡起来。

"阿弥陀佛！刘医生你回来得正好！你不知道，安总把自己关在房间里哭……我在你们家做了六年，还是头一回见她哭……"张姐仿佛也要哭了，双目通红，"我还以为你又不回家了呢，慌得没了主意，正想给你打电话。"

张姐的眼泪还未及涌出，却又露出了一丝笑意，因为她看到了刘瑞的行李箱，她匆忙伸手去接，又道："不枉我天天念佛。这回，你再不走了吧？"

见刘瑞急着上楼，张姐拉住他，像是终究按捺不住自己的好奇心，悄声问道："她哭得这么伤心，是因为于总的事吗？我看新闻了。"

"嗯，他们是十几年的朋友。"刘瑞点点头。

"我知道的呀,以前于总一家就住在隔壁的,记得他人很好,说话很和气。你说,他年纪轻轻的,怎么就那么想不开呢?"

没等刘瑞说话,张姐长叹气道:"都是命,他啊,命中注定有那么一劫。要我说,人都是扛不过命的。命里有的总会有,这命里要是没有的……"

"张姐,你去休息吧。"

"这回你不走了?真不走了?"

刘瑞匆促地点着头,大跨步上了楼。

楼上主卧的房门没锁,刘瑞喊了安灿两声,便推门而入。安灿仍裹着大衣,穿戴齐整,连脚上的靴子都没脱,只安安静静地坐在落地窗前。窗户玻璃上映出她的脸,小小一张,模模糊糊的五官。她也正从窗户玻璃上打量着他,他定定地立在她身后。

"后天,于新出殡。"她的脑袋慢慢垂下,声音是嘶哑的,确实痛哭过一场。

"好,我们一起去送他。"

"直到今天,我才从警方那里了解到,他生前得了很严重的抑郁症。就在刚才,他的律师联系我,他把东郊厂房那一半产权留给我了。可是,他走之前给我打过一个电话,我没有接,我居然没有接!"

厂房本为于新和安灿共有,新灿成立集团公司后,并未将它并入公司资产。用于新的话来说,这处厂房,算是给他和安灿留的后路。如今,于新已经不需要什么后路了。

"他是个好人。"刘瑞走到安灿身侧,缓缓蹲下。

安灿双手捂脸,很快,泪水便从她的指缝溢出,她呜咽着:"都是我的错,一曼是这么想的,燕姐他们也是这么想的……"

"不是,不是这样的。"

"我该怎么办?"

他没有回答。他明白,这话,她是在问她自己。而很快,她就能够找到答案。

2

在刘瑞的陪伴下,安灿来到了殡仪馆,于新的追悼会就在这里举行。

在新灿集团发给媒体的通稿里,于新的人设是殚精竭虑的总裁,繁重的工作让他罹患抑郁症,最终选择了一条令人扼腕的不归路,在通稿的最后,他们没忘记呼吁大家关注并重视抑郁症和抑郁症患者。

哀乐声中,前来追悼的人络绎不绝。负责迎来送往的是薛燕,应付各家媒体的是卫开,掌控全场的是陈启明。陈启明就站在灵堂门口,一脸沉痛的他,不时和来人握手,不时和工作人员小声说着什么,还要见缝插针地接受媒体的采访。

陈启明五十岁开外,是新灿集团的副总裁,他主管的是电商部和品牌部。不久之前,电商部的员工对新的绩效考核制度不满,闹起了辞职,盛怒之下,安灿把他们全都给"优化"了。这些员工中,就有安灿前助理的女友。也正是因为这样,她的前助理选择了卷铺盖走人。

代理加盟是核心部门,本就不该交给温温吞吞的陈启明来负责,为这事,安灿和于新起过争执。不过,陈启明身上还是有不少优点的。比如,他天生就长着一张谦和的笑脸,哪怕在此刻,如此沉痛,只要有人跨向灵堂,他总能给予对方一个有力量的微笑。

这样的微笑，陈启明也给了安灿和刘瑞。

"辛苦刘医生了，那么忙，还过来送于总。安总，节哀，只有你保重了，我们新灿才有希望……"陈启明分别握了握这对夫妻的手，"安总，出于各方面的考虑，卫总和我商量了一下，媒体这边，就由他和我来接待。再过五分钟，服装商会的吴会长就该到了，吴会长一到，我们的追悼会马上就开始。不容易啊，卫总做了不少工作，吴会长才答应过来致悼词，那可真是百忙之中……"

"好。"安灿不想和他多言，她能够想象那会是怎样一篇悼词，它只会比那篇新闻通稿更官方、更无趣、更虚空。

安灿在来之前，就预料到追悼会不会安排得太低调，可她没想到会是这么高调。以她对于新的了解，他希望来参加追悼会的，都是他的至亲和好友，这样，就够了。于新这一生已然尘埃落定，让他安安静静离开，才是对他最大的尊重。可是，他们把这场追悼会做成了一场秀、一个新闻发布会、一次社交活动。

"安总，我是《冇城头条》的记者，我们都知道，你和于总相识多年，你们一起创立了新灿，你们……"

"安总，你会不会接任新灿总裁一职？"

"据说，新灿和韩国HG就双方的合作已经达成初步共识，你能跟我们具体谈谈吗？"

"安总，安总，请你给我两分钟，就两分钟！"

卫开、薛燕，以及安灿的新助理任意都拥到了安灿跟前，挡住了那些记者。

安灿扒拉开这些人，不疾不徐地对记者们道："我希望你们尊重一下逝者。这是追悼会，不是新闻发布会。"

接着，刘瑞一手拉过安灿，一手挡着她的脸，两人迈入了灵堂。

灵堂内肃穆而庄严，于新的遗像旁摆满了鲜花。穿着黑色大衣的林一曼，她的身边聚了一堆人，有安灿认识的，也有不认识的。在人群的簇拥下，林一曼变得更瘦小了，瘦小到几乎让人忘记她的存在。

林一曼可能还没意识到，这个追悼会只属于已故的新灿董事长兼总裁于新，并不属于她已故的丈夫于新。她只是这个追悼会的一个摆设、一个环节，一个看似必不可少却又可有可无的存在。而她安灿，好像也是这样的存在。

安灿轻轻撒开了刘瑞的手，慢慢朝于新的遗像走去。

林一曼看到了安灿，这是个让人没法不注意的女人。

安灿实在太耀眼了，哪怕她和林一曼一样，也是穿着黑色大衣，也是淡淡的妆容，也是哀容满面。跟在安灿身后的，是刘瑞刘医生，他是她的丈夫，至少，现在还是。他们看起来，还是那么登对。

林一曼想起了那年，她只身去参加安灿的婚礼。在那个盛大的婚礼上，刘瑞向安灿深情告白，这对新人甚至对唱了一首歌。那首歌，林一曼到现在还记得，是张信哲的《有一点动心》。安灿的闪婚，固然让林一曼费解，可她真心祝愿安灿能够和这位刘医生白头偕老。

此刻，安灿立在于新灵前，刘瑞则立在安灿身后。

安灿闭着眼睛，一言不发，接着，她朝于新的遗像深深地鞠了一躬。

时间真残忍。很多很多年前，在林一曼久远的回忆里，那个和她在出租房里打闹，总是在笑的安灿，就好像一夜之间变成了这样，变得疏离、漠然、淡薄。

林一曼无法想象，安灿是怎么从于新手里一点点夺走新灿的管理权的，用薛燕的话来说，就是"公司里的好多事，于总都听安总的"。甚至，在于新做过公证的那份遗嘱里，也有着安灿的名字，他将本属于他的，东郊厂房的一半产权留给了她。

"节哀，保重。"安灿和刘瑞走到了林一曼跟前。

林一曼敛了泪水，慢慢抬眼看向安灿："谢谢。"

她还想说什么，便有三三两两的人走了过来，要她节哀，她只得低头微微鞠躬，柔声道谢，像往常的那个"于太太人设"一样。如果说，刚得知于新噩耗的那一刻，林一曼不敢相信，也不愿意相信。那么，到举行追悼会的现在，她已是不得不相信。她的对面，站着她的父母和公婆，四位老人的眼泪早就哭干了。她想安慰他们，却是自顾不暇，她甚至没想好该怎么跟家里的两个孩子交代。

待林一曼再抬头时，安灿和刘瑞已经离开了灵堂。

"这……追悼会还没结束，再怎么样，总要等吴会长念完悼词吧？"站在林一曼身边的薛燕要去追。

"不用了，由她去吧，"林一曼顿了顿，"燕姐，你上次跟我提过的那件事，我重新考虑了一下。"

3

大约一周后，于新的头七刚过，新灿集团的董事会便发起了动议。这个动议，就是关于推选新任董事长及总裁的。安灿走进会议室，一眼就看到了林一曼。

"我们开始吧。"薛燕柔声说着，没忘按了按坐在她身边的林一曼的手。

林一曼的手一直在颤抖。新灿大厦她没少来，但是，坐在会议室里像模像样地开会，这还是头一次。别说会议室了，就是于新的办公室，她都很少去。她是怯懦的，她甚至有些后悔，她不应该答应薛燕，更不应该在安灿面前逞强。可是，当她看到安灿那张"志在必得"的脸时，她的悔意便一点点褪去。

"这是我们新灿的会议，和一曼无关，"安灿环顾了会议室一周，"是谁让你们把她请到这儿来的？"

"是我，"陈启明说话了，"于总走了，他股权的继承人是于太太，她有权利也有义务参加我们的会议。"

薛燕点了点头："于情于理，一曼都应该过来。而且，今天的动议，和她有关。"

"什么叫和她有关？"安灿盯着薛燕的眼睛。

"我们打算推选林一曼女士为新任董事长兼总裁。"

"开什么玩笑！"这是安灿的第一反应，随即，她对其他人说，"这也是你们的意思？"

坐在安灿对面，看起来事不关己的陈默摊手道："我认为，除了安灿，我们没有更好的人选。"

言下之意，她这一票，是要投给安灿的。

坐在陈默身边的是赵川，他倒是干脆利落："我选林一曼。"

新灿集团的董事会，连于新在内，总共有八位董事，这里面，除了于新、安灿、卫开、陈启明、薛燕五位，还有财务总监江振海，另有两位是独立董事，他们是赵川和陈默。赵陈二人不参与集团管理，也不在新灿任职，他们经营着各自的产业，赵川是做房地产的，陈默则在医美行业。

这二位独立董事，平时和安灿的关系都不错，尤其是陈默，安灿一直拿她当朋友。现在看来,在董事会里,她也真的只有这么一位同道中人。

安灿摇着头:"你们这是在拿整个新灿开玩笑,我了解一曼,她没有任何资历来胜任,她……"

"我想试试。"林一曼的声音很轻,但所有人都听见了。

"试试?这不是过家家,这关系到集团的未来发展,也关系到所有新灿人的命运。在座的各位,我希望你们对自己的选择负责。"

"我选安总,"站起来说话的是卫开,"很显然,安总才是更合适的人选。我知道,我的决定……或许影响不了结果,可是,我必须表明自己的立场。"

卫开?支持自己的人除了陈默,居然还有卫开?安灿不禁苦笑。

平时,卫开没少跟安灿唱反调,前几天他们还起过争执。是的,就是争执那日,在安灿的办公室,卫开曾经提醒过她的,说要变天了。当时的她,怎么都没想到,他说的变天是指这个。加之面前这幕,她已觉出光景,心内了然。了然之后,她反而多了几分淡定。

"那我们正式开始表决吧。"陈启明笑道。

表决结果可想而知,林一曼接替了于新的位置。

林一曼出身普通家庭,她那对普通的父母并未有过望女成凤的打算。他们一家子,伸手能触碰到的天花板很矮。考上大学,谋到一份稳稳当当的工作,组建一个简简单单的小家庭,这就是她年少时能够想到的天花板的顶端。所以,林一曼也曾羡慕安灿,安灿总是敢想敢做。哪怕是做梦,安灿的梦也比林一曼的精彩些。

此刻,林一曼置身这间原本属于于新,现在属于她的大办公室。她曾羡慕着的安灿，就坐在她的对面。办公室的装修风格很简约，和林一曼的家相比，完全是两个风格。安灿一直在说话，林一曼并未在听，她想的却是，得好好改一下这里的陈设。

"他们只是觉得你好操控，把新灿交给你，就等于把新灿交给了他们。我说了这么多，你到底听明白没有？"安灿捕捉着林一曼的眼神。

林一曼没说话，她看似淡定地环顾着办公室，却到底有几分怯懦。

安灿仍在继续："一曼，你根本不了解新灿，更不了解围在你身边的这群人。要是你真的有能力，我不会有任何异议。于新说过一句话，没有应不应该，只有合不合适。现在的问题是，你不合适，懂了吗？"

"以前，你跟于新也是这么说话吗？你能不能尊重一下坐在这张椅子上的人？"林一曼开口。

安灿终于对上林一曼的眼神："我要是你，我会好好考虑一下，做什么样的选择，才能对新灿的发展更好，才能对自己更好。你要是现在把股权让渡出来，我敢保证，你还可以继续过你以前的生活。如果你执意要留在这儿，当这个傀儡总裁，那么，就等着新灿把你的血一点点吸干吧。"

"你这是在威胁我？"

"我说了，是提醒，提醒你应该提防一些人。"

"我看，整个新灿，我最应该提防的人是你。现在，请你离开我的办公室。"

"行，那么快就进入角色了。"安灿并不拖泥带水，转身离开。

安灿径直下楼，到了地下车库。昏暗的灯光下，她看到有个男人正靠在她的车身上。

"安总。"男人说话了。

她摁了下车钥匙，车灯亮起，那男人是卫开。

"你给我投了一票，只是表明了你自己的立场，也说明你还算清醒。但是，如果你是来找我要感谢的，或者是来表忠心的，抱歉，我不会感谢你，我也不需要你的忠心。"她拉开车门。

卫开一笑："你总是这么咄咄逼人。我承认，我不太欣赏你的行事风格，但新灿接下来会怎么样，还是得靠你。所以，不管今天发生了什么，你都不必动气，车到山前必有路。"

"我没动气。"

"那你怒不可遏地跑到林总办公室，难不成是去祝贺她成为新任董事长？"

"这声林总，倒是叫得很自然。"

"不然呢？你不也认了吗？再不甘心，再不放心，你也只能认。我是想告诉你，起码我卫开是你能够信任的人。于新走了，新灿还得活下去，其实，咱俩目标一致。"

离开新灿大厦后，安灿驱车来到市中心的一套酒店式公寓。平日里，要是不想回半山别墅，安灿就住在这里。不过，今天过来，她是打算长住了。尽管刘瑞搬回了半山，可她和他都明白，他们的婚姻关系再难维系。这两天，她已经让律师在拟离婚协议。律师问到房产分割，她想也没想，就决定把别墅给刘瑞。她喜闹，他喜静，或许，半山更适合他。

其实，那套别墅也有它的故事。林一曼和于新结婚后，林一曼看中了别墅区的15号，一定要安灿买下16号，说是要做一辈子的邻居，永远不分开。

安灿特别怀念那个时候，那个时候的她们，"永远"总是脱口而出。

我们是永远的朋友，我们是永远的姐妹，我们永远在一起。

林一曼后来要搬走，不过，她搬走的理由很充分——半山太偏，孩子上学不方便；她喜欢热闹，这里太冷清；于新说了，大平层住起来更通透。林一曼就算不说这些理由，安灿也不会有什么意见的。因为，安灿没有发表意见的权利呀。况且，这一次人家又没邀请她当邻居。

要走的，从来就留不住。林一曼是这样，于新是这样，刘瑞也是这样。

4

晚上，新灿的董事和高级管理层有个聚餐，就在高档餐厅菲斯特。关于菲斯特以及它的老板娘柏橙，城内流传着很多八卦，但林一曼对这些并无兴趣。事实上，对这顿饭，她也完全提不起兴致。

安灿和陈默都缺席了。推杯换盏间，除了薛燕和陈启明等人对林一曼大表忠心外，就是卫开的各种阴阳怪气。林一曼从来就对卫开没好感，甚至可以说是相当厌恶。于新还在世时，每回在外面有酒局，几乎都和卫开有关。况且，此人的私生活一言难尽，就这么说吧，短短三年，林一曼就参加过他的两次婚礼，婚礼一次比一次奢华，新娘则一个比一个年轻。

那些在餐桌上来来回回谈论着的话，除了恭维林一曼的，别的，林一曼几乎半句都听不懂。她觉得脑袋昏昏沉沉，只闷在那里转高脚杯。聚餐前，薛燕交代过她的，言多必失，第一次和管理层的人打交道，得多听少说。幸好自己的身边有薛燕，多年来，薛燕就像是林一曼和于新的姐姐，公司也好，家里也好，里里外外地照应着他们。林一曼想到这里，不免向薛燕投去了感激的眼神。

林一曼是独生女，从小就渴望能有个哥哥或者姐姐。不过，于新倒是有个姐姐，名叫于慧。林一曼刚从餐厅回家，入户电梯门一开，就听到于慧正扯着烟嗓，在跟于家父母高谈阔论。大概是他们聊得太投入了，没有听到林一曼回家的动静。

在玄关站着的林一曼，不禁吸了吸鼻子，果然，于慧在客厅抽烟了。这个家是禁烟的，连于新也不例外，他想抽烟了，必须得去书房。家里禁烟这事，常来常往的于慧，她明明是知道的。

"林太太……"路过的住家保姆刘姐瞧见了林一曼。

林一曼轻轻摇头，做了个噤声的手势，刘姐立时心领神会。

"今天必须跟她说清楚，让她写保证书，保证她以后不改嫁。一旦她改嫁，财产、孩子，统统没她的份。"是于慧的声音。

"慧慧，话不是这么说的……"说这句话的是于新的父亲。

"是啊，"这是于新的母亲，"一曼的为人我最了解，她是个好孩子。再说了，你弟也给我们留钱了，我们老两口足够用了。"

这段维持了六年，以于新离世而告终的婚姻，早就如一潭搅都搅不开的死水。让林一曼感到庆幸的是，她有一对善良的公婆，他们从不曾为难她，哪怕，他们的儿子已经去世。

"妈，你真是老糊涂了。你的宝贝儿媳妇，现在都接手你儿子的公司了，家大业大的，说出来都能吓死你们。我弟留给你们的那点小钱算得了什么！好，不提钱，那你们的孙子和孙女呢？你们不要了？我说了，林一曼还年轻，早晚是要改嫁的呀。"

第三章　凛冬　055

"你少说几句吧，算妈求你了。别看一曼不声不响的，可新新这一走，她心里比谁都难受。我们今天过来，就只说一件事，我和你爸还能动弹，想帮她带带孩子。要是她愿意……"

于慧拔高声音："就是因为她这个性格，不声不响的，新新才会抑郁！还有啊，老公都抑郁了，当老婆的一点都没看出来？我没去跟她理论，就是念在他们还有两个孩子，孩子不能没有妈……"

于父呵斥："差不多得了！"

"当初我还以为新新会跟安灿结婚的，安灿多大方啊，为人处世那叫一个爽利，有什么就说什么。要是新新跟她结婚了，大概也不会闹这一出，两人在事业上齐头并进，在家里也有商有量的，这多好啊，而且……"于慧越说越来劲。

林一曼顺手提溜起了玄关柜上摆着的青瓷花瓶，径直走到了于慧跟前。

"一曼！"公婆皆惶惶站起。

"砰"的一声，花瓶在于慧脚边开了花，瓷片四溅。

"你……你要干什么？"于慧往后躲闪着。

林一曼双目通红，五官全都挤到了一堆，咬着牙："你给我滚！"

于新葬礼的前一日，卫开带着律师出现，林一曼才得知亡夫曾立下过遗嘱。这件事，他从未跟她商量，连知会也无。律师在读那些个条条款款时，她木然地听着，直到，她听到安灿的名字。那些细密又无法言说的东西，因着这份遗嘱，被模模糊糊地串了起来。而大姑子于慧刚才那番话，清晰了林一曼的所有感受，像是擦去了蒙尘的过往。

2009年的春天，于新和安灿倾尽所有，共同买下了那间厂房，他们不再满足于代工，决定开发自有服装品牌。也是在那个让人欢欣鼓舞，并对未来充满期盼的时刻，于新向林一曼表白了。于新很好，他的好，来自方方面面，富有才气，长相俊朗，性格温和，难得的是，还有着那腔一往情深。

面对突如其来的表白，林一曼固然有些许慌张，可这种慌张，很快就被巨大的幸福感所驱散。三年后，林一曼和于新举行了盛大的婚礼。没过两个月，安灿也结婚了，是闪婚。而于新，他却没有出席这位多年好友，又是合伙人的婚礼，他的理由是出差。当然，他没忘记给合伙人备厚礼，一个能够看到东郊厂房的露营基地。回想起来，也就是那时候开始，他变了。那种改变，一开始是细微的，譬如晚归、醉酒，又譬如口角、冷战，慢慢地，才累积出质变，一切不复从前。

是什么时候开始的？到哪种程度了？这些林一曼本该探查的，本该质问的，因着于新的逝去，似乎变得没有任何意义。能将答案告诉林一曼的，如今唯有安灿，可是怎么问呢？问到之后又该怎么做呢？

何况，这样的纠结和即将摆在林一曼面前的现实相比，又算得了什么？她还不知如何告诉孩子，说他们的父亲再也不会回家。要是没记错的话，她已经是新灿的掌舵人，那么，新灿这艘巨轮接下来要驶向何方？

新灿失去了于新。林一曼失去了丈夫。

这样的失去，在刚得知于新噩耗时，林一曼还未深刻体会。那时的她，是震惊、惊诧、诧异，还有……不相信。直到举行完葬礼，直到过了头七，直到她被放到了他原来的位置，直到她不能不相信。在那段越来越乏味的婚姻生活里，他总是缺席。她虽没有对外人提及过，心里却自嘲，认为自己正煎熬着的是"丧偶式婚姻"。现在，她真的丧偶了。

5

刘瑞赶到咖啡馆的时候，安灿已经在等他。数天前，她的律师出现在医院，将那纸离婚协议摆在了他的面前。律师说他受了她的委托，全权代理。还没忘补一句，有什么要求都可以提。刘瑞的要求是，签协议前，要先见她一面。她答应了。

"我什么都不要。"他说明来意。

她知道他指的是协议书上分割给他的别墅，她并不意外。

2012年的秋天，他们再次见面，是在共同朋友的聚会上。他不苟言笑，与那些谈笑风生的家伙不太一样。他们都想起了几年前在重症监护室兵荒马乱的初遇，不免都有些感慨。

这种聚会，对她来说太稀松平常了。毕竟，结交朋友，搭建人脉，是她的工作内容之一。她的圈子很大，大到拥有无数泛泛之交。有的，因为利益，建立了所谓的朋友关系，常来常往。也有的，聚会之后，就再未见过。

她一眼就能分辨，他并不属于他们这个圈子。圈子里的人，皆有一个共同点，大家都喜欢把对利益的渴望写在脸上，挂在嘴边。项目和投资，梦想和成功，这些都是他们经常使用的语汇。更有甚者，开局全靠PPT，用所谓的IDEA行走江湖。

他不是。所以，对她而言，他应该属于那种以后不会再见的"朋友"。

可鬼使神差地，聚会快结束时，他们竟留了彼此的电话。就这样，两人有了联系。对医生，她有着天然的好感。他呢，好像也未能抵挡她的魅力。用他的话来形容，就是，好像有一根无形的绳子在牵着他，让他情不自禁朝她走去。这位不苟言笑的医生，说起暖甜情话来，倒是一套一套的。要是暗恋不算，在遇到他之前，她其实没有谈过恋爱。因为没时间，也因为那个不可言说的人。

关于他，她没考虑得太长远。某种程度来讲，他们是两个世界的人。可是无法否认，和他在一起的每一刻，她都觉得异常轻松。就好像在这座城市，她突然拥有了一个温暖的小角落。在这个角落里，她暂时可以放下一切。

直到有天，那个不可言说的人来找她。

"我要是不结婚，还来得及吗？"那个人问她。

"为什么？"

"我以为你知道。"

"你们在一起三年了，你是为了她才来冇城的。"

"人是会变的，如果，我是说如果我跟她说清楚，如果……"

"没有如果。"

没有如果，也没有可以回头的岁月，以及那些岁月里的所有。

那个人的婚礼如期举行，她带了她的医生去参加。婚礼结束后，医生送她回家。

在车上，等红灯的间隙，他突然问她："你说，我们之间有未来吗？"

"我们，"她别过脑袋看向他，"我们结婚吧。"

现在，他们要离婚了。

"我们不要浪费彼此的时间和精力，就按协议书来办。"她看着他。

他比她还坚定，一字一顿："我不同意。"

"你……"她话未说出，手机就响了，"怎么……慌什么，去找啊。找不到？你们找不到她，那我就能找到了吗？好了，不要听风就是雨，我马上回公司。"

她说着站起来，招手示意服务生过来埋单。

他指指自己，表示这个单他还是埋得起的。

她点头，一手仍把手机摁在耳边，一手拿了她的包，跟阵风似的出了咖啡馆。

安灿急着回公司，是因为林一曼失踪了。而一小时后，林一曼的就职新闻发布会即将召开。

任意看到了杂物间角落里的林一曼。在林一曼上任之前，他笃定安灿会是接替于新的人。不管是因为他的身份（安灿的助理），还是他的观点（安灿才能救新灿），都让他对林一曼的"空降"很是纳闷。不只纳闷，还有疑惑，巨大的疑惑。

合适的位置上必须坐着合适的人——这个将身体缩成一团，躲在角落里，哭花了妆的女人，肉眼可见的不合适。

"林总，您好，冒昧打扰，"任意说话了，"我叫任意，是安总的助理。新闻发布会马上就要开始了，您跟我走吧。"

此刻，对新灿上下所有人而言，找到林一曼，让她出席新闻发布会，这是优先级别最高的要务。打开杂物间的任意，原本只是在做地毯式搜索，让他没想到的是，她真的就在里面。

"你……"那缩成团的林一曼，用手撑着边上的置物架，缓缓站起。

任意正犹豫着要不要去扶一把，她已经颤颤巍巍站住。阳光透过窗户，斜照进来，她就置身于那道光里。尘埃在光里飞舞，她的那对眸子格外透亮，有着轻微的不真实感。

"林总，新闻发布会马上就要……"

"我不想参加，我不想见人！"

林一曼是情绪化的。这点，她上任半月以来，在新灿已是无人不知。别人的情绪化，可能是喜怒无常，但是她的，没有"喜"，只有"怒"和"更怒"，简单概括就是五个字：易燃易爆炸。

不过，关于林一曼的情绪化，在今天之前，任意并未亲眼见到，多是道听途说。钢筋丛林的格子间里，人人在为前程奔忙，偶有闲暇，"吃瓜"便是性价比最高的消遣和放松。

林一曼的"瓜"很多。就在昨天，任意才在茶水间里听了一耳朵。说是高层开会时，林一曼和卫开大吵，吵着吵着，她便哭了起来。

刚刚失去丈夫的林一曼，让人同情，也让人叹息。可她偏要坐到这个理性必须大于感性的位置上，在这里，大家对她的包容度并不高。非但如此，众人对她还有着无限的期待。而对他人的期待，总会让我们变得苛责。

杂物间里，面对着林一曼，任意不知该如何应对，便掏出了手机。

"别，不要给他们打电话，不要告诉他们我在这儿。"她眼疾手快，冲过来夺走了他的手机。

"好……我不告诉他们。"任意摊手，往后退了好几步，他不能激怒她。

"我真的这么差劲吗？"她突然问道。

这里只有他们俩，这话，应该就是在问他的。他没法回答。

大概,这个问题,她自己心里本就有答案。

最近,舆论重心已从安灿身上转移到了林一曼身上。那些自媒体文的标题,要么是《于新孀妻出任新灿董事长兼总裁,被指毫无企业管理经验》《新任当家人"不靠谱",新灿和HG合作项目恐遭搁置》,要么就是《神秘股东爆料新灿更换掌舵人内幕》《新灿再度被推到风口浪尖,内耗还是内斗》。看样子,眼前的林总应该已经读过这些文章了。

她继续问着:"他们为什么要写那些东西?我怎么得罪他们了?"

"林总,离发布会大概还有半个小时,您补个妆,看两眼发言稿,做点简单的准备,应该还来得及。"

林一曼未置可否,那明晃晃的阳光刺得她的双眼生疼。

她变得不能自控,任何一件小事都会让她爆炸。刚到新灿时,她打算重新装修办公室,可当薛燕真的把装修方案拿过来时,她却大发脾气,认为他们这是要毁掉她对丈夫的念想。前几天开会,她跟往常一般静默坐定,听着那些半懂不懂的东西。不记得卫开的发言触到了她的哪根神经,她瞬时爆发,场面特别尴尬。

再比如,今天的新闻发布会,她本答应得好好的,可是,她连他们给准备的发言稿都没看过,只想着逃避。

"林总?"

"你怎么还在?"思绪万千的林一曼,这才想起来杂物间里立着个任意。

"发布会,总得试试吧……"那任意顿了顿,犹豫着要不要说出后面这句话,但他仍是说了,"难道还会比现在更糟吗?"

第四章　薄暮

都说夫妻之间可以无话不说，也应该无话不说。但是，有些话，实在无从说起。

1

夜，私人会所。

年轻的男侍者指引着安灿往观景电梯里走，他的胳膊上，挂着她的包和大衣。

电梯不疾不徐，刚好可以欣赏外边的夜色。安灿看着远远近近的灯火辉煌，微微舒了口气。她抬抬腿，欠身、伸手，将那双高跟鞋给脱了。训练有素的男侍者，表现出了极高的职业修养，他自然地接过了她拎着的高跟鞋。

"女士，等到了楼上，我给您准备一双拖鞋。"

"谢谢。"

"这一天，一定很辛苦吧？"

"谁的一天不辛苦呢？"

电梯门开了，她微笑着走了出去。

安灿一进大包间，就看到了半卧在长沙发上的卫开。

卫开直起身体，不紧不慢地站起："我还以为你不会来呢。"

未等安灿回应，他转对那位男侍者道："现在可以上酒了，就拿于先生的存酒好了，随便哪一瓶。"

男侍者应声离开。回来时，不但取了酒食等，也没忘记要给安灿的拖鞋。

穿上那双软皮，这才真真正正放松下来。

"就我们俩？"她问卫开。

"当然不是，"卫开晃晃那瓶酒，"有他。"

她蓦地一愣，却指着酒："先醒醒吧。"

酒在醒，他悠悠说道："今天的新闻发布会这么成功，你功不可没。"

发布会之前，安灿和卫开商量，他们得重塑林一曼的形象。在他们的通稿里，林一曼和于新感情甚笃，她始终在他身后，支持着他。如今她临危受命，不惧一切，誓要将新灿带上一个新高峰。

发布会上，声泪俱下念着发言稿的林一曼，非常让人心碎。而这篇稿子，不但诉说了她对丈夫的思念之情，更有着对新灿未来发展的信心和坚定。这种坚定，很是令人敬重。舆论风向即将大变。

"长远来看，这不是什么好事。把她推到这个位置上，让她承受这些，或许是于新不愿看到的。但是，我们俩给她做的这个人设，从今天开始便会把她给框住。我还是希望她能知难而退。"

"我能猜到陈启明不会那么容易让你接替于新，可怎么都想不到，他居然搬出了林一曼。"

今年初，安灿开始为新灿和HG的合作做准备，当时，第一个站出来反对合作的就是陈启明。后来,不知道他是怎么说服的于新,总之,于新也犹豫了。直到下半年,在董事会上,于新才明确表示,他支持安灿的合作计划,愿意再往前推动一下。

数月前,安灿提出,电商部业绩平平,要给这个部门重新做绩效考核制度。她的本意是想要鼓舞士气,好让能者多得,未承想,主管该部门的陈启明却开始煽动众人罢工、辞职,摆明了就是在威胁安灿。安灿的手段素来强硬,既是整顿,来一次大换血也未尝不可,便将那些人全都"请"出了新灿。

及至上月,辞职风波逐渐平息,安灿便和于新商量,她想"动"一下陈启明,把电商部从他手里拿回来,交由她来主管。于新只说给人留条后路,也是给自己留后路,反而责备安灿,认为她太过苛责。

陈启明没"动"成,于新却出事了。安灿想过,在接替于新的人选上,如果她真的有对手,那应该会是陈启明。万没想到,半路杀出个林一曼。而陈启明和薛燕,他们又是什么时候结为同一阵营的?还有赵川,他怎么也和陈启明搅到一块儿去了?至于财务总监江振海,这老家伙向来不动声色,安灿从来就猜不透他的想法。

其实,安灿替林一曼规划过未来,以她对于新的了解,他也肯定会认可这样的安排。那就是,林一曼可以把手里的股权转让,这笔不菲的财富足够他们母子三人衣食无忧,甚至可以挥霍度日。

那瓶酒已空,边上的两只酒杯内,则余量浅浅。

"再来一瓶?"卫开征求着安灿的意见。

安灿摇头:"不了,点到为止。"

"这杯里剩下的,"他顿了顿,"给于新送行吧。"

他说毕，将那点酒抛洒到地毯上。

安灿也将她杯里的酒洒尽，却只沉默不语。

杂物间里，那个叫任意的年轻人，他问林一曼：难道还会比现在更糟吗？

现状就像他说的一样，一模一样。林一曼承认，这些日子，比往常所有苦楚叠加起来还要难以忍受。真是糟透了。

她跟着他出了杂物间，整理了妆发，拿了稿子，上了台前。

上一次当众发言，还是在儿子幼儿园的家长会上。当然，家长会不会有记者，也不会有随处可见的镜头。

她不知道这份稿子是谁准备的，后半段的鼓舞士气不像她的口吻，但前半段，真真切切写出了她的心声。她读着读着，就哭了，她甚至还加了一些稿子上没有的。她回忆着他们最后一次家庭出游，她那已逝的丈夫，当时是如何耐心地烤着一块肉，又是如何和孩子们笑闹。

总之，发言结束时，他们给了她长久的掌声。

大概是这些掌声给予的勇气，这晚，她决定去父母家看看两个孩子。

女儿佑佑才两岁，大概是很久没见到妈妈了，林一曼一抱起她，她就哭着挣开。

五岁的儿子叫佐佐，沉着张小脸，故意不去看林一曼。

以往林一曼也会把孩子们暂寄在外婆家，但是待这么久，还是第一次。

"佐佐，妈妈有话要跟你说。"她蹲在儿子跟前。

儿子忽闪了几下眼睛，抚着手里的玩具车："是悄悄话吗？只和我一个人说的那种吗?"

"是……"

半分钟后,佐佐缩进了林一曼怀里,他手上的玩具车已掉落在地。

"可是,爸爸是爸爸,爸爸和仓鼠不一样。"佐佐啜泣着。

为了让儿子理解死亡,林一曼提起了去年他养的那只仓鼠。可怜的仓鼠被带回家没几日,就死在了笼中。失去了人生第一个宠物,儿子很是伤心,林一曼和于新安慰了他好几天。

"我再也见不到爸爸了!"儿子终于哭了出来。

林一曼抱紧了儿子:"我们可以想他,每天都想,每分钟都想。只要我们想他,他就……"

"他就还在。"

失去仓鼠时,于新就是这么跟儿子说的:只要你想它,很想很想,它就还在。

原来,儿子真的记住了。

"除了我们会很想爸爸,我们的生活不会有任何改变。妈妈保证!"林一曼不确定儿子能否理解这些话。

"可是,我们还是没有爸爸了……没有爸爸,就变了。我要爸爸!我很想爸爸!"儿子放声大哭起来。

林一曼无措至极,她劝了几句,也跟着大哭起来。

她一哭,儿子的哭声倒是止住了。

这个小小的人儿用衣袖擦拭着妈妈的眼泪:"我差点忘记了。"

小人儿从她怀里钻出来,离了几步,笔直地立在她面前,奶声奶气道:"爸爸说过,我是男子汉,我要照顾妈妈和妹妹。我答应他了,我能做到。"

"佐佐……"

"妈妈不哭。"

林一曼捂着嘴,强迫自己止了哭泣。

佐佐悄声靠近,像是怕惊扰了妈妈,轻轻用小手拍着她的后背:"我们都不哭。我们一起想爸爸。"

2

新灿大厦,人事行政部总监办公室。

薛燕微笑着说道:"陈总和卫总都忙着,安总更忙,我是公司的老人了,你有什么话,跟我说也是一样的。"

坐在薛燕对面的,是一个约莫三十岁出头的年轻男人,他戴着副黑框眼镜,看着斯斯文文。

"薛总监,是你说……你要和我谈谈的。"言下之意,他跟她无话可说。

"杨奇,"薛燕顿了顿,"我的意思是,你对公司有建议和意见,你可以直接跟我们说的,没必要闹得……"

薛燕没再往下说,而是用一种"反正你懂"的眼神看着杨奇。

"我在朋友圈发什么,是我个人的事。"杨奇低头,有些无聊地滑动着手机屏幕。

"我没有指责你的意思。"

"指责?没记错的话,我的顶头上司好像是安总。"总之,薛燕你没权力指责我。

"你是市场部副总监,拿着新灿的股份,公司的这拨年轻人里,你是最出色的。不管从哪个角度来说,你都应该识大体一些。"

"薛总,你提醒得对。在朋友圈里发牢骚,确实有伤大雅。既然我是股东,"杨奇总算撂下了手机,看向薛燕,"股东大会有权选任和罢免董事,不如,我也来发个动议,学学你们董事会。"

确如杨奇所说,董事会里,董事可以选任和罢免董事长,那么股东大会上,股东也可以选任和罢免董事。

"你啊,年轻气盛,"薛燕半开玩笑,"你想罢免哪位董事啊?"

"谁胡闹,就罢免谁。"

薛燕揉了揉久坐泛酸的腰,正色道:"没人在胡闹。"

杨奇站起来,也是一脸严肃:"要是没人胡闹,现在坐在那个位置上的应该是安总。"

他说毕,开门就要走。那门一打开,看到了站在门口的林一曼。

"嫂子。"他冲她点点头,也没别的话。

"哦,我路过,我……"林一曼话还没说完,杨奇就走了。

其实,林一曼不是有意要躲在门口偷听。她是来找薛燕的。到了门口,听到了薛燕和杨奇的对话。他们的对话,让她很是难堪。

"谁是他嫂子?在公司,他应该叫你林总!"薛燕走过来,将林一曼让进了门,顺手把门给关了,"自大、狂妄,杨奇这样,都是安灿给惯的。"

薛燕说这话之前,林一曼倒没觉得"嫂子"这个称呼有什么不妥。于新生前很器重杨奇,两人称兄道弟。因着这层关系,林一曼和杨奇也算相识。往常,他这声"嫂子"是尊重,是因为她是于新的太太。但是刚才,他这声"嫂子"分明就是对她董事长身份的不认可。

开完新闻发布会,林一曼的风评确实在逆转,可是,"替夫出征""实现亡夫的理想"这样的人设标签并不是人人都买账的，比如，这位杨奇就不买账。

前几天，杨奇在朋友圈里说了些夹枪带棒的话，意指林一曼不能堪当大任。很快就被有心人截图，发到了各种社交平台，接着，各路自媒体又开始大做文章。这种事，向来就是竞争对手看笑话，路人看热闹。

杨奇要只是个普通员工，倒也闹不了那么大的动静。像薛燕说的那样，在年轻一拨里，杨奇是佼佼者。别看他现在只是市场部副总监，可他上面那个总监的位置已经空缺很久，外人虽不知道，但薛燕等人都清楚，那个位置是分管市场部的安灿留给他的，只待他羽翼丰满，能够独当一面。等杨奇顺理成章当上市场部总监，就该进董事会了。

所以，这样的杨奇，他在朋友圈发的几句牢骚，就不只是"牢骚"那么简单了。这一点，他自己自然是明白了。他这是在为安灿鸣不平，更是在和陈启明、薛燕等人硬刚。

公司上下，不喜欢安灿的人占大多数，她从来不以为意，主要原因就是，杨奇这样的死忠粉，她有好几个，况且，这几个年轻人都在公司的重要岗位上。

眼下的这些问题，薛燕决定拥护林一曼上位时，就已经预见了。可是，对林一曼而言，却是又一个措手不及。

"杨奇是有点傲慢……"林一曼就这么一脸措手不及地看着薛燕。

薛燕挽了林一曼的胳膊，两人慢慢往外走。行政部本是个大通间，薛燕这间办公室是单独隔出来的。其他员工看到董事长路过，全都站起来问好。这种尊重，林一曼刚才进来的时候已经体验过一遍。只是,他们的尊重和杨奇的不尊重一样,都让林一曼觉得窘迫万分。

两人刚到林一曼的办公室,助理来报,说是任意来了。

薛燕一愣。林一曼倒是不觉惊讶,说起来,她还得感谢一下任意。要不是他把她从杂物间里拖出来,她也不会出席新闻发布会。自从新闻发布会召开之后,她的风评多少有些好转。

"林总,我给您拿了些资料,"任意把一叠装订好的资料摆到林一曼面前,"都是关于新灿的。您要是有时间……"

"林总想了解新灿,可以直接问我,"薛燕不知道这个年轻人到底要做什么,接着道,"对了,是安总让你准备的资料?"

"不是,是我自己……"任意知道多说无益,"打扰了。"

他说毕转身离开。

"谢谢你,任意。"林一曼站起来,对着那个背影说道。

他似乎停了一下,很快又迈步而出。

"他是安灿的助理。"薛燕对林一曼道。

"我知道,"林一曼翻着任意送来的那堆资料,"发布会那天就是他找到我,劝我出席的……"

薛燕已伸手将资料拿过,她一边翻阅,一边皱眉:"这小子想干什么?"

"就是新灿的一些现状,主营业务什么的,我了解一下。"

"看出来了,你是真想好好干……"薛燕笑着,"不急于一时,回头我慢慢跟你聊。"

"噢,我还想了解一下和HG合作的那个项目。"

"这个啊……"

"怎么了?"

"要不是因为这项目，于总也不至于……"

3

今年初，韩国HG集团向新灿抛出了橄榄枝。HG主营中高端女装，在国际上具有一定知名度，其设计理念饱受推崇。说白了，HG想借着新灿打开国内市场。而新灿呢，虽然旗下的快时尚女装品牌占有一定的市场份额，但中高端女装这条线，一直就没什么起色。按说，这是双赢的好事。

2009年，从代工厂迅速转型为自有品牌产生的新灿，很快就打响了他们的第一枪。他们的首个自有品牌叫"星佧"，以款式新潮、价格亲民来定位。随着国外一些快时尚品牌纷纷进军中国市场，重压之下，新灿不断扩张，还开发了中高端女装生产线。多品牌战略的推进和渠道体系的生成，成为新灿营收增长的主要推手。不过，这样的模式也给新灿埋下了巨大隐患。

及至2013年，安灿振臂一呼，要将新灿集团化。卫开和陈启明就是在那个时候加入新灿的。在此之前，这两人都有自己的公司。卫开是做公关公司的，陈启明则是做电商运营的。吸引他们加入的，是新灿正在做的B2C自营模式项目。当时，新灿以"星佧"快时尚女装品牌为主，并先后开发了其他4个中高端女装品牌、2个男装品牌和1个童装品牌，门店如雨后春笋，在全国各城市开张。

2016年底，总部基地新灿大厦落成。然而，本该重点发展的B2C自营模式却以失败告终，新灿只得调转风向，投向入驻模式。无奈的是，这个时候，各电商平台的入驻成本已提高，从蓝海变成了红海。到了2017年底，新灿又将目光对准了网红直播，甚至将于新打造成了网红总裁。

然则,风光背后的新灿,其实元气大伤,此前积累的资本已所剩无几。谁能想到,就在这种时候,安灿突然提出了和HG合作,着力打造中高端女装线。她的这个建议,遭到了众人的反对,于新亦然。

"在每个关键节点,安灿的步子总是迈得特别大,她什么都想做好,可到最后,往往就是什么都没做好……上个月,又有几家门店闭店了。病来如山倒啊,握在手里的都快捏不住了,还能拿什么去搞什么中高端线……我知道,她这是在赌,孤注一掷!"薛燕对林一曼说。

"那于新后来为什么又同意了呢?"林一曼放下手里的资料,问道。

薛燕摇摇头:"我不知道……"

看着欲言又止的薛燕,林一曼的脸越来越沉:"燕姐,你是我最信任的人,我希望你不要对我有隐瞒。"

"我不会对你有隐瞒。论公,我有职责,也有义务,让你在这个位置上坐稳当。论私,我把你和于总当亲人。只是……"薛燕沉吟片刻,"那些都是我的感觉……这半年来,于总的精神状态变得跟以前不一样了,他的压力很大。如果不陪安灿赌,没准新灿还能缓过来,还有机会突破瓶颈,可要是陪安灿去赌,押上全副身家和HG合作,开发中高端女装线,万一输了,那就再无翻身的可能。"

"是安灿,是安灿逼他走上绝路的!"

"一曼,"薛燕握住林一曼的手,"冷静。记住我的话,一切一切,我们都得从长计议。"

近来，林一曼常常做同样的梦。那梦里，她从高处坠落，却每次都会有双大手托住她，有惊无险。梦醒后的现实生活里，对林一曼来说，薛燕就是那双能够托住她的大手。

于新不止一次和林一曼说过，他说要把薛燕当亲人，而薛燕，也是这么对他们夫妇的。平日里，家中大事小情，薛燕没少跟着操心。公司这边，就更不用说了。于新讲，只要把事情交给薛燕办，她总能办得妥妥帖帖。

"那安灿呢？"有一次，在于新这么说的时候，林一曼问他。

"她啊……"他不再言语。

他不说，她也不再追问。也就是从那时开始，当他们谈论起安灿时，大多都用"她"来替代。这两年，他们能够坐下来好好说话的时间和机会并不多，她不想破坏氛围。都说夫妻之间可以无话不说，也应该无话不说。但是，有些话，实在无从说起。

薛燕见林一曼略冷静下来了，又道："先不谈这些了。对啦，佳音回来了，她说，要跟往年一样，大家聚聚，她掌勺。"

薛佳音是薛燕的独女。自从佳音去外地上大学后，她每年放寒假回来，总要请林一曼一家和安灿夫妇去家里吃饭。佳音这孩子很是乖巧，不但林一曼喜欢她，安灿更是视她如己出。

"好啊。"林一曼欣然应允。

"这孩子一定要叫上安灿……你要是不方便，我跟佳音说，我们过几天再聚一次……"薛燕再道。

"别让孩子扫兴……"林一曼的脸上又浮出哀色，"只是，于新再也吃不到佳音做的拿手菜了。"

薛燕听毕，双目泛了红。

安灿到薛家时，林一曼和孩子们还没到，佳音便要拉着安灿进房间，说是好久没跟安姨妈聊天了。

薛燕对佳音道："你不是要亲自下厨么？厨房里还有一堆事情等着你去做，别缠着你安姨妈了。"

佳音只好作罢，摊手去了厨房。

"喝点茶？"薛燕问安灿。

安灿笑笑："还是岩茶吗？"

"特地给你留的。对了，刘医生怎么没来？"

"医院里忙，走不开。"

之后两人对饮，有一搭没一搭地说着话。

这段时间，薛燕心里一直犯嘀咕。那就是薛燕如此公然倒戈，让林一曼当上了新灿的一把手，而安灿呢，她就好像这一切都没发生过。在公司里，她以前对薛燕怎样，现在还是怎样。至于私下，佳音让她来家里吃饭，她也跟往常一样来了。

其实，薛燕已经准备好如何应对安灿了，无奈安灿什么也不说，什么也不做，这倒让薛燕的一颗心始终悬在半空。

窗外，天色已经薄暮，庭院内四散的灯光依次亮起。

"燕姐，这茶真不错。"安灿放下茶杯。

薛燕知道，安灿这是终于要开口了。是啊，茶已经喝得差不多，该说正事了。

4

2007年，正筹建代工厂的安灿遇到了保险业务员薛燕。彼时的薛燕，刚刚离异，带着个半大女儿，母女俩相依为命，当然，现在也是。不同的是，而今的她们，不用再为钱犯愁。

数月前，薛燕的女儿薛佳音已满22岁。生日那天，薛燕送了佳音一辆车。只是，看佳音那样，她对这份礼物并不是很中意。许是为了给佳音贫瘠的童年一些弥补，这些年，从母亲这里，她总能得到很多类似的礼物。

对佳音，安灿是极喜欢的。这孩子没有辜负她的期望，考取了一所985大学。上回佳音还跟安灿念叨，说在争取保研的机会，没有意外的话，她还想读博。也不知为何，比起一脸慈爱的母亲，佳音似乎和冷心冷面的安灿更投缘。

安灿与薛燕初识，是在街角的一个小公园。安灿听到薛燕正绘声绘色推销着保险，纵然声情并茂，那位准客户却并不买账，言语中还极不尊重薛燕。之后，沮丧的薛燕独自坐在长椅上啃面包，安灿递了一瓶水给她。

来自陌生人的善意，瞬间让薛燕破防，她告诉安灿，自己原本有份还算稳定的文员工作，无奈工资太低，离异后独自带着女儿，生活压力巨大，才不得不转行卖起了保险。

"也不都像刚才那样，也有好说话的。这世上，还是好人多。"薛燕对安灿说。

安灿笑问："姐，你说你做过文员，那办公室软件什么的，你应该都会一点？"

"会啊，我什么都会，我还在考会计证呢。"

"那冒昧问一下，你现在做保险，一个月能挣多少钱？"安灿问道。

薛燕立即露出职业化的笑容："收入是隐私，我可不能告诉你。对了，你买保险吗？"

"我不需要保险，"安灿指指自己，"有本事就是最大的保险。"

薛燕似乎在强忍笑容。

安灿并不在意,只问:"你要愿意的话,可以跟我干。"

"小姑娘你别开玩笑……不是,你是干什么的呀?"

"做服装的,准备办厂,以后还要开公司。"

"明白了,干大事的。"

"对,干大事。"

就这样,薛燕成了安灿和于新的第一个员工。安灿的眼光极独到,薛燕做事有条理,又勤恳好学,为人处世亦知进退。最开始的这个三人团队,安灿和于新年纪尚小,难免稚嫩,中和一点薛燕的稳重,一下就平衡了。

创业不可能一帆风顺,各种艰辛,熬过就好。那些个苦楚时刻,安灿大半都忘了。但发生在2007年底的一切,她这辈子都不会忘。一笔大订单被拖欠货款,这对刚刚起步的他们来说,无疑是个致命打击。于新被打伤那天,薛燕正在外面到处借钱,想帮这两个年轻人渡过难关。

安灿一直都记得,当薛燕拿着求爷爷告奶奶借来的一万块钱来到医院,她们抱头痛哭的情形。也是那晚,薛燕拿出了她的房产证。

"我只剩一个小破房子,不值多少钱,先拿去银行抵押贷款,把大家的工资给发了吧。"

虽然没拿薛燕的房子去抵押贷款,但就冲她这句话,安灿和于新从此便拿她当自己人了。三个人甚至像模像样拜了把子,也是打那开始,佳音有了于舅舅和安姨妈。

于新总说,薛燕是亲人。后来公司发展壮大,薛燕渐渐跟不上步调,他对她,除了包容,还是包容。倒是安灿,送薛燕去学了管理，好让薛燕能够独当一面。

也不知从什么时候起，薛燕不再对于新和安灿直呼其名，而是恭恭敬敬称呼他们为某总。于新不喜欢，说是情分都被叫没了。安灿却认为很合适，"情分"二字从来不体现在这上面。企业管理，有规矩，也必须讲道理。而亲人之间，恰恰是最不能够讲道理的。也许，于新确实很善良，又或者说，他就是被这种善良给裹挟了。

什么是安灿理解的情分呢？比如今天，安灿已经知道薛燕为什么会选择背叛，可是，她仍愿意气定神闲坐下来，一起喝杯茶。

当安灿提到两人相识已十年时，在薛燕看来，安灿大概是在打"感情牌"了。

其实，安灿很少打"感情牌"，说实话，她要是愿意打这张牌，有的是机会笼络人心。但她明白，人心不是靠这种方式笼络的，而是靠共同的追求。比如新灿的杨奇等人，他们对她忠心，是建立在信任之上的。他们相信，她可以搭起一个平台，也可以许给他们一个未来。他们和她目标一致。很显然，薛燕已经有了别的目标。

"是啊，十年了。2007年，"茶室内，薛燕笑对安灿道，"我们俩就是那年认识的。当时，佳音刚上初中。"

"你是我和于新的第一个员工，"安灿也笑，"没少跟着我们吃苦头。我还记得那回咱俩一起去谈业务，你喝了一整瓶白酒，那几个家伙一直求饶，说不喝了，真的不行了。你一转身，又开了一瓶……"

"安总今天是想忆苦思甜？"

"就是聊聊过去，也聊聊以后。"

"以后……"薛燕顿了顿,"我啊,再干几年,就打算退休了,我的以后和安总的以后,可能不太一样。我快五十岁了,余生有限,不想再冒险。平淡、安心,这就够了。"

"所以,这是他许诺你的?他会给你这样的生活?"

"我听不懂你在说什么。"薛燕将盖碗里的茶倒了,重新取了茶叶泡上。

安灿递了茶漏给薛燕:"那我说点你能听懂的。"

接下来,安灿的话,让薛燕心头的闷雷彻底炸开了。

"你和陈启明的事,我都知道了。没猜错的话,他答应了你,说他会离婚,然后和你在一起,给你平淡、安心的生活,对吗?"安灿漫不经心地说着,像是在等薛燕回答,也像是根本不在乎她的回答。

"安总很有想象力。"薛燕脸色煞白,看往厨房的方向。

"你放心,佳音忙着给我们做饭,她什么都不会听见。这些事,我也没打算告诉她。既然我这么问你了,就说明我有证据。我没把证据摆到你面前,是因为……"安灿顿了顿,"是因为体面。燕姐,你是最要体面的人。我刚遇到你那会儿,你在满大街找人买保险,就那样,你都坚持穿正装和高跟鞋。你说过,什么时候都不能塌台。"

薛燕交叠着的双手在颤抖,她半闭着眼睛:"你想怎么样?"

"于新活着的时候,陈启明借着你,让于新和我意见相左。于新没了,陈启明让你控制一曼,以此牵制我。陈启明还算有自知之明,知道就算他坐上了于新的位置,我也会想尽办法让他下来。唯有一曼,她坐着,她就算再不合适,我也会认。原本,我有好多事情想不明白,直到有人把你和陈启明的私情告诉了我。是啊,你不缺钱,你也不会有什么把柄在他手里,能让你把我和于新卖了的,也只有……"

"你到底想怎么样!"

"该吃饭了?"安灿缓缓站起,"一曼怎么还没到?我都饿了。"

5

林一曼带着保姆刘姐和两个孩子,到了薛燕家。

佳音看到林一曼,飞扑上去,抱住了她。当着小弟弟和小妹妹,佳音什么话都不能说,只是紧紧抱着柔弱的舅妈。于舅舅突然离世,这个消息还是佳音从微博上看到的。当她准备回家送送于舅舅时,母亲薛燕却说她回来只能添乱。

"别哭……"林一曼这么劝佳音,她自己的眼泪却早已溢出。

刘姐为人机敏,带了两个孩子到一边去玩。

这时佳音才对林一曼道:"舅妈,你自己要多保重。"

两人哭成一团,林一曼在泪眼迷离里,看到了围坐在餐桌旁的安灿和薛燕。安灿正在打一通工作电话,言辞犀利地指责着手机那端不知哪个倒霉鬼。薛燕看起来有些魂不守舍,脸色并不好看。

之后,要不是佳音尽力在活跃气氛,这顿饭都不知会吃成什么样。

上次也是在这儿,安灿和于新因为新灿的事,大吵了一架。刘瑞和林一曼有心要劝,不料,那对合伙人的争执演变成了两对夫妻之间的争执,不欢而散。回到家,于新仍有余怒。林一曼便说,新灿那边,要是做得不开心,索性就别做了。于新轻飘飘说了一句"你懂什么"。

总归，林一曼在这些人眼里，无论何时，都是那个什么都不懂的人。可是他们不知道，"于太太"无论是在幼儿园家委会里，还是在属于她的太太交际圈内，都是个完美的全职太太。这一点，怕是连于新都不清楚吧？

"妈妈，"坐在林一曼身边的儿子佐佐悄声说着，"我想回家。"

这诡异的用餐氛围，别说佐佐了，林一曼都想马上走人。

安灿吃了饭，就去和刘姐逗佑佑玩。佑佑缠着安灿，要抱抱，肉肉的手臂环在安灿脖子上。

"刘姐，你去吃饭吧。"林一曼走过去，支开刘姐。

林一曼说毕，伸手去安灿怀里抱女儿佑佑，佑佑把小脸埋在安灿脖颈，怎么也不愿意撒手。

安灿轻拍着佑佑的背："让我抱一会儿怎么了？你女儿又不会少一块肉。"

林一曼有些无奈："我问你，你和燕姐是不是吵架了？"

"和你没关系。"

"你们是因为公司的事吵架么？如果是，那就和我有关系，我现在是……"

"你现在是林总，你别老是强调这个了。有些事，不该你知道的，你还是别知道的好。"

"是啊，我什么都不懂嘛。"

"我可没说这话。"

"你心里就是这么想的！"

"嘘，别吓到佑佑。"

林一曼再次伸手，到底是把女儿给抱回来了："你这么喜欢孩子，自己怎么不生一个？"

安灿顿了顿，才道："我和刘瑞就要离婚了。我呢，不会再有婚姻，也不会有孩子。"

"离婚？为什么？"

"一两句话说不清楚。"

"不会是刘医生的问题，肯定是你……你就一定要弄得众叛亲离，最后变成个孤家寡人，才开心？"林一曼对安灿的感情很复杂，有猜忌，也有提防，可是，安灿如果过得不甚如意，她林一曼也未必能够幸灾乐祸。她们从大学时代就相识，哪怕早已不再亲密，却有着打断骨头连着筋的牵扯和羁绊。

"到底是当过语文老师的人，说话总爱四个字四个字地往外蹦，"安灿笑了笑，"不过，不用等到最后了，从一开始，我就是个孤家寡人。"

很快，安灿就找了个借口先走。

"刚才，你们俩都聊什么了？"薛燕的脸色看起来仍是不好。

林一曼摇摇头："她说，她要离婚了。"

"她要离婚？"

"具体原因，她也没说，大概，她也不会跟我说吧。"

"你们只聊了这些啊？"薛燕笑笑。

"你以为我们聊什么了？从我上任到现在，她就从来没跟我聊过工作，她眼里就没有我！"林一曼说着，挽过薛燕的手臂，"幸好我有你，有你在，我什么都不怕。"

薛燕似乎舒了口气："喝点茶？"

"不了，你的脸色不太好，应该早点休息，我也得带孩子们回家了。"

"一曼……"薛燕似乎还有话要说。

"燕姐，你今天这是怎么了？安灿她为难你了？有话你就说啊。"

"你是相信我的，对吗？"

"这还用问吗？"

"我真的是为了公司好，也是为你好。"

"到底发生什么了？"

"没……没什么。"

林一曼拍拍薛燕的肩膀："快去休息吧。"

林一曼刚回家，佐佐就发现下雪了。宥城很少下雪，这孩子还是第一次见到雪落，兴奋得不行，一定要下楼去看看。不顾佐佐外婆的阻拦，林一曼领着佐佐下了楼。小人儿拉着林一曼，在雪地里转着圈。

"爸爸那边，也会下雪吗？"佐佐突然停下来，用小手接住了几瓣雪花。遗憾的是，那些雪花落到他手里，很快便化了。

"应该不会……"

"不会么？"佐佐看起来有些失望。

林一曼刮了一下佐佐的鼻子："佐佐觉得会，那就一定会。要是这雪下得足够大，明天早上兴许就能堆雪人了呢，我们堆个最大最漂亮的雪人，好不好呢？"

佐佐的脸上又有了笑意："好啊好啊！"

怀着对雪人的期待，佐佐当晚很快就入睡了。往常爱哭闹的佑佑，似乎也格外乖巧，没再缠着林一曼不放。待孩子们安枕下来，林一曼的夜晚却才刚刚开始。从任意给她的那堆资料里，她找了很多关于新的新闻报道，认识了一个完全不一样的他。她像是个疯狂的"私生饭",在网络上到处寻找着他留下的痕迹。

到底哪一个才是真正的于新呢?是这个在直播平台与人大谈人生理想的网红,还是薛燕所说的那个被安灿左右和掌控的于总?这两种样子的于新,林一曼都不熟悉,她熟悉的只有越来越沉默的丈夫。她埋怨他不了解她,不理解她,可她同样不了解他,不理解他。

同床共枕的夫妻,像是隔着万水千山。可是,哪怕隔着万水千山,也比现在这样的天人两隔要好。她翻了个身,抚摸着本属于他的那侧床榻,昂贵的真丝床单冰凉如水,也如这个空空荡荡的雪夜。

第五章　大雪

对于背叛者，任何质问都像是在挽留，而挽留本身并没有意义。

1

安灿离开薛燕家，漫无目的地开着车，最后绕到了半山别墅。

张姐看到安灿，满脸都写着欣喜，几乎要上前抱住安灿了："安总，你总算是回家了！"

是，回家了。或许，在安灿的潜意识里，市中心的酒店公寓像个临时避难所，而这里，才是真正的家。如果，她在冇城真有个家的话。

"唔……回来拿点东西。那个，刘瑞不在吧？"

"噢，他今天应该没那么早。"

"最近他都住这儿？"

"你这话说的，这是你们的家，他不住在家里，住哪儿？"张姐说完这话，意识到自己越界了，尴尬一笑，抓过安灿的手，"我的意思是，你们都在家住，那才好……我一个人守在这儿，就跟待在大冰箱里似的。哎呀，回家就好，回家就好。你还没吃饭吧？我这就去……"

安灿握了握那只粗粝却温暖的手："我吃过了，你不用管我。"

家里什么都没变，和往常一样干净整洁。门厅的大理石地面擦得锃亮，连墙上那幅安灿的画像都一尘不染。这个安灿未能珍视的家，被张姐收拾得十分妥帖，她比他们爱它。

"吃过了啊，"张姐看着安灿上了楼，"要不我炖点汤？"

楼梯上，安灿止了步。张姐的话，让安灿想起了久未联系的安母，安母特别喜欢煲汤。三年了，整整三年，父母拒绝和她见面，连她的电话都不接。

三年前，弟弟安庆接手了安父的纺织厂。本以为浑噩度日的安庆能够稍有长进，未承想，沉迷赌博的他掏空了安父的这份家业，纺织厂以倒闭告终。安庆当着家人的面，承诺定会悔改。为了挽救弟弟，安灿将他带回冇城，有心教他做事，好让他积累经验等待东山再起。到冇城后，安庆才消停了半个月，就认识了一群狐朋狗友，又开始滥赌。在姐弟俩的一次争执后，酒醉的安庆驱车离家，殒命于一场车祸。自此，安灿成了安家的罪人。

"不了，我拿点东西就走。"其实，安灿根本不知道自己要拿的是什么，她只想找个地方小睡上一会儿。今天，她是真的累了。

等安灿醒来，便看到了一场大雪。这里本就安静，飘洒着的雪花，让安静里多了几分肃穆。从窗户望出去，可以看到那栋本属于林一曼和于新的房子。他们搬走后，把它卖给了一对老夫妻。此刻，那房子灯火通明，冇城好多年没下雪了，那对夫妻应该也在看雪吧？

就在这时，安灿发现自家庭院也一派灯光绚烂。她推开窗，探头去看，却闻到了一股烤肉味。

"醒了？"刘瑞站在窗下的庭院内，仰脸看安灿，"烧酒加烤肉，要来一点么？"

雪天的小酌加烤肉，是于新在上次大雪时和他们说定的。当时，他们两家人还是邻居，都是新婚夫妇，都对生活抱着热忱。那个欢声笑语的雪夜，是安灿记忆里极其遥远而微小的部分，它以于新定下"雪天必聚饮"的规矩而散场。谁也没想到，他们聚的那次，是第一次，也是最后一次。

待安灿到庭院，刘瑞正在小亭子里自斟自饮。烤肉架里的炭火烧得正旺，上面摊着冒着油花的牛肉，还烫着一壶烧酒。

"小心烫……"刘瑞倒了杯酒给安灿，"梅花果然开了，等明天有了积雪，我要拍几张雪中红梅。"

"梅花么？"安灿抿了口酒，她的胃立时变得暖烘烘的，"在哪儿？"

刘瑞苦笑着，指指安灿身后："就在那儿。"

安灿这才想起，他们搬进来时，刘瑞改造了庭院，种了好些他喜欢的花花草草，说是要让这里四时有风景。

"嗯，"安灿只扭头看了一眼那棵梅树，"不错。"

"你好歹也算看它一眼了，那它就没白开。"刘瑞将一片烤牛肉装盘，摆到安灿跟前。

安灿确实饿了，三两口就吃毕，想问刘瑞再要一片。她抬头，刚好看到他的眼睛，他正端详着她。这样的对视，近年来少之又少。也是此时，她才发现还算年轻的他，眼角已经有了细细的纹路。

"律师跟我说，你还是什么都不要。你看，你把这个庭院照料得这么好……"安灿突然道。

他把烤网上的几片牛肉翻了个面，油花溅到炭火上，激起一层小火星："把盘子递给我。"

安灿递过盘子："张姐说你最近一直在这儿住，我的意思是，就按照协议……"

"我还在这儿住，是因为，"他将烤好的牛肉整齐摆放进盘里，"我知道你总会回来的。想着，等你哪天回来了，有些话，我得跟你说清楚。"

"你说。"

"我和洁瑞，我们并不是你所想象的那种关系。她和我很聊得来，很投契，我也曾跟她诉苦，说我的婚姻不太如意。我也必须承认，当她向我示好时，我心动过，但也仅止于那一点心动。"

"其实你不用解释的。"

"我当然要解释。这段时间，你过得很难。我不希望在我们的婚姻关系结束之后，你回想起来，会觉得自己被背叛和抛弃了。我没有背叛你，也没想过要抛弃你。至少，直到现在，我还是站在你身边。"

背叛和抛弃，安灿实在经历了太多，她的同行者们，都已和她渐行渐远。比如今晚，在薛燕家，她很想发出质问，她有无数的为什么和凭什么。可她不想问，也问不出口。对于背叛者，任何质问都像是在挽留，而挽留本身并没有意义。

"我们走不下去了……"

"我知道，走不下去了，但还可以做朋友？你或许不够了解我，可是我，我了解你。这些年，你一直忙着往前跑，往上走，大概，在你的意识里，成功必须要付出代价，成功者必然要承受孤独。我不能评判这种意识的对错，只能说，以后我们虽然离了婚，但可以成为朋友，那么，我还是能帮你消解一点点孤独感。"

她喝下杯中酒，酒已变得冰凉，却依然暖喉："有没有想过，要是我们当时没结婚……"

"你后悔和我结婚了?"

"谈不上后悔,但总觉得,婚姻不该是这样的。你呢,后悔吗?"

他沉声道:"肉都凉了,我给你重新烤两片。"

2

新灿大厦,总裁办公室,笑容可亲的林一曼送走了今天的第二拨记者。

她穿着精致的职业套装,梳着齐整的头发,露出标准的微笑。那样的笑,多一分略显热情,少一分稍觉冷漠,"刚刚好"是她对镜练习的成果。除了言行举止,她还背熟了很多稿子。

助理裴娜递上热茶:"林总,还有个会……"

"不是快下班了吗?怎么还开会?"林一曼抬手看表。

今天是何夕的生日,晚饭她约了林一曼,说是找到一家可以看雪景的餐厅。自从于新过世,林一曼的生活可以说是一团乱,公司这边是毫无头绪的凌乱,回到家里,等着她的则是不敢声张的慌乱,她确实需要一点个人空间和时间,哪怕是和朋友吃顿饭。

裴娜笑道:"安总喜欢在这个点开会……"

"她召集的?什么内容?我一定要参加吗?"

"关于江城分公司的人事安排,"裴娜犹豫着,"安总想调薛总监过去。"

"她要把燕姐调走?"林一曼抓起办公桌上的手机,"在哪个会议室!"

林一曼上任以来,做得最多的就是两件事,一件是接受采访,一件则是开会。采访好说,不外乎举止得体,把稿子背熟,然后适度加点自由发挥。开会的话，就有些麻烦了。

薛燕便教林一曼，凡是开会，需要林一曼下决断的，她就告诉众人，这事她需要斟酌，下次开会再议。遇到不懂的呢，不必在会上发问，会后薛燕会答疑解惑。要是林一曼情绪上来了（尤其是安灿在会上飞扬跋扈，她看不惯时），千万得忍，要拿出风度和气度。总之，她林一曼就是会议室里的一尊泥塑，端坐就对了。

别的也就忍了，安灿居然要把薛燕调走，这事，林一曼忍不了，也不能忍。这尊泥塑冲进了会议室，会议室里比她想象中要安静，仿佛一切已尘埃落定。

安灿半靠在椅背上，转着一支签字笔，对薛燕道："林总来了，是你亲自向她汇报，还是我来说？"

薛燕缓缓站起，看向林一曼："林总，江城分公司正是用人的时候，我主动请缨。安总说得对，人什么时候都不能失去斗志，我虽然年近半百，但我还想为新灿做点事，所以我……"

"主动请缨？"林一曼觉得不可思议，"你别怕，只要你不想走，谁也不能逼迫你。"

"没人逼迫我，去了分公司，我可以历练历练……"

林一曼走到安灿边上，从安灿手里夺过那支笔："你就是这么对待新灿资历最深的员工的？燕姐都这把年纪了，你把她弄到外省的分公司去历练……你就不怕新灿上下这些人寒心吗？"

"我逼迫你了？"安灿问薛燕。

薛燕仍是站着："没有，安总只是推荐，感谢安总的推荐。"

"燕姐，你真的不用怕，只要我不同意，谁都不能把你弄走！"林一曼说着，转向会议室里的另外两位副总裁，"陈总、卫总、江总，你们倒是说句话啊！"

"薛总监愿意去江城分公司，是分公司之幸。"卫开笑道。

"是啊，我忘了，你和安灿是一条心的！"林一曼摇着头，转而看向陈启明，"陈总，你呢？你也没意见吗？"

"我当然是……"陈启明的脸上几乎没有表情，"当然是尊重薛总监的选择。"

"那江总……"林一曼看向江振海。

江振海做了个抱歉的手势，便一边接着电话，一边朝门口走去。林一曼干笑了两声，将手里的笔扔到安灿脚边，扭头也离开了会议室。

安灿弯腰捡起那支笔，收拢了她面前的会议资料，对众人道："散会吧。"

陈启明迟疑了一下，才道："安总，薛总监要去江城了，那人事行政总监的人选……"

"我有人选，"安灿笑了笑，微昂着头，像是在告诉他们，无论什么时候，在新灿，她都能说了算，"你们要是有合适的，也可以推荐。今天就这样，我还有事。"

何夕说的这家可以看雪景的餐厅，就在半山别墅附近。自从搬到市中心的大平层，林一曼就没有来过这边。雪积在路上，化成薄冰，司机把车开得小心翼翼。坐在后排的林一曼，对着车窗玻璃哈了口气，伸手擦了擦，雾蒙蒙的玻璃变得明晰透亮起来。窗外，虽不是她在雪乡见过的白雪皑皑，但是，挂了晶莹冰雪的树木、远山，它们糅合进这座城市的璀璨夜色中，像极了她在某个画展看到的一幅油画。

只是，再美的画，此刻林一曼都无心欣赏。

"林总，要不要来点音乐？"寡言的司机老刘突然问道。

"随便吧。"

"这些歌都是于总生前爱听的，"老刘似乎迟疑了一瞬，"他说音乐能解压。"

是了，在新灿，好像并没有秘密，会议室里，林一曼和安灿撕破脸皮的一幕，老刘他们怕是都知道了。到了明天，还不知会传出多少个版本的八卦来。

对安灿的独断专行，林一曼很是愤慨，同时，薛燕和陈启明的隐忍退让，也让她倍感失望。还记得于新刚出事时，这两人要扶持她，他们信誓旦旦，说他们要让安灿明白，新灿是大家的，不是安灿一个人的。现在呢？

会议结束后，薛燕来找过林一曼，被林一曼拒之门外。随后，林一曼便匆匆离开公司，往半山这家餐厅来了。

服务员迎上前，领着林一曼往包房走。餐厅的一应装修摆设古色古香，透着清幽和雅致。想来，在这里吃一顿饭并不便宜。以往何夕请吃饭，一般都在实惠却有特色的小餐厅，今天这样的规格，倒是还没有过。林一曼琢磨着，等吃到差不多，她得偷偷把单给埋了，不能让何夕破费。

"女士，请进。"服务员引着林一曼进了包房。

"何夕，生日快……"祝福还没说完，林一曼的笑容就僵在了脸上，"她怎么在这儿！"

这个"她"不是别人，正是刚才那个在会议室里颐指气使的安灿。

3

年纪愈大,便愈感孤独。

这是何夕的心声,大概,也是她这批快奔四的女人的心声。活到这个岁数,很多女人都通透起来了。比如,何夕明白,同事之间最好不要交朋友,免得为了利益伤感情。这种利益,可能是一次升职机会、涨薪一二百、年会抽中的手机、上司的偶尔青睐。

庸碌如何夕,走出大学校门后,就活得谨小慎微,她珍视着她的工作,遵从着职场法则,和同事不亲不疏,对上司不卑不亢,手里的活不说干得有多漂亮,但绝对超过合格线,人缘不说多好,可从没得罪过谁。饶是这样,她仍出现在了"被优化"的名单上。嗯,现在裁员都不叫裁员了,叫人员优化。她在她35岁生日的前一天,被优化了。

丈夫王超给何夕支招:"你不是一直想请林一曼和安灿吃个饭,化解一下她们之间的误会吗?我看,就明天吧,你生日,是个好由头。不过,除了化解误会,你把你的情况跟她们说说看,新灿那么大,总有适合你的岗位嘛。"

王超很市侩,也很实际。

要是放在几年前,何夕希望听到丈夫说的是"没事,你回家,我养你",而现在,这种不切实际的空话,哪怕是哄她开心,她也不要听了。在这座城市里,或者说,在无数这样的城市里,普通家庭的平凡夫妻,谁也没指望被谁养着,而是两人相扶,拉拉扯扯的往前走。

"没什么不好意思的,再说了,要是有合适的岗位,你又不是不能胜任。你们这么多年的交情,你要是遇到难处了不开口,那才不对呢……"王超继续说着,"就当你是自荐,直接给两位大佬递简历呗。"

王超说这番话的时候,何夕正低头翻手机,她看着躺在购物车里的一双名牌球鞋,那是儿子求了很久,她终于允诺,要在春节前给他买的。

"那我试试?"这话,像是在问王超,又像是在问她自己。

餐厅包房内,正燃着的袅袅清香并未让何夕面前的两个女人变得优雅自持,她们吵了起来。对,如今安灿和林一曼共事,职场法则说了,最好不要和同事交朋友。而她何夕,却妄想着这对旧日好友能够因为一顿晚餐化干戈为玉帛。看着针锋相对的二人,她想劝一劝,却是劝谁都不是,只得由着她们发作出来。至于"给大佬递简历",今天还是算了吧。要是王超知道,该说这饭钱花得冤枉了。

"燕姐是我最信任的人,你就这样把她从我身边弄走……行啊,你干脆把我也弄走吧。"这是林一曼在说话。

安灿看起来从容一点,但一样带着怒气:"没有她,你还当不了这个总裁了?我再说一遍,最后一遍,江城分公司是她自己要去的,我只是提了个建议。"

"不可能,她答应过我的,她……"

"她都答应你什么了?"

"你一定是在背后使诈了,你要挟她了,对吗?"

"如果你这么觉得,那行,你可以去问她,也可以去查,看看我到底做了什么,而她又做了些什么!"

"安灿,你也太着急了,"林一曼的眼里含了泪,"你先是把于新逼死，现在又弄走了燕姐，你真的以为你能为所……"

"你一直都是这么想的？"本是坐着的安灿站了起来。

林一曼也站起："对，我就是这么想的。要不是你给他压力，他就不会得抑郁症。"

"那你做什么了？"

"我？我从来没给过他压力，我尽心尽力照顾着两个孩子，我……"

"你是他的妻子，本应是他最亲密最信任的人，你居然没发现他有抑郁症？你别以为把锅全往我身上甩，你就能心安理得地在这里谴责我，你就能少一分负罪感。"

"你是说，害死于新的人是我？"林一曼走近安灿。

"我不是这个意思，我是说，我作为他的朋友、合伙人，你作为他的妻子，我们都有责任。"

林一曼原比安灿高一点，又穿了高跟短靴，她的鼻尖都快碰到安灿的额头了。再这么发展下去，这两人真的要打起来了。

何夕正要干涉，服务员敲门后推了蛋糕进来。至此，那起了冲突的二人才想起，她们来这儿，是要给何夕庆生的。

"有什么话，坐下来好好说，我们先把蛋糕切了？"何夕摊手道，"我的人生只有一个35岁生日，你们要吵架，倒是随时都可以。"

"我答应你，等吃完这顿饭，我就告诉你，燕姐为什么会去江城分公司。"安灿对林一曼道。

林一曼仍在气头上，声量却低了不少："新灿所有事，我都有权利知道。"

"好，我全都告诉你。或许，我早就该告诉你了。"

"好啦，快来帮我切蛋糕，上一次你们陪我过生日，还是十年前,那时候安灿和于……"何夕本是笑着的,提到于新,她的笑容渐渐收起,不知该不该继续往下说。

"那时候,我们刚开始创业,你这个甬城本地人到处帮我们找场地。最后,你帮我们找到了厂房……"安灿边说,边往蛋糕上插蜡烛,"35岁了,你得好好许个愿。"

何夕点着头:"我希望我们还能有下一个十年,不对,很多个十年。"

林一曼从服务员手里拿过打火机,燃起了蛋糕上的蜡烛:"还没点蜡烛呢,点了再许。"

总算是回到了庆生的主题,林一曼和安灿都带了礼物给何夕,林一曼送的是包,安灿送的是一条手链。林一曼中途想溜出去埋单,被何夕看出来了,何夕表示这顿饭无论如何都应该由她这个寿星来请。虽回到正轨,可这顿饭吃得多少有些尴尬。

餐毕,三个人皆有些如释重负,她们并肩走到门口,安灿看到了林一曼的司机老刘。

"老刘,你送一下何夕。林总坐我的车,我送她回家。"安灿对林一曼的司机说道。

林一曼想要的答案,安灿还没给她,她知道安灿的意思,便自觉上了安灿停在门口的黑色SUV。

安灿并没有马上就走的意思,而是一边嘱咐老刘去开车,一边拉住何夕。

"我问你件事,你必须说实话,你是不是遇到什么难处了?"安灿问何夕。

何夕无奈一笑,并未吱声。

安灿又道:"其实不用来这种华而不实的地方吃饭。我都听说了,你们公司最近在裁员。"

何夕没什么好隐瞒的了,坦言:"对,我失业了。"

"有什么打算?"

"打算给你们两位大佬递简历。"

安灿看着何夕:"行啊,电商部正缺人。但是,我得把话说在前面,新灿没有混吃等死的员工,能力决定一切。"

"谢……"

"等你过了试用期再谢吧。"安灿说毕,转身上了车。

4

安灿一上车,副驾驶上的林一曼便道:"说吧,燕姐为什么要去江城分公司?咱俩心平气和地把这事说清楚。"

"你现在知道心平气和了?"安灿发动车子,两盏大灯探向前方。

"我累了,特别累。"

车子慢慢往前开着,绕过一个弯道,是下山的方向。

安灿关了车里的音乐,说道:"你想知道的,我都会告诉你。先跟你说一下何夕的事。"

"何夕怎么了?"林一曼忙问。

"被裁了,正找工作。"

"让她来新灿。"

"我明天会和人事那边打招呼的。"

"给她安排个轻松点的岗位。"

"新灿没有什么轻松的职位。她以后要真的想留下,也是靠她个人的努力。何夕在原来那家公司一干就是十年,是,她要照顾家庭，又要上班，她很辛苦，可她从没想过要改变。但凡她真的有能力，也不会被裁员，好，就算被裁员了，要是这些年她有长进，她也不愁找不到好工作。她都求到我们这儿来了，就说明，这一次她是真的没什么选择了。早年我不是没跟她提过，让她入伙，她害怕承担风险，我能理解，但还是觉得惋惜。她失业不是坏事，人只有在没有退路的时候才能发挥出自己的潜力。我打算安排她去电商部，那边正缺人手。"

"你不是都安排好了吗？我还有什么可说的。在新灿，什么都是你说了算。"

"刚才是谁说的，要心平气和？"

"好，回到正题，只要你答应留下燕姐，有些事，我可以做出让步。"

"不，一曼，不是这样的，"安灿笑道，"你还没到跟我谈条件的时候。当然，我希望会有那么一天，但不是现在。如果我们之间有博弈，那应该是公平对等的。你还不是我的对手。"

"安灿！你要我心平气和，然后你呢，你就是这么跟我说话的吗？"

"我很客观。"

车子缓缓滑过弯道，再往前，就是一片绚烂的夜景。那些交织着的七彩灯光，晃得安灿有些恍惚，她把车靠边停了下来。

安灿接着道："一曼，想让燕姐离开的人不是我。我手里确实有可以要挟她的东西，但我没想过要这么做。要她离开的，是陈启明的太太。"

"怎么？"林一曼诧异。

"陈太来找我的时候，我也跟你现在的反应差不多，直到她给了我照片、视频、聊天记录……总之，那些证据，我们能想到的，我们想不到的，陈太都有。"

林一曼倒吸了一口凉气。

"她是聪明人，不想和燕姐正面交锋，要借我的手来处理。"

"所以，你就把燕姐弄去分公司了？"

"这是眼下最好的方式了，我保全了燕姐的体面，陈太也保全了她老公的体面。燕姐去了分公司，对陈启明而言，也就失去了利用价值，他们俩自然会散……"

"什么意思？陈启明在利用燕姐？"

"如果不是燕姐，你会来新灿吗？陈启明已经觊觎你这个位置很久，他不过是借你来制衡我，然后伺机而动。"

"我不相信……"

"你不相信什么？"

"我什么都不相信！"

"你还是不能心平气和。"

"送我去燕姐家，我们当面对质。"

"你要去她家，当着佳音的面说这些，让她这个当妈的在女儿面前抬不起头来？"

"我……"林一曼说不出话来了。

还剩下的那点理智告诉林一曼，如果安灿刚才说的都是假的，在白天的会议上，薛燕不可能答应去江城，甚至还主动请缨，而陈启明呢，他也肯定会站出来阻止。

谦谦君子陈启明，为人亲切，总是堆着笑。陈太同样温文尔雅，在于新安排的家庭聚会上，她还教林一曼做过几样家常菜。陈启明夫妇看起来和睦非常，林一曼还曾羡慕过陈太。谁能想到，这恩爱表象背后有着暗涌，而林一曼最为信赖的燕姐，就是暗涌的源头。

"欢迎来到我们的世界……"安灿双手扶在方向盘上，扭头看林一曼。

"不……不可能是这样的。"

"这件事，就当是我给你上的第一堂课吧。"

"不用了，"沉默许久后，林一曼说着，"我认输了。"

"认输？你背了那么多采访稿，还没弄清楚你现在的人设？好，你认输了，那我问你，你在向谁认输？向我么？我从来没在和你比输赢。我反对你接替于新，是因为你并不合适，里面还有我存着的一点私心，作为朋友，我想看到你继续过着属于你的生活，照顾好两个孩子，去旅行、去学习艺术鉴赏、去练瑜伽，去做你喜欢的一切。只是，来不及了……"

"别说了。"

"这些年，新灿一直动荡不安。你上任以来，为了让一切平稳过渡，我做了很多你看不到的努力。我做的这些，你可以忽视，你可以不在意，没关系。但你真的不再是于太太了，你有你要背负的东西，很多人对你有期待……"

"够了！别再说了。"

"你知道新灿有多少员工，这些员工里又有多少是股东吗？他们中的很多人，可是把前途命运都交给了新灿！你知道我们在这个行业里的地位和价值吗？你懂服装行业吗？我为什么坚持要和HG合作，将重点转向中高端女装线，是因为，这一直就是于新和我的梦想！凭什么国外的女装品牌能进驻中国，进到我们最好的商场，而我们新灿的女装专柜就不能开到巴黎的老佛爷？新灿承载着这一切，而你这个掌舵人，居然在这里轻飘飘地说着'我不干了''我认输了'。"安灿一气说完这些话，接着一脚油门，车子窜到主路，飞速往前行驶着。

林一曼攥紧头侧的拉手："你要去哪儿？开慢点！"

"送你回家。你就应该回你的世界，去当你的于太太。"

"于新已经死了！我这个于太太还有什么意义！"林一曼哽咽道。

一个急刹，车子就这么停在了路中间。

双向四车道上，车流在这辆SUV身侧擦过，那些往来的滑动着的车灯，像一个又一个行色匆匆的旅人。而在SUV身后，则响起了此起彼伏的喇叭声，它们在催促它往前走。它又驶入了那座夜色辉煌的城。

5

何夕成为新灿电商部的一名推广专员（试用期）。此时，她正在上新员工集训课，台上的讲师滔滔不绝，学员们则如痴如醉。

"2013年，新灿开始集团化，截至目前，我们有10家分公司。公司总部设在冇城新灿大厦，也就是这里，你们中的大部分，将会留在总部工作。总部的组织架构资料上都有，我就不赘述了。你们入职前应该对新灿有了一定的了解，那我问你们，新灿旗下共有多少个服装品牌？"

一把年纪的何夕不禁低头，以此避开讲师的视线，她可不想出这样的风头。陆续有几个学员回答讲师的提问，讲师很满意，便开始讲起了公司的愿景。何夕这才小心翼翼地环顾，除了她，教室里的面孔多半年轻而富有朝气，其中好几个女孩都像是刚出校门。

熬到课间休息，何夕给王超发微信，让他早点下班去接孩子。待她打点完这事，听到前排两个女孩正闲聊。

说话的女孩套着件白色卫衣："你是哪个部门的？"

答话的女孩穿了件蓝毛衣，声音柔柔的："电商部的，推广专员。你呢？"

"我是行政部，人事专员。电商部挺辛苦的，"白衣女孩压低声音，"压力巨大。"

"我喜欢有挑战性的工作，再说了，"蓝衣女孩的声量也变小了，"我们这一批新员工里，有林总和安总的老同学，人家做的也是推广专员。"

何夕愣了下，心想，小道消息传得可真够快的。

只听那白衣女孩笑了："那一定不是什么要好的同学，以后也不会是亲信。要说亲信，我们行政部陆总监才是。你还没见过我们陆总监吧？"

蓝衣女孩摇头："只听说她很年轻，长得也好看。"

"那是！这位陆总监，才叫作有交情，才是自己人呢。"

"唉……"

"不是，你叹什么气呀？"

"这么一比，我们部门那位老同学可真够惨的。"

"用人就得看能力嘛。所以啊，我们得好好干，哪天要是混到给同学打工，还要和刚毕业的实习生竞争……啧，不敢想。"

两个女孩笑闹着，扭头的瞬间都发现了后排的何夕。

"嗨，姐，你是哪个部门的？"白衣女孩问何夕。

"我么？"何夕划拉着手机屏幕，头也没抬，"我就是那位混得惨绝人寰的老同学。"

新灿大厦十八楼,人事行政部总监办公室。

扎着高马尾的陆玲玲坐在大班椅上,她面前的办公桌上摆着个轻巧的加湿器,氤氲的雾气散着微微的玫瑰花香气。电脑旁摆了一溜小巧精致的手办,她正拿着一个把玩。

办公室里人进人出,有换挂画的,有搬沙发的,有挪盆栽的。

有两个西装革履的男人结伴走了进来,他们相视,眉目间对这位刚来就摆谱的陆总监很是不满。人家林总,新灿一把手,装修办公室的时候也没那么多讲究,偏是这位人事行政部总监,哪哪都不满意,哪哪都挑剔,恨不得把这办公室给翻过来。

"陆总监,年会的方案您过目了吗?"问话的男人皮肤黝黑,是人事行政部副总监老方。

陆玲玲放下手办,喝了口咖啡,才道:"看了。"

搭话这位,比老方年轻,是行政主管沈小海:"要是没问题的话,那我们就……"

"方案你做的?"陆玲玲看向沈小海。

沈小海点着头,他的眼里带着期许,想来,新总监对他的方案还是满意的。

陆玲玲突然问老方:"老方,你觉得这个方案怎么样?"

"不错,有创新,薛总监在的时候,她对小海的方案赞不绝口。"

"噢,既然薛总监都满意了,你们找我干什么?"

"陆总监,你何必为难我们呢?薛总监确实是满意的,可她还没来得及批示,就被调去江城了。"

"幸好她没批示,"陆玲玲站起来,"我们只是搞个公司年会,仅灯光舞美这项预算,居然就要十万元。"

"年会的账目计入员工福利费用,我们是有这笔预算的,往年也是这样……"沈小海迟疑着,"去年集团刚成立的时候,预算比这大多了,薛总监也没说什么。"

"人事行政部现在的总监是我,我姓陆。"陆玲玲直视着沈小海。

"都知道你是安总的人,得罪不起,"老方冷哼了一声,"但我老方不怕。你这一上任,员工食堂要外包、保洁要外包、安保要外包。这样,人事行政部,你也搞外包好了。"

"人事行政部倒还不需要外包,不过你提醒了我,今年的年会,应该外包出去,让专业的人做专业的事。"

"丫头,我叫你一声陆总监,是我尊重安总,你可别蹬鼻子上脸。我是老员工,又是公司股东,我……"

"但你不是总监。"

"你……"

眼见老方的血压都上来了,沈小海忙截下一张要搬走的椅子,摁着老方坐下。

"老方,"陆玲玲倒了杯水递过去,"你是公司的老人,我们部门到底有什么问题,这些问题是怎么产生的,你应该比谁都了解。我不是薛燕,我不想和稀泥,不想睁只眼闭只眼。我就是来解决这些问题的。"

"说得容易,怎么解决?"

"八个字,把人当人,把钱当钱。食堂为什么要搞外包?噢,我想你们俩应该很久没到食堂吃过饭了。这本来是一项员工福利,结果呢,员工怨声载道,都说食堂的饭菜要人命。原因是什么?饭菜质量和食堂厨工的收入不挂钩啊,好不好吃,他们拿的都是那点工资。还有,年会这事,灯光舞美的十万块,为什么不能省一点下来，真真正正地给员工一点实惠？"

薛燕是个和事佬，凡事能不麻烦就不麻烦，就差往自己身上挂块牌子，上书"得过且过"了。比起做个称职的总监，她更想做个老好人。老方刚成为薛燕副手那几年，也想过大刀阔斧做几件像样的事，她却总是息事宁人的态度。时间久了，老方那点抱负早就所剩无几。

那薛燕和陆玲玲还不一样些，陆玲玲年轻，撑死了不过是安灿的心腹，可薛燕年岁与老方相当，是跟着于新和安灿一路打拼过来，三人拜过把子的，老方唯有忌惮。

没想到，前浪薛燕去了江城分公司，算是被拍在了沙滩上，来了个后浪陆玲玲，小丫头牙尖嘴利、冷心冷面，简直是安灿的翻版，可这丫头却是真心要干实事的。

老方将一杯水喝尽："我算是知道安总为什么让你来了。"

"气消了没？"陆玲玲笑问老方，"能和我一起解决这些问题了吧？"

"我对现状最了解，没我你还真不行。"老方喃喃。

陆玲玲接过老方手里的空杯："我们现在就聊食堂外包的事。对了，小海，年会你去找专业团队，越快越好，多找几家，让他们比稿。具体选哪家，你来定。我没别的要求，就一点，把钱用到该用的地方。"

"好的，陆总监。"对这位陆总监，沈小海这才有些心悦诚服起来。

第六章　朔风

想怎么活，我自己说了不算，想穿什么鞋，我还是可以替自己做主的。

1

就在陆玲玲和老方他们聊食堂外包时，机场内，等了很久的任意，终于接到了林一曼。

在首都，有一场服装行业高峰论坛。这个论坛每年举行一次，作为承办方之一，新灿集团的两位创始人，于新和安灿，他们已经与会三届。这一届，将由林一曼和安灿出席。

自从何夕生日后，林一曼就没到过公司，已消失整整一周。林一曼跟安灿说，她想出去走走，有些事，她需要想清楚。

安灿本以为林一曼不会来北京参会的，她已经想好了如何应对媒体以及那些怀抱着强烈好奇心的同行，直到三个小时前，她接到林一曼的电话，说人已经在赴京的飞机上。

堂堂新灿集团总裁，没带随行人员，只背着个双肩包，风尘仆仆地走到了任意身边。

"林总？"任意差点没认出林一曼来。

"走！"她笑了笑。

这位女总裁的笑容，任意见过太多，商业或者女性杂志的封面、自媒体文章的配图，又或者在公司的某次会议上、在走廊回应与她打招呼的员工，但是此刻，她脸上的笑容却是真实的、轻松的，虽然，这个笑容她只保持了一瞬间。

林一曼走进安灿的套房时，安灿正跟人谈事，对方得知面前这位有些灰头土脸的女人就是林一曼林总裁时，很是吃了一惊。

等把人打发走，安灿才对林一曼道："我还以为你不来了。"

"我把佐佐交给了他奶奶，佑佑呢，我妈带着，然后我给自己放了个超级大假，"林一曼说，"去了一个小海岛。以前一直想让于新带我去，他总没时间。"

"你要想的事，都想清楚了？"

"差不多吧。这个会，我都要准备什么？"

"会期三天，除了今天晚上的欢迎酒会和明天上午的主题论坛，其他的，你要不想出席，都可以不去。"

"行。我住哪儿？"

"我隔壁。房间衣橱里，有给你准备的礼服和鞋，酒会要穿的。"

"好。"林一曼这就要走。

"一曼，很抱歉，我知道你并不喜欢你现在在做的这些事，但是非常时期，高层变动会对集团造成很多影响……"

"你不用跟我说这些，我既然来了，就会尽力配合。"

晚上的欢迎酒会就在她们住的这家酒店举行，两位女总裁一进场，就成了焦点。安灿不停地给林一曼介绍酒会上的这些人，他们一开口，无不先说"节哀"。被好奇和怜悯的目光所包围，这让林一曼浑身不自在。这还不够，酒会安排了悼念于新的环节，林一曼再次被推到了那道看不见的聚光灯下。就好像所有人都在告诉她,你刚丧偶,你很可怜,我们都十分同情你。她决定暂时逃离这里。

林一曼坐在泳池旁,一双小腿泡在水里,高跟鞋摆在一边,那件昂贵礼服的裙摆就这么浮在水面。

"林总,安总到处在找你。"任意一边说着,一边脱自己的西服外套。

"噢,这里很安静,我想多待一会儿。"林一曼扭头看任意。

他手里拿着外套,正犹豫要不要给她披上,但不管给不给,都显得有些尴尬。

"谢谢。"她拿过那件外套,披到自己双肩上。

"虽然是室内,但这是泳池,不是温泉。林总,要不我们还是进去吧。"

"不去了,安灿自己能应付。"

"那我送你回房间。"

"你不用管我。"林一曼说着,端起放在一侧的酒杯,喝下一大口。

上一次,任意奉命找林一曼,是在杂物间里找到她的,这一次,则是在泳池旁。总之,他每一次都在奇奇怪怪的地方,找到这位奇奇怪怪的总裁。

"我不喜欢和那些家伙应酬,他们说的话,十句里有五句我是听不懂的。无所谓了,我既然答应了她,要继续当这个总裁,那就当一个吉祥物总裁好了。吉祥物你知道吧?"

"林总,你喝醉了……"

林一曼把高跟鞋扔进水里,在身边腾出了一个空位:"来,你坐。"

任意迟疑着,和她保持着半米距离,惶惶坐下。

"于新和安灿创立了新灿,他们做了很了不起的事……"

"他们是我的偶像。"

"是啊,他们是很了不起的人,你的偶像,很多人的偶像。可是任意,这世界上有他们那样的人,也有我这样的人。我呢,"她喝光杯里的酒,"从小就没什么志气,只想着有份稳定的工作,嫁个可靠的人,平平淡淡过完这辈子。我就不应该踏进新灿,我丈夫的梦想太大了,我背负不了,那就交给可以背负的人好了。这段时间,我一直在想这些问题,现在,我想通了,轻松了。"

"其实,我觉得你挺棒的。"

"嗯?"她侧着脑袋看他,"吹彩虹屁没用,我不会给你加薪的。"

"没有,"他笑着,"林总,你有你的强大。我的意思是,不是要像安总那样才算强大的。你看啊,你现在除了是新灿的总裁,还是两个孩子的母亲。虽然看着柔柔弱弱,有时候可能还有点情绪化,但你没有躲,你去面对了。"

"怎么不躲?我喜欢躲。"

"你要真的想躲,谁也找不到你。"

"也是……"她用脚掌搅动着池水,"还能比现在更糟吗?这句话,是你说的。说得很好,我经常想起这话。"

"好像也没那么糟?"

"大概吧,"她站起来,从水里捞起裙摆,"酒会差不多结束了?我回房了,谢谢你陪我说话。"

"鞋呢?"他指指漂在泳池中央的那双黑色高跟鞋。

"不喜欢，不要了，"她转身，边走边说着，"想怎么活，我自己说了不算，想穿什么鞋，我还是可以替自己做主的。对了，你的外套……"

他还没反应过来，她就将那件外套扔了过来，劈头盖脸刚好罩到他的脑袋上。待他取下外套再看，奇怪女总裁的身影就已经消失不见了，唯有一串带着水渍的深浅不一的脚印。

2

何夕上完为期一周的新员工集训班，正式开始了她作为电商部推广专员的试用期生涯。大厦的12层属于电商部，和其他推广专员一样，她被安排在这个楼层的大办公区。简单的短会后，组长发派了工作任务，再将她带至工位。她本想跟周边的同事们打个招呼，只是，他们每个人都在忙。

"何姐，忙着呢?"有人轻拍了下何夕的背。

何夕扭头："噢，你是……怎么称呼?"

"你忘了？咱俩同一批进来的，一起上的集训班，我还把你给得罪了。"

何夕这才想起来，面前这女孩，正是还在集训班时，说何夕混得惨的那个蓝衣女孩。这女孩今天换了比较职业的装扮，所以，何夕一时没认出来。

"是你啊……"

"米诺，你叫我小米就行，我分到五组了，知道何姐你在三组，我特地过来跟你道个歉。童言无忌，希望何姐你别把我的话放在心上。"

何夕正要说话，组长过来了。组长姓李，是个不苟言笑的家伙，年纪和何夕相当。

此时，李组长仍摆着扑克脸，对何夕道："你跟我来。"

"好，没问题。"这一位是何夕的直接领导，她不敢不听。

"十八楼，林总要见你。"

立在一边的米诺不禁咋舌，人家何夕毕竟是大老板和二老板的老同学，上班第一天就被召见了。

李组长在前面走，何夕跟在后头，两人到了电梯间门口。

等电梯的空隙，李组长悠悠道："这十八楼，要不是为了带你上去，我这种级别，还没什么机会去见世面呢。"

这话何夕没法接，只得保持微笑："谢谢组长，给你添麻烦了。"

说起十八楼，何夕想起一件事。大楼刚落成时，林一曼跟何夕吐槽过。十八楼，一般人都忌讳，可安灿非要把她和于新的办公室都安排在这个楼层，说是站得高才能看得远。林一曼劝过于新，他竟说，地狱就地狱，我不入地狱谁入地狱。

没想到，一语成谶……

"紧张什么，你和林总不都老熟人了嘛。"进了电梯，李组长见何夕神色有变，他戏谑道。

何夕干笑两声，自觉伸手去按楼层键。

十八楼果然别有洞天，和何夕嘈杂喧哗的办公区相比，这里安静至极。长长的铺了地毯的楼道上，虽不时有人走过，但他们举止优雅，连交谈都是低声的。同样优雅的还有前台那个女孩，她正对李组长和何夕浅笑。李组长说明来意，女孩打了个电话，不一会儿，又出来个女孩。

"何姐好，我是林总的助理裴娜。"裴娜一上来，就挽住了何夕的手臂，像是两人已相熟多时。

扑克脸李组长只冲裴娜点了点头，转身就走。

何夕和裴娜相携而行，刚走到人事行政部办公区门口，就有个面无表情的女孩冲了出来，跟在她身后的是个肤色黝黑的中年男子。裴娜拉着何夕，往后退了一步。

"还人事主管呢，他干的是人事吗？我是说要精减人员，可没让他拿孕妇开刀啊。"女孩昂着头，沉声说着。

"那个莉莎才怀孕三个月，谁也没告诉，这事，郝主管他之前不知道……"

"老方，你又开始和稀泥了？"

两人越走越远，往楼道那头去了。

"陆玲玲，人事行政部总监，"裴娜朝那个方向抬了抬下巴，"新官上任三把火，喏，又去找安总汇报工作了。"

原来那位就是大名鼎鼎的陆玲玲，嗯，还真是新灿大管家的模样。

"安总今天也在公司？"何夕问道。

"何姐，是林总要见你。至于安总嘛，这一时半刻，应该是没时间见你了。她是大忙人，林总有时候想找她，都未必能马上见到。没事，往后有什么，你直接找林总，或者找我也成。"裴娜低声说道。

这十八楼，何夕是再也不想来了。就来这么一趟，便被李组长冷嘲热讽。既然她已入职，本来就该用业绩说话，要是她何夕业绩不好，就算她是天王老子的老同学，部门的人也不会高看她一眼的。再者，这种别人赏的脸面，总归没有自己挣来的好看。

新灿刚起步的时候，包括前些年，安灿曾对何夕抛过橄榄枝，让她加入。刚起步时，何夕觉得这事风险太大，说白了就是输不起。前些年呢，一则有些抹不开面子，安灿当时那么需要用人，她何夕硬是给拒绝了，人家风光了，她巴巴凑上去，这算什么事？二则她在原公司都待熟了，不愿挪地方重新适应。三则，她快奔四，多少有些认命了，安灿和林一曼是住豪宅的命，她是住老破小的命，命里没有的又何必强求呢？

如果仅仅是原公司将她辞退，她还不至于破釜沉舟来新灿。她虽然没什么能力，平庸至极，但找份果腹的工作倒也不难。问题就在于，她听说原公司快撑不下去了，过段时间，她还在原公司上班的丈夫王超，怕是也要失业了……

何夕这么想着，就进了林一曼的办公室。

"来得正好，尝尝我的咖啡。"林一曼在鼓捣手冲咖啡。

"林总好。"

"林总？"林一曼拽着何夕坐下，"你才上班不到半天，那么快就进入角色了？这里没林总，不许叫我林总。怎么样，还习惯吗？"

"挺好的。"

"以后没事的话，就来我这儿，陪我喝咖啡。"

"那……"何夕笑了，"那可不行，我得工作。"

林一曼倒了咖啡给何夕："要是做得不开心，一定要跟我说。"

何夕点点头："喝完这杯咖啡，我就得下楼了，我还要……"

"知道啦，"林一曼摇摇头，"你们都是大忙人，就我最闲。"

何夕张嘴想说什么，到底还是没有说出来，只捏起那只小巧的咖啡杯，一口气将咖啡喝完。

第六章　朔风

3

这段时间，对林一曼和安灿来说，像是过得很慢，漫长到她们总以为一切都未曾改变，而有时候，时间却又漏得很急，像指缝留不住的细沙。

林一曼从一个全职太太，变成了新灿集团董事长兼总裁、励志女性、新闻人物，但这些是别人眼里的她，她知道人设之下的自己是谁，她只是被立在新灿大厦门口的一尊石狮子，又或是会被制作成各种周边的吉祥物。她就是她，她永远替代不了她的亡夫，她也成为不了安灿。

数月来，林一曼出席过很多场合。在公司年会上，她见到了于新说过的那些兄弟姐妹，他们或是分公司老总，或是旗下培训机构的负责人。客观来说，新任人事行政部总监陆玲玲，她的能力确实远在薛燕之上，这一点，通过陆玲玲办的年会就能看出来。年会透着低调，却又不失温馨，有缅怀过往，也有畅想未来。

酒过三巡，于新的那些兄弟姐妹便要向林一曼敬酒。他们说着自己和这位创始人的故事。比如，苏城分公司的丁总，年纪和于新相当，他回忆起自己刚到新灿那年，因囊中羞涩付不起房租，于新是如何慷慨解囊。

薛燕也来了，这还是她调到江城分公司后，第一次出现在众人的视线里。她瘦了，她这个年纪，人一瘦，便多少显得有些苍老。她和那些讲着故事的兄弟姐妹不一样，只静静坐在属于她的那个位置上。年会结束后，林一曼找了个僻静的茶馆，让助理裴娜去请薛燕。

"江城那边，都顺利吗？"林一曼问薛燕。

薛燕点头道:"安总喜欢用年轻人,所以,江城分公司那边基本都是年轻人,我嘛,我向他们学习。"

"你也别太由着他们……"

"我倒是想管,但是,"薛燕看着面前的那杯岩茶,"我老了,我也服老了。林总,能给我换杯白开水吗?我现在一喝茶就容易失眠。"

林一曼给薛燕倒了杯温水,一边在心里犯嘀咕,不知堵在心里那些话该不该说,要是说,又该怎么说。

喝下半杯温水,薛燕的脸色好了些,她主动对林一曼道:"你都知道多少?"

在那个薛燕被调往江城分公司的会议结束后,林一曼从没问过一句,薛燕也从没解释过一句。只在薛燕到江城后,发了个微信过来,唯有短短四字:已到江城。林一曼的回复也很简短,那是因为她实在不知该怎么回复,只敲下两字:保重。

有些事,只能意会,无法言传。有些事,又是微妙的,是你知道我知道但你装作我不知道。

"燕姐……"林一曼还是开不了口。

"我问的是,我和陈启明的事,你知道多少?"

林一曼沉吟片刻,才道:"安灿没打算告诉我,是我让她说的。"

"这就是安灿,顺水推舟让我去江城,看起来保全了我,却也把我从她身边撵走了。"

"你别这么说她。她这么做,更多的是在为你考虑。"

"我差点忘记,你们始终是朋友。"

"你为什么要这么做?"

"你指的是哪件事，我为什么要和陈启明在一起，还是，我为什么不想再跟于新、安灿为伍？这两件事，我都做了，但我不后悔。"

薛燕的坦然，让林一曼诧异。

"这是同一件事。"沉默了片刻，林一曼道。

"今天我既然来赴约，就知道你会跟我聊这些。也好，这些话堵在我心里很久了，一直没有机会跟谁分享。我为什么要和陈启明在一起呢？因为，我在那段已经结束的失败婚姻里，没有体会过被重视被呵护的感觉，但陈启明给我了。"

"可是他有老婆了。"

"他有老婆了，嗯，当年我前夫出轨的时候，那个女人也知道他有老婆。"

"不能说他们伤害了你，你就可以去伤害不相干的人。"

"站在道德制高点上审判别人，总是张张嘴就可以的。"

"我没有审判你的意思，我希望你能回头。"

"你放心，现在我和他的一切都结束了。就算是结束了，我也还是这句话，我不后悔。"

林一曼皱着眉头："值得吗？他只是在利用你！"

"我……"薛燕扭头去看窗外的夜色，"这个，我也知道。说到利用，十年了，我跟着于新和安灿一起打拼，不也是相互利用的关系吗？这几年，我明显感觉到我对他们来说已经没什么价值了，新灿不需要我了。董事会里，我的股份是最少的。我曾经是新灿的人事行政部总监，这个职位是挺好听的，但更像是他们俩对我的施舍。我讨厌施舍。可是陈启明不一样，他觉得我有用，他还需要我。"

"你怎么会这么想？难道于新和安灿对你不好吗？还有我，我一直都很尊敬你，于新走了之后，我把你当成最值得信赖的人，你却……"

"你恨我把你推到这个位置上？"薛燕转过头，看着林一曼，"你觉得自己被我们利用了？"

"恨？于新走了之后，我把能恨的人全都恨了一遍。但是，我把所有人所有事都恨一遍，于新就能回来了么？我的孩子就能重新见到他们的父亲了吗？对于新来说，除了父母和孩子，我们三个就是他最亲密的人，然而，也就是我们，把他一步步逼上了那条路。哪怕我们什么也没做，自认为从未伤害他，可是在他本该向我们求助的时候，我们又在做什么？安灿要求他做最优秀的合伙人，我要求他做最好的丈夫，你呢，你要求他对你这个姐姐言听计从，好任你摆布……"林一曼站了起来。

林一曼在茶室里走了几步，继续说道："说起来，还是到新灿之后，我才开始真正了解我的丈夫。他和安灿一样，都渴望把新灿做大做强，他没有想过放弃。只是，他累了。我对安灿确实有怨恨，有嫉妒，还有不满，但她才是那个能够实现于新理想的人。我会好好待在新灿，完成我的使命。"

"使命……这是安灿会说的词。嗯，我在江城遥祝你们成功。我等着新灿的女装品牌走出国门。"

"这句话，你应该自己告诉她。"

"她不会再信任我了。以我对她的了解，再过一两年，她就会找个由头把我从江城撤下来，让我回家养老。一曼，"此时，薛燕不再称呼林一曼为林总，"虽然我不喜欢现在的安灿，可她仍然是我最钦佩的人。她知道自己想做什么，想要什么，从来都是心无旁骛。你告诉她，陈启明现在她还不能动，她也还动不了。"

"好，我会转告安灿的。"

薛燕有些疲惫地站起身来："不早了，我该回家了，佳音还在等我呢。我和陈启明的事，谢谢你们替我隐瞒，让我在佳音面前，还能像个当妈的。说起来，我拼了这许多年，不就是为了当个称职的母亲吗……"

薛燕就这么絮絮叨叨地走出了茶室。茶室的门一开，夜风便灌了进来，将那未饮尽的茶汤吹皱，微泛起冰凉的涟漪。

4

公司办完年会之后，就快过春节了。这个时候，安灿才想起来，眼下她还有两桩私事要办，一桩是她得参加陈默和陆泽西的婚礼，这对新人一再强调，要她携"先生"赴婚宴。第二桩则是，安灿和她那位先生刘瑞的离婚手续该办了。

婚姻围城，有人进去，就有人出来，当然，也有人会像卫开那样，结了离，离了结，在城里进进出出，乐此不疲。卫开的现任妻子，比他整整小了十八岁，着实是个小娇妻。他说这一回，他找到真爱了。可是，当他和上一任，那个知性的女文青结婚时，他在婚礼上也是这么讲的。每个人都有自己的生活方式，安灿没兴趣评价他人。况且，人家卫开好歹是在每次终结一段婚姻关系之后，才开始追求新的对象。不爱就是不爱，爱就是爱，一切都清清楚楚，毫不拖泥带水。

为了不再拖泥带水，陈默的婚礼，安灿并没有带刘瑞。

新娘陈默和新郎陆泽西原是西亚整形机构的合伙人，不过，听陈默说，陆泽西为了让两人的婚姻关系更纯粹，婚后将会退出西亚。陆泽西有过婚史，他之前的宗旨是"只恋爱，不结婚"，陈默更甚，曾经的她，就从没想过结婚这码子事。他们的故事，说来很长，这个结局，是过尽千帆，也是尘埃落定。

安灿参加过不少婚礼。大多数婚礼，都是办给别人看的，比如她和刘瑞的——在那个时间点，遇到一个貌似合适的对象，举行一场看着皆大欢喜的仪式，走进一段完全未知的人生。

比起安灿那个盛大的仪式，陈默的简约了很多，是一个中规中矩的草坪婚礼。

在婚礼上，安灿见到了久违的堂姐。堂姐叫安汶，是陆泽西的同学，安灿和陈默会成为朋友，就是因为安汶。这两年，安汶投身民宿业。本是小打小闹，倒无心插柳做了个品牌出来，好在她有个得力的合伙人。合伙人叫海莉，安灿见过她两次，看着很是干练。

此刻，素来热心的安汶正忙着和相熟的宾客打招呼。见堂妹到了，安汶忙迎了过来。

"今天是陈默和老陆结婚，等过完年，就该轮到海莉和明杭了，"安汶笑对安灿，"那一对，比陈默他们还折腾，不过，总算也是修成了正果。喏，现在和新人合照的那对，是方致远和周宁静，两口子都是我同学。"

"宁静致远，听名字就很般配。"

安汶摇摇头："这一对啊，差点就离了，闹得特别僵。后来宁静去了上海，他们俩这么一异地，关系倒是慢慢修复了。这世界上，哪有什么天生的般配。般配，都是你退一步，我让一步，你进一步，我跟一步，这么慢慢磨出来的。"

"那你和刘易斯呢？你们俩磨出来了吗？"

"我啊,"安汶转着手里的酒杯,"我还是喜欢一个人生活。当年生下闹闹,我就和徐子文离婚了。子文命短,他撒手一走,我又开始和徐家争夺闹闹的抚养权。后面你也知道的,闹闹的身体不好,我没少奔波。这一路走来,我真挺累的,特别累。也就是做民宿这几年,整天都待在山里,我感觉清静了不少。有的人适合结婚过日子,打打闹闹,花样百出都不累。也有的人呢,余生就愿意一个人待着。再说了,我还有闹闹呢,有儿万事足。我知足了。"

"也是。"

"别光说我,你呢?你和刘瑞结婚这么久,就没想过要个孩子?"

"我们决定离婚了,约了明天办手续。"

安汶先是一愣,接着问道:"为什么啊?"

"嗯……"安灿不知该从何说起,"不提了。"

"这事你爸妈知道吗?"

"他们……"安灿的神情黯淡了下来。

"他们还是不肯原谅你?"

"如果我是他们,我也不会原谅自己。"

"安庆的事,和你没关系,都是他自己……"

"别说了,别说这些。"

安汶换了话题,她揽过安灿的肩膀:"你和刘瑞未必就走到离婚这一步了……"

两人说话间,一袭白纱的陈默走了过来:"离婚?我大喜的日子,你们就聊这个?"

安家姐妹相识一眼,极有默契地微笑着转对陈默。

"我们俩正八卦呢。"安汶说着。

陈默还想说什么，转身就被几个宾客拉到一边合影了。

这时，安汶冲安灿叹了口气，问道："真的决定好了？"

安灿点了点头，缓缓道："我和刘瑞的事，你先别告诉陈默，她刚结婚，别让她觉着婚姻这事无趣。"

"我知道。你和你的刘医生之间，就真的那么无趣吗？"

安灿横了安汶一眼，再不多话。

婚礼快结束时，下起一场微雨。先行离开的安灿，在露天停车场遇到了方致远夫妇。他们俩撑在一把伞下，正亲密地说着什么，还夹杂着些许笑声。没有伞的安灿，一时定在那里，不想惊扰他们，直到她发现自己的头顶上有了一把伞。

她扭头，看到了刘瑞。

"你怎么在这儿？"

"来不及了，我们得抓紧时间。"他一边说，一边就抓过她的手。

"你等一下，这个点，民政局可不上班。"

刘瑞撑伞的手有些颤抖，他顿了几秒钟，道："我们要去海市一趟。马上。"

海市某医院，重症监护室。

安灿和刘瑞在探视区的屏幕上看到了安母，安父则远远立在走廊那头，刻意和女儿保持着距离。

"我刚问过了，情况已经趋于稳定，"刘瑞低声说着，"万幸啊，妈妈心梗发作的时候，她和爸爸刚好就在医院附近，抢救得很及时。过不了几天，她就能转到普通病房，到时你再陪她好好说说话。"

"她不会想见我的,更不会想和我说话……"安灿喃喃道。

刘瑞宽慰:"你要有点耐心,慢慢来。"

慢慢来?这些年,在安灿的词典里,从来就没有"慢"这个字。在工作中,她每天都会面对各种问题,她需要用最有效率的方式来处理和解决这些问题。可是,换到生活里,她再把那些高效率的方案拿出来时,往往适得其反。弟弟意外离世后,她以刘瑞的名义给父母请过保姆,找过心理医生,报过旅行团,他们总是用种种理由来拒绝。

"你和我爸妈一直有联系?"安灿问道。

"有时候是我主动联系他们,偶尔,他们也会联系我。这次,是爸爸给我打的电话,让我和你回海市的,他担心妈妈会……"

安灿别过头,看到站在走廊那头的安父,父亲的身影有点模糊,依稀看到他从裤兜里掏出一包烟,但很快,又塞了回去。

5

曾经,林一曼最喜欢的就是过年。

只有在春节,于新才有那么几天完整的陪伴家人的时间。而作为于太太的林一曼,总是能够把这宝贵的时间安排得十分完美,让家里所有人都满意。

对林一曼这个圈子里的全职太太们来说,家庭就是她们的职场。林一曼曾被年长她很多的赵太太拉去听了一节女德课,台上的老师侃侃而谈,教唆学员把老公当老板。赵太太对此颇有心得,结合着自己身上的案例,恨不得把所有驭夫秘籍都传授给林一曼。

一面说"把老公当老板",一面又张牙舞爪要"驭夫",林一曼认为赵太太的这套逻辑根本就不自洽。所谓的女德课,林一曼哪里还肯去听,非但如此,她还有意疏远了赵太太。在林一曼看来,老公就是老公,既不是需要去服从的老板,也无须煞费苦心去征服。

很快,林一曼就找到了真正属于她的圈子。在新的交际圈里,太太们的另一半和于新一样,都属于这个城市的"创一代"。那时,林一曼刚生下第一个孩子,在城内收费最昂贵的月子会所,结识了几个和她有着共同经历的太太,她们的丈夫都是这座城市的新贵。

这样的新贵,往往都没有可以吹嘘的家世,大家皆是光着脚走过来的。对他们而言,不进则退。作为他们的太太,多半也有和他们一样蓬勃的进取心。有了孩子的林一曼,渐渐感受到了婚姻的疲惫,她实在太需要一点半点对生活的热情了,所以,在她们身上,她总能看到希望。

她们不像赵太太那样,只把心思用在丈夫和孩子身上,除了婚姻和家庭,她们关注着这个世界正在发生的一切,以及还未发生的一切。换句话说,她们都懂一些厨艺,有些甚至精通,但她们绝不囿于厨房。

像莫太太,结婚前是在金融圈里打滚的,对理财投资最是在行。再比如拿过钢琴比赛全国大奖的陈太太,法学硕士李太太,退役体操运动员张太太,前畅销书作家米太太……林一曼属于发展得比较均衡的那种选手,什么都会一点,但没有特别能拿得出手的东西。和诸位太太比起来,林一曼似乎没有闪光点,大概是因为这样,她在圈子里的人缘倒是一直都不错。

有段时间,她们相互安利着一本书,叫《我是一个妈妈,我需要铂金包》,她们在书里看到的是美国曼哈顿上东区焦虑满满的育儿战争。林一曼不一样,她对这些不太感兴趣,倒是想起了她第一次进奢侈品店买包的情形。

那时她和于新的婚期刚定,他喜欢带着她出席各种场合。也是因为这样,他认为她需要一些像样的"装备"。就是那个时候,她才意识到自己的未婚夫已经不是那个为房租和水电费犯愁的穷小子了。他把挑选婚房的任务交给了她,她走了很多地方,做了详细的攻略,递到他面前,让他来敲定。他指着那套她甚至都不敢想的市中心小三房说道:"好是好,但它和你的胆子一样,不够大。"

于是,她选了半山的别墅。他说,他已经有能力给她幸福,要给她好的、更好的、最好的。她努力跟上他的步调,去接受他的好,用各种物质来证明她的丈夫已出人头地,奢侈的、昂贵的、稀缺的。然而,几年之后,他却告诉她,不要沉迷物质,人应该有精神追求。待她有些明白他说的精神追求是什么时,他则离开了这个世界。他们俩永远都无法同频共振。

有些话林一曼从没对何夕说过,要是说了,何夕一定会反感。林一曼一直向往的,其实是何夕那样的生活。林一曼都能想到何夕听了这话的反应:唔,有钱人果然是不快乐的呢。

林一曼喜欢的,是何夕和王超的相处模式,没有谁要征服谁,没有谁要附属谁,他们绝对平等。有时候他们吵得面红耳赤,却又会很快和好。在他们家,所有人都可以说话,所有话都可以说出来,从来就不需要憋着。

春节前,何夕的忧虑成了真,继她失业之后,王超也被公司辞退了。王超想自己创业,何夕纠结了一下,决定全力支持。

这几天再看何夕的朋友圈，她发得最多的还是家庭生活的九宫格照片。何夕的房子是不大，盛放饭菜的餐具也不精致，连那张木质餐桌都是坑坑洼洼的，但她的小日子仍旧充满希望。

当上女总裁的这些日子，林一曼多了自知之明。有的女人，如安灿，钢板一块。有的女人，如何夕，是韧劲十足的橡胶。而她林一曼，就像薄薄的纸片，哪怕修炼到了头，至多就是张粗粝的砂纸。

没有于新的春节，居然比往年热闹了。春节前一天，林一曼的那些太太朋友相约登门，每个人都带了礼物，说说笑笑，只绝口不提这日是情人节。林一曼感激的倒不是这个，而是，在这个她们本该和她们的老公度过的仪式感满满的浪漫节日里，她们还能想到她。

春节当天，林一曼的大平层更是被挤得满满当当，父母、公婆、儿女、保姆，之前和林一曼闹得有些不愉快的大姑子于慧，她也携家带口来了。众人竭力营造着阖家团圆的美满气氛，连于慧都说了不少场面话。林一曼看到于慧好几次想从包里掏香烟，都暗暗地忍耐下来了。林一曼便将于慧带到了于新的书房，让她随意。于慧长着和于新一样的眼睛，她坐进他的书房抽烟，烟雾缭绕的，让林一曼一时有些失神。

"我一个人在这儿就行，别呛到你。"于慧对林一曼道。

林一曼拧开空气净化器："没事，我很久没进这间房了，我陪你坐会儿吧。"

"上回……我不是有心要和你吵架。爸妈都跟我说了，等过完年，你就会把佐佐交给他们来带。我替他们谢谢你。你放心，但凡你休假，你有时间了，佐佐就回来陪你。"

"当时你心直口快,我的情绪也有点激动,都过去了,翻篇吧。佐佐永远都是爸妈的孙子,交给他们,我放心。"

"一曼,我不是真的要爸妈和你争什么抚养权……那事一出,二老的头发都白了一大半,他们需要一些宽慰。我知道,你比他们更需要佐佐和佑佑,可我为人子女,得为他们考虑……"

"别说了,姐。"

"你接手了新灿,在外人看来,或许是什么天大的好事。可我明白你要挑的担子是什么,有多重……是,我是挺喜欢安灿的,也很欣赏她,可要是你在新灿她给你受了委屈,她欺负你了,你得告诉我,我帮你出头。"

林一曼忙道:"没有没有,没人欺负我。"

"以后咱俩还会不会掐起来,这个,我不能保证。但是吧,我们是一家人,吵不散的。我是佐佐和佑佑的姑姑,你的大姑姐,打断骨头连着筋……"于慧说着,把烟头灭了,"走吧,该吃年夜饭了。"

年夜饭照例丰盛,包的饺子仍是于新最爱的三鲜馅。大人们都喝了不少酒,几轮推杯换盏,林一曼已有些不支。恍惚中,她觉得于慧将她送回了房。这位粗枝大叶的大姑子,临走前给林一曼盖上了被子,像是还长长地叹了一口气。

这声长叹,让林一曼瞬时清醒过来,她意识到接下来每个本该阖家团圆的日子,她和她的家人们都会像今天这般小心翼翼、如履薄冰,唯恐戳疼彼此还未结痂的伤口。而她的家,是再也团不圆了。

林一曼的手机一直在响,她坐起来看,全是些新年祝福。她想起了什么,点开安灿的微信头像,琢磨半天,发了句"安灿,过年好"。那边"对方正在输入"了很久，才发来一句：过年好，一切都会好起来的。

　　一切，真的还会好起来吗？

第七章　春来

烈日骄阳，热浪滚滚来袭，她却庆幸，挂在眼角的泪水瞬时就能风干，这说明，她还有机会重振旗鼓。

1

一切都会好起来的。

安灿在过往的十年里，曾遇到无数大大小小的坎。

跑业务时，她磨破了脚后跟和嘴皮子，像只聒噪的苍蝇，在客户们跟前嗡嗡转。对方越是难缠，她就越来劲，非要说动对方不可。那时的她和于新，没有人脉、没有资源、没有平台，但她有着大把大把的时间和精力，随时随地都可以跟人大谈美好未来。为了证明这个美好未来是可期的，她把自己打造成了行走的PPT。她在哪里，哪里就有路演。

缺钱，她跑银行、找投资，一次次被冷待，又一次次登门。从银行申请到第一笔创业贷款后，她激动得两天两夜没睡觉，拉着于新做规划，想尽办法扩大规模。找投资被拒，对方冷嘲热讽，把她的脸面扯下来，连带着将她的梦想放在地上摩擦。她走出对方公司的大门，烈日骄阳，热浪滚滚来袭，她却庆幸，挂在眼角的泪水瞬时就能风干，这说明，她还有机会重振旗鼓。她到小商店买了一直没舍得买的最贵的那种纯净水,冰镇的,一半喝下,一半洗脸,重整妆容后,再次走进了那家公司。

缺人,她又化身伯乐,从各种渠道去物色,低声下气也好,高薪聘请也好,总之,只要她能做到,只要她有。她的这些个热忱,不是每次都能换来别人的善意。可她相信,哪怕十次里只有一次,那就算是值得。

这一路走来,"被拒绝"是安灿的常态,她从来没怕过。然而,大年夜的此刻,徘徊在病房门口的安灿,她第一次感受到了害怕,她害怕自己再次被父母拒之门外。

安母终于从重症监护室转到了普通病房,这个春节,安灿和刘瑞陪父母在医院过。只是,到目前为止,安灿还未能踏进母亲的病房半步。

许久之后,刘瑞从病房走了出来,他冲安灿点点头:"爸妈要见你。"

安灿本是靠着墙的,她一下站直了身体,难以置信地看着刘瑞。

"不管他们说什么,你都听着……"他叮嘱着她。

"我知道我知道,"她的声音又快又轻,指了指自己的脸,"只是,我看起来……"

他笑了:"补个口红就好。"

安母住的单人病房内,病床对面的墙上贴了个喜庆的"福"字,床头摆放了鲜花,这些都是刘瑞给准备的。安灿进去时,安母半躺着,安父就坐在床边的一张椅子上。

"爸、妈。"安灿恭敬地站着。

三年了,安庆出意外后,安灿就再也没有见过父母。此刻,她是如此惴惴不安,尽管这一幕她已经在心里预演了无数遍。

"我……"安父清了清嗓子,"于新的事我都听说了,这段时间,你也不容易吧?"

安灿对上了父亲的眼神,她立时哽咽:"新灿还在正常运转。"

"我没问新灿怎么样,我问的是你!你怎么样?"

见安灿愣在那儿,安母摇摇头,对安父道:"你啊……你既然都把她给叫回来了,又何苦作出这副样子……你作给谁看?"

安母说毕,又转对安灿:"我在鬼门关里转了一圈,以为自己也要走了。醒过来之后,我想了很多。有些事,再不情愿,也该放下了。"

"妈……对不起,我对不起安庆,也对不起你们……"

"论错,其实是我和你爸的错,我们没有管教好安庆……但是吧,把错安在你头上,才显得我们没有错,我们才能赖活着……对吧,老头子?"

安父张嘴想说什么,到底还是咽了回去。

安母再道:"刘瑞经常和我通电话,你的情况其实我们都知道……不是不想见你,说白了,就是……"

"妈,我都懂。"

安母落了泪,用手捂着口鼻,尽量不让自己哭出声来。安灿走过去,抱住了久违的母亲。

从医院出来,安灿和刘瑞,这对即将离异的夫妻并肩而行,他们保持着应有的距离。深夜时分,街道却张灯结彩,仿佛在提醒着他们,这是一个除夕夜。

"我看这一路上挺热闹的,那边不远处就有条步行街。"刘瑞打破了沉默。

"是,那条步行街,上大学时,我和一曼最喜欢逛了。步行街有夜市,于新摆摊卖过袜子。你不知道,他进的袜子款式太老土了,压了一堆货没卖出去。结果,我啊,一曼啊,我们所有同学都穿上了他的袜子,他……"安灿说着说着,再也没声响了。

"我们慢慢走过去。"刘瑞脱下自己的羊毛围巾,挂到安灿的脖子上。

他们刚恋爱时,她就像刚才那样爱说话,事无巨细地跟他分享着她的工作和生活。他们俩都忙,却总能抽出时间约会,如别的恋人般,他们也吃饭,也看电影,也压马路。他喜欢听她说话,对她来说,有倾吐对象大概是种放松,殊不知于他而言,倾听她的一切,则是一种享受。

有次他到新灿找她,那是他头一回见到这位霸道女老板的工作状态。那个状态,和他面前的她相比,简直判若两人。他觉得她对他,和对别人不一样。这就够了。

步行街上年味浓郁,往来的人群以年轻人为主。窝在家里看春晚,对这些年轻人来说,大概不再是一种传统。让刘瑞意外的是,步行街上的店铺大多数都还开着,处处张灯结彩。他正想找个地方吃点东西,一扭头,发现安灿不见了。他回身去找,发现她站在街边的一个小摊前。

"小姐姐,这对耳环真的特别适合你的气质,超好看的。"小摊的主人是个清秀的男孩。

"就它了。"刘瑞掏出手机要扫码。

安灿笑问:"你要给我买?"

"对啊。"

"那就……"她伸手抓了好几对耳环,"多买一点。"

"小哥哥,你看我这剩的货也不多了,你就全给小姐姐买了吧。清了这些货,我就要带女朋友去看烟花了。"摊主男孩笑嘻嘻道。

未等刘瑞应声,那男孩就将所有耳环打包好,塞到了安灿手里。

刘瑞问了价格,笑着扫了码:"有烟花?"

"对啊,沿江公园有烟花秀,还有灯光秀呢,特别好看。"

刘瑞和安灿对视了一眼。

步行街离沿江公园不远,那里果然热闹非凡。夜空被灯光和烟花点亮,让人仿佛置身梦境。人声鼎沸中,刘瑞牵住了安灿的手,她的手僵了一下,终是没有拒绝。她抬眼看他,只看到他的侧脸,他的嘴角似乎上扬着,是在微笑。

他们已经两年没在一起过春节了。前年,是她忙着处理新灿的一起突发事件,完全顾不上过年。别说过年,她连家都回不了。去年,她有心补偿他,要陪他过年,他却要在医院值班。在他们已持续六年的婚姻生活里,真正在一起度过的时间,细算起来,真是少之又少。

而此时,大年夜,在海市,她的家乡,在被烟花铺满的夜空下,灯光交织的梦幻里,他牵了她的手,她知道这意味着什么。她有很多理由甩开他的手,每一个都义正词严,每一个都充满理智:她认为他应该有更好更合适的伴侣,他值得;她没有信心继续经营这段婚姻,她累了;她的前路仍然漫长,孑然一身才是最负责任的态度。

只是,她的感性战胜了这一切。她不喜欢感性的自己,这会让她软弱不堪。但他那双温暖的大手包裹住她的冰凉时，让她觉得，就这么感性一次，就这么软弱一次，好像也是可以的。

2

看春晚，始终是何夕家大年夜的保留节目。

作为有城土著，何夕从来没体会过春运，至于"去谁父母家过年"，这种事，她也不必纠结。她自家父母，与她弟弟弟媳同住，不论从哪个角度来说，都不需要她拖家带口去凑热闹，只需要初二回一趟娘家。王超的父母嘛，在王超上大学后就离了婚，相继组建了新的家庭，人家其乐融融得很。

所以，对何夕来说，过年是真正的假期，她可以研究一下新菜谱，发起一次大扫除，然后在看春晚时，感慨一句"又老了"。

儿子对春晚并不感兴趣，只醉心手游。大过年的，何夕也便由着他了。丈夫王超好像有些不耐烦，看到一半，他就起身去了阳台。

客厅外面的阳台很是狭小，两侧堆砌杂物，顶上则晾满了一家人花花绿绿的衣服。何夕撩开一条牛仔裤的裤腿，拍了拍王超的肩膀。趴在栏杆上抽烟的王超条件反射般要掐灭手里的烟头。

"没事，你抽吧。"何夕立到王超身边。

王超仍是把烟灭了，伸手揽过何夕。这兼作杂物间和洗衣间的阳台，也只能容纳他们俩。两人往外望去，远远近近的，是高楼林立，也是万家灯火。

这些年，有城的新楼盘开了一个又一个。别墅、合院、排屋、叠墅、大平层，还有设计合理的带两个卫生间的紧凑小三房，也有动静分明的大三房。不过，何夕最喜欢的是四叶草户型的大四房，主卧带卫生间和衣帽间，至于那三间次卧，一间给儿子，一间是客房，还剩一间，嗯，应该给王超当书房。

曾几何时，王超是个文学青年，爱看书，也爱买书。随着儿子出生，他们的小家渐渐容不下王超的个人爱好了。书架被挪走，换成了儿子的写字桌。那些书，则被打包装箱，塞进了床底。

"我……"何夕突然道，"其实我存了一笔钱。"

"噢，我知道啊，我又不是大傻子。你存着呗，儿子一天天大了，要用钱的地方多了。再说啦，你不是还想换房子么？"王超笑了。

"换房子，"何夕也笑起来，"这事远着呢，那点钱怎么够？钱你拿着。"

"不用。"

"你要自己干，要创业，处处都得用钱。你要是挣了，这钱你双倍还我，你要是亏了，唔，那我这个投资人只能自认倒霉。"

"你啊，"王超的下巴抵着何夕的额头，"嫁给我，你真够倒霉。我混得不好，没让你住上大房子不说，都快四十岁了，我还把工作给弄丢了。"

"我不也丢工作了吗？这个吧，不是咱俩能力不行，是之前那家公司的问题，经营不善嘛。再说了，快四十岁失业，总比快五十岁失业要好。你看我，我现在在新灿不是也挺好的嘛。"

"真的挺好？"

那倒也不是……

何夕这么想着，却仍是鼓励王超："年轻有年轻的好，年轻人有冲劲，什么都不怕。可到了我们这个岁数，比如我老公你这样的，成熟、稳重、大方，通晓人情世故，处事周全……"

"说半天,大招憋在这儿呢,这是在夸我?"

"自己老公还不能夸了?"何夕也揪揪王超的脸皮,"不好意思啦?"

王超没再说话,只是抓过何夕的手,顺势搂紧了她。

"妈,我饿了,你到底还做不做夜宵了……"儿子捏着手机冲到阳台,"哇,你们……难怪了,我闻到好大一股恋爱的酸臭味……啧啧……"

"滚!"王超要去踢儿子的屁股。

儿子哇哇乱叫着跑开,何夕大笑起来。

零点已过。

对独居的陆玲玲来说,春节只是某个稀松平常的节日,跟世界睡眠日之类的没什么区别。大学刚毕业时,她也回老家陪父母过年。后来她年岁渐长,他们催婚的力度也越来越大,就差没把她和他们心仪的女婿候选人绑一块儿了。三姑六婆更甚,什么人都敢给她介绍。

过完年,陆玲玲就29岁了,以老家那个小镇的婚配标准来看,她这就属于大龄未婚女青年了。她的那些个小学同学、初高中同学,基本都结了婚,有的孩子都挺大的了,有的呢,已经高高兴兴地迈入了第二段婚姻。作为陆家唯一的孩子,陆玲玲压力巨大。

在陆玲玲看来,她的父母就是一组矛盾综合体。在她小时候,他们一直灌输给她的理念是,好好读书,女孩子更要出去见世面。待她大学毕业,他们又要求她回老家工作,理由是:考个编制呗,公务员不错,老师也挺好,总之,女孩子嘛,稳定就行。不好意思,已经见了世面的陆玲玲,她是再也回不去了。

大学毕业后，陆玲玲在好几家公司待过，所以，她的简历并不算好看。毕竟，每个老板都希望自己的员工相对稳定，坐得住，也留得下。为了谋生，她阴差阳错地干起了女装专柜的导购，后来巧遇安灿，进了新灿，一待就是五年。

所以，安灿不但是陆玲玲的老板，更是伯乐和偶像。这些年，陆玲玲成长迅速，能够独当一面，那都是安灿手把手带出来的。

对过年没兴趣的陆玲玲，跟往常一样，零点一过就要准时上床睡觉。这时，她的手机响了，她皱眉接起，有些不耐烦地嘟囔了几句。

接着，她黑着脸去开门，对着门外的人说道："我不是说了么，我习惯一个人过年。"

那站在门边的男人，正是新灿市场部副总监杨奇。

杨奇推了推架在鼻子上的黑框眼镜："对啊，现在是零点十五分，年已经过完，所以，我可以来陪你了。"

"你就没别的事可干了？"陆玲玲还是让杨奇进了门。

杨奇顺手从冰箱拿了罐啤酒，看起来，他对陆玲玲这里很是熟悉："需要我再重复一遍吗？"

"随便。"

"你是我的女朋友，对吧？"

"算是。"

"我是你的男朋友，是吗？"

"哦。"

"嗯，要不是问过你，我还以为你忘了呢。"杨奇一屁股坐到沙发上。

"我们有过约法三章，我们的关系……"

"两年了，我们在一起两年了，除了我们自己，谁也不知道我们的关系。我不清楚是你不相信我，还是你不相信你自己，为什么一定要……"

"杨奇，你越界了。"陆玲玲走过去，夺走了杨奇手里没喝完的半罐啤酒。

3

四月初的冇城，以雨水开场。

这雨下得拖拖拉拉，已持续一个多星期，连日的潮湿，多少有些令人神伤。何夕所在的电商部三组，主要负责新灿旗下中高端女装品牌"歌颂"的网络销售。目前，"歌颂"只在一家网购平台设有旗舰店，走的是高端路线，多少有那么点曲高和寡的意思，一直业绩平平。在平台刚刚过去的"女神节"促销活动里，和同类型女装品牌相比，"歌颂"简直可以用销售惨淡来形容。

然而，隔壁负责"星仵"的五组，正热火朝天地讨论着如何庆祝他们的大获全胜。"星仵"是新灿的主打品牌，经营多年，时尚、性价比高、款式新颖，是奔着国民女装的路子去走的，光是在各平台开设的网店就有十多家。

同样是参加"女神节"促销，"星仵"就可以配合平台搞满减、买一送一、新款打折这样的活动，但是"歌颂"不行。"歌颂"就像个高冷的女神，满脸都写着爱谁谁。何夕不是没有尝试过努力，她甚至像模像样地写了个促销方案，李组长只说了句"不错"，再无下文。

和新人何夕的焦灼不安不同，三组的其他人，包括组长李新良，他们都有些"佛"，说难听点就是无所谓。仿佛他们这个组是来混日子了,加上新来了何夕这位"老板的落魄同学",三组就更有点"神仙养老小组"的意思了。

何夕不是没想过要换组,有次得知五组缺人,无意中,她在李新良面前流露出要调去五组的想法。李新良直言,这事他说了不算,让她去找电商部总监来聪。别说这来总监何夕都没见过几面,即便是她硬着头皮去说了,来总监也答应了,那只会让人诟病她搞特殊,毕竟,她再落魄,也还是老板的同学嘛。

这天刚开完早会,何夕走出会议室,发现五组的小米一直站在门口,应该是来找她的。

"姐,"小米拉着何夕进了茶水间,"你还不知道吧?"

何夕不解:"怎么了?"

"我们有几个爱刷微博的,刚刷到一条……"小米犹豫着,"那个,你听说过莉莉安吗?"

何夕摇头。

小米继续道:"一个网红模特,她吧,被记者拍到怀孕了。"

"小米,我对这种八卦没什么兴趣,你看,要是没事的话我回工位了……"

"这个八卦和林总有关……"

"不是,她怀孕了,和林总有什么关系?"

"据说,她的孩子是……唉,反正说得有鼻子有眼,有图有真相的,说是于总的遗腹子,都七个月了,再过段时间,就该生了,还说……"

"这不可能!"何夕说着,慌慌张张地掏出了手机,点开微博。

林一曼办公室,助理裴娜垂手站着。

"莉莉安一年前给'歌颂'拍过一组平面广告,后来,她和于总吃过两次饭,但是,一起吃饭的还有很多人,"裴娜为难地看着林一曼,"就是正常应酬。真的,他们不可能有私交。我之前是于总的助理,几乎清楚他的所有行程,他们要是真的有什么,像八卦上说的那样,连孩子都有了,我怎么可能不知道?有些无良媒体就喜欢捕风捉影……"

"捕风捉影。"林一曼看着手机上的一组照片,讷讷地重复着裴娜说的这个成语。

这组照片很模糊,但再模糊,林一曼还是辨认出了照片的男主角,他正是她的亡夫。照片里,身材高挑的莉莉安挽着于新的手臂,两人正从一家酒店走出。

"既然是捕风捉影,她为什么不站出来否认?"林一曼点着手机屏幕,"你看她的微博,她到目前为止,还没发表任何声明。安总呢,怎么还没到?"

"安总说,她在忙。"

"她……你告诉她……"林一曼话还没说完,拿着手机就往外走。

"林总,林总……"裴娜赶紧跟上去。

"别跟着我,她不是忙吗?行,我自己去找她!"

林一曼冲进安灿的办公室,见那里除了安灿,还立着个杨奇。

"你先出去,"安灿对杨奇道,"跟外边的任意说一下,不许任何人进来。"

"好……"杨奇点头,看起来仍有话要讲。

"你在外边等,我和林总聊完再找你。"

杨奇刚走,林一曼便将手机摔到安灿的办公桌上:"听说你很忙?有人在诋毁于新,都传疯了!"

"那个无聊的八卦吗?"

"原来你知道!"

"市场部有件棘手的事要解决,我和杨奇正商量。和这事相比,那个八卦根本不算什么。"

"不算什么?"

"一曼,你先坐下。我已经让卫开去查了……"

"然后呢?"

"这种事,你还想有什么然后?我们都不知道背后是谁,这些人到底想干什么,他们要的又是什么。我们暂时不需要回应,息事宁人是最好的。"

"嗯,息事宁人,好一个息事宁人。于新没做过的事,为什么要息事宁人!"

"既然你相信于新,又何必动气?"安灿站起来,缓缓看着林一曼,"林总,我真的没时间陪你在这里任性。"

4

"去年11月份,新灿集团总裁于新自杀,其妻林一曼临危受命,成为新任总裁。林一曼这位本应相夫教子的全职太太,接手新灿以来,力挽狂澜、稳定军心,成为无数女性的偶像。然而,就在近日,有媒体拍到网红模特莉莉安的大肚孕照,根据相关线索,孩子生父疑为于新。截至记者发稿时,新灿方面、林一曼、莉莉安均未就此发声……"

安灿关掉在看的这段视频,将手机反扣在桌面上,按了几下座机:"任意,你让杨奇进来。"

眼下,安灿另有一桩麻烦事要解决。

前些年，新灿一直忙着搞扩张，前市场部总监曹云浩就"倒"在了扩张之路上。曹云浩是在薛燕之后进的新灿，也是跟着两位创始人打过江山的。他为人长袖善舞，是做业务的一把好手。正是因为这样，他的心思便比常人活跃些。聪明反被聪明误，他开始滥用手里的权力，以权谋私。

于新说，功过相抵，只让曹云浩走人就好。但在安灿看来，功就是功，过就是过，这是两码事。曹云浩在为新灿付出时，新灿从未亏待过他。如今他犯了错，就应该承担责任。他做的那些错事、傻事，都够判他个三五年的了。末了，以薛燕为首的几个老员工来替曹云浩求情，于新还是心软了。

曹云浩走了，安灿一时没找到合适的市场部总监，就开始亲力亲为。直到两年前，杨奇才空降新灿，任职市场部副总监。当时，杨奇刚满28岁，是新灿这批高管里最年轻的。

杨奇是个学霸，名校工商管理学硕士，他先是进了一家鞋业集团任职，一到任，就开始搭建运营团队，搞围猎式扩张，到处铺门店，很多理念都走在了行业前列。作为营销鬼才，又在大平台，杨奇的未来本该不可限量。可他为人耿直，得罪了前公司的不少同事和领导，厌恶了内斗和内耗的他，主动离职了。得知杨奇离职，安灿第一时间找到了他，邀请他加入新灿。

杨奇的能力有目共睹，外界有传言，认为安灿和于新不仅仅是拿他当市场部总监来培养的，还将他"钦定"为新灿的"太子"，总之，这小子将来极有可能会是新灿的掌舵人。

这桩棘手的麻烦事，就出在这位太子小爷身上。

去年，新灿在北方的临城成立了分公司，准备下沉到北方的四五线城市，开辟新的市场。新灿的主场一直在南方，跨地域扩张并不容易。临城有着绝佳的地理位置，只有扩张到了临城，以后才有可能扩张到整个北方市场。

前期的人力和财力，各种投入自不必说，杨奇更是将大部分精力放在了临城的业务上。遗憾的是，新灿在临城严重水土不服，杨奇提出了降低加盟门槛。就在这个节骨眼，新灿临城分公司的管理层出了问题，负责人钱远伙同下属，涉嫌在加盟业务中舞弊谋利。作为市场部副总监，制定了新的加盟方案，并参与其中的杨奇，他又怎么脱得了干系？

"安总，我还是那个请求……"杨奇慢慢说道，"我必须马上停职，接受调查。"

"五分钟后，有个会。是否停职，会上有决断。"安灿的声音未带任何情绪。

"安总，你要相信我。"

相信？是啊，安灿能相信的人已经不多了。她沉默着，把面前的手机翻过来，点亮了屏幕。

"莉莉安发微博了！"

"她这话什么意思，难道说……"

"你小点声！"

"林总可也太惨了点。"

正在八卦的几个女同事，她们虽已尽量压低声音，何夕还是听得一字不漏。五分钟前，这位莉莉安发了一条新动态，很简短，却杀伤力十足：逝者已逝，请不要打扰，至于我，嗯，我会努力成为最好的母亲。

"哪，我给你们翻译一下，不要再去打扰我孩子的爸爸了，他已经走了,我会好好照顾我们的孩子的……啧啧啧,恶心。明明是个小三,还往自己脸上贴好妈妈的标签,她配么?"

"她的粉丝更恶心,你们看这条评论,我们莉莉安不争不抢,什么都不要,只想安静生活,求放过……"

"我怀疑这一出就是她自导自演的,想红想疯了!"

"为了红,拿肚子里的孩子说事,不至于吧?看那些照片,她的肚子都很大了……"

女同事们仍在讨论。何夕再也坐不住了,她站起来就往电梯口走。还没走几步,便一头撞到了路过的李组长身上。

"不好意思,不好意思。"何夕恍惚道。

李组长皱眉:"你是要去十八楼?"

"我……"

"去吧,"他冲她点点头,"不过你也别太担心,咱们公司的公关和法务,他们都不是吃素的。"

这大概是何夕入职以来,李组长说的最有人情味的话,她不禁有些感激。

"别愣着了,赶紧!"

"哎,哎,谢了。"何夕小跑着。

十八楼仍然和往常一般安静。裴娜看到何夕,有如抓住了救命稻草。

"何姐,安总让我去找你来着,我刚准备下楼,你就来了。"裴娜低声道。

"安总她人呢?"

"开会,公司这边出了点事,她走不开。"

"还有比莉莉安这件事更……"何夕一时没找到合适的形容

词,"更严重的?"

裴娜支吾着,何夕也没再追问。以何夕的职级,公司里她不该过问不该知道的事多了去了,这点数,她还是有的。只是,从她的角度来看,这种时候,安灿应该和她一样,她们得陪在林一曼身边。

林一曼的办公室空无一人,何夕正诧异,裴娜指了指长沙发后边,把自己蜷成一团的林一曼就躲在那儿。

"一曼……"何夕蹲下,抱住了林一曼。

"他们不让我发微博,不让我说话。他们把我当傻子……"林一曼啜泣着。

裴娜在一边对何夕道:"安总是怕林总冲动行事。"

"你出去!"林一曼怒对裴娜。

何夕忙示意裴娜离开,接着小声安抚林一曼:"没事的,没事的,那都是假的,就是个八卦。"

"假的?"林一曼看着何夕,"那你告诉我,什么才是真的?"

5

安灿走出会议室,紧跟着她的是陆玲玲和卫开,这两人一路跟到了她的办公室。

"你们……谁先说?"安灿坐下,笑看着他们。

陆玲玲看向卫开,卫开道:"莉莉安的怀孕门事件,已经有好几家公关公司联系我们了。我已经婉拒,说我们暂时不需要。"

"嗯,我让你暗中去查,查得怎么样了?"

卫开继续说着:"莉莉安怀孕是真,她已经有大半年没接任何工作了。年初的时候,她和经纪公司解约了,据她同公司的一个女孩说,莉莉安曾亲口告诉她,自己找到金主了,以后不用再那么辛苦。"

"这件事,你打算怎么应对?"

"等。"

安灿点点头,表示赞许。

"还等什么?我们应该马上发声明,声明莉莉安和于总没有任何关系。"一边的陆玲玲接嘴道。

"你告诉她,我们为什么要等。"安灿对卫开道。

卫开笑对陆玲玲:"一个十八线未婚网红模特怀了孕,这种事,如果背后没有推手,是上不了热搜的。爆料、当事人默认、持续发酵,每一步都在逼我们先出招,那是因为,对方还有后手,就等着我们跳脚。现在,对方在暗,我们在明,我们甚至都不知道对方是谁,他们的目的是什么。我们耐心等待,保持冷静,就是为了让对方先露出马脚。"

"这出独角戏,再让莉莉安唱一会儿吧,"安灿道,"对了,卫开,媒体那边,你们都是怎么回应的?"

"给他们的回应只有四个字,无可奉告。"

"好,"安灿说着,转对陆玲玲,"卫开说完了,该你了。"

陆玲玲面露难色,卫开见状,便找了个借口先离开。

待卫开走了,陆玲玲才道:"按照规定,杨奇必须停职。可是刚才在会上,你说调查可以,但是坚持不让他停职……"

"你不相信他?"

"相信,就是因为我相信他,才希望他停职并接受调查,还他清白。"

"玲玲,你跟了我那么多年,不管我说什么做什么,你从来不会多问一句。"

"但我现在是新灿的人事行政部总监。你这么做，只会让别人觉得你在偏袒杨奇，对你不利，对他更……"

"杨奇的事，你不适合过问……"

"为什么？"

"为什么？这个，你懂，杨奇懂，我也懂。"

"安总……你都知道了？"陆玲玲不禁往后退了一步。

"很正常，你们俩都很优秀，都有值得对方喜欢和欣赏的地方。我没戳穿，是因为这是你们的私事。只是……不说了，有些话，以后再说吧。"

"你是什么时候知道的？"

"本来我还不确定，但以你今天的表现来看……你都问完了？"

"对不起，安总。"

"为什么要说对不起？是因为你瞒着我和杨奇谈恋爱，还是因为你今天像个头上挂满问号的好奇宝宝？"安灿说着，站了起来，"玲玲，只有收起你的关心和好奇心，你才不会卷进这场风波。为着你能明哲保身，也为着我身边还有可用的人。总之，做好你该做的，和以前一样，好么？"

"嗯。"

"我该去看看林总了。"

安灿一进林一曼的办公室，何夕就迎了上来。

何夕将安灿拉到一边："我没拦住……"

"怎么？"

"一曼她刚才发了条微博，我说不合适，不让她这么干，但是我拦不住她。"

安灿倒吸了一口凉气,快速滑开手机。

"感谢大家的关心,无论如何我相信于新。他只有一个女人,那就是我,他只有两个孩子,那就是我们的佐佐和佑佑……"安灿念着林一曼的微博,她的脸色越来越难看,径直走向林一曼,"嗯,看不出来你还是个大才女,不过,你应该多写点,就写这么两句,能发泄完你的怒气和怨气吗?"

"我写什么,写多少,跟你没关系。"本是背对着安灿的林一曼转过身来,不无挑衅地看着安灿。

这时,安灿的手机响起,是卫开来电。

"唔,我都知道了。好,你们先商量应对方案,我这就过来。"安灿挂断电话后,看着林一曼,"现在你知道为什么不让你说话了吧?你的情绪是找到发泄的出口了,但是我们呢?我们的计划全都被你给打乱了。我说了,这件事我和卫开已经在处理,我们可以解决的。如果你现在仅仅是于太太,好,你的言论只代表你个人,但你现在是林一曼,是新灿总裁,你的言论代表着整个新灿,代表着……"

"够了!"林一曼推开安灿,"我受够了。这个总裁,谁爱当谁当。"

"微博你发了,狠话你也撂了,该消停了。"

"一个女人,挺着大肚子,他们说她怀着的是我丈夫的孩子。有照片,有各种小道消息,连她本人都认了,仿佛全世界都在说我是个傻子,大傻子!我的感受,你能理解吗?是,你理解不了。同样的事情发生在你身上,你会冷静得像一块石头。你知道你为什么能冷静么?因为你不在乎,不在意,你压根儿就没爱过刘医生!"

"我……"安灿的手机又响了,她按掉声音,静静地看着林一曼,"不许再发什么声明了,一个标点符号都不许发!"

"你没有权力命令我,你也没有权力掌控我。"

"等你哪天不再被你自己的情绪掌控,你再跟我说这句话吧。现在,你除了听我的,没有别的选择,明白了吗?"

"我不明白。"

"何夕,你把最新的热搜念给她听听。"

何夕犹豫了一下,才看着手机念道:"林一曼手撕莉莉安……"

"点开,念。"

"近日,有媒体拍到网红模特莉莉安的大肚孕照,孩子生父疑为新灿已故前任总裁于新。莉莉安已承认此事,而于新孀妻、新灿现任总裁林一曼也已发微博宣誓主权……"

"继续。"

"不……"何夕摇着头,她真的念不下去了。

安灿拿过何夕的手机:"该事件的男主于新,在去年11月份自杀,自杀原因成谜……不禁让人猜测,此事或与莉莉安、林一曼的情感纠葛有关。而靠卖贤妻人设坐上新灿头把交椅的林一曼,她……"

"别念了,别念了!"林一曼捂着耳朵。

安灿掰开林一曼捂着耳朵的双手:"因为你,你和你死去的丈夫,你们的一切,甚至你们的孩子,都会被人一点点拿出来点评,被当成茶余饭后的谈资,满意了?"

"怎么会这样……安灿,怎么会变成这样……"

"我再问你一遍,从现在开始,你能乖乖听话了吗?"

第八章　初晴

婚姻里，裹挟着美好和幸福的，有猜疑，有疏离，有着各种各样的不确定。有些时候，只能选择相信。选择相信，会让我自己好受些。

1

保姆张姐端上了最后一个菜。

长餐桌旁，只坐了两个人，安父和安母。

春节过后，安灿就将父母接到了冇城。至于刘瑞，除夕夜那晚，她和他在海市牵手看烟花，很浪漫很唯美，却也很短暂。回归到日常生活中，两人要重新树立对彼此和婚姻的信心，便是一桩难事了。不过，这段时间，他们再也没有提过离婚的事，两人极有默契地规避着这个话题。大概，是都想再试试吧。

于是，半山的家一下子就像个"家"了，加上张姐，如今这里是整整齐齐住着五个人。虽是如此，但安灿和刘瑞都很忙，他们能够回家吃晚饭的次数屈指可数。对这个，张姐早已习惯，她正张罗着给两位老人盛饭盛汤，手里就没停过。

自安家二老来冇城，这场雨就没怎么停过，而他们的女儿，也像这场不停歇的雨，一直在外面忙。昨天安母和张姐闲聊，张姐说漏了嘴，听那意思，要不是二老过来常住，安灿都未必会回家。安母趁此机会套话，才得知，女儿和女婿前段时间闹过离婚。

安灿从小就独立，并不是那种会和母亲交心的女儿。安父和安母的性格都偏感性，偏偏这两人的孩子，却理性得有些过分。在安母的记忆里，女儿唯一一次感性，就是当年和于新、林一曼一起来到了冇城。

世人谓我恋长安，其实只恋长安某。

这句话，安灿曾写在寄给安父的明信片里。遗憾的是，安灿恋着的那个人，他最终娶了另一个女孩。在同一年，安灿通知父母，她也要结婚了，对方是名医生。直到婚礼那天，安母才第一次见到她的女婿。她和安父都很满意。而她最希望的是，女儿对这段婚姻同样是满意的。

不过，女儿已驶入的人生车道，和她这位母亲所期望的完全不同。婚姻并没有改变女儿，没有让她从琐碎庸常中获取常人都有的那种幸福感，相反，在某种意义上，婚姻成为女儿的束缚。但是安母，她仍想试试，想把女儿从那条快车道上拉过来。

这一晚，女儿过了零点才回家。雨已经止了，这个家里，静谧异常，只有女儿的脚步声。听得出来，她的脚步很轻。那脚步在父母的房门前顿了顿，接着，便往书房方向去了。

莉莉安怀孕门事件，在林一曼下场后，彻底升了级。互联网是有记忆的。舆论导向，很快就引到了新灿这里。于新自杀、内斗八卦、林一曼上位，再往前推，便是安灿的裁员风波。一直遮遮掩掩的临城分公司舞弊案，也被扯了出来。于私，这将严重影响林一曼和她家人的生活。于公，对新灿势必会造成负面影响。

不管莉莉安背后的那些人是谁，总之，他们的目的已经达到。怀孕门和舞弊案，里应外合，杀了安灿一个措手不及。只有揪出藏匿于暗处的那个人，新灿才能拨云见日。

安灿的偏头痛犯了，她吞下一片止痛药，正要拿水，她的手上就多了个盛放着温水的杯子。

"先放轻松，好好睡一觉。"给她递水的是刘瑞，他正关切地看着她。

她嘟囔着："你怎么还没睡？"

"听到你进书房了，过来看看。"

"我妈怎么样？她这几天好像要去医院复查，是吧？"

"预约了明天，我会陪她的。"

"本来应该我陪着的，但是……"

"新灿又上热搜了，你走不开，我知道。别在这待着了，去睡觉吧。我睡客房，不打扰你。"

"刘瑞……"安灿欲言又止，却见刘瑞已轻轻掩上房门，转身离开。

虽没再提离婚，可他们之间的关系始终还是那壶怎么也煮不开的水，不温不火。

安灿和卫开简单通了个电话后，她便到了主卧。大浴缸里，热水已经放好，边上摆着还有余温的花茶。这味花茶，是刘瑞才知道的配方，可以缓解偏头痛。就好像，在有些清晨，她想起来了，也会帮他选一件得体的衬衫。当然，相比起来，他付出的要多很多。

其实，她能感觉到，他们都在尽力。只可惜，他们的关系，是一个无法100%缓冲的进度条。有些时候，甚至都到了99%，却也只能是99%。

冇江边的露天大排档，烟雾缭绕里，总是坐着那么一群不想回家的人。

夜跑的任意，又一次在他想不到的地方"找"到了那位奇奇怪怪的女总裁。戴着大檐帽的她，独坐在江边的长椅上。就这样，任意把她领到了附近的大排档。他告诉她，没有什么是一顿烧烤解决不了的。

林一曼已经很久没在大排档吃过东西，更别说喝啤酒了（喝啤酒最易发胖）。多年以前，江边还没有樱花跑道，也没有景观灯，她也曾是这些大排档的常客。或是她发工资了，或是于新和安灿有了进账，他们都会选择来这里打牙祭。她一直没告诉他们俩，她喜欢的并不是油汪汪的烤肉串，她喜欢的是他们大快朵颐的样子。

"更糟了，对吗？"林一曼突然问任意。

他放下正专心吃着的那串烤牛肉："也没那么糟，总有办法的。你……你相信他吗？"

"谁？于新吗？"林一曼揉捏着喝空的易拉罐，"我想相信。"

"应该怎么理解这句话？"

"你还年轻，没经历过婚姻。婚姻里，裹挟着美好和幸福的，有猜疑，有疏离，有着各种各样的不确定。总归，在别的关系里有的，婚姻里都会有。所以，有些时候，只能选择相信。选择相信，会让我自己好受些。"

"为了相信。"他举起手边的易拉罐。

她笑了笑，爽快地抓过一罐新的，利落打开："为了相信。"

2

陆玲玲单身公寓内，落地窗前，站着一对年轻男女。他们和这座城市里的其他年轻男女一样，有着大同小异的焦虑。

"你相信我吗？"杨奇这样问陆玲玲。

她歪头看他，只有这种时候，她才会露出这个年纪的女孩该有的神态："当然相信。临城那点钱，你应该看不上。和你的前途相比，它们什么都不算。你可是新灿的太子爷。"

"这种话，听听就好。太子爷……"杨奇笑着，"在安总眼里，她把新灿交给谁，都不会放心。她就是那只无脚鸟，一直在飞，停不下来，直到……"

"我们的事，她都知道了。"

"正常。她知道了也好。"

"新灿要增补董事了……"她说完话，转身到沙发坐下，饶有兴味地看着他。

"然后呢？"他挨着她坐下。

"本来，我们俩都可以进董事会的。"

"再然后呢？"

"现在，她知道我们的关系了，我们之间，她只会选一个。"

"噢。"他还是在笑。

他总是那么自信，仿佛在告诉她，如果只有一个，那不好意思，他就是被选中的那一个。他的这种自信，对她来说，是迷人的。一开始，她也是因为这个而沦陷。可是此时，他这没头没脑的自信，很是让她恼怒。

"也未必就是你，你不用得意太早……"她微昂着下巴，"今天的会上，她一直在偏袒你，不让你停职，可她忘了，她这么做，恰恰是在帮你树敌。"

"如果她真的偏袒我，我早就应该是市场部总监了。陆玲玲，往常我觉得你这人还算聪明，可是这次，嗯……"他扶了扶眼镜，"我要打个问号了。"

"难道，她是故意这么做的？"

"有救，你还算没笨到家。"

"你是说……"陆玲玲的表情变得有些凝重，"有人要整你，她用这招逼着对方再次出手？"

"莉莉安怀孕门也好，临城舞弊案也好，应该出自同一个人的手笔。这个人到底是谁，安总已经猜了个八九不离十。"

"她都告诉你了？"

"怎么？这回知道她最重用的人还是我了？"

陆玲玲拍了一下杨奇的胳膊："好好说话！"

"她没告诉我，要是都告诉我了，这出戏，我还怎么本色出演？"

"可你不是都猜到了吗？"

"我猜到是我的事，她是否告诉我，那是她的事。我呢，该做什么就还是做什么。我在新灿这两年，还能坐在这个位置上，就是因为我一直都在本色出演。"

"我不懂。"

"你呢，是有点小聪明。你想学她，这么多年了，我估摸着，你也只学到点皮毛。我从之前那个公司出来，就是因为我烦透了内耗，一帮人斗来斗去的，十分无趣。本质上，安总和我一样，是同类人。我们只演自己。我们不和谁斗，不对，确切地说，我们不为私心和私欲而斗。很多事，站的高度不一样，看到的自然也就不一样。我是能够和她一起看到新灿未来的人。现在,你明白了吧?"

陆玲玲没有说话,只冷笑了两声。

杨奇再道:"自从你来了新灿,我发现你和以前不太一样了。聪明是好事,但聪明吧,也是一把双刃剑,你可别伤到自己了。有些事,只在于安总想不想深究,要不要深究。保持本色,才经得起推敲。"

"我不知道你在说什么。"

"我们俩不应该聊这些的,用你的话说,今晚,我们越界了⋯⋯"他取了外套,走到门边,"要是你真的想进董事会,我们的关系随时都可以结束。你原本就没想过要长长久久,早断早好吧。"

接着,她便听到了轻轻的关门声,而他的脚步声,正离她越来越远。

两年前,在安灿组织的饭局上,陆玲玲认识了初到新灿的杨奇,两人可以说是一见倾心。陆玲玲隐瞒自己和杨奇的恋情,一则是,她并不十分相信爱情这种东西,更没想过要和谁携手走进婚姻。大学时代,她谈过一场全情付出,却又卑微离场的恋爱,这让她坚定地认为,不付出、不进场,她就永远都不会受伤害。二则,在她的规划里,她是要进新灿董事会的,她不希望自己和杨奇的关系成为阻力。

这些年,除了工作,陆玲玲几乎没有什么个人生活,和杨奇的这段隐恋,完全在她的计划外。她承认,刚才他就这么离去,她的心里确确实实有那么一点痛。可这点痛,和她那个金光闪闪的未来相比,却又根本不值一提。世界很大,有的女孩流连爱情,没有爱毋宁死,但也有她陆玲玲这样的女孩,她们追求的可不是那些。

此刻,夜已深沉。陆玲玲卸了妆,用心地往脸上贴了面膜,她随手点开了微博,铺天盖地的莉莉安怀孕门事件。各路自媒体比网友还狂热,写了不同立场和视角的文章。莉莉安和林一曼这边,双方的微博倒是再无新动静,只看到双方的粉丝在评论区掐架。

陆玲玲不理解林一曼,如果换作是她,她绝对不会和莉莉安这种女人去计较。那可是林一曼啊,她坐在新灿头把交椅上,从亡夫那继承了让人艳羡的遗产,连安灿都在为其鞍前马后!这样的人生,一出场就已是巅峰,为什么还要和一个十八线网红模特较真?

有雨水击打窗户的声响,她探头去看,风吹走了她脸上的面膜,雨滴飞落在她的脸庞和脖颈,带着惬意的清凉。她看着这座给了她期待和希望的城,无限憧憬着即将到来的明天……

3

冇城美术馆,一场个人画展正在举行。

画展的主人是朱太太,不过,今天的她,不会喜欢别人这么称呼她。大概五年前,一次偶然的机会,她发展了油画这项爱好。五年后的今天,恰逢她和朱先生的结婚纪念日,向来宠妻的朱先生便出资为她办画展。

这个画展,既是为着炫技和秀恩爱,也有着它的社交功用,出席的宾客,大半都是朱先生和朱太太的朋友。朱太太的画技大有长进,傲娇是有那么一点的,可她看到比宾客还多的记者时,还是吃了一惊。直到她想起,今天的宾客名单里有林一曼,那一位,如今正是风口浪尖上的新闻人物。

朱太太和林一曼是在月子中心相识的,用朱太太的话来说,她们是"同年同月同日生"的交情,只是这个生,是生孩子的生。爱吃辣的朱太太,性格同样火辣,和温文尔雅的林一曼很是互补。这份交情持续至今,只增不减。

莉莉安的那个破八卦一冒出来,朱太太就给林一曼打电话了。只要林一曼一声令下,朱太太便会领着人去手撕莉莉安。她颇有几分江湖气,平素最看不惯的就是这种事。别说这回是发生在她身边,往常就是看到电视剧里有什么小三逼宫的狗血桥段,她都能气得牙痒痒的。倒是朱先生说,于新不是那种人,这莉莉安肯定是来碰瓷的,朱太太才略微松了口气。林一曼后来发了微博,朱太太还号召太太们集体转评来着。

不用说,今天这帮记者肯定来者不善。朱太太一面叫人去打发记者,一面联系林一曼,让她千万别来画展。朱太太这通电话还没打,门口就传来一阵喧哗,她不顾形象,小跑着过去,只见那林一曼已下座驾,正挥手和她打招呼呢。自从于新过世,林一曼的穿着便不曾招摇。可看她今天这阵势,不说来参加画展,就是去走T台秀都可以了。

"于太太!于太太!"记者们叫着林一曼。

林一曼没回应,连正眼都未给。

"林总!"有个记者蹿得老高,扯着嗓子大喊了一声。

林一曼这才止了步,露出她标志性的浅笑。

新灿大厦,会议室内人头攒动。

这是新灿每月一次的述职会，各分公司负责人都会回总部，与会的还有总部各部门、事业群的负责人。总之，新灿的高层都到齐了。

已过了原定的会议时间，总裁林一曼和第一副总裁安灿却还未到。

会议室后门口，垃圾桶旁，几个分公司老总正聚在一起抽烟。

这时，凑过来一个不抽烟的，他用手扇了扇像是散不开的烟雾，低声道："哎，都听说了吧，那件事查清楚了，和杨奇没关系，是临城那拨人给他泼的脏水。"

话匣子一开，几个人七嘴八舌地讨论了起来。

"虽然没关系，但他作为市场部副总监，总监的位置呢，又长期空着，这件事，他多少得负点责任吧？不说失职，失察是跑不了的。"

"天真了不是？杨奇是谁啊，新灿太子爷！调查期间，杨奇本来应该停职的，安总那叫一个据理力争，就是不让他停职，要他照常开展工作。"

"这算什么……前几天有个行业交流活动，安总谁也没带，就带了杨奇出席，还让那小子上台发言呢。当时他的事还没查清楚，同行业的人，还有到场的媒体记者，他们看了，不定会怎么想。以前于总在，还有人能管管安总，现在……我看那林总，啧，不说也罢，她能顶什么事？"

"顶不顶事我不管，不生事就行。临城这点糟心事，得赶紧翻过去，要是翻不过去，他们要把我们这些分公司挨个都查一遍……谁家没有半本藏着掖着的烂账，无非是临城搞得太过了……"

"快把你那乌鸦嘴闭上吧。将在外军令有所不受，要都按台面上的规矩来,搞得我们这帮人缩手缩脚,能干成什么?有些事,总部这边都知道,且不说初来乍到的林一曼,那安灿是什么人,能瞒得住她?无伤大雅的,能遮也就遮过去了。"

"这话在理,可别让她动真格。电商部的事你们都没忘吧?部门的大部分中高层,一个不剩,全都给清出去了。就她原来那助理,叫许博文的,跟了她那么多年,就因为许博文的女朋友是电商部副总监,扯进了那事,他就帮女朋友说了几句话,结果呢?四个字,走好不送。"

"别说了,她来了,赶紧都把烟掐了,进去吧。"

任意引着安灿进了会议室,她一进门,会议室里立时鸦雀无声,本是坐着的,马上站起身,本是站着的,立得更直了。

"都坐,"安灿在自己的位置上坐好,顿了顿,才道,"林总临时有事,不能参加今天的会了。我们开始吧。"

美术馆内,林一曼正笑看着那帮记者。

"林总,传闻你将起诉爆出莉莉安怀孕门事件的媒体,是否确有此事?"这是一位语速很快的女记者。

林一曼敛了笑容:"相信我们新灿的法务部能很好地处理这件事。"

"莉莉安坚称,她的孩子和于新先生有关,她发了新的声明⋯⋯"

"单亲妈妈不容易,我很佩服她的勇气,更佩服她的想象力。"

"你之前那条宣誓主权的微博⋯⋯"

"你喝酒吗?"

"喝一点⋯⋯"

"醉过？"

"嗯……"

"那是我喝多了发的，明白了么？有新素材了？莉莉安怀孕，林一曼买醉？"

"……"

林一曼摇摇头，对众记者道："你们面前这个女人，半年前刚刚失去了她的丈夫，众所周知，她接手了他的公司，还要抚养一对儿女，突然，不知从哪里冒出来一个挺着大肚子的女人，接着，就是各种带节奏的言论……面对这样的恶意诽谤，换了你们中的任何一个人，你们能冷静？你们居然来反问我，我为什么要发微博。我不想卖惨，也不需要你们的同情，希望你们能够公平、客观，希望你们不要被别有用心的人利用，希望你们不要随随便便消费我和我已经不在人世的丈夫。以上，是我最后一次就此事发表言论。"

一边的朱太太沉着脸，看着那些记者："抱歉，今天的个人画展，诸位并未受邀，你们可以离开了。"

待记者们散去，朱太太抱住了林一曼。

"我没事，"林一曼拍拍朱太太的背，"倒是你的画展被我搞砸了。"

"你早该站出来说这些话了。"

"我也是才拿到新剧本，他们告诉我，我终于可以想说什么就说什么，想做什么就做什么了。"

"剧本？谁给你的剧本？"

"这个不是重点。"

"你想说的，刚才已经说了，那你现在想做什么？尽管告诉我,我陪着你。"

"好啊,今天晚上,我要请你们看戏。"

4

待分公司的这些老总述完职,议程已经过半。就在会议室里的众人都有些昏昏欲睡时,突然被几句掷地有声的话给拉了回来。

"安总,临城分公司的事,杨奇必须负责任。他虽然没有参与舞弊,但他作为市场部副总监,作为临城加盟计划的责任人,对临城分公司的具体执行疏于监督,只问结果,不问过程,监管不力,不作为,公司应该对其追责。"说话的是原人事行政部总监、现江城分公司总经理薛燕。

薛燕虽被调往了江城,不再属总部核心管理层,但她仍是新灿的董事,是新灿资历最深的元老级人物。大家面上不说,心里其实都明白,薛燕之所以会到江城,是因为她和安灿有了嫌隙。说难听点,就是安灿已经容不下薛燕了。刚才薛燕那番话,字字铿锵,义正词严,真是一次完美的绝地反击。

"追责?"安灿转着手里的笔,"其他人呢,你们怎么看这事?"

短暂的沉默后,作为当事人的杨奇缓缓站了起来:"薛总说得对,我接受问责,也接受公司的一切处分。"

"我没问你,"安灿环顾着众人,"我问的是他们。平时一个个的,出去都是个人物,怎么,在我们公司的会议上,倒开始装聋作哑了?"

"你别问了,这里除了我,没有人会站出来说这些话……"薛燕直视着安灿,"只可惜,新灿不是你一个人的,有些事,还真不是你说了就能算。你上边有林总,我们新灿的董事会并非形同虚设，监督董事会的还有监事会，董事会和监事会的背后是股东大会。我没记错的话，在座的各位基本都是股东，他们本该有发言权的，但是，你，安灿，把这里变成了你的一言堂。"

已经有人在窃窃私语，眼前这一幕，堪称"有生之年系列"。薛燕是个老好人，往常别说是冲安灿了，就是对她的下级，她都极少撂狠话。看来，这段时间她在江城过得并不如意，这是憋着天大的怨气来的。

众人都等着安灿的反扑，却只见她笑了笑，转对陈启明、卫开和江振海道："三位都是我们新灿的副总裁，连你们都不敢说话？"

陈启明讪笑着："杨总监是有责任，但有些事鞭长莫及，他也是有苦衷的嘛。临城这事，闹得挺大，造成了一些负面影响，给我们开拓北方市场带来了一些不利。在座的好些年轻人，都是安总亲自招进咱们新灿的，我们都知道，她最惜才，最爱才，她看人是很有眼光的。我相信，只要我们给杨总监机会，以他的能力，一定会替新灿挽回所有损失的。所以，将功补过是最好的。"

"陈总说得很有道理。"江振海只说了这一句。

安灿点点头，似乎非常满意。

"鞭长莫及……"卫开接过话茬，"这倒是提醒了我。既然薛总开了头，陈总发表了见解，我们新灿呢，也确实不是谁的一言堂，那我今天就放开说几句，畅所欲言。有得罪诸位的，还请莫怪。"

众人只等着卫开畅所欲言，他却停了下来，悠悠喝了口茶。

"我刚说到哪儿了？噢，鞭长莫及，"卫开旋上保温杯盖，仍是不疾不徐，"提起这个，我也有些替杨总监鸣不平。我们有十家分公司，分布在不同的省份和城市，市场这一块，就是他杨奇和市场部的所有人，全都长着千里眼顺风耳也管不过来。"

"就是这个话。"陈启明表示赞同。

"要我说，我们还是要从根源上解决这个问题，"卫开的神情渐渐凝重，"像SQ集团，前些年也出过不少事，他们是怎么解决的呢？轮换制，强制轮岗。尤其是在利益冲突比较大的岗位，保证了人员的流动性，有效地杜绝了职务犯罪、贪腐等问题。"

"你是管人事的，你也说说看。"安灿看向陆玲玲。

陆玲玲朗声道："卫总的建议我完全赞同，如果新灿要做轮换制，可以先从分公司各管理岗开始试行。我们人事行政部可以先出个方案。"

会议室里，原本众人只是在窃窃私语，听得陆玲玲这话，嘈杂声顿时四起。

前面几位都畅所欲言了，许是受了他们的影响，向来寡言的监察办公室主管赵思远站了起来："光搞轮换制不行，我们的监督机制必须配套。刚才卫总提到的SQ集团，他们就很重视内部反腐，对贪腐问题零容忍，一经查实决不姑息。不但这样，SQ还呼吁公司内外的知情人士提供线索，进行监督和举报，并对举报人的信息严格保密。"

如果陆玲玲的话是颗激起层浪的石子，赵思远的这番话则是闷响的惊雷。

"我们的会议很久没这么热闹了，挺好，特别好，"安灿说着，转对陈启明，"陈总，你说呢？"

陈启明摸了摸微微冒汗的额头："好，很好。"

安灿指了指正襟危坐的裴娜："大家说的这些，你都记好了，必须一字不漏地转述给林总。"

"好。"

"分公司的老总们,你们呢,都别闷着了。冯强……"安灿看向一个年轻人。

冯强慢慢站起来:"我……咳,安总,你是知道的,我这人不善言辞。"

"你原来是陈总的助理,他最看重你了,这才推荐你到分公司任职。我想想啊,你到宁城分公司,快一年了?"

"马上就满一年了。"

"还有孙凯和古海生,两位都是从电商部出来的,都是陈总力荐的……"

被点到名的两人,齐刷刷站起。

安灿继续道:"陈总说我眼光好,我觉得,他才是伯乐。你们三个,是这拨分公司老总里,最有能力、最出色的。尤其是冯强,听说他到宁城分公司才一年,就换了套大平层。"

"安总,我……"冯强一张脸憋得通红。

"安总,赶紧开始搞轮岗制吧,"有人笑道,"一人血书,求把我换去冯总的宁城,在那待上一年,我也好换大房子。"

这人话音一落,会议室里有了压得低低的笑声,接着,笑声越来越多,越来越密,也越来越响。既有没心没肺的笑,也有忍俊不禁的笑,还有干巴巴的苦笑。

"陈总哪,我们早就该畅所欲言了。"安灿笑看着陈启明。

5

菲斯特餐厅,观景大包间内。在这里,宥城的夜景一览无余。

林一曼看着久违的太太圈的姐妹们,她们和以前一样,仍是叽叽喳喳分享着各自的生活。朱太太今天成功开了画展，终于将业余爱好发扬光大，还借着结婚纪念日秀了个高级的昂贵的恩爱，已是人生赢家。坐在朱太太身边的是陈太太，陈先生的创业公司刚被收购，算是有了一个阶段的悠长假期，陈氏夫妇终于可以带着孩子满世界浪了。张太太怀上了二胎，珠圆玉润，气色竟比原来还好。米太太始终没忘记自己曾经是个畅销书作家，已在提笔写童书，说是孩子带给她的灵感。李太太品评着餐厅的招牌菜，表示不过尔尔，顺便安利了她在上的料理课。

要是于新还活着，要是林一曼不是林总，此刻的她，应该会给姐妹们推荐她刚换的那款面膜。而不是像现在这样，坐在她们中间，却总觉得自己有那么一丝丝格格不入，也有那么一丝丝说不出的违和感。

"一曼，你说晚上请我们看戏，不会就在这儿吧？"朱太太问道。

林一曼抬手看表："快了，再等等。"

杨奇从健身房走出来，一眼就看到了站在门口的陆玲玲。

"等你半天了！"她走上前去，挽住他的胳膊。

他抽出自己的胳膊，和她保持了半米的距离："找我有事？"

"OK，"她了然，只笑道，"没错，我们俩……已经分手了。就是吧，今天这个会太精彩了，信息量太大，我一时半会儿消化不了，想和你一起吃吃瓜。"

"想问什么，就问吧。"他边说着边迈开步子往前走。

她紧跟上去："想整你的人是陈启明，安姐早就料到，她这一出手，轻轻松松推进了分公司主要岗位轮换制，将了陈启明一军。

第8章 初晴

冯强他们几个，都是陈启明的人，说起来，谁的屁股都不干净。这轮换制，他们要是不支持，就说明大有问题，还有可能殃及陈启明。到了这一步，他们是不支持也得支持，只能乖乖举手。"

他没吭声，等着她继续往下说。

"你、我、卫开，都是安姐的人，我们配合着她，打出了这手好牌。可是薛燕……我怎么也没想到，薛燕是发牌的那个人。要不是她先站出来，说了那么一套义正词严的话，今天这戏，还真不好开场。"她道。

有对情侣从他们身边走过，那两人搂在一起，旁若无人地腻歪着。

杨奇站定，回头看了眼那渐渐走远的两人，对陆玲玲说："我从来就不是谁的人。我只是在其位谋其职，做好自己该做的。我不站队，我只站'对'，对错的对。"

"对错？"陆玲玲看着杨奇，"哪有什么绝对的对与错，无非是立场不同罢了。那你告诉我，在你的立场，什么是对，什么又是错？"

"什么是错……"他定定地看着她。

"说啊。"

他迟疑片刻："什么是错？不如这样，你先告诉我，薛燕是怎么离开总部，调往江城的，你又是怎么替代了她，当上人事行政部总监的？"

林一曼这边，好戏开场了。

一天前，安灿告诉林一曼，今晚，莉莉安的怀孕门事件会收场，这个收场，一定能让林一曼满意。

安灿没有骗林一曼,九点整,莉莉安在自己的微博发了篇很长的声明。在声明里,莉莉安表示,她和于新没有任何关系,她这么做,只是为了博出位。她和于新那几张从酒店出来的合影,是饭局结束后,她设计好,请人偷拍的,酒醉的于新甚至都不知道搀着他的人是谁。她诚挚地表达了自己的歉意。至于孩子的父亲到底是谁,故事发展到了这一步,已经没人想要知道了。

和想红想疯了的小模特相比,美术馆里,优雅、大方,却又真性情的林一曼林总,她一不小心,便又圈了一拨粉。

卫开写的这个"美术馆怒怼记者"剧本,至少有林一曼可以自由发挥的地方,她演的是她自己,比以前她背的那些乏味的发言稿和采访稿精彩太多了。

她果然应该相信他们的。不过,她十分好奇,他们到底是怎么搞定这桩差点让她崩溃的麻烦事的?

杨奇和陆玲玲就站在街边,两人对视着。

"薛燕的事,你早就知道?"陆玲玲又是那个脸上带着冰霜的陆总监了。

"也不算早,就在……我最后一次到你家,你说安灿已经知道我们关系的那天。也是在那天,你说如果增补董事,我们俩只能进一个,然后我告诉你,我们的关系随时都可以结束……不对,那天之后,我们就已经结束。"杨奇坦言。

"你怎么会……"

"嗯,要不是我不小心看到电脑里的照片,薛燕和陈启明的照片,我大概永远都猜不到。不过,说来也奇怪,我看了那些照片一眼,就把所有的事情都串起来了。你把照片像战利品一样保存着，每次拿出来看的时候，肯定特别有成就感吧。了不起啊，陆玲玲。"

"不道德的人是薛燕和陈启明，我只是无意中知道了他们的私情……"

"嗯，然后你用一些非常手段，拍了些东西，交到陈太手里。我猜得没错吧？"

"结局皆大欢喜。让安姐知道，是薛燕背叛了她，让陈启明回到了陈太身边，而我，也终于可以到新灿做我真正喜欢的事。我没错。"

"你的对错，已经和我没关系了。"

"我没错！"陆玲玲拽住了杨奇的手臂，"我当上人事行政总监后，替薛燕收拾了无数烂摊子，我才是那个位置上最合适的人选！"

"好，你没错，是我错了……"他木然道，"陆总监，请你放手，我该回家了。"

"照片的事，你不会告诉安姐的，对吗？我知道你不会。"

他点头，随即说道："不过，你要明白，有些事，只在于她想不想深究，要不要深究。"

她慢慢松开了他的手臂。

第九章　乍暖

走出校门，去往冇城，各自做梦，各自追求，在交叠着的这段人生里，她们相知过、相扶过，却也疏离过、淡漠过。

1

一场夜雨淅沥至凌晨，瞬尔，天边挂了一抹明霞，冇城迎来久违的晴好。

安灿驾着她的SUV，正驶向机场方向。

"为什么不在家里多待几天？"安灿问坐在副驾驶的薛燕。

"佳音在学校，我要是回家了，就只有我自己。还不如回江城，江城分公司的那帮年轻人挺有意思的。"薛燕笑道。

"是有意思，我听说你已经认了两个干女儿，一个干儿子。让你去那边，是管着他们的，不是给他们当老妈子的。"

"知道了，一样的话，你翻来覆去说了好几遍，我听着都累。"

"燕姐，"安灿直视着前方，"这次，多亏了你。"

"这是我欠你们的，能还一点是一点吧。"

"你不用说这样的话。"

"你当初那么做，确实是为了保全我这张老脸。我和陈启明的那点事……"

"不提了。"

"没什么。犯了错,犯了糊涂,我就得认。想得通的,想不通的,时间一长,全都不在意了。在江城,我在那帮年轻人身上,感受到了在总部感受不到的东西。"

"像我们新灿刚开始那样?"

"是啊。那个时候,苦是苦一点,但是特别充实。"

"每天都充满希望。"

"对。"

"燕姐,你信吗?我现在还是这样,觉得每天都充满希望。"

"悠着点……"薛燕似乎欲言又止。

"嗯?"

"我是说,开慢点,离起飞还早呢,不赶时间。"

三天前,薛燕到了冇城,为着新灿近日的两场风波而来。莉莉安的怀孕门事件和临城舞弊案,二者看似无关联,前者是冲林一曼来的,后者则指向安灿,但细思之下,薛燕很快就发现,两场风波的始作俑者都是陈启明。

陈启明是除林一曼和安灿外,新灿最大的股东。这两年,陈启明的精力主要放在了电商部,每件事,他都事无巨细、亲力亲为,除了这些,他也没忘记笼络人心和搞小团体。待安灿回过神来,不声不响的陈启明已滚起了一个巨大的权力雪球,他主管的电商部,安灿已有些插不进手。

安灿想重点发展中高端女装线,但陈启明不想。已经掌握了核心权力的他认为,一旦资源转移,会对"星佧"等品牌造成冲击。况且,与外资合作,难免会受牵制,这样的牵制宛如在头顶悬了利刃,不知何时会落下,也不知会落在谁的头上。再者,新灿的利润和现金流状况都还不算太差,趁着"星佧"还有市场份额,应该稳中求进。

薛燕之所以支持陈启明,有两个原因,其一,当时的她和陈启明的关系已有了微妙的变化,其二,高歌猛进的安灿让薛燕感到了深深的不安,仿佛她随时都可能被安灿甩出那辆疾驶的车。薛燕不再年轻,她想安安稳稳享几年清福,她真的走不动了。

被安灿"发配"到江城分公司的薛燕,有过怨恨和不甘。可她看到林一曼和安灿被卷入风波,看到于新被一个小网红碰瓷,名声受辱,看到新灿有了危机……她到底是坐不住了。她最担心的是安灿会和陈启明硬杠,安灿行事果断,有股狠劲,但她并不阴毒,陈启明则不然,惯会扮猪吃老虎。于新走后,安灿看似掌握着新灿的一切,然则,涌动的暗流下,一些像陈启明这样的人,他们已织下盘根错节的网,随时准备吞噬。

风波要平息,但是,要平得恰到好处,平得点到为止。让薛燕意外的是,安灿的想法竟和她的不谋而合。这才有了述职会上的那一幕。

林一曼早就到机场了,是安灿让她来的。当林一曼看到安灿身边的薛燕时,既诧异,又不解。

"让你来,是一起送送燕姐。这次的事,多亏了她出手相助。"安灿对林一曼道。

"原来……"其实,林一曼根本不知道"原来"到底是什么,薛燕是怎么出手相助的,安灿和卫开他们,又是如何轻轻松松解决掉那些麻烦的。这个"原来",对她而言,太过复杂。待送走了薛燕，林一曼要安灿给自己解惑。

"不急，今天，我们还有一个人要送。"安灿伸手，指向不远处。

顺着安灿手指的方向，林一曼看到了一个瘦骨嶙峋却大腹便便的女人。女人的头脸上裹了丝巾，只露出一双眼睛。孕妇裙下，是拖鞋，拖鞋里的脚掌肿胀不堪，这鞋像是很快就会飞出去。

"这是……"林一曼并不确定。

安灿点点头："莉莉安。"

林一曼再瞧时，莉莉安已慢慢地走向安检口。

"她……"林一曼往前追了两步，却又站定转身，看着安灿。

"很长一段时间内，她都不会再回来了。至于别的，等我们上了飞机，我再跟你说。"

"我们？我们去哪儿？"

"你很久没回老家了吧？"

"我们要去云城？"

安灿笑了笑："对，送你回家。"

云城，佐佑服装学院的揭牌仪式正在举行。

台上，作为仪式主持人的院长很是激动："今天的揭牌仪式，我们很荣幸地邀请到了新灿集团总裁林一曼女士、副总裁安灿女士。服装学院的顺利落成，离不开两位女士的鼎力支持。为了表达我们的诚挚谢意和敬意，在安灿女士的建议下，学院以林女士和于先生的子女，于佐和于佑的名字来命名……"

台下的林一曼，她的视线渐渐变得模糊，泪水夺眶而出。在来云城的飞机上，安灿已经把这件事告诉林一曼，可当林一曼真切地看到，并置身其中时，她有了另一种情绪，是感动，却不仅仅是感动。

东郊的厂房已拆迁,安灿将拆迁款悉数捐赠给了云城的这家高等职业院校,用于开设服装学院。林一曼从未想过,安灿会用这笔钱,在林一曼的家乡云城,建起一座以两个孩子的名字来命名的服装学院——这是对于新最好的纪念,更是给林一曼最大的宽慰。

从大学时代到而今,身边这个女人,林一曼已和她相识十五年。在漫长岁月里,林一曼曾以为自己足够了解安灿。走出校门,去往冇城,各自做梦,各自追求,在交叠着的这段人生里,她们相知过、相扶过,却也疏离过、淡漠过。但是,无论如何,这一刻,她们仍坐在一起。没有意外的话,这一刻之后,她们仍要同行。

安灿朝林一曼伸出了手:"来,该上台揭幕了。"

"好。"林一曼徐徐站起,拉住了那只手。

2

两个小时前,在飞机上,安灿解开了林一曼的那些疑惑。

莉莉安借给新灿集团拍平面广告之机,和于新相识,并开始有计划地接近于新。那组两人从酒店出来的亲密照片,就是她设计偷拍的。她的计划还未实施到关键的一步,于新就离世了,也是在这个时候,她发现自己怀上了某位男友的孩子。得知她有孕,那位男友吓得直接跑路,而她职业的特殊性,也不允许她怀孕生子。或是母性使然,她决定排除万难,生下这个孩子。这时,陈启明的人给了她一笔钱。

"所以,卫开去找她了,让她发道歉声明,让她离开冇城?"林一曼问安灿。

安灿笑道："这些前因后果，是卫开找人去查的。至于解决嘛，不用那么麻烦，是陈启明去善后的。他惹的事，就该他去平。"

"我不懂。"

"他本以为，搞出个莉莉安，临城分公司那边，又出了个把杨奇扯进去的舞弊案，就能弄得我们方寸大乱。我只是将计就计，借着临城的事，发挥了一下，要推进分公司主要负责人岗位轮换制，要清查职务侵占。分公司的总经理，有好几个都是他推荐的，是他的亲信。这几个家伙，怎么说呢，能力是有，但落下的把柄也不少，总之，不干净。真要查起来，他们都是一条藤上的，陈启明会干净吗？他是聪明人，那个会一开完，他就主动来找我，说莉莉安那边，他有办法解决。我当然同意了，就等着他开口呢。我说，行啊，等解决完了，咱们再来商量轮换制，希望他多多提建议。"

"把于新和新灿的名声搞砸，对他有什么好处？"

"摧毁了，他好重建，这就是他的计划。再说了，莉莉安这事，他是冲你来的。你只要一下场，他这个计划就成功了一半。要不是他，你不会来新灿。可他没想到，你非但没被他控制，还和我站到了一起。他得想办法把你弄走。最好的办法就是，让你承受不住压力，自己走人。"

"我确实崩溃了。那我们以后怎么办？"

"嗯？"

"陈启明这样的人，难道还要留在董事会，留在新灿吗？"

"一曼，其实我压根儿就没想跟他斗。他有他的贡献，那些他的拥趸，和杨奇一样，他们都是新灿的中坚力量，新灿的未来和希望。至于怎么用这些人，怎么让他们合作，什么时候压制，什么时候抬高……这些问题,是你林总要思考的。"

"我不行。"

"听好了,你不是什么新灿大厦门口的石狮子,也不是公司的吉祥物,我更没有把你当牵线木偶……总之,你林一曼到了新灿,接手了这一切,你坐在这个位置上,就有你的价值。"

林一曼望着窗外的云雾:"那我试试看?"

佐佑服装学院的揭牌仪式已经结束,久未回乡的林一曼带着安灿,走在她少时熟悉的街道上。这座总人口还未突破二十万的小城,宁和而静谧,仿佛一切都变得不紧不慢。

"一曼,HG那边还在等我们的答复,我们需要尽快拿出合作方案。我想,你已经是新灿的总裁了,应该会有一些自己的想法。"安灿对林一曼道。

正沉浸在家乡风光里的林一曼笑了:"不是说好了现在不谈工作吗?"

"随便聊聊。"

"要真的就是随便聊聊,那我确实有那么点想法。国外的快时尚女装品牌来势汹汹,挤占了我们'星佧'市场份额,我看了上个月的数据,除了电商平台的还算稳定,实体门店那边……"

"又有五家闭店了。"

"我理解你想要迫切转型的决心,但是,我是说但是啊,"林一曼顿了顿,"我们的中高端女装品牌,比如'歌颂','歌颂'这个品牌之所以没能打响,只是因为我们的设计理念比别人落后吗?HG和我们合作,将他们的理念带进来,就能让'歌颂'起死回生?"

"那你认为问题在哪里?"

"我暂时回答不了,因为我也没能找到。只是,'歌颂'带了太多理念,高端、精致、都市、奢华、噢,还有,它是由我们新灿的顶尖设计师团队打造,如果与HG合作,顶多就是再加个国际接轨啊。我毕竟也是学服装设计出身的,在我的认知里,衣服首先就是衣服,它承载不了那么多的东西。"

"你继续往下说。"安灿有了兴趣。

"我就是想着,不如,我们先回归到一件衣服的本身,把'歌颂'梳理一下,找出问题所在。然后再来决定,我们应该采用什么模式来和HG合作。你觉得怎么样?"

"林一曼,"安灿不禁称赞,"你可以啊。"

"其实,我刚才说的这些,你要是有耐心坐下来,和设计部,或者品牌部的人聊聊,他们说得都比我好。"

"你和他们聊过?"

"不是我,是何夕。她不是在电商部三组嘛,三组负责的就是'歌颂',大概是销量过于惨淡,她有些坐不住了。你看,她是一个新人,她都能了解到的东西,你却……"林一曼没再往下说。

"我却不闻不问,对吧?"

"你不是让我随便说嘛。我说了,你又是这个态度。"

安灿笑道:"我希望你举双手赞成,说我们马上就和HG签合作协议,但又害怕你举双手赞成,没有你自己的主见。很矛盾。不过,听你说了那么多,我现在又觉得挺欣慰的。"

"欣慰啊?那就按我说的办,先找问题。不是不合作,而是不应该草率合作。"

"知道了,林总。看来,你已经进入角色,我以后可以匀一点时间给家人了。"

"这个我支持。"

"你还不知道吧?我和刘瑞,我们没离婚,暂时还没离。"

"暂时还没离?"

"想再试试。春节的时候,我妈病了,心脏问题,年后,我把爸妈都接过来了。爸妈来之后,我和刘瑞的这个家,也算有点家的样子了。"

"家的样子。"林一曼一时失神。

"抱歉,一曼。"安灿明白,自己的话让林一曼想起于新了。

"他就这样,把所有家人都撂下,一声不吭地走了……"

"因为他了解你,信任你,知道可以把这个家托付给你。"

"于新的父母把佐佐接过去带了,说实话我并不愿意,但他们仍然是我的家人……"林一曼看向安灿,"我们走吧,该回冇城了,回家。"

3

冇城以西为贵,城西是这座城市未来发展的重中之重。满庭芳小区就位于城西。三年前的林一曼,热衷投资置业,便在满庭芳购置了两处房产。如今,这两套房,一套于父和于母在住,另一套则属于林父和林母。

将双方父母接来冇城,好让他们颐养天年,这是于新和林一曼计划之中的事。于新离世后,林一曼的父母搬过来和她同住,一起帮忙照顾佑佑。佐佐则住在于父和于母这边,以此安慰老年丧子的他们。每到节假日,他们便会按照约定,将佐佐送回林一曼身边。

把儿子托付给公婆,这个决定,林一曼确实经过了思想斗争。

儿子是林一曼悉心照料着的，在女儿还未出生前，她几乎将大部分精力放在了儿子身上。公婆自然不会亏待他们的孙子，只是，隔代教育难免会产生各种各样的问题。

林一曼担心的事，到底还是发生了。

这天，佐佐的保姆王姐，她给林一曼打来电话，支支吾吾说了半天，意思是于母可能要辞退她。佐佐出生后没多久，王姐就来了。王姐能待这么多年，除了对孩子细致耐心，主要还是为人厚道。从王姐这里，林一曼得知，于母认为王姐管得太多了，佐佐的饮食起居应该由于母这个当奶奶的一手安排。还有件事更让林一曼焦心，王姐说，前几天佐佐居然在幼儿园和小朋友打架。

听到这儿，林一曼赶紧联系了幼儿园园长。

电话里，园长语重心长地说："于太太，我知道你现在很忙，连家委会的职务你都辞掉了。对你的情况，我能理解和体谅，可你毕竟是佐佐的妈妈，对吧？你不能把孩子往爷爷奶奶家一扔，就什么都不管了……"

不是林一曼不想管，一方面她不愿就孩子的教育问题和公婆闹矛盾，二老痛失爱子，已经够伤心的了，另一方面，她不能再当什么吉祥物总裁，开始学习经营管理，新灿那摊子事，她确实是甩不开了。

这天离开公司后，林一曼并未回家，而是直接来了公婆这边。

已是初夏，晚风徐徐，满庭芳小区的中心花园内，有不少人正在纳凉，追着孩子跑的祖父母、推着婴儿车的年轻夫妇、相携着慢步的小两口。林一曼怔怔地望着他们，不免怅然若失。

林一曼的不请自来，让于母有些诧异。一进门，林一曼就看到于父俯在地板上，手脚并用地往前匍匐，而坐在于父脖子上的正是佐佐。

"驾驾驾！"佐佐挥舞着一只小手，"爷爷，你跑快一点嘛，再快一点。"

"佐佐快下来，"林一曼上前，把儿子抱到地上，"爷爷身体不好，不能陪你玩这种游戏。"

"是爷爷要玩的。"佐佐乖乖立到林一曼面前，耷拉着小脸，还怪委屈的。

"是是是，是我要陪孩子玩的，不怪佐佐。"于父有些艰难地站起。

林一曼伸手扶住于父，好让他站稳。

"爸，悠着点。"

"你今天怎么有时间过来？还没吃饭吧？正好，慧慧他们一家说要过来吃晚饭的，你也来了，就更热闹了。这样，我再去炒两个你爱吃的菜。"于母笑道。

林一曼环顾着客厅，在那张茶几上看到了不少零食，薯片、冰淇淋、巧克力，全是她不让佐佐碰的。

"妈，你先别忙着做饭，王姐呢？"林一曼挨着沙发坐下，扒拉着那堆零食。

"你妈觉得王姐做事不利落，让她先回去休息两天。"于父在给林一曼倒水。

"还没来得及跟你说……我刚要给你打电话的，你就来了。"

"佐佐生下来没多久，王姐就到我们家了，她带佐佐，我是很放心。妈，你怎么能……"林一曼本想说，王姐是她花钱请的，于母没有权利辞退她，话到嘴边，硬是吞了回去。

"我也没说要辞退她，就是给她放了几天假……"于母有些手足无措,喃喃着,"她嘛,话太多,我偶尔下厨给佐佐炒个菜,佐佐还没吱声呢,她就说什么油太大、盐太重的。你看现在这天,到了晚上,还有点凉吧,她倒好,每天都要给佐佐洗澡。佐佐,你过来,给你妈瞧瞧……哪,一曼你看嘛,孩子还挂着鼻涕虫,感冒了,就是洗澡闹的。"

"佐佐你先回房间。"林一曼拍了拍儿子的脑袋。

"妈妈,对不起,我再也不和爷爷玩骑马的游戏了。"

"先回房间,等会儿妈妈再来找你。"

待儿子走了,林一曼才对公婆道:"明天就让王姐回来。"

"可是……"于母急了。

于父横了于母一眼:"就听一曼的。"

"还有这些零食……"林一曼拿过挖了一半的冰淇淋。

于母忙道:"噢,这是我吃的。"

"妈,你高血糖能吃冰淇淋?"

"不是,我就是……"

"行了行了,"于父有些尴尬,"一曼,这些就是偶尔给孩子解馋的。我们往后注意就是。"

"佐佐在幼儿园和小朋友打架这事,你们知道吧?"林一曼说了正题。

于父端了茶给林一曼:"噢,我们去过幼儿园,佐佐也认错了。孩子还小,打打闹闹,难免的。"

林一曼欠身端过茶杯,重又坐下:"爸,就是因为孩子还小,我们才要教他。"

"我知道,你们这一代教育孩子吧,都是按那些育儿书来听那些育儿专家的。我和你妈好歹是养大过两个孩子的,有实战经验,不比那些专家差。一曼啊,你别太紧张,也别太操心……"

"是啊,"于母在林一曼身边坐下,"孩子就得像个孩子,管是要管的,但也不能太拘着。"

"爸、妈,都是一家人,我就直言不讳了。孩子该怎么管,咱们得商量着来,方式方法得统一。就拿零食这事来说,我讲过,冰淇淋不能吃,一扭头,你们就给孩子买了……这样对孩子不好。"

"就吃那么一两次,又能怎么样嘛,"于母说着,抓过林一曼手里的冰淇淋,顺手扔进了垃圾桶,"好,听你的,扔了,全都扔了,这总行了吧?"

"我……"林一曼无话可说,站起来就去了佐佐房间。

没过多久,于慧就推开了房门:"巧了,我拖家带口来妈这儿蹭饭,没想到你也在。妈好像有点不高兴,你们这是怎么了?"

"姐,我想把佐佐接回家。"

"什么?"

"不可能!"于母不知什么时候进了房,她一把抱起佐佐,通红的双目瞪着林一曼,"我的宝贝孙子,谁也带不走!"

4

这日傍晚,半山别墅16号,庭院内,刘瑞忙着烤肉,安父在准备食材,安灿则在一旁帮忙。乐乐和佐佐在玩捉迷藏,张姐和安母忙不迭地从厨房往这边端菜。冷冷清清的16号,很久没这么热闹了,张姐最是兴奋,恨不得把她所有拿手菜都供出来。

林一曼和何夕早就说定,待两人有时间,要来探望大病初愈的安母。安灿随口跟安母一说,老太太很开心,一定要请林一曼她们吃饭。

何夕本要带老公王超一起来的，结果，王超的火锅店刚开张，实在走不开，她只带了儿子乐乐。林一曼这边，和每次出行一样，仍是浩浩荡荡的，两个孩子，两个保姆，外加一个司机。

庭院的长桌上，已摆了琳琅满目的吃食。安母说了，这顿饭客人们不许帮忙，等着开饭就好。于是，林一曼和何夕只能坐着喝茶。

"所以，佐佐这就算是接回来了？"何夕在跟林一曼说着话。

"有点麻烦……"林一曼摇摇头，"于慧说，佐佐刚没了爸爸，不好对孩子太严苛，她还说，佐佐的爷爷和奶奶刚没了儿子，要我体谅。佐佐是要宠溺的，爷爷奶奶是要体谅的，那刚刚失去丈夫的我呢？我不需要宠溺和体谅，只想得到一些理解。希望他们理解我对孩子的良苦用心。"

"慢慢来吧，这种事急不来的。再说了，你现在那么忙，就算你把佐佐接回来，也不一定有时间管他。"

林一曼沉默了一会儿，看向何夕："你是怎么做到的？"

"嗯？"

"上班、照顾家庭、带孩子，你一样都没耽误，而且你不像我，我身边有一堆人在帮忙，结果呢，我还是弄得鸡飞狗跳。"

何夕笑道："那是因为我们的标准和要求不一样。只要有人给我带孩子，喂两口冰淇淋算什么？"

"你看，你玻璃心了。"

"我可没冲你。你想嘛，孩子小的时候，王超和我是既没时间也没闲钱，所以啊，我家乐乐上幼儿园之前，是我厚着脸皮求他外婆，让她帮忙带的。我妈倒是乐意帮忙，但是因为给我带孩子，我弟媳妇没少给她脸色看。至于婆家，公婆早年就离婚了，二老都有自己的家庭，我们哪好意思去麻烦他们……"

聊起这些，何夕有一肚子的话要讲。乐乐上幼儿园之后，又涉及接送的问题。幼儿园上午九点上课，下午四点放学，好在当时王超工作时间还算有弹性，但总有脱不开身的时候，这时只有何夕顶上，迟到、早退、旷工什么的，都是家常便饭。除了接送孩子，还得买菜做饭吧？孩子再有个头疼脑热的，何夕的生活节奏全都得乱。回想起这些，她是既唏嘘，又欣慰，无论如何，她总算是熬过来了。

"我一直挺佩服你的。安灿和我，是两个极端，你平衡得最好。"

"平衡工作和家庭么？这两件事，哪能完全平衡呀！"何夕晃着手里的茶杯，"还是我刚才那句话，我们对生活的标准和要求不一样。在我生活的那个圈子里，大家都是这么走过来的。有一份不咸不淡、不好不坏的工作，和一个跟自己差不多条件的男人结婚，生一两个孩子，没什么大起大落，也不指望有天能飞黄腾达。如果可能，就想着给孩子更好的生活，希望他们长大了会有更多选择。说到这个，我想起来个人，你知道李新良吗？我的顶头上司，三组组长。"

"有点印象。"

"我也是这几天才听说，听说李新良是单亲爸爸。他长了一张苦大仇深的脸，很少笑的，只有提到女儿的时候，他才会露出那么一点笑意。对了，他女儿很优秀，学习成绩好，还能歌善舞。"

"你倒是挺了解的。"

"都是同事，偶尔会聊到这些。我的意思是，在孩子的问题上，你大可以放松一丢丢，孩子们真没那么容易长歪，也没有那么脆弱。佐佐继续跟着爷爷奶奶，没问题的，你和老人们多沟通

第九章 乍暖

就行。"

"再看吧。哎,忘问你了,上次你跟我聊了你的想法,关于'歌颂'的,我都跟安灿说了。我们确实应该好好梳理一下。要不然,这事就由你牵头,出个调研报告,我让品牌部和设计部配合你……"

"我就是个推广专员,这不合适。如果真的要搞调研,要从我们电商部抽人,那得听我们来总的,她会给你推荐人选。"

"有板有眼的嘛。行,那就这么办,让来总推荐。"

何夕一笑:"按说,我都不该直接向你反映问题……我就是看到别的组都是打鸡血状态,大家每月、每周,甚至每天都在拼业绩。而我们三组,就像是吃闲饭的。"

"放心,"林一曼看向不远处的安灿,"她说过,新灿没有吃闲饭的人。"

在新灿,何夕最大的体会就是"快",这种"快"是自上而下的。规章制度实行得快,抢占市场份额执行得快,新灿本身就是一台高速运转的机器。而这台机器的核心动力,便是安灿。安灿很少有停下来的时候,无论何夕什么时候在公司见到她,她都是步履匆匆的。然而,此刻正往烤肉上慢悠悠撒盐的安灿,倒是何夕从没见过的。

火烧云下,通往半山别墅的山道上,两辆车在疾驶。黑色前车很快就驶进了别墅区,紧跟着的是那辆白车。

16号门口,杨奇从黑车上下来,不禁回头。

"是啊,我早该想到你会来的。"白车里钻出来的是陆玲玲。

"过第一个弯道之后,你本来有机会超车,可惜,"杨奇晃了晃手里的车钥匙,"你的车技总归还是差了那么一点。"

陆玲玲听毕,冷着脸从后座抱出一盆含苞待放的沙漠玫瑰,利落地关上车门,头也不回地走进了16号。

5

临城分公司的舞弊案,经董事会决议,还是定了杨奇一个失察之责,一纸通告、一份调令,让他去了临城,从哪里跌倒就从哪里爬起。说是董事会的决议,可要是安灿不拍板,其实也没人敢动杨奇。

安灿的这顿寻常家宴,一半是为了招待林一曼和何夕,一半也是想给杨奇送行。邀请了杨奇,自然就要邀请他的女友陆玲玲。

"刘医生,我看了你晒在朋友圈的花花草草,觉得你的花园还缺这盆沙漠玫瑰,"陆玲玲将那盆花摆放好,扭头冲刘瑞道,"这花好养活,花语也有意义。"

"什么花语?"刘瑞笑问。

"坚定不渝,就像你对安姐的感情。"

"你们什么时候加的微信?"安灿接过话茬,"我怎么不知道?"

"早了,"因是私下聚会,陆玲玲说话便有些随性,"至于多早,不告诉你。"

安灿装了点烤好的食物,递给陆玲玲:"照顾好杨奇。"

陆玲玲接过,瞧了眼忙着打电话的杨奇:"给他的?行,有好的,反正都是先给他。"

"吃完这顿饭,他就要被发配到临城啦。怎么,你也想去?"

陆玲玲给杨奇送了吃的,转身走到安灿身侧,才道:"安姐,跟你说个事,我和杨奇分手了。"

"怎么?"安灿微微诧异。论公,她并不希望杨奇和陆玲玲超越同事关系,这会很麻烦,但总有解决的办法。可是论私,这两位都是优秀的年轻人,彼此欣赏和喜欢再正常不过,她其实乐于看到他们修成正果。

"不合适。"

安灿想说些什么,却顿了顿,转对刘瑞:"差不多就开饭吧。"

"孩子们,吃饭啦。"刘瑞擦了手,一把抱过满庭院跑的佐佐,一手牵过了乐乐。

安父端了盘刚烤好的鸡翅,这很快就成为两个孩子的焦点,他们聚在安父身边,几声"爷爷"叫得脆响。安父乐在其中,脸上有了许久未见的笑容。

如果我和刘瑞也有孩子,如今的生活怕是完全不一样吧?安灿的这个念头才冒出来没多会儿,就看到拿了鸡翅的佐佐一个不小心扑到了林一曼身上。嗯,小朋友这种生物,还是有些麻烦的。

安灿的衣帽间内,林一曼正在选衣服。这些衣服,风格多以简洁明快为主,颜色基本是黑白灰,偶尔才有几件安灿喜欢的正红色。

"选好了么?"安灿走了进来。

林一曼摇头:"咱俩的品位……相差太大了。"

安灿指指林一曼被鸡翅弄脏的裙子:"你到底还换不换了?"

"你帮我选。"

安灿走到林一曼跟前,修长的手指划过那排衣服,接着,拎出来一条白色连衣裙:"就它了,'歌颂'的新款。"

林一曼换好衣服,回转身,看到安灿背对着她,坐在窗边的椅子上。窗外，夜色袭来，不时有孩子们的玩闹声从楼下传来，夹杂其中的，还有刘瑞爽朗的笑声。

19岁的林一曼到海师大报到，认识的第一个同学就是安灿。那时，安灿留着柔顺的长发，对穿衣打扮特别有心得。可以说，安灿是小镇姑娘林一曼的时尚启蒙。毕业后，她们一起到冇城，生活最清苦之时，爱美的安灿同样不松懈。那段时间，她们不知道敷了多少黄瓜片。十数年后的今天，她们用着奢华的贵妇面膜，只要她们愿意，可以用各种医美手段来保持年轻的样貌。只是……

"刘医生应该挺喜欢孩子的吧？"林一曼在安灿身边坐下。

安灿笑笑："唔，不错，这裙子你穿着挺好看。"

"既然你们不打算离婚，是不是也应该考虑一下你们的以后……"林一曼舒展手脚，将身体靠在椅背上，微仰着头，双手插进自己的长发里，"你知道吗？我最后悔的就是，于新还在的时候，我没能和他好好沟通。你自己不也说了，要多给家人一些时间吗？时间是一码事，你是不是真的用心又是一码事。"

"知道啦。于新说过你有时候很啰唆吗？"

"说过啊，但我觉得，要是能回到过去，我还应该再啰唆一点。要是能回到过去……"林一曼将长发拢到前面，盖住了半张脸，"安灿，对不起。"

"又怎么了？"

"要不是因为我的猜忌，我和你不会疏远的，或许，我还住在半山和你当邻居。我经常能想起我们合租的那段日子，口袋里没钱，未来也渺茫，但是一点也没觉着害怕……"

"一曼，如果我处在你的位置，未必能比你做得好。走啦，吃饭去,大家都在等我们。"

待客人们离开,已是月朗星稀。

安母张罗着张姐收拾碗筷,也没忘指使安灿:"你就应该多动动,把那几个杯子洗了去。"

"妈,我去吧。"刘瑞道。

"你的手是治病救人的,比她的金贵。"

张姐忙道:"别别别,这是我的工作,我来就行。"

"别管他们了,我这还有别的活儿要你干呢。"安母把张姐拖出了厨房。

厨房里,安灿和刘瑞面面相觑,随后,两人都笑了。安灿笑着把杯子塞进洗碗机,刘瑞又一个个拿了出来:"不懂了吧?这雕花玻璃杯只能手洗的。"

刘瑞把几个杯子放进水池,拧开水龙头。安灿将双手泡到水池里,凉丝丝的,还挺惬意。

"今天你辛苦了。家里很久没有这么热闹,我看爸妈都挺开心的。"她道。

"是啊,以后有时间,可以让一曼他们多来聚聚。"

"问你个事,"安灿摩挲着一只杯子,"就是你……你有没有想过要个孩子?"

"你认真的?"刘瑞的脸上扬起笑意。

"不是,你笑什么?"

"我笑了吗?"

她翻手搅动水池,弄了水花到他头发上:"你都笑出声了,还笑?没完了是吧?"

第十章 维夏

人生那么长，有人陪伴着，会好走一些。

1

华灯初上，夜色里的有城摇摇晃晃，是一艘游走在大江中的巨轮。酒店宴厅内，衣香鬓影，作为这场生日宴会的主角，微醺的舒兰也有些摇摇晃晃，她那双定制高跟鞋踩在柔软的地毯上，就像踩进了云朵里。

过完这个生日，舒兰就四十岁了。她对人对事从不过分执着，慵懒地处理着各种情感羁绊，这些情感包括亲情、爱情和友情。所以，看到这场由她丈夫一手操办的生日宴宾客络绎不绝，她有些意外，也大感满足。

就在舒兰决定再喝一杯的时候，安灿走进了宴厅。安灿穿了条灰色真丝长裙，清淡素雅，佩戴的首饰唯有简约的项链和婚戒，有着不抢女主人风头的自觉。舒兰不禁有些感慨，当年的安灿，年纪轻轻就开始创业，只把自己往老成持重的方向装扮，现如今对她来说，穿什么衣服、化什么妆容、戴什么首饰，这些大概并不重要了吧。

岁月总是公平，它让舒兰衰败了不少，也让安灿的眉间有了细纹。不公平的是，舒兰能在脸上动刀，她略有些迟暮的眼神却总是在向人宣告她的年龄。安灿却不一样，她的眼里还藏着野心勃勃。年轻这种事，有时候真的跟年纪无关。

严格来说，安灿不算是舒兰的朋友，当然，她们也不是对手。舒兰才不希望自己有个安灿这样的对手，懒得跟人斗是一回事，斗不斗得过，那就是另外一个故事了。

那年安灿和于新刚从代工厂转向自有品牌开发，舒兰是"星佧"首批设计师团队中的一员。当陌生的安灿站在舒兰面前，邀请舒兰加入新灿时，舒兰差点没把手里那只精致的水杯惊掉。

"兰姐，我研究过你的设计风格，和我们的品牌很契合，所以，我选了你。"安灿笑着。

"你选了我？"舒兰眯眼打量面前穿着某奢侈品牌西装的安灿，那袖口已微有些磨破。如果没有猜错，西装是那个牌子前些年的款式，大概，它已经是这个女孩最昂贵最体面的着装了。

舒兰也笑了："别闹，要不是有熟人介绍，我都没想过要见你。"

"兰姐，我知道你要结婚了……"

"是，我从SQ离职，就是因为婚后不想再从事服装行业。"

"坦白讲，你在这行已经很有成就，但是你有没有想过再留下点什么？"

"别在我这儿故弄玄虚。"

"这是我们新灿近五年的规划，兰姐，我要让至少一半的女孩穿上我们的衣服……"安灿从包里掏出一堆资料，认认真真地铺陈到舒兰跟前，"你想象一下，那些女孩都穿着你设计的衣服，它平价、舒适，却又时尚、潮流……这是一场穿衣革命……"

"唔，小姑娘你可真敢想，"舒兰拿过那堆资料，脸上仍是傲娇,"有点意思。"

后来,她们真的做到了。遗憾的是,作为设计团队初期的重要成员,舒兰最终还是选择了回归家庭。这世间,各人有各人的追求,各人有各人的活法。即将不惑的舒兰,将很多事情都看通透了,然而,看得通透不算什么本事,难得的是,她还活得有些糊涂。这种糊涂,让她免掉了许许多多的烦恼,她从不为难自己。安灿恰恰相反。

"兰姐,生日快乐。"安灿递过礼物。

"都四十岁啦,本来没想过生日的,"舒兰眼波流转,"是我老公,非说要办。"

"你看着最多也就二十八,会保养。不像我,面膜都懒得贴。"

舒兰便悄声道:"贴面膜有什么用……我这个岁数,还不是靠打针和动刀子。跟你说,陈默他们医院的线雕和热玛吉都不错,你得试试。"

"行啊,我一定去试。兰姐,你看,你又有朋友来了,别管我啦,我也乐得自在。"

"嫌我烦了?"

"我哪里敢!"

"没有什么是你不敢的。"舒兰装作生气的样子,塞给安灿一杯酒,便迎上了刚进门的两位宾客。

已入夏,宴厅的冷气开得很大,这让安灿觉得有些不适。她刚找了个僻静处坐下,就有三三两两的人陆续过来和她打招呼,有相熟的,更多的则是半熟不熟的。早年混迹这种场合,她也是满场转的,恨不得将所有人的名片都拿到手,以为拿到手了,就是某种资源。后来她才明白,资源对等的交换才有价值,如果只是换个名片的,那可什么都不算。

待围着她的人陆续散去,她才低头喝了口水,就听得舒兰在叫她。

"安灿,我把你的粉丝带来了。这孩子一直特别崇拜你,听说你也在,非拉着我,要我替她引荐。"

安灿站起身来,看向舒兰身侧,站在那儿的可不是什么孩子,而是一个漂亮女孩。女孩穿着白色低胸礼服,皮肤麦色,线条紧致,戴着一对洁净圆润的珍珠耳坠,像窗外夜幕之下的点点光亮。

"裴洁瑞,我们裴家的掌上明珠,洁瑞,这就是安灿安总,你的偶像。"舒兰笑吟吟的。

洁瑞?安灿一怔。

"安灿阿姨好。"洁瑞同样笑吟吟的。

舒兰轻拍了一下洁瑞的手背:"怎么就阿姨了,你这孩子……"

"你是我婶婶,你和安总姐妹相称,我当然要叫她阿姨了。"

"没问题,叫什么都一样。洁瑞,很高兴认识你。"安灿大方地伸出手去。

洁瑞握住了安灿的手:"我不一样,我早就认识你了。"

是她了,就是那个洁瑞,那个要安灿和刘瑞离婚的洁瑞,那个让安灿放手的洁瑞。

2

宴厅外有条回廊,安灿走到回廊时,就预感洁瑞会跟过来。

果然,安灿一回头,就看到这个称呼她为"阿姨",却惦记着她老公的女孩。

洁瑞手里拿着两杯酒,很自然地递了一杯给安灿。

安灿接过酒杯，不禁莞尔："果然是你，不愧是你。"

"我对这种无聊的晚宴没兴趣，要不是你，我不会来的。"洁瑞也笑。

"很荣幸。"

"我跟你想象中一样吗？"

"一样，也不一样。"

"怎么说？"

"你不会想知道的。"

"我猜猜？"洁瑞抿了口酒，"在今天之前，你觉得我只是个头脑简单、一时冲动的女孩，年轻、天真、无知，普普通通、简简单单、痴痴傻傻，甚至不配当你的对手。但你没想到，我是裴家的女儿。我倒是想普通，抱歉，我接受了那么好的教育，见过那么大的世界，还真普通不了。"

"既然世界那么大，你就应该再去看看，而不是盯着别人的老公。"

"这话我爱听，你终于拿我当对手了。所以，你们这婚是真的不打算离了？"洁瑞将长发拢到胸前。

"噢，我以为他已经跟你说清楚了。"

"说过。但是，我没想要放弃。刘瑞永远排在你那些所谓的雄心壮志之后，但在我这里，他很重要。"

安灿仍在笑："你怎么知道他对我来说不重要？"

"真的重要吗？"

"时间不早，我该回家了。"安灿饮尽那杯酒，顺手就将杯子塞回洁瑞手中。

第十章 维夏

安灿呆立在街边，像是融进了混沌夜色。

夜深了，有几辆跑车咆哮而过。冇城人口已破千万，和任何一座大城市一样，有各色人群生活在此，有安灿这样的创一代，也有跑车主人们这样的富二代，洁瑞那样的富三代却不多见。

裴家正如洁瑞所言，从裴老爷子那辈开始发迹，到了洁瑞这辈，她确实可以活得随心所欲，她是有着无数选择的后浪。而所谓自由，就是有选择。

这种自由，安灿没有。她不但没有洁瑞的自由，也没有洁瑞的年轻。当她立在洁瑞面前时，甚至感受到了窘迫。

最近，安灿过得并不轻松，或者说，从创业伊始，她就没有轻松过。新灿不再是从前的新灿，"星伱"也不再是从前的"星伱"。新灿为了对标竞品，采取了以规模为先，抢占市场的策略，却陷入了增收不增利的泥潭。多品牌经营模式不仅达不到预期效果，还导致经营成本和库存不断增加，最终导致持续亏损，门店数量不断减少。

即便是主打品牌"星伱"，它虽在电商平台销售得还不错，可仅凭这个，又怎么能养活偌大的新灿？而对"星伱"这样的快时尚女装品牌而言，每季度的上新要是没办法让消费者埋单，积压的库存就会过时，仓储成本每日俱增，产品的价值却逐渐下降。何况，最近国外的快时尚女装品牌前赴后继地进驻国内各电商平台，大有围剿国内同类型品牌之势。总之，这几年的快速扩张，到底还是留下了巨大隐患。让安灿头疼的还有新灿内部，即将在分公司实行的轮岗制就像一颗炸弹，把妖魔鬼怪全给炸出来了。水至清则无鱼，这道理安灿懂，况且如今四面楚歌，稳定是第一要素。但换个角度来考虑，只有在冲锋之前，把新灿的一些内部问题彻底解决，才是计之深远。

自由……

安灿何尝不想要自由？可自由对现阶段的她而言，仍然是奢侈品。洁瑞说得没错，安灿生活中的诸多人和事，都排在她的雄心壮志之后。但这雄心壮志不是她一个人的，她要对新灿上下负责，对提早退场的于新负责。

不远处，一辆出租车正朝安灿的方向驶来。车子停到了她身侧，副驾驶上下来的是神色匆匆的刘瑞。半个小时前，他收到了她发来的定位，要他打车过去找她。

"喝酒了？"他扶住她。

"就一杯，"她专注地看着他，"我的车就停在前面，你来开。我们回家。"

车子上了高架，副驾驶座上的安灿神色慢慢舒缓下来。

"我今天见到她了。"她说。

他关掉车内放着的一首快歌："见到谁了？"

"我见到洁瑞了。"她还想告诉他，因为洁瑞，她萌生了许久未有的挫败感，还有了一些本不该有的醋意和妒意。当她站在街边等他，短短半小时，她回顾了他们这段还在进行时的婚姻，她突然意识到，自己做错的到底是什么，错过的又是些什么。只是，这些话，她无论如何都说不出口。

车速慢了下来，他说着："然后呢？"

"她不仅仅是年轻，还聪明、漂亮，她还……"

"这些都跟我们没有关系，我已经跟她说得很清楚了……"

"好了，专心开车吧。"

"安灿……"

他们很快到了家，她几乎是半拽着，将他拉上了楼。进房间，关房门，拉窗帘，她一气呵成。接着，她把一头雾水的他摁到了那张大床上。

他们都不记得上一次"上演"这种激情戏是什么时候了，要不是安母被接到冇城，他们甚至都不会睡在同一张床上。不，要不是安母，他们现在已经离婚了。

"安灿……"他抓住她的双手，那双手正游走在他胸口，解开了他衬衫的第三颗扣子。

她的嘴唇掠过他的耳朵："你不想吗？你不是想要一个孩子吗？我们应该有个孩子的……"

"我想，我很想……"他的声音像是从喉咙深处发出，很是低沉，"但是你呢，你真的想吗？"

她本已把嘴唇移到了他的唇边，听了他这话，在两人片刻的四目相对后，她翻身下来，沉默地躺到他身侧。他的呼吸声仍有些急促，她可以感觉到他在调整自己的气息。

"不应该是这样的。"他喃喃。

"那你觉得应该是什么样的？"她问他，她有些哽咽，微烫的泪水蓄在眼角。

他抓过她的手，紧握住，再无言语。

3

"沸腾火锅"的生意，并不像它的名字这么沸腾。

何夕撩开半透明的软门帘，进到火锅店内，本窝在收银台里看小说的美心惶惶站起。

"这么热的天，老板娘你怎么来了？"美心不等何夕回话，便冲后厨喊,"老板,老板娘来了!"

很快,王超就从后厨走到前厅:"我不是说了么,这里有我,你不用过来的。"

"今天是礼拜天,乐乐在这附近练跆拳道的,他还没下课,我顺道过来看看你。"

"忙着备菜呢,礼拜天嘛,晚上的生意肯定火爆。"

何夕点点头:"必须的。"

开火锅店不是王超的本意。就在他琢磨创业项目时,他一个哥们儿的火锅店刚好要转让,一来二去的,他就接手了这家店。火锅店不大,加上两个小包房,满打满算也就十张桌子。刚开始那几天,搞了点折扣活动,客人还挺多的。但这段时间以来,店里就有些冷冷清清了。何夕便安慰王超,等过了夏天,天气转凉,生意保准会好起来。

"你刚过来的时候,看到街头那家奶茶店没有?"王超问何夕,"人家门口,每天都有人排长队。"

"它是奶茶,我们这是火锅,能一样么?再说了,这种网红店,能火起来,也得炒作和营销,我猜啊,那些排队的,一多半都是他们雇的。"

"时间不早了,你去接乐乐吧。对了,你带他去吃海鲜自助……"

"吃什么海鲜自助啊,当然是来我们自己家的店了。"

"儿子喜欢嘛。这段时间咱俩都忙,特别是我,就没怎么顾得上他,你就当帮我哄哄他了。"

"行,我听你的。"

待王超回后厨,美心端了碗冰镇绿豆汤给何夕:"老板娘,解解暑。"

为了鼓舞士气，何夕夫妇和员工们有过几次聚餐。这美心是何夕的表姨介绍过来的，长相端正，性格颇为内敛持重，给何夕留了不少好印象。

"别叫我老板娘了，叫我何姐就行。"

"何姐，那个……"美心欲言又止。

"怎么啦？"

"你在新灿上班，是不是特别懂穿搭啊？"

何夕指了指自己："你看我这样，像是懂穿搭的吗？"

"我觉得你穿得挺好看的，当然，主要是你人好看。"

"美心，你是不是有事找我帮忙？"没人会比何夕更有自知之明。

"何姐，跟你说这话可能不合适，但是吧，我总不可能一辈子都当收银员。我想提升一下自己。我希望有天能像你一样，有份得体的工作，有个好老公……"

何夕活了这三十几年，从来都是她想成为别人，至于别人想成为她，这倒还是头一回。

"让我给你介绍对象啊？行，我回头帮你物色物色。"

"找对象这个倒不急。我听老板说，你有个同学在电大当老师，我想报个班，混个文凭也是好的。"

"这个容易，"何夕不禁对美心又多了一层好感，"我帮你去联系。"

美心点头如捣蒜："谢谢何姐。那个……我能加你微信吗？"

"可以啊。"

在何夕一家三口看来，海鲜自助是打牙祭的代名词。这样的牙祭并不是常常有机会打的，或逢重大节日，或是家庭成员过生日，或是作为对儿子的奖励。所以，乐乐一听说今晚居然可以吃海鲜自助，高兴得一蹦三尺高，全然没发现那位当妈的，她的兴致却不如往常高昂，连她最爱的三文鱼刺身，她都懒得去拿。

看着自助餐厅里等位的人，何夕就想到自家人气日渐冷淡的火锅店，她当然没有兴致了，吃什么都味如嚼蜡。她忧心火锅店，也忧心王超，然而更为忧心的是，她的这些忧心还不能被他发现，免得影响他的情绪。要说急，他这个当老板的才是最急的，她帮不上忙不说，可千万不能给他添堵。

"何夕？"有人在叫她。

她一抬头，居然看到了同样带着孩子的李组长李新良。

"你们认识？那刚好可以拼桌。"服务员语速飞快，由不得何夕或李新良拒绝。

凑成一桌，两个大人有些尴尬，孩子们倒熟络得很快。何夕喜欢女孩，她怀乐乐时，一直以为自己会生个女儿，没承想却生了个儿子。不少她的同龄人都在拼二胎，她也不是没想过拼个女儿，无奈各方面条件都不允许。

李新良的女儿叫小玥，长得眉清目秀。之前何夕只听同事提过，说小玥如何如何优秀，今天见到真人，她对这个别人家的孩子更是添了几分喜欢。

乐乐嚷嚷着要吃水果，何夕便起身去拿，她到了水果区，才发现李新良也拿着盘子站在她身侧。

"带孩子出来吃饭就是麻烦哈？"何夕没话找话，"哟，今天的西瓜不错，看起来很新鲜，得多拿点……"

"说到麻烦，能不能麻烦你件事？"李新良犹豫了一下，"吃完饭，我想给小玥买几件衣服，孩子大了，有些衣服我不是很方便带她去买，咳，怎么说呢，她一个人去吧，我又怕她挑不好。"

联想到有些含胸的小玥，何夕顿时了然。是啊，小玥比乐乐大一些，约莫十二三岁了。现在的孩子发育都快，小姑娘已经到了需要穿合适内衣的年纪。

"这样，等下吃完饭，李组长你带乐乐去商场的儿童玩乐区，我带小玥去买衣服。"

"还是觉得有些麻烦你。本来约了小玥的姑姑，她临时有事，结果……"

"一点都不麻烦。"

吃完饭，何夕领着小玥去买衣服，顺便科普了一下性别常识，告诉小玥，往后应该抬头挺胸。小姑娘有些害羞的模样，让何夕想起自己的少女时代。那时，何夕家的生活条件不好，有什么好的，都紧着弟弟。别说几件合适的内衣了，就是她心心念念的带锁日记本，都是再三央求才得来的。她曾跟小玥一样，为自己胸前的突兀而感到无措。好在，小玥衣食无忧，还有个看似粗枝大叶却细致入微的父亲。

为了表示感谢，李新良执意要送何夕母子回家。何夕推不过，只能同意了。到了小区门口，何夕带着乐乐下了车，还没走几步，李新良就追了上去。

"那个，"李新良又是那张扑克脸了，"有件事忘记跟你说了，公司不是打算抽调电商部、设计部、品牌部的人，成立个临时小组，一起参与'歌颂'的调研吗？我推荐了你。"

"你推荐了我？"何夕大为吃惊。

"其实也不算是推荐，我知道你一直有心做调研，也知道你碍于和林总、安总她们的关系，不方便太冒头。所以，今天来聪总监要我推荐人选,我很自然就想到你了。"

"李组长,我真的没想到……"

"我自己不上进也就罢了,总不能拦着你不上进。"

"那也不是……谢谢你啊,李组长。"

"不用。我只是根据上面的要求,推荐我认为合适的人选。"

等李新良走了,乐乐对何夕说:"妈妈,下次我们请小玥姐姐吃饭吧,就到我们家的火锅店吃。"

"好呀,看来你和妈妈一样,都喜欢小玥姐姐。"

"李叔叔也很有意思呢。"

"嗯?"

"刚才在游乐场,他讲了好多笑话,太好笑了。"

"他会讲笑话?"何夕不可置信地摇着头,看来,她是真的不太了解她的这位顶头上司啊。

4

新灿大厦,总裁办公室内。

刺目的阳光从未拉严实的窗帘缝里漏出,打到林一曼的脸上,她微微皱眉。立在一旁的助理裴娜悄无声息地走到窗边,将窗帘拉紧。

"冠名合作我们新灿确实有过成功案例,说到底,在合作上,我们还是得掌握主动权,"林一曼低头翻看着一份资料,"具体怎么跟他们谈,你们看着办。"

说完这话,林一曼抬头,露出她惯常的微笑,坐在她对面的是安灿和卫开。

"这档综艺节目的收视率一直不错,如果能拿到他们的冠名权,可以提高新灿的曝光率。"卫开道。

林一曼点点头,又摇摇头:"要说曝光,新灿前段时间曝光得还算少么?合作之前,多考虑一下风险和可能带来的负面影响。这些,卫总应该比我清楚。"

对总裁这份工作,林一曼不说渐入佳境,起码是在慢慢适应了。林一曼不像于新那么优柔寡断,也不像安灿那么刚毅果决,她说话做事不疾不徐,对内和颜悦色,对外温婉大方,和他们给她打造的人设倒也符合。不过,管理偌大一家集团公司,仅仅有人设是不够的。表面功夫总归容易做,如何提升内里才是关键。

在新灿,人人都有自己的小算盘,他们的立场随着各自的利益随时转换。对分公司负责人施行轮岗制以来,有人怨声载道,也有人喜气洋洋。一番大清洗之后,又会集结成新的利益团体。

电商部的罢工事件、于新的突然离世、林一曼的上任、莉莉安怀孕门、临城分公司舞弊案、市场部副总监杨奇的调任、轮岗制的施行……所有事件叠加和发酵到了今天,新灿只要稍有不慎,就有可能陷入万劫不复之地。

千头万绪的不只是林一曼,还有安灿。公司A股股票已被证券交易所实施退市风险警示,可能将被终止上市。在安灿眼里,新灿明明还是个风华正茂的少年,而风华会计师事务所出具保留意见的审计报告,好比递给她一份体检报告,告诉她,这个少年已百病缠身。好在,林一曼进步很快,她们的配合还算默契,这让安灿稍感宽心。

安灿和卫开走出总裁办公室,两人不禁相视一笑,安灿知道,卫开也在为林一曼的进步而欣慰。

卫开说着:"昨天的会,林总提出下一阶段的重点是打造设计团队，造才、用才、留才，她的一些想法还是很有建设性的。前面几年，我们把重心放在了布点和品牌上，但是，设计才是关键，这恰恰是要花大量时间和精力来做的。"

"她要不提这些，我都忘记她是设计师出身了。如果不是嫁给于新，现在的她应该是一位非常优秀的服装设计师。"安灿道。

两位女总裁的办公室隔着一段很长的过道，卫开一边与安灿说着话，一边跟着进了安灿的办公室。

安灿扭头，看着跟在身后的卫开："怎么，还有别的事？"

"你也别太焦虑，车到山前必有路吧。像BYO，接连遭遇了大量裁员、资金断裂、对赌等舆论轰炸，不得已搁置了上市计划……现在看来，他们当时没有上市，倒未必不是好事。"

"我们不一定会退市的，还有机会。"

"有时候我在想啊，退市了，反而干净，大不了就是东山再起。"

安灿用手势制止卫开继续往下说，她露出了不耐烦的神情。

卫开解释道："安总，我说这些，不是要给你泼冷水，对新灿而言，有些问题是必须得面对的。道阻且长，我们慢慢走。"

"我也想慢，但是我们慢下来了，别人就会走到我们前面。好了，现在我不想聊这些。说起BYO，明天他们集团的一个副总裁会带团队来交流，你接待一下吧。"

"明天可不行，"卫开顿了顿，"明天是我家小娇妻的生日，我答应过她，要陪她一整天的。上回她的猫过生日，我没及时赶回家，她一气之下，就在微博上写了篇八百字的小作文声讨我，何况这次过生日的是她本尊。"

"这叫一物降一物。"

"一物降一物不假，说到底，也是因为我真的在乎她吧，"卫开似乎犹豫了一下,才继续道,"她啊,怀孕了,三个月啦。"

安灿露出少有的"八卦"表情。

"很突然?"

卫开之前虽然有过两段婚姻,但他一直没有孩子,安灿曾以为他是丁克一族。她徐徐坐下,半天憋出来一句话:"你怎么突然想要传宗接代了?"

"我从来没觉得传宗接代是我的任务,"卫开忍俊,"就是吧,她比我小十八岁,不出什么意外的话,我肯定得走在她前边。要是有个孩子,她往后也能有个陪伴。人生那么长,有人陪伴着,会好走一些。"

"唔,陪伴。"安灿若有所思。

"都说孩子需要父母的陪伴,要我说,做父母的其实更需要孩子的陪伴。就像佐佐和佑佑那样,他们陪着林一曼。这一点,我是在于新走后才……"卫开沉默了。

于新已故半年,若非必要,在卫开和安灿之间的交谈中,便很少提及他。不提及,并非遗忘。不提及,是不想触碰彼此的痛处。这是某种无须言传的默契。

"明天的BYO团队,我让陈启明接待。现在,你要没什么事的话,我想一个人待着。"安灿望向未拉窗帘的落地窗,她这间办公室光线正好,并不像林一曼的那么晒。此时她才品出,当年于新要把这间办公室让给她,不只为着它足够宽敞,也不只为着窗外的风景。

卫开并未往门边走,而是来到了落地窗边,他的视线飘向远处,那是泛着波光的冇江。

"还记得在那个私人会所,我们俩喝他存酒的那晚吗?"卫开背对着安灿。

"我说了,我想一个人待着。"

"就在那儿,他跟我说过你们的故事。他说你们都做出了自己的选择,他很庆幸能和你成为搭档。"

彼时,卫开初到新灿,他并不十分了解于新。在他看来,这是一位本该意气风发的年轻的成功创业者,是扯着大旗跑在最前边的那拨人。有一晚,他们结束了乏味的应酬,于新带着他,来到那家与娱乐无关的会所。没有浮光潋滟,没有歌舞升平,没有山珍海味,于新说,这个地方是他为只想暂离喧嚣的人准备的。在于新离世的前一周,他找了个现在听来有些奇怪的由头,将会所送给了卫开。

"够了……"安灿站起。

卫开转对安灿:"他还说,他选了林一曼,你选了刘瑞,你们都没选错。"

"卫开!"

"是,你劝过我,我们的确不应该困在过往,我们还有很多事要做,但是你自己呢,什么时候才能走出来?"

5

今天,安灿本要和林一曼一起出席某个慈善拍卖晚宴。她们同时出席,既能打破先前种种关于她们不睦的传言,对新灿的正面影响力也有助益。除了这些,安灿之所以要陪林一曼出席,多半也是担心林一曼不适应这种场合。不过,从林总裁这几天的表现来看,安灿的顾虑显然有些多余了。加之安灿已经好几天没陪家人吃饭,她索性将慈善拍卖晚宴的活动给推了,让陆玲玲代为参加。

话是这么说，安灿刚准备离开办公室时，有人过来汇报工作，那么一耽误，等她驱车离开新灿大厦时，夜幕早已低垂。

安灿回到半山别墅，走进餐厅，只见安父和安母正坐在餐桌旁。

"安总，你可算是回来了，"张姐从厨房走出，"刘医生说好会回来吃晚饭的，到现在还没回来，电话也打不通。"

"他要是忙起来，哪有工夫接电话啊！"安灿洗了手，坐到餐桌旁，"爸妈，我们先吃。"

"你就不担心？"安父厉声问。

安灿道："没什么好担心的，他那个科室突然状况多……"

"他不会是出什么事了吧？"安母说着站起，"不行，我得去医院找他。"

"那也用不着你去，我去。"安父也站了起来。

安灿求饶："我去行了吧，吃完饭就去。"

见父母还没有坐下的意思，安灿再道："好，我这就去！"

"不是，安总，你先吃两口再去……"张姐的话音未落，安灿就转头离开了餐厅。

张姐看着安灿的背影，对安母道："大姐，安总还饿着肚子呢。"

安母摇摇头："总是别人在关心她，她也应该学着关心关心别人。"

安灿上次专程到医院找刘瑞，还是在他们的恋爱期。她喜欢看他穿白大褂的样子，工作状态的他，眼神里写着凌厉，却又藏着不易被察觉的温情。他们走在医院里，遇到相熟的同事，他便迫不及待向人介绍她，恨不得告诉全世界，她是他的女友。

那时候她真年轻，年轻到对自己的自私不以为然，年轻到以为她对他的那点喜欢和好感就能成就婚姻，或者说，她根本没把婚姻当成什么特别重要的事。直到现在，她才意识到，她有多自负，就有多无知。卫开说她被困住了，而困住她的，恰恰是她自己。

安灿一脚踏进刘瑞的办公室，只见他身边立着个年轻的女医生。女医生正絮絮叨叨说着什么，他时而皱眉，时而微笑。安灿再定睛，只见他的右胳膊上绑了绷带。她要开口叫他，他刚好抬头看到了她。

"你怎么来了？"刘瑞站起。

"谁啊？"那个女医生先把刘瑞摁回座椅，继而转头看向安灿。

安灿没顾上和女医生打招呼，径直走到刘瑞跟前："发生什么了？你和谁打架了？"

"要真的能还手，跟对方结结实实打一架，也算是出了这口气……"一边的女医生接嘴道，"有个病人家属，情绪过激，打伤了刘医生。"

"我看看，"安灿凑近刘瑞，"伤到骨头没有？"

"只是轻伤。"

"刘医生你就别逞强了，只差一点点，你这胳膊就得骨折。本以为千辛万苦学了医是来治病救人的，没想到啊，却是来挨打的。"女医生愤然道。

"小马，你先回去吧，我太太来了，她可以照顾我。"

那小马立即扭头打量安灿，神情里毫不掩饰对面前这位刘太太的好奇。

第十章 维夏

"谢谢你,我这就接刘瑞回家。"

"行吧,"小马低下挂满问号的脑袋,嘴里嘟囔着,语气里带着点小遗憾,"刘医生已经结婚了啊。"

"喔,原来刘医生在医院里的人设是单身优质男……"待小马走了,安灿轻抬起刘瑞受伤的右胳膊,"这样不疼吧?"

"不疼,真就是一点皮肉伤,只是他们给我包扎得太像那么回事了。另外,"刘瑞看着安灿的眼睛,"我可没在外面假扮单身,这小马是刚调来的,才到没两天,她不了解我的情况。"

"我们刘医生虽然不是单身,可是照样有人惦记。"

他失笑:"就当你这话是夸我的。对了,你怎么突然来我这儿了?"

"我要不来,我爸妈就该来了。你说好回家吃饭的,人没回去,电话又打不通。"

"胳膊挂了彩,手机也被砸裂了,又去派出所做了笔录,忙到现在。"

"以后再有这种事,好歹往后躲躲。"

"我不挂彩,小马他们就得挂彩。那个病人家属,倒也不是医闹,就是他老婆的脑溢血发作得太突然了,他心理上一时承受不了。你是没见过那些职业医闹,什么招数都有,都是有所谓的诉求的,"刘瑞沉默片刻,继续道,"他没有诉求,他都不知道自己到底在干什么……"

安灿端详着她的丈夫,他的发间已有隐隐白丝,下巴的那点胡楂让他更显憔悴:"千万别告诉我,你已经原谅了这个人。再怎么样,也不能打你吧。"

"一到派出所,他就清醒了,求我谅解。我不是什么大圣人,我只是个小医生,但是如果我不同意谅解,他就得在看守所待着。他老婆还在急救,还没脱离危险,他要是进了看守所,谁来照顾我的病人?"

"刘瑞……"

"别担心,我还好。我是医生,这样的事见过太多。见得多了,发现自己能做的只有尽人事,剩下的,多少也得听天命。虽然我是彻头彻尾的唯物主义者,但好些事吧,是哪怕尽了一百分一万分的人事,最后都未必能如愿的。只能说,那就是命吧。"

"我们回家,"她拉住他的左手,"现在就回。"

他揉揉她的短发:"嗯,看出来了,你还真是来接我回家的。"

第十一章　残暑

我的人生，应该由我自己来安排。

1

冇城的这场慈善拍卖晚宴每年夏末都会举办一次，能列席的嘉宾，都是颇有影响力的人物。今年拍卖的主要是摄影作品，善款用于助学济贫等公益事业。

陆玲玲曾代表灿基金参加过一次晚宴，但是那次，她的座位被安排在了极不起眼的角落。这次就不一样了，她坐到了前排，毕竟，她是代表新灿集团第一副总裁安灿来的，她陪同的是新灿集团总裁林一曼，所以，她能够堂而皇之地坐在本属于安灿的位置，接受一众嘉宾的注目礼。

比起陆玲玲的安之若素，主角林一曼却有些坐立不安，只强撑着精神应对。今天是周末，公婆会送佐佐过来，林一曼已经好几天没看到佐佐了，她很想早点回家。女儿佑佑呢，近来变得越来越黏人，只要林一曼在家，佑佑总是抱着她不撒手。

"接下来这幅摄影作品，对在座的某位嘉宾来说，一定具有特殊的意义……"台上，主持人正介绍着拍品，"它见证了两位创业者的奋斗史。下面，请我们的工作人员拿上这件作品。"

两个漂亮的礼仪人员抬着大相框出来了，有些漫不经心的林一曼只低头摆弄着她的手机，陆玲玲却看清了那张照片，这轮的拍品竟然是安灿和于新的一张合影。照片颇具年代感，背景是一个劳务市场，年轻的安灿正将怀里的招工启事分发给过路的行人，她的身后是一辆自行车，车筐里放着一叠招工启事，而推着自行车的恰是于新。摄影师按下快门的那一刻，于新正微笑着看向安灿。

这种微笑，林一曼并不陌生。于新向林一曼表白的时候，脸上洋溢着的就是这种微笑……

"今晚，我们有幸请到了知名摄影师钱民老师，这张照片就是他的作品，欢迎钱民老师上台，跟我们讲讲照片背后的故事。"主持人继续在台上说着。

"林总，"陆玲玲小声提醒林一曼，"这轮的拍品和我们新灿有关。"

林一曼慢慢抬头，接着看到了那张照片。

"我最近在整理早年的胶片摄影作品，才发现这幅作品里的两位主角是新灿集团的创始人于新和安灿。我给作品取名叫《明天》，这是一个充满希望的名字，也正是因为两位年轻人的努力，才有了如今的新灿。很遗憾，于新先生在年前离开了我们，安灿女士……今晚似乎并不在现场，"钱民的目光对上了林一曼的，"不过，主办方告诉我，新灿集团的林总来了。如果林总喜欢，我愿意将作品无偿赠与她。当然，我会拿出另外一幅作品作为拍品，不会影响此次慈善拍卖。林总，你愿意收下这幅《明天》吗？"

主持人殷切地看着林一曼："林总肯定很喜欢这幅作品，林总？"

第十一章 残暑

见林一曼蒙在一边，陆玲玲忙站起解围："林总很喜欢《明天》，但她希望按照慈善拍卖的流程来，她要亲自拍下这幅作品，表达对钱民老师的敬意，也是对新灿两位创始人的敬意。"

有人带头鼓掌，瞬时，掌声雷动。林一曼的视线渐渐模糊，耳畔尽是嘈杂，仿佛在这一刻，她看不见也听不见了，周遭的一切都和她无关。但她心里明白，这一切明明又都和她有关。

林一曼已经不记得自己是怎么拍下那幅《明天》的，也不记得自己是怎么回的家。她只记得，当她恍恍惚惚进了家门，恍恍惚惚接了个电话。电话那头，是任意，他说他就在她家楼下，是送佐佐回家的。

原来，于家二老舍不得佐佐，本想明天再送孩子过来。没想到佐佐悄悄溜出来了，决定独自回家。是任意的妹妹发现了这个孤零零走在大街上的孩子，当孩子说出他的妈妈是新灿总裁林一曼时，妹妹马上联系了任意。

任意兄妹俩前脚出了门，林一曼的大姑子于慧后脚就到了。

那于慧黑着张脸，一进门就叫嚣着："林一曼你玩什么上纲上线呢，你想把佐佐带回来养，你直说啊，犯不着挑我爹妈的刺。"

这晚，林一曼心内五味杂陈，情绪累积已到极点，她实在忍不住了："他们差点弄丢我儿子，你说我这是在挑刺？"

"他不是你一个人的儿子，他是于新和你的儿子。但凡你心里有于新，你就应该体谅那两位已经失去了儿子的老人。他们是佐佐的爷爷奶奶，难道他们还会害了孩子不成？我妈一接完你的电话，说是以后佐佐再也不能跟在他们身边了，她的血压一下就上来了，这会儿还躺在医院里观察。万一她有个好歹，谁来负责？你也是当妈的人了，你怎么就这么狠心呢？"

"你说完了吗?我累了,请你离开我家。"

"是啊,你家,我差点忘记了,这套我弟弟挣钱置办的豪宅,它现在是你一个人的家。"

"没错。所以,请你离开。"

于慧冷笑了两声,说道:"要知道你这么狠心,当初他想悔婚的时候,我就不应该劝他。"

"你说什么?你把话说清楚!"

"你还不知道吧?当年他喜欢的人是安灿,他想娶的人是她。怎么样,我说得够清楚了吗?"

2

几缕晨光从窗帘缝中探进,洒在熟睡的刘瑞脸上。安灿已经醒来,她将刘瑞的手臂从她身上轻轻挪开,他一用力,反把她搂得更紧了。

"别动,你还受着伤呢。"她道。

"不疼了,"他睁开眼,用下巴摩挲着她的额头,"再睡会儿吧?"

"今天上午我有会要开,再不起床就来不及了。对了,医院那边,你请个假,在家好好休息一天。"

"不用。"

"我说休息就休息,"她一边说着,一边挣开了他的怀抱,"悬壶济世也不差这一天,听我的。"

待安灿洗漱完毕下了楼,那张姐急匆匆朝她走来。

"安总,林总来了。"

"现在?"

"早就来了,在门口,说什么都不肯进来,她说她是来接你的。"

安灿揽紧睡袍，皱着眉走出门外。果然，林一曼正靠在车身上，歪头看着安灿。

"出什么事了？"安灿问道。

"也没什么，就是……"林一曼打开后备箱，"昨天的慈善拍卖晚宴，我拍了件东西，我留着没用，准备送给你当礼物。"

安灿凑近，看到了躺在后备箱里的那幅《明天》。没记错的话，当时她和于新刚刚开发了自有品牌生产线，用工紧缺，为了招人，他们没少去劳务市场派发招工启事。

"这是知名摄影师钱民老师早年的胶片作品，特别有意义，对吧？"林一曼绕到安灿身后，饶有兴味地看着她。

"照片拍得不错，这礼物我收了。"

"上车。"

"一曼，你到底是怎么了？"

"我让你上车。"

"我……"安灿看着自己的睡袍。

林一曼已经拉开副驾驶的车门，做了个"请上车"的手势。安灿带上后备箱的门，硬着头皮上了车。

"你生气，是因为那张照片？"安灿问道。

"我没生气，就是想带你兜兜风，有些话想跟你说。"

"我们不是小女生了，不能总是这么情绪化，我们应该……"

"应该怎样做，应该怎么活，这些都不需要你安灿来告诉我。"

"上午我有好几个会要开，另外，杨奇去了临城，市场部那边不能群龙无首，我还约了猎头见面……"

"别说话。"

"一曼，其实……"

林一曼一字一顿地说着:"我让你别说话。"

林一曼固然情绪化,可是此时的她,却又像是不带任何情绪。安灿和林一曼相识十数年,还从来没见过这样的她。

车子不疾不徐地往冇江方向开着。江两畔早已高楼林立,安灿和林一曼亦不再是这座城市的过客。她们路过、停留,她们看见、经历,历历往事就像是谁编织的幻梦。但只要是梦,就总有醒来的那刻。

在一个废弃码头,车子终于停下,再往前两三米,就是滔滔江水。

"接下来,我问你的每一句话,你都必须如实回答。"林一曼转对安灿。

安灿沉吟着:"好。"

"他本来是想悔婚的,他并不想娶我,对吗?"

"不是这样的,他只是没想清楚。"

"没想清楚……"林一曼摇摇头,"没想清楚他为什么要向我表白,又是为什么要向我求婚?"

"他喜欢你,他是为了你才来冇城的。"

"为了我?那你呢,你又是为了什么?"

"……"

"安灿,请你如实回答,如果你对我还有那么一点点的尊重。"

"我是为了……为了他,对,我是为了于新。没什么不能说的,"安灿微笑着,似乎终于如释重负,"我喜欢过他,这份喜欢,从我大一那年第一次见到他就开始了。他说他要来冇城,我只能跟着他来。"

"很好。"

第十一章 残暑　215

"就在我准备向他告白时,他跟我说,他喜欢的人是你。因为是你,我只能退后。"

"好一个因为是我……你要真的那么在乎我,他后来对你动了心,不打算和我结婚时,你就应该答应他,你就应该嫁给他,而不是让我嫁给一个根本不爱我的男人!你们俩,你是伟大成全,多无私啊,他呢,有始有终,多有责任感啊,那我呢?我又算是什么?衬托你们高贵品格的道具?"林一曼打开车窗,抬手掬起一捧江风,"还有刘瑞,他又算是什么?他大概连我这个道具都不如。"

"不是这样的。于新说过,他选择你,没有选错。我选了刘瑞,我也从没后悔过。"

"多伟大啊,伟大的于新,伟大的安灿,你们伟大的人生和事业。为了这种伟大,你们这十几年一定过得很辛苦吧?如果不是你们,我本应该过着我渺小的生活。大概我还会是一个没什么大追求的服装设计师,和一个跟我差不多条件的男人结婚,过着简简单单的小日子。"

"他是爱你的,要不然,你们也不会有佐佐和佑佑。"

"他是爱我的?那我可真得谢谢你们,谢谢你把他施舍给我,谢谢他把他所谓的爱施舍给我。安灿,你一定觉得自己特别善良,是吧?"

"我没有……"安灿的泪水从眼角溢出,"我只是不想失去你们中的任何一个。"

"说起失去,我们从城中村的出租房搬出来,你们俩的事业越做越大,从那时候开始,我就已经失去你们了吧?你知道吗?我还是常常会梦到那间出租房,在梦里,我还是那个想尽办法给你们改善伙食的小厨娘。那时候我就很清楚,我们几个不可能一辈子都在一起,我们会有各自的生活。可我从没想过,有一天,我们的生活看似密不可分,却已经离彼此越来越远……"林一曼哽咽着,"你不该骗我的,哪怕是善意的谎言。我虽然渺小、软弱,但我并不害怕面对真相,就算这个真相是我的未婚夫,他爱上了我最好的朋友。安灿,你太自以为是了。"

"他对我的并不是爱,只是因为我们合作久了,只是因为……"

"你又来了,你又开始自以为是了。"

安灿沉默了许久,拭干眼角的泪水,笑对林一曼道:"离开吧,一曼,离开新灿,去过你想要的生活。如果说还有什么是我能为你做的,大概就是这个。"

"是么?前任总裁自杀,现任总裁离职,这么下去,你的新灿可就真的要退市了。"

"我可以重新开始,新灿也重新开始。但是,你不应该再耗在这里,做着你根本不喜欢的事,过着你根本不喜欢的生活。"

"不了,你什么都不用做。我的人生,应该由我自己来安排。"林一曼说毕,发动了车子,一个掉头,驶离了这座废弃码头。

3

初初的一场秋雨,让这座城市告别了酷暑。

网红步行街上,随处都是时髦的网红,他们中的大部分已经迫不及待穿上了最新款的秋装。何夕刷抖音的时候,经常能看到他们的街拍短视频。她已经过了借鉴前卫穿衣打扮的年纪,细想起来,她这三十多来年就没前卫过,属于扔人堆里就找不着的那种。她喜欢看这些短视频,纯粹就是欣赏网红们的自信,他们无论美丑、高矮、胖瘦,总能一步一个自信地走在这条街上,仿佛全世界都在为他们让路。

今天,何夕的任务就是逛商场,她打算去"歌颂"的专柜实地感受一下。自从"歌颂"调研组成立起来,何夕跟着几个设计部、品牌部的资深同事学了很多东西。眼下,国内的高端女装,各品牌的差异性大,风格多样,细分属性也较高,这就造成了品牌数量多,但各品牌市场占有率不高的现状。何夕希望能够近距离地了解"歌颂"的消费群体,找到这个品牌的核心吸引力。

临近中午时,美心来找何夕了,她带着王超给何夕准备的午餐。这午餐说不上多丰盛,倒也有荤有素,有水果有饮品,看着干干净净。

"姐,是姐夫让我给你送饭的。"美心一笑起来,就露出两颗细细小小的虎牙,透着股说不出的可爱。

自从美心从收银员升为前厅主管,对何夕和王超的称呼也变了。以前何夕是"何姐",王超是"老板",现在,直接就是"姐"和"姐夫"。要说美心这么叫,其实没什么不对。细论起来,美心也算是何夕八竿子打不着的亲戚。当时王超的火锅店急招收银员。这收银员吧,还不同于一般员工,最好是知根知底、沾亲带故的。于是,何夕的表姨推荐了美心,美心是表姨婆家那头的亲戚。

美心职高毕业,学的是餐饮管理,在某个星级酒店当过几年服务员,后来被父母领回家,想让她早点嫁人。美心学历不高,见识不多,却是个有主见的姑娘,拼死不从,说是要做出一番事业来再成家。就这样,美心身无分文出去闯荡了几年,又身无分文回来了。这么一耽搁,她已经二十八岁,在老家那个县里,就属于大龄剩女了。女大不中留嘛,表姨托人一说,父母一狠心,就把她送到了王超的火锅店,一则有个管饭的工作,二则有城那么大,她将来能遇到合适的对象也未必。

王超觉得美心挺能干的,利落、大方、勤快,凡事也总站在他这个老板的角度来考虑问题。何夕呢,虽不参与火锅店的一应事务,但美心三不五时要跟何夕汇报汇报,这一点,何夕还是蛮受用的。

待何夕忙完回家,儿子乐乐早就放学,已经吃了两包薯片。何夕和王超近来都很忙,儿子就没怎么正常吃过晚饭,要么是,他下课了直接去火锅店对付一顿,何夕下班后也过去,扒拉两口就接儿子回家。再不然,就是儿子自己先回家,再由何夕给他叫个外卖。

"不许再吃了,"何夕指指垃圾桶里的薯片包装袋,"妈给你做饭。"

"啊,"乐乐很开心,"我要吃炸鸡腿,还有红烧肉,还有……"

"冰箱里只有肉,没有鸡腿。"

"只要是妈妈做的饭,什么都好吃。"

"嗯,嘴真甜。"何夕说着,伸手要去摸乐乐的脑袋,乐乐往后躲了躲。看来,儿子真的一天天长大了,已经不是那个整天求抱抱的小男孩了。

比起养尊处优的佐佐和佑佑,乐乐属于那种被亏待了的孩子。如果条件允许,有哪个当妈的愿意亏待孩子?但普通人家也就这样了,何夕知道,她和王超都已尽力,连乐乐自己都在尽力——尽力长成那种不会让父母很操心的孩子。

何夕这饭刚做到一半,没想到王超也早早回家了。自从开了火锅店,他回家第一件事就是洗澡。他洗了澡,一边用毛巾擦着湿漉漉的头发,一边走进狭小的厨房。

第十一章 残暑

"好久没在家吃饭了。"他笑道。

"店里不忙啊?"她翻着锅。

"都上轨道了嘛,我这个当老板的,也得学着给自己放放假。"

"别在这儿待着了,刚洗了澡,又搞一身油烟味。"

"哎,中午我叫美心给你送饭了,怎么样,你老公算是个暖男了吧?"

"她是收银员,不是跑腿的,你没事别老瞎使唤她。"

"知道了,她是你家亲戚嘛,"王超转身要走,又站定,"你说,我们要不要请那个李新良吃顿饭啊?"

"为什么?"

"你想啊,你进了这个调研组,是个机会,多亏了他的推荐。有来有往的,不得请人吃个饭?"

"没你想的这么复杂。再说了,我就算想请,人家也未必会答应。"

"你说啊,这无缘无故的,他为什么会帮你?"

"你以为人人都像你一样,凡事都讲什么利来利往?你赶紧出去,这厨房本来就小,你站这儿,我怎么炒菜?你在店里还没闻够油烟味么?"

"好好好。"王超走到门边,又回头看了何夕一眼。

4

此时,林一曼正站在大办公桌后面,衣袖半挽,双手撑桌,微笑着看向众人:"不急,我们先吃饭。我已经让员工餐厅准备了饭菜,等会儿他们就送来,我们就在这儿吃,怎么样?"

她的声音很温柔,语气却是不由人拒绝的坚定。

"还真饿了，"陈启明挪动着沙发上的屁股，再坐下去，他的腰椎间盘突出就得犯了，"那就先吃饭，吃饱了，我们再慢慢聊。"

"林总，"安灿笑了笑，"我们的讨论，不一定非要今天就出结果，如何激励员工，如何打造精英团队，如何降低员工的流失率，这些问题不是一朝一夕就能解决的。"

"安总急着回家？"林一曼徐徐坐下，"要不然，你先回？"

陈启明忙道："那怎么行！"

林一曼转对陈启明："我这人脑子转得不够快。不过，陈总的这句话，是不是可以理解为，咱们这个半正式的会议，非得安总在场才行？"

"我不是这个意思……"

"还记得我刚到新灿时，读了些新灿的创业史，里面讲到初创时期的一些故事，开会开到半夜，那都是稀松平常的。那时候哪有什么员工餐厅，吃的都是只管饱的盒饭，稍微带点荤腥就算是改善生活了。嗯，安总的胃病就是当时落下的吧？说实话，我也想放安总回家，你们里面，我最心疼的就是她。可就像陈总说的，安总很重要，她要是溜走了，我都不知道你们还能不能耐着性子坐在这听我说话。"林一曼说着，又笑了起来，"所以，我今天特地让餐厅炖了黄芪牛肚汤，给安总养养胃，你们几个也有，算是跟着安总沾光了。"

林一曼话音刚落，裴娜领着餐厅的员工进了门，几个人手脚麻利地给众人分发起了晚饭。如果说安灿是把快刀，能及时砍断乱麻，林一曼则是把钝刀，一点点慢慢磨，总想磨出个月朗天清。

上个月，林一曼突然提出，她要到各分公司视察工作，随行人员除了助理裴娜，还带了副总裁陈启明、人事行政部总监陆玲玲、市场部副总监明亮。

明亮的名字很"明亮"，在新灿，他却一直是小透明一样的存在。原市场部总监曹云浩在的时候，明亮就已经是副总监了。后来曹云浩犯了事，明亮以为自己会被扶正的，没承想，空降了一个杨奇。虽说杨奇也是副总监，但明显比他明亮高半级，甚至还是于新和安灿钦定的新灿接班人。明亮本已认命，结果呢，杨奇因失察之责，被发派到临城反省思过。

就在这时，总裁林一曼向明亮抛来橄榄枝，要带他去视察工作！人生很长，能改变人生的机会却很少，明亮只能死死抓住这次机会，搏一搏，单车或许真能变摩托？

随着林一曼一行的视察，诸位同仁很快就在新灿的官方自媒体和同事们的朋友圈看到关于这次行程的种种播报。不管到哪个分公司，林一曼首先找的是分公司的基层员工，让他们有冤说冤，有苦诉苦，能解决的问题当场解决，不能解决的则先汇总到一块儿。很快，"总裁流动办公室"就出了名，分公司的老总们害怕她来，基层员工却盼着她来。

刚从"冷宫"里出来的明亮，对市场这条线现存的各种问题，他是最乐见的。存有问题，他才能有的放矢，才能通过解决这些问题立功。所以，他是林一曼最坚定的支持者。

陈启明的心情就不太美丽了。他原以为这林一曼就是个摆设，说白了在她后面指挥的人是安灿。可看林一曼这回的做派，根本不像是安灿会干的事。是，新灿集团的管理存在着一些问题，但在陈启明看来，林一曼的"胡闹"除了把问题扩大化，根本解决不了实质性的东西。一个成熟和理智的管理者，是断不可能这么做的。

新灿集团之所以会是今天这样的组织架构,有借鉴同行,也是经验累积,有环环相扣,也是有效管理。每个部门和分公司都是一个团体,在那个团体里,有一套自己的体系。作为新灿的总裁,林一曼本应是高瞻远瞩的掌舵者,她却只在细枝末梢处寻找存在感。而那些她激起的怨愤,凭借她的能力,根本就平不了。

以陈启明对安灿的了解,她是不会由着林一曼继续胡闹下去的。果然,从今天林一曼临时召集的这个会议来看,在这件事上,安灿和陈启明的想法是一致的。

总裁办公室内,气氛仍在胶着。

安灿坐在长沙发最中间,她的身侧分别是陆玲玲和陈启明。明亮和裴娜分坐两张单人沙发,他们离林一曼的办公桌更近一些。这五个人谁也没表态,又像是什么态都表了。

林一曼也坐着呢,她慢条斯理吃完饭,还补了个简单的妆。为了让大家更有精神,她给准备了咖啡。两口热咖啡下肚,她的气色又好了不少。

"要是我们不关注这个群体,不想办法提高他们的收入,给他们安全感,我们的队伍就不可能稳定……"林一曼看着众人,发表着她的想法,"我已经答应他们了,这些问题,我们总部会解决。具体怎么解决,就是我们今天要讨论的主题。"

明亮点点头,说道:"今年各分公司新招的那批员工,从开始入职培训到现在,至少已经走掉半数以上的人。我们给人画了饼,什么福利保障、职业规划,好多没能落实……"

"明副总监来新灿也有几年了,之前一直不声不响的,这趟跟着林总去视察,看来学到了不少东西哪……"陈启明说着,笑对安灿,"安总,不是我说你,你对杨奇也有些太偏心了,市场部藏龙卧虎,你得一视同仁。"

"陈总提醒得很及时……"安灿接过话茬,"那明副总监,你对员工的福利薪酬体系和激励制度,又有什么高见呢?"

"我觉得,我们还是先听听陆总监的想法,薪酬体系她比我们都了解。"明亮又把球踢了出来。

"刚刚林总说的这些情况,不只发生在新灿,更是行业现状……"陆玲玲端着杯咖啡,缓缓说道,"福利薪酬体系本身就要随着我们新灿的发展而改变,但是,不管怎么改变,都不能够是会哭的孩子有奶喝,而是看个人的能力。作为人事行政部总监,我认为,分公司的福利薪酬体系确实要改,应该改得更有竞争力,只有这样,留下来的才是真正的精英……"

林一曼的初衷就是解决问题,她完全没料到,这几个人玩起了踢球。再看安灿,她稳稳当当坐着,甚至还让人泡了壶茶来,颇有几丝看戏的意味,那架势,她正等着林一曼偃旗息鼓呢。

这个没有结果更没有结论的会议,开到近零点才结束。林一曼比任何人都有耐性。她的耐性是那些年等待于新回家养成的,只要他不回家,她就可以坐在沙发上一直一直等。她的耐性,也是在养育两个孩子的过程中练就的。没有当过母亲的人,根本不知道孩子有时候会多磨人。现在,林一曼决定把这份耐性放到新灿集团。

安灿知道,林一曼变了。在废弃码头,林一曼质问安灿,安灿坦承一切。从那个时候开始,林一曼就变了,她说,她的人生不再需要别人来安排。

地下车库内，安灿和陆玲玲并肩而行。

陆玲玲叹了一口很长的气："新灿正面临着退市风险，这个时期很敏感，应该极力去避免负面因素的产生……林总是越来越让人看不懂了，她这趟视察，说得好听是广开言路，体现她的亲和力，可换个角度想，她这不是在给我们添麻烦吗？"

安灿没说话，只是径直往前走。

"林总现在这样，还不如像以前，以前她什么都听你的……"陆玲玲顿住了，她为自己的脱口而出感到后悔。

安灿止步："你在抱怨林总的时候，卫开已经开始善后，以后，你还得多跟他学学。"

安灿说完，便走向她的车子，只剩陆玲玲愣在原地。

5

已过零点，对这座城市的一些年轻人来说，他们的夜生活才刚刚开始。安灿驱车经过江滨路，在路边停下。江滨路沿江，离市中心又近，除了冬日那极冷的几天，这里的夜一年四季都很热闹。

如果加班和应酬不算，这些年，安灿几乎没有夜生活，连吃夜排档的记忆都很久远。当年的江滨路还不这样，没有好看的灯光，没有宽敞的步行街，江风吹来，甚至还带点腥味。对那时的安灿、林一曼和于新来说，夜排档和小餐馆的消费，都算是改善生活。每人两串烤肉，再搭一瓶啤酒，他们就可以没脸没皮地在夜排档待上一整晚。

无知无畏总是快乐的。现在，不管是安灿还是林一曼，她们大概很少去考虑"快乐"这两个字了，它被排在各种事项的最后面,也被各种情绪挤在了最后面。林一曼说过,她总想回到过去,她怀念城中村出租房的生活。安灿也怀念,但她绝对不会想要回到过去。

大概五年前吧,这条路开始改造,冇江亦开始治理,加之江两畔高楼迭起,才有了如今的景象。眼下,离安灿不远处,就有个稍显冷清的小吃摊。她下了车,问小吃摊老板要了碗馄饨。

"馄饨不是这么吃的,"大概是没什么客人,老板妄自在安灿对面坐下,"不能搅,这一搅,就容易碎。也别急着加辣椒和醋,你得先尝尝这汤底。我这汤底,都是猪棒骨慢慢熬出来的,加的猪油也是当天现熬的,吃的就是那口鲜香。"

"好。"安灿并没有要和老板继续交谈的意思。

老板似乎无所谓,自说自话般:"一个个的,总是那么急,急着找食,急着吃干抹净。还有什么事比吃饭更重要?"

安灿乐了:"你这就三张小方桌,客人吃得快,你才能翻桌,生意才会好。"

"你知道什么……翻桌容易,遇到懂得吃我这口馄饨的,才叫不容易。"

"味道不错,给我打包四碗。"

"不打包。就我这馄饨,你带回家肯定得糊,再鲜香都入不了口。"老板颇有些不屑,像在责怪这位女食客不懂欣赏。

安灿到家已是凌晨一点,刘瑞正在舒服地改论文。他看到娇妻,因文思枯竭而团在一起的眉头才慢慢舒展开来。近来,他们相处得不错,虽不像热恋,但是有来有往有沟通,只要时间和精力允许,偶尔也会浓情蜜意,再不然,或一起夜跑,或选部有趣的电影看看。

"刚才我经过江滨路，吃了碗特别香的馄饨，什么时候带你去尝尝。"她笑道。

"你转身。"

"嗯？"

"你转身看看那面墙。"

安灿依言，接着看到了一面照片墙。墙上挂的是安灿各个时期的照片，里面除了安灿的独照，还有和一些朋友的合影，而那幅林一曼送的《明天》也挂在其中。林一曼拍卖得来后，将她送给了安灿，安灿则一直把它放在自家车库。

"这是钱民的作品，很有艺术价值的，"刘瑞站到了安灿身后，"前几天我在车库发现了它，艺术品怎么能放着积灰呢？况且，这照片记录了你的美好回忆。我就想啊，索性把你的回忆都找出来，挂在这面墙上。怎么样，算是个小惊喜么？"

林一曼送的《明天》，安灿不是不想展示，而是不管展示在哪里，都好像不太合适。没想到，刘瑞以这种方式，将《明天》大大方方地挂进了他们的家里。

"照片上这辆自行车是二手的，"安灿凑近照片墙，指着《明天》道，"后来还被偷了。自行车丢了不要紧，放在这车筐里的招工启事也丢了。为了显得我们有诚意，招工启事都是双面彩印的，可比自行车值钱，太心疼了……"

刘瑞只是静立一旁，听安灿说着那时的故事。

林一曼轻手轻脚走进卧室。

保姆王姐小心翼翼地从床上下来，她朝床上两个熟睡的孩子努了努嘴，用嘴形说着："香着呢。"

佐佐和佑佑确实睡得香甜，当哥哥的正搂着妹妹，是保护，也是不舍。佐佐差点走丢那晚，他告诉林一曼，他就是想回家，这里才是他的家。在奶奶家可以为所欲为，有冰淇淋、薯片和五颜六色的糖果，还可以把爷爷当大马骑，但佐佐还是要和妈妈、妹妹在一起。

所以，不管于家的态度是什么，林一曼是铁了心要把佐佐接到自己身边的。为这个，她和于慧又大吵了一架。只是于母病着，林一曼不忍伤害丧子的婆婆，答应周末至少有一天，让佐佐和佑佑一起回奶奶家。佐佐回家后，只要林一曼在家，每晚都要陪一对儿女入睡，她想尽可能地给两个孩子安全感。

于家二老本是特别好相处的，林一曼曾不止一次庆幸自己有这样一对公婆，但于新的离世对他们的打击实在太大了，她其实能理解他们如今的固执和难以沟通。林一曼这么一心软，一妥协，于慧就有些下不来台了，便上门来道歉。于慧说，于新差点悔婚什么的，这些都是她编出来气林一曼的。林一曼听了，就只笑笑，配合着这位心直口快的大姑子，就当自己是"听什么就信什么"的傻白甜吧。

家务事没有道理可讲，林一曼持家多年，最大的心得便是不能太清醒，糊涂着最好。她的性格打年轻时就钝钝的，看着敏感、情绪化、玻璃心，其实好些事都后知后觉。仔细想来，这大概是于新最终决定娶她的原因。简言之，就是她林一曼不是太聪明，而安灿那样的女人，总归不太好掌控吧？

家务事倒是可以糊涂，但新灿那边，可就不能再糊涂了。林一曼当时同意接任于新的位置，不过就是为了和安灿较劲，事实上，林一曼输了，输得一塌糊涂。到了后面，她被于新和安灿的梦想和雄心壮志感动，自愿充当新灿的吉祥物。而现在，她的想法已经改变。她不愿稀里糊涂，更不愿成为牵线木偶。

那幅《明天》和安灿的坦白刺痛了林一曼，也刺醒了她。她之所以感觉到自己老是被别人推着走，无非是她从来不知道自己真正想要的是什么。所以，她决定：不再和谁较劲，也不再去成就谁的梦想，她，林一曼，应该先和自己较劲，应该先成就自己的梦想。倒不是她非当这个总裁不可，而是，她已经是了，她想做好。因为这份迫切，她才有了到各分公司视察的举动。

这时，睡梦中的佐佐呢喃了一声，林一曼轻拍他的背："睡吧，妈妈回家了。"

"嗯，妈妈……妈妈晚安。"

林一曼看了眼床头柜上的闹钟，这个点，大概都可以说早安了吧？她强迫自己闭上眼睛，明天还不知道会有什么在等着她呢，她得补足精神去应对。

第十一章 残暑

第十二章 白露

其实他并不是一个主动的人，他也明白，他们中间隔着山山水水，可他还是想试试。

1

"歌颂"的调研有了新的进展，知己才能知彼，这将对拟订和HG的合作计划方案产生有利影响。何夕还没来得及消化这份喜悦，就有人来通知，说是来总监要见她。电商部的总监姓来，单名一个聪字，人如其名，这位来总监很是"来去匆匆"，最喜欢到处跑，是个在办公室里坐不住的主，何夕和来总监打照面的次数屈指可数。再者，何夕的顶头上司是李新良，怎么也不可能越过他直接和来总监打交道。

电商部经历过一次大换血，这事虽然发生在何夕入职之前，但她在相关新闻里看过，也曾听同事们提起过。当时，这个部门上下都没什么干劲，业绩平平，几乎错过了女装电商行业高速发展的阶段。安灿下决心整顿，她主张的绩效考核制度却让这群人闹起了罢工。再后来，部门的一应主管、总监，几乎全都被"优化"出了新灿。来总监就是大换血后空降的，据说很有些手段，短短数月，就重振了旗鼓。

"我早该找你聊聊了，"来总监打量着何夕，"一直没腾出时间来。你们出的调研报告我看了，很详尽，也很有借鉴价值。"

何夕一时嘴笨，只道："我没做什么，主要是设计部和品牌部的同事，他们给了很多建议……"

"倒也不用谦虚。在我这里，好就是好，不好就是不好。你既有冲锋陷阵的热情，也有脚踏实地的作为，我觉得，这就很好。"

"谢谢来总监的肯定，我……"何夕的话还没说完，就听到一阵急促的敲门声。

那敲门的同事进了办公室，气都喘不匀："来总监，出事了！"

"近日，有网友爆料新灿集团旗下多家分公司出现'员工罢工'事件，此举引来了各方面的广泛关注。据了解，此前，公司A股股票已被证券交易所实施退市风险警示，可能将被终止上市……"

沸腾火锅店的大电视上，正播报着一条新闻。王超叼着根烟，有些不耐烦地换到了别的频道。

"姐夫，新灿集团就是姐上班的公司呀。"美心走到王超身边，不无关切地说着。

"嗯，新闻上说的这事有点闹心。"

"不会对我姐有什么影响吧？"

"那不能够，只是，这新灿的两位总裁都是她的老同学，所以呢，她没少跟着操心。"

"姐的同学都好厉害啊，"美心顿了顿，"当然了，姐也很厉害。"

王超笑了笑："女人呢，太厉害了也不见得是什么好事。就不说她那两位总裁同学了，就是她，自从到了新灿，什么按时上下班,不存在的,每天能回家睡觉就都是好的了。这还只是个小员工呢,有天她当了主管、总监什么的,不定会怎么样呢。"

"姐夫你这话我可不同意,女人就得有厉害的,跟你们男人一样打拼事业,好让你们看得起。我就特别佩服我姐,不像我,干什么都不行,混到二十八岁了,还一事无成。不过,我也认命了,就当个小女人吧。"

"谁说你一事无成了?你不是挺能干的吗?"

"要是我能遇到个好男人,就算一事无成也没关系……"美心一面笑着,一面转身往门边走,迎向刚进店门的几位客人,"欢迎光临沸腾火锅!"

新灿大厦,安灿办公室内。

安灿背对着众人,立在落地窗边。乌云压顶,怕是一场滂沱秋雨。待这场雨落完,就该添衣了。汹涌云层之下的城市,有种虚幻的真实。安灿想起于新刚离世时,卫开提醒过她,他说要变天了。天,大概于新在世的时候就已经变了,只是,她从未像此刻这般,真真正正地抬头观望这片天。她,走得太快,太急了。

办公室里的众人,或坐着,或站着,每一个都屏气凝神。

移动投影幕布上播放着一段小视频,视频里的男人很年轻,他正激动地说着话:"我叫周立,以下言论不仅代表我个人,也代表新灿集团下属分公司参与这次罢工的所有员工。如果总有声音要发出,我愿意做这个发声的人,不管有什么后果,我都能承受,我对所有言论负责。我是去年9月份入职新灿集团宁城分公司的,入职以来,我最大的感受就是,我被压榨了!对,就是压榨!"

"你就是这么善后的?"安灿转身,直视着卫开,"这条短视频,点赞数快过百万,底下的评论都要炸锅了!这个周立不是宁城的吗?好,把宁城的中高层管理都叫回来,今天就办手续,让他们集体滚蛋,一个也不留!"

卫开没有辩解,这种时候,还是沉默比较好,他给任意使了个眼色,任意将投影仪关了。办公室里变得更安静。

一周前,从各分公司视察回来的林一曼召集安灿他们开会,要给一部分员工争取权益,这是她答应他们的。利益这东西,向来不患寡而患不均。在新灿,"均"指的是个人能力。员工群体也好,管理层群体也好,都靠个人能力立足。福利薪酬制度虽有不完善之处,各分公司的管理亦有高低好坏之分,但总的方针是没有问题的。

林一曼听到的声音,得到的反馈,并不像她想的那么客观。以周立为首的一批年轻人,他们可没有林一曼的耐心,趁势就闹起了罢工。据卫开调查,这些家伙平时工作态度就颇为懒散,其中半数都是即将要被"优化"的,罢工的举动,有很大可能是被有心人利用。而林一曼,就是那一簇火花,引爆了整个事件,让一切都变得合理化。

陈启明说话了:"安总,你别上火,这件事我们一定能妥善解决的。"

陈启明有陈启明的优点,比如,在这种安灿盛怒,谁都不敢吭声的时候,他会第一时间站出来缓解尴尬而紧张的气氛。一干董事里,他最年长,业务方面确实也拿得出手,就冲这些,安灿也不会当众让他下不来台,多少能给些面子。

果然,安灿挥了挥手:"你们几个先去研究应对方案。"

这几个人刚走没多久,林一曼就到了。

第十二章 白露

"林总，安总刚发完脾气，要不你还是等会儿再进去……"任意挡着门，低声道。

"你让开。"林一曼扒拉开任意，推门而入。

林一曼进了安灿的办公室，只见安灿静坐着，一动不动，犹如一尊雕像。

"这个周立，我和他沟通过，要不是我们迟迟不给回应，他绝不会这么做的。安灿，我可以跟罢工的那些员工，还有周立直接对话。"林一曼说道。

安灿没说话，连眼皮都没抬。

林一曼继续道："你们说这件事是因我而起，可以，我无话可说，我认，所以，也应该由我出面解决。"

"这件事你解决不了。"安灿一字一顿地说着。

"他们有什么诉求，我们答应就是了。"

安灿站起："你要是答应了他们的诉求，好，那些没有罢工的员工呢？他们会怎么做？是不是人人都拍这么一段短视频，他们的诉求就会得到满足？你林一曼拿什么来满足他们？你以为新灿是你一个人的？"

"你呢，你不是一直以为新灿是你一个人的么？"林一曼慢慢退到门边，噙着泪，"怎么，你安灿的梦想才叫梦想，为了你的梦想，我们就全都得给你让路？全都得围着你转？你少在我面前来这套，我都知道你接下来要说什么，你要我闭嘴，要我什么都别干，要我听你的。我告诉你，不可能！"

安灿摇摇头，看着林一曼："梦想？你来之前，HG集团刚刚给我打过电话，他们已经决定和SQ合作，我们出局了！"

林一曼听毕，愣在了原地。

2

一只南美洲亚马孙河流域热带雨林中的蝴蝶,偶尔扇动几下翅膀,可以在两周以后引起美国得克萨斯州的一场龙卷风。

因为周立那条短视频的迅速传播,新灿集团的"罢工门"事件愈演愈烈,随之而来的是被煽动了情绪的消费者,实体门店和网店都产生了大量的退货。随着事态一步步升级发酵,"罢工门"正式成了一起公共事件,相关政府主管部门也已介入调查。

在安灿的指挥下,总部的几位高管开始分头行动。卫开对接相关政府主管部门,百分百配合他们的调查。陆玲玲、杨奇和明亮,三人调动着各分公司负责人,安抚各分公司没参加罢工的员工。来聪的电商部变成了临时客服中心,接听要求退货的客户电话。任意和裴娜被借调到公关部,任意负责起草和把关所有对外的文字资料,包括通稿、相关说明和致歉信,裴娜替卫开分担一部分工作,主管新闻媒体的对接和沟通。陈启明的任务最为艰巨,由他出面和罢工的员工谈判。

是夜,电商部的办公区域内灯光通明。

何夕连着处理了好几起客诉,才想起她得来杯咖啡提提神。她一进茶水间,就看到了正在泡枸杞的李新良,两人不禁相视一笑,这笑容里,多多少少都藏着些无奈和焦灼。要只是退货,其实都算好解决,难办的是,口碑一旦崩塌,就很难再立起。

李新良抬手看表:"这都快十点了,你没必要这么熬着,该换班就换班,早点回家吧。"

"你不是也熬着吗?"

"我给自己排了个晚班。那帮年轻人,平时夜生活的时候一个比一个精神,最近要给他们排晚班了,就没一个是乐意的。我只能自己上了。"

"女儿呢,不用管吗?"

"我让小玥去她同学家借宿了,不碍事的。"李新良转着他的透明保温杯,杯子里面的枸杞随之轻舞、漂浮。

自动咖啡机发出了嘀嘀的响声,何夕道:"咖啡好了,那我先回工位。"

李新良点点头,仍有些木讷地转他的保温杯。

此时,去往宁城的高铁上,陆玲玲和杨奇并排而坐。陆玲玲的座位靠窗,她看到窗外匆匆划过的夜色,却无心欣赏。她扭脸看了杨奇一眼,他却像个没事人似的,闭目养神,戴了耳机在听歌。"罢工门"是宁城的周立发起的,和其他几个城市的分公司相比,宁城罢工的员工最多,整个分公司差不多已经瘫痪了。可以说,宁城是这次危机的关键点,是一块难啃的骨头。

杨奇睁开眼,刚好对上陆玲玲的视线,他取下耳机,问道:"有事?"

陆玲玲说:"看样子,这趟去宁城,你是胜券在握啊,你想好怎么收拾那个烂摊子了?"

"想了个七七八八,倒是没十分的把握。要是我真的有把握,安总也不会让你跟着来了。"

"懂了,这一把,我打的是辅助。等你掌控全局,立个大功,就可以从临城分公司调回总部,继续管你的市场部了。"

"你要这么理解,我也没办法。"杨奇说着,又要戴上耳机。

陆玲玲夺过杨奇手里的耳机:"你就没想过,万一这一关,新灿闯不过去……"

"然后呢?"

"安姐辛苦打拼,几乎付出了一切,这才有了新灿,要是就这么毁了,也太不甘心了吧?"

"你是替她觉得不甘心,还是替你自己觉得不甘心?"

"杨奇!"她低声,却不无愤怒。

"眼见他起高楼,眼见他宴宾客,眼见他楼塌了……"杨奇笑了笑,"这楼要是真的塌了,不过就是鸟兽散。新灿是从一无所有开始的,就算归了零,未必不能重起高楼。"

"重起高楼,靠你杨奇吗?"

杨奇拿回耳机,悠悠戴上,又悠悠说道:"这我不敢保证,但肯定不是靠你陆玲玲。"

待何夕回到家中,早已过了零点。她一进门,就看到了躺在沙发上的王超。她吸吸鼻子,空气里弥漫着一股酒味。行,他又喝多了。

以前王超做销售,少不得应酬,每回他喝多了,总是很自觉地睡沙发。不过,开火锅店之后,他倒是很少喝酒了,一则是忙,心思不在这些上面,二则他慢慢脱离了原先的圈子,不需要再靠喝酒来交际。

何夕正纳闷,却见美心正从厨房走出,两个人都吓了一跳。

"呼,是姐啊……"

"你怎么在我家?"

"姐夫喝多了,我送他回来的,这不,我给他做了醒酒汤。"美心指指手里的碗。

美心说着，就要给王超灌汤，这汤却被何夕给截住了。

何夕道："这会儿给他喝了汤，他肯定得吐。我问你，他今天跟谁喝酒呢，怎么就醉成这样了？"

"姐夫的几个老同学来店里吃饭，他一高兴，就陪着他们多喝了两杯。"

"好，谢谢你啊，美心。挺晚的了，你赶紧回去吧。"

美心没有立时就走的意思，反而露出了为难的神色。

"这是怎么啦？"何夕问美心。

"噢，我的包……"美心指指沙发，"还在那放着。"

何夕走过去，费劲地翻动了一下王超，在他身下找到了美心的包，除了包，还有件外套。那外套上有股挺浓的香水味，和屋子里的酒味一对冲，何夕差点没吐出来。美心红着脸接过包和外套，跟只小兔子似的溜出了门。

直到洗漱完，何夕看到自己闲置在洗手间柜子里的香水时，才突然意识到了什么。她飞快窜进客厅，直奔王超。果然，她在他的领口和衣袖上闻到了美心的香水味，那味道实在太有特点，甜腻至极，浓烈得像是怎么也化不开。

不会吧？王超和美心？

这几天，何夕变得比以前更忙了，晚归是常态，便是连周末都不得闲。火锅店那边，她本就不太过问，近来去的次数越发少了。美心仍会在微信上向何夕汇报工作，但明显没有以前频繁了。难道说……

这时，王超伸出他的胳膊，一把将何夕的脖子给揽住了："老婆，你怎么才回家呀？"

"唔，我刚下班。"

他呼着酒气:"你就在这儿陪着我,你哪儿也不许去。"

"嗯,"她笑了,笑自己的敏感多疑和胡乱猜忌,也庆幸他们还是那对原汁原味的患难夫妻,她揪了揪他日渐肥厚的腮帮,"我陪着你,我哪儿也不去。"

3

几场雨后,这秋日有了晴好。从十八楼往下看,林一曼发现车辆和行人都被微缩成了移动的小色块,或快或慢,或明或暗。去年秋天,于新还在这间办公室的时候,他也会这么往下看吗?他们看到的会一样吗?

秋天是林一曼最喜欢的季节,这和她出生在秋天有关。林母说,当时她早就过了预产期,肚子却迟迟没有动静,好不容易盼到女儿呱呱坠地,便想给女儿取名"姗姗",因为姗姗来迟。林父觉得"姗姗"二字有些稀松平常,就取了"慢"的谐音"曼"。林一曼的名字便是这么来的。可能名字里带了"慢"的意思,林一曼天生后知后觉。比如,"罢工门"的风波已经快把新灿大厦卷走,林一曼才知道自己做错的到底是什么。

最近,这座大厦的所有人都在奔忙,唯有林一曼,她像个闲散的局外人。她第一次觉得自己这间办公室有点太大了,大到她独坐其中时,有种轻微的失真感。七岁那年,林一曼学别人玩弹弓,失手打碎了隔壁邻居的玻璃窗。当时,她躲在父母身后,看着他们向邻居道歉。她错了,卑躬屈膝的却是他们。他们连认错的机会都不给她,只管把她藏得好好的,护得好好的。现在,窝在总裁办公室里的林一曼,和七岁时又有什么分别?

"这件事你解决不了。"安灿这样说,她总是自以为是。

但这一次，安灿的"自以为是"是对的，这么大的麻烦，林一曼真的解决不了……

"林总。"有个轻柔的声音在唤林一曼。

林一曼抬头。

"我是人事行政部的小李。"

"噢……"林一曼认出来了，裴娜忙着应对媒体，这小李是临时抽调到总裁办公室的。

他们总不会让林一曼单着。没离家去海市上大学前，陪在她身边的是父母，到了海师大，于新、安灿便和她形影不离，婚后除了于新，有一对儿女，有两边的父母，再不然，还有保姆们。在新灿就更不用说了，薛燕、安灿之外，有助理裴娜，有司机兼保镖老刘。这回裴娜不在，又来了个小李。就好像她林一曼不能一个人待着，她只能被这么围着、护着、守着。但他们不知道，即便她被这么围着、护着、守着，很多时候，她仍觉得孤独。

小李又喊了一声："林总？"

"怎么？"林一曼现在并不需要被谁守着，她只希望小李马上离开。

"任助理来了，就在门口。"

"任意？"

"是，要请进来么？"

林一曼迟疑片刻，如果她此刻有什么想见的人，他应该算是一个，她点点头："好。"

任意清瘦了不少，他常穿的白衬衫本就宽松，今天看着，变得更松垮了。虽然这样，他仍双目炯炯，显得很有精神。

林一曼刚出任总裁，躲在杂物间里不愿出席新闻发布会的那天，就是任意找到她的。再后来有好几次，不管她躲在哪儿，藏在哪儿，他好像总能及时出现。连她差点走失的儿子，他都在第一时间送了回来。

任意无须言语，林一曼也不曾声张，但在内心，他们早把彼此当成朋友了，而不是老板和员工。这些天，林一曼从安灿口中听了太多那样的话，"管理者要和员工保持距离""上下级不能做朋友""逐级汇报逐级传达"，看安灿那样，她恨不得在林一曼的脑子里植入一个芯片，好让林一曼成为合格的总裁。可是，面前的任意，他确确实实就是林一曼的朋友。

林一曼先说话了："最近很忙吧？"

"还好。林总，我不会打扰你吧？"任意问道。

"我一个人坐在这儿，都快一星期了，每天除了安灿过来汇报一次工作，再没其他人来打扰我，特别清静。嗯，我的办公室，大概是整座新灿大厦最清静的地方了。是安灿派你来的？她派你来干什么？"林一曼指指对面的椅子，示意任意坐下。

任意坐下后，才道："不是安总让我来的，是我自己想来。不代表安总，也不代表公司，就代表我自己。"

"好一个代表你自己，我就希望你是代表自己来的。没有让人头疼的公事，也不是带着谁的指示。"

"我是想告诉你，你并没有做错什么。"

"唔，你是第一个这么想的，也是第一个这么说的。"

"新灿在加速发展的过程中，它的管理本身存在着很多问题，这些问题现在不出现，以后也会出现的。"

"但是因我而起。你不用安慰我。喝点东西吧，咖啡还是茶？"

"茶。"

第十二章 白露

"好，小李，你去泡两杯毛尖来吧。"

很快，小李端来了两杯毛尖，之后便带上门离开了。

林一曼看着面前的玻璃杯："我不爱喝茶，喜欢咖啡，如果非要喝，就只能喝点清淡的绿茶，毛尖就不错。"

"嗯。"

"我们三个人里，于新和安灿倒都喜欢喝茶。于新喜欢普洱，安灿独爱岩茶。"

"这个我知道，安总收藏了不少好茶，她平时最爱喝的确实是岩茶。她说岩茶醇香浓郁。"

"其实这间办公室里就有岩茶，连包装都没拆开，应该是于新替安灿备着的，只可惜，安灿还没来得及坐在这里，喝上一杯于新亲手泡的茶，于新就走了。"

"嗯。"

"任意，你今天的话有点少。"

"我是来听你说话的。"

"来，我给你看张照片。"林一曼拿出影集。

任意双手接过，轻轻翻开，那第一页就是一张泛黄的照片。照片上，三个年轻人立在海师大门口，中间那个是男孩，他的身侧站着的是两个女孩。

她微笑着："能认出来吗？"

"是于总、安总和你。你和以前差不多，没怎么变。"

拍这张合影时，他们三人刚刚大学毕业。和那些因为分离而悲伤的同学不一样，他们笑靥如花，因为他们没有分开，而是要结伴远行，前往同一座城。

"对了，你不是喜欢研究新灿的创业史吗？但是在我看来，这张照片背后的故事,远比什么创业史要有趣。你现在要是不忙的话,我可以给你讲讲……"

4

这季节,早晚有了温差,江畔的夜风卷着道上的落叶,发出"窸窸窣窣"的声响。除了这声响,还有别的嘈杂。一群年轻男女结伴走过,用手机记录着他们的夜生活,笑声嘻嘻哈哈。小吃摊边上就是烧烤摊,快烤熟的羊排则发出"嗞嗞啦啦"的响声。

江滨路的小吃摊,安灿和刘瑞对坐,他们正专心致志地吃着馄饨。

"怎么样,好吃吗?我没骗你吧?"安灿一头短发,精致的五官组合在一起,带着稍显锐利的生动。

刘瑞气质极好,长相偏柔和,眼神却不失刚毅,他笑道:"比我们医院附近的馄饨好吃多了。"

两人吃完馄饨,相携朝这条景观大道的深处走去。道路的那头更为热闹,是带着满满烟火气的繁华。这一路,夫妻俩谁也没说话。有时,缄默的陪伴比言语更能抚慰人心。

新灿集团已正式退市。这家上市仅三年就被退市的服装公司,被网友们调侃为"A股最年轻的退市股"。同时,新灿应对"罢工门"的一系列公关举措并未奏效,反而激起了大众的反感。他们认为,错了就是错了,就得有人站出来立正挨打。

不知安灿的内心经历了何种汹涌浪涛,才可以一脸坦然地去面对。总之,这并不像是刘瑞了解的那个安灿。她从来不畏惧,也从来不妥协,创立新灿的这十一年,就没有什么是能打倒她的。于新离世已近一年,新灿所历经的,安灿所历经的,却比以往的十年还要坎坷。但此时,站在刘瑞身边的安灿,她却显得极为平静。

那年,难却盛情的刘瑞应邀参加朋友组织的聚会。在聚会上,他和安灿再次相遇。她是如此真实和鲜活,和他认识的任何一个女孩都不一样。她不知道,当他在聚会上发现她,两人再度邂逅时,他有多激动。其实他并不是一个主动的人,他也明白,他们中间隔着山山水水,可他还是想试试。

"你在想什么?"安灿打破了沉默。

"我在想,我们的结婚纪念日快到了。去年的结婚纪念日我们就没有过,今年我给你补上。六周年是糖婚,我们要好好庆祝。"

她笑着望向江水:"带我去走走吧,去远一些的地方。我这些年走了不少地方,但全都是因为工作。我没有享受过什么悠长的假期,也根本不明白为什么会有人热衷于旅行。这一回,我都想试试。刘瑞,我要给自己放个长假,我要去旅行。"

"你决定好了?"

"你猜到了?"

他环抱住她:"要牺牲的,就一定得是你么?"

"这是我能想到的,最好的办法了。"她拍拍他的背,反像是她在安慰他。

灯光昏暗的卧室内,林一曼惶惶醒来,她伸手触摸,发现两个孩子都不在身边。她正要失声尖叫,于新走了进来。

"于新……"她并未感到害怕。

是梦?她有段时间没梦到他了。梦里的他,总是很年轻,他还是他们刚结婚那会儿的模样。

他坐到她身边,温柔地看着她:"一曼,新灿出事了。"

"我知道我知道，都是我的错。于新，我不怪你离我而去，也不怪你对安灿动过心，我只求你能告诉我，接下来我应该怎么办？"林一曼啜泣着，"新灿不能毁在我的手里，要是新灿毁了，安灿怎么办？那是她的全部，是她苦心经营了十一年的事业。我已经失去你了，不能再失去她，你懂吗？于新，你到底听明白了没有！"

"安灿已经做出她的选择了，"他擦拭着她的眼泪，"我了解她，只要是为了新灿，她付出什么都可以。"

"什么选择？她做了什么选择？"

他笑而不语，她伸手去抓他，他却跟他们在梦里相遇的每一次那样，身体渐渐变得透明，直到消失不见。

"妈妈，妈妈。"佐佐温暖的小手抚在林一曼的脸上。

林一曼从梦中惊醒，一把抱住了佐佐。

"妈妈你怎么哭了？"

"新闻发布会？"林一曼念叨着，松开佐佐，去找她的手机，"对，新闻发布会，今天的新闻发布会！"

新灿大厦多功能厅，新灿集团关于"罢工门"的第四次新闻发布会即将召开。

"各位网友，这里是冇城头条，我将在这里为大家现场直播本次发布会。在此之前，新灿集团召开了三次新闻发布会，通报'罢工门'事件的处理进度，却被网友群嘲没有任何诚意。目前，事件仍在持续发酵中……

"发起罢工的周立近日声称，他质疑新灿的诚意，认为新灿只是在息事宁人。本场新闻发布会后，我们将连线周立，请各位继续关注……"

这时，一个穿着白色西装，戴着墨镜的女人走了进来。她摘下墨镜，环顾一周，慢慢往第一排座位走去。

"安总……"陈启明和卫开都站了起来，这场发布会并没有需要安灿参与的环节。

"我们的新闻发言人呢？"安灿晃着手里的墨镜。

裴娜从另外一边小跑着过来："安总，我在这儿。"

"这样，你发言后，我也讲几句。"

"林总刚给我打完电话，她说，"裴娜顿了顿，"她说你不能上台。"

"我当了那么多年的第一副总裁，既没有听过于新的，也不打算听她林一曼的。"

林一曼的车正堵在路上。

"老刘，这前面到底发生什么了，你倒是想办法往前开啊。"林一曼开了车窗，一脸焦灼地探出头去。

"好像是两车追尾了，还得再等等。"老刘道。

"这都快九点了，新闻发布会马上就要开始了，再等下去，可就来不及了……"林一曼一面说着，一面拨打着安灿的手机号，无奈那边一直无人接听，"我们已经下高架了吧，离新灿大厦不远了。"

"嗯，不算远……哎，林总，你不能下车，你回来！"

"别管我了！"已经打开车门的林一曼，脱下高跟鞋，穿过车流，飞奔着往新灿大厦的方向而去。

新闻发布会准时召开，裴娜上台发布了事件处理的最新进展。她不时看向前排，安灿就坐在卫开和陈启明的中间。

"安总，你不能这么做，"卫开压低声音，对安灿道，"我们肯定会有更好的解决方法。"

"我才醒过味来，"陈启明转过头来，"安灿你是疯了么？你做决定之前，是不是应该征求一下我们董事会的意见？"

这还是陈启明第一次对安灿指名道姓，安灿低声道："我很清醒，我知道自己在做什么。"

"好了，本次发布会到此结束……"台上，裴娜说着，"感谢各位媒体朋友的到来，感谢……"

"等一下！"安灿站了起来。

此时，林一曼正气喘吁吁地跑进新灿大厦，她不顾旁人诧异的眼光，冲进了电梯。当她提着高跟鞋，闯进了多功能厅时，看到安灿已经站到台上，她大吼着："安灿！"

"作为新灿集团的创始人，作为新灿集团的副董事长兼第一副总裁，我将对本次事件负责……"安灿看到了人群里的林一曼，朝林一曼微笑了一下，然后转头正对前方，"我宣布引咎辞职，退出董事会，转让全部股权，即日起不再担任任何职务。"

5

薄雾刚散开的清晨，陆玲玲站在山道上，不时抬手看表。很快，就看到两个熟悉的身影正朝着她的方向跑来。

"安姐！"陆玲玲挥着手，朝那两个身影走去。

安灿止步，看了刘瑞一眼。

刘瑞摊手道："玲玲说她必须见你一面，有话要跟你说。"

新闻发布会上，安灿玩了一次任性，然后，她以同样任性的姿态消失在众人的视线里。她明白，引咎辞职不是说句话就能了结的，她还有很多后续的事要处理和解决。只是，在那之前，她需要让自己彻底放松几天，好养足了精神去应对。

刘瑞冲陆玲玲点点头，便自顾自往前小跑着，安灿和陆玲玲则并肩慢行。

"我本想过段时间再找你聊的，既然你来了，有些话，我现在跟你说了吧。"安灿道。

陆玲玲急切地说着："安姐，我到现在都不敢相信你会离开新灿。如果是为了平息风波，这代价也太大了一点！"

"我为什么要离开，这个对你来说并不重要。我问你，想留下吗？"

"想，我当然想留下。可是……"

"我从没觉得你是我的附属，你不需要跟着我走。"

"可是，没有安姐，就没有今天的陆玲玲。"

"你已经不需要我了，"安灿笑了笑，"你比我聪明得多。我前段时间遇到了陈启明的太太，她说多亏了你把陈启明和薛燕的私情告诉了她，算是挽救了她的婚姻，如今陈启明对她很好。"

"我错了……我知道瞒不过你的……"

"其实，你就算是不用这种上不了台面的手段，薛燕原先的位置早晚也都是你的。你太着急了。人都会犯错，不是么？我也犯过不少错，所以，现在我得停下来，好好想想以后的人生，"安灿抬起左手，有雨滴落在了上面，"下雨了，你回吧。还有，杨奇很优秀，你不应该错过他。"

陆玲玲仍立在那里，安灿见状，便快步朝刘瑞奔跑的方向而去。

安灿不但甩手走人，还闹起了失联。直到昨天，林一曼才听说，安灿干脆离开了冇城，连刘瑞也跟着走了。当晚，林一曼就去了安灿家，想要一探究竟。果然，安灿和刘瑞都不在。又是不告而别，林一曼最讨厌不告而别。

自从安灿引咎辞职，舆论的风向就变了，加上前段时间各部门的通力合作，新灿算是暂时度过了危机。周立虽仍不依不饶，却已被部分网友视为跳梁小丑，真的应了那句"前脚捧上天，后脚踩入地"。

说实话，安灿这一走，林一曼就没了主心骨，越发无所适从起来。好几次遇到棘手的事，她都不得不硬着头皮处理。也是这样，她才明白，往常安灿替她挡了多少事，解决了多少麻烦。

这一上午，林一曼的时间被安排得满满当当，有汇报工作的、签文件的，还有两个简单的采访。林一曼刚想找裴娜，了解一下接下来的日程安排，裴娜自己就来了，还双手奉上了一封辞职信。

"你要辞职？为什么？你可是新灿的股东，裴娜。"

裴娜的表情很严肃："安总可是新灿的创始人，林总。"

"你辞职是因为安灿？她走了，所以你也要走？"

"我想过留下来，安总肯定也希望我能留下来帮你，但我说服不了自己……"裴娜像是自说自话，"于总不在人世，安总引咎辞职，我是因为他们才待在新灿的，所以，现在我也该走了。"

"既然这样，我也没什么可说的了。"

"林总，我对你个人没有意见，你别误会。我是这座大厦落成那年来的新灿，在这里，我见过太多人事，真真假假、虚虚实实，有些不能看的、不能听的、不能说的,我几乎全都知道。有些事,大概只有在离开这里后,我才能告诉你,如果还有机会的话。"

这番话,林一曼听得一头雾水,她只能叹口气,然后低头在那封辞职信上签了自己的大名,同样用双手递回给了裴娜。

"林总,多珍重。"

"你也是。"

风波将息,一切都会归于平静,转入常态。可是,因为安灿的引咎辞职,何夕的心情始终美丽不起来。

这天下班后,何夕回到家中,发现王超已做好了饭菜在等她。自从王超开了火锅店,他很少回家做饭。就算他要做,何夕也总是拦着,在店里他就没少闻油烟味,已经够辛苦的了。

"马上就可以开饭了!"王超轻快地说着,"今天我回来得早,给你炖了锅鸡汤,这段时间你没少加班,好好补补。"

听了这话,何夕的眼圈立马就红了,一半是因为工作累积压抑的负面情绪,另一半则是因为王超的体贴暖心。加班的事,其实他没少埋怨她。可夫妻之间大抵就是这样,埋怨完了,该心疼还是得心疼。

"哭了?"王超把胖脸凑了过来,"我不是跟你说了吗,你不用为安灿担心。引咎辞职这事,又没人逼她,没准,这对她来说还是件好事呢。她和刘瑞不是一直没孩子吗?这下好了,她终于有时间生孩子了。女人真的不用太要强,差不多就行了。"

"我就是有点累了,"何夕推开王超的脸,"你看这沙发,怎么又堆那么多东西了。"

"你别管了,等会儿我来收拾。"王超说着,又钻进了厨房。

何夕嘴上说累，却仍旧坐到沙发上，收拾起了那堆似乎永远收拾不完的衣物。夫妻俩一个比一个忙，家务什么的，只能见缝插针地做一点。唉，家里的空间就那么点大，东西堆得哪哪都是，其实根本收拾不过来。哪怕整理得好好的，也很快就会弄乱。不过，何夕已经和王超商量好，等到明年，最晚后年，就把这套老破小给卖了，再凑点钱，说什么都要买套改善房。或许，他们努努力，还真能首付一套四居室呢，哪怕位置偏一点也行啊。

何夕正想着，她手里抖落着的深色夹克口袋里突然掉出来一张发票。这夹克是王超的，掉出来的那张发票来自某珠宝店，购买的是一条彩金项链。她将发票塞进自己的裤兜，快速地滑开了朋友圈。没记错的话，就在今天中午，何夕午休时刷到过美心的朋友圈，美心晒了张自拍，那细长的脖颈上，就挂着一条彩金项链，何夕还点了个赞。

"乐乐，你赶紧出来，别躲在房间里玩游戏了，吃饭！"王超从厨房里走出来，使劲地敲了敲儿子的房门。

接着，王超转身，看到了坐在沙发上发呆的何夕："在想什么呢，吃饭啦。"

"噢……"她微微偏头，将身体转向阳台的方向，"我顺手把这些都收完吧，你们先吃。"

"非要让我一个个把你们请上桌呀？"王超开着玩笑。

这时，乐乐小跑着从房间出来："好香啊，老爸你太厉害了！"

"我请不动你妈，你去请。什么时候把她请上桌了，什么时候开饭。"

乐乐几乎是飞扑到何夕身上的，就因为这样，他发现妈妈浑身都在颤抖，妈妈在哭。

"爸……"乐乐有些惊惶地站直了身体,"我妈这是怎么了?她怎么哭啦?"

没等王超反应过来,何夕也站了起来,她擦了把眼泪:"我有点不舒服,先回房间躺着了。"

等何夕进了房间,王超先是自己去劝,她只是冷着脸不理他,他不愿讨嫌,便支使乐乐端了鸡汤进去。

"可好喝了,妈妈,你就尝尝吧,就尝一口?"乐乐晃着何夕的手臂,轻轻地晃啊晃,他很久没这样撒娇了。

"好,你先放这儿,妈妈等会儿就喝。"她看着这碗浮着层薄油的鸡汤,只觉得微微作呕。

第十三章　霜降

有勇气开始，并不算什么，有勇气结束，却是令人钦佩。就好像，有时候"拿起"比"放下"要容易。

1

冇城的日与夜，它们是两个极端。白昼之下的城，是现实一面，它毫不掩饰自己的躁动不安，城里的每个人都如此匆忙。夜幕笼罩的城，则是理想一面，它是光彩炫目的幻梦，多情又迷离。比起白昼之下的城，林一曼更喜欢夜幕笼罩的那一座。

这晚，林一曼走进了那家私人会所，在服务生的指引下，来到了安灿所在的包房。安灿看着比之前圆润了一些，化了个清爽的淡妆，穿着一件舒适宽松的黑色针织长裙。她们也不算很久未见，但在林一曼看来，安灿的行为更像是不告而别。在林一曼那前半段人生里，她已经体验过一次不告而别了，这一次，她不想再体验。

"要不是我让卫开安排，你就打算一辈子都不和我见面？"林一曼站到了安灿跟前。

"不只是你，这段时间，我谁也不想见。没有躲你们的意思，我好容易有了个长得不能再长的假期，迫不及待想出去玩玩。"安灿递了杯酒给林一曼,"对了,你猜我和刘瑞去哪儿了?"

"我其实对这个没有兴趣。"

安灿坐进了软软的沙发里,调整了一个舒适的姿势:"以前,总看着你满世界飞,现在也该轮到我了。"

"裴娜辞职了。"林一曼坐下,将杯中酒饮尽。

"她不管去哪儿,都会有更好的发展。"

"还有,我把任意调到了身边,现在,他是我的助理。"

"OK,任意为人不错,能力也可以,他完全能够胜任。"

"等过完年,我打算把杨奇调回总部。"

"嗯,我本来也是这么想的。"

"佳音准备出国深造,燕姐说,佳音这孩子一个人在国外,她不放心,她想跟着去。我实在找不到挽留她的借口,就同意了。"

"好,佳音是燕姐最大的寄托和牵挂,你做得对。再说了,燕姐为新灿立下过汗马功劳,早就应该让她去享清福了。"

"她要离开大概不是因为佳音吧?是因为于新不在了,你又离开了新灿。她和裴娜一样,对她们来说,于新和你是新灿的魂,魂没有了,她们自然就会走。另外……"

"一曼,要不,我们不谈这些了吧?"

"那你想聊什么?"

"嗯?不是你约的我吗?"安灿歪头看向林一曼,"即便什么都不聊,就坐在这里喝喝酒,不好吗?你还不知道吧,这会所原先是于新的,后来,他把会所交给了卫开。卫开说,别看这里什么好玩的都没有,但客人还挺多。"

"今天是于新的忌日。安灿,他走了一年了,整整一年。"

"我知道,我当然知道,"安灿指指自己的黑裙,"白天我和刘瑞去过他的墓地,我们到的时候,你和孩子们应该是刚离开。我看到佐佐给爸爸画的画了,画得真好。"

"喝酒吧,喝酒。"

"来。"安灿和林一曼碰了下杯。

"上一次我们喝得烂醉,还是在于新从天蓝辞职的时候,我都不知道他是怎么想的,"林一曼摇摇头,"不好好上班,非要跟你去创业。"

"你真的一点都不知道?他从没跟你提起过?"

"没有。"

"我也是后来才知道的,他说,他想给你更好的生活。"

林一曼晃着酒杯的手凝住了,暖黄色的灯光打在杯上,上面映出的,是她复杂的神情。

那年深秋,于新正式办完离职手续。这天,刚好又是林一曼的生日。安灿做东,请他们俩吃饭。三人喝得烂醉,然后绕着冇城的老城区,走了一大圈。

后来,林一曼跟着于新和安灿,住进了城中村的出租房。有无数个瞬间,她真的以为他们能一直这样生活下去。可同样是她林一曼,却在数年后,搬离了半山别墅,只为疏远安灿。现在想来,她无法忍受的是,她远远地跟在后面,看着于新和安灿这对事业伙伴并肩而行。而她想要去追赶,却是再也不能够了。

"你在想什么?"安灿看着发怔的林一曼,"怎么不说话了?"

"接下来,你有什么打算?"

"或许,我和刘瑞会生个孩子。"

林一曼很是诧异:"那么说,你要当全职太太?"

"不可以?"

"只是觉得命运很神奇,我这个全职太太走出了家庭,你这位女总裁却又走进了家庭。不管什么,你都可以做得很好,只是,'能否做好'跟'会否甘心',这是两码事。新闻发布会的前一天,于新托梦给我,他说你做出了选择。如果我能及时赶到现场,应该引咎辞职的人是我。连陈启明都说,新灿不能没有你。"

"你不懂,那周立背后的人是冲我来的,只有我走了,风波才能平息。十一年了,我关心的就是如何发展和扩大,搞围猎,搞扩张,哪怕于新一再提醒我,我都坚持己见。蛋糕就那么大,我多拿一块,别人就会少拿一块,这些年,我早就树敌无数了……"安灿看着林一曼,"但是你不一样,新灿完完全全交到你手里后,会有一个全新的开始,是一个契机。新灿太需要新生了。"

"你真的认为我能做到?"

"当年在那个小工厂搞代加工时,我也没想到还会有未来……"安灿放下酒杯,揉着自己的太阳穴,"十一年了,我累了,也倦了,真的需要换种生活方式。"

林一曼也放下了酒杯,她拍了拍自己的肩膀,安灿笑着,将自己的脑袋靠了过去。安灿是真的累了,她的呼吸慢慢变得平缓。

十六年前的某天,海师大的大一新生正在军训。烈日下的队阵里,一个瘦高的女孩倒下了。当她醒来时,发现自己靠在另一个女孩的肩膀上。那女孩说:"没事,有我在。"

此时,落地窗外的夜,越来越深沉,这座城开始了它短暂的寂静。

"没事,有我在。"林一曼对靠在她肩膀上沉沉入睡的安灿说道。

2

一架无人机在城市上空盘旋。

起初,那条大江将城分成两块,江两畔以桥梁通达。后来,有了高架和四通八达的道路,它们像一副巨大的骨架撑起了这座日渐膨胀的城,也勾连着生活在城里的所有人。在臃肿繁复的日常中,人们紧密又疏离。

冇山顶的民宿,草坡上,坐着个十来岁的男孩。男孩操控着那架无人机,神情专注。一个女人坐在男孩身侧,她黑发过耳,身形微丰,未施脂粉的脸上有双清亮的眼睛。只是那眼神,却像被雨露打湿的蜻蜓翅膀,蒙着层薄雾。

"你要玩吗?"男孩指指手里的遥控器,对女人道,"可以看到整座城市,很哇塞的!"

女人摊手笑:"没有人比我更了解这座城市。"

不远处,是一群闲适的成年人,有几个孩子环绕在他们身边。这山顶的聚会,是他们难得的休闲。在城内,他们鲜少有机会闲着,别说大人了,就连孩子的日程都被安排得满满当当。每个人的生活都是一条不甘于人后的赛道,哪怕有那不想参赛的,也总有人在后面催促着他往前跑。至于赛道的终点在哪,好像并没有人说得清楚。

此时,他们正闲话家常。有两三个女人在讨论当季流行的口红色号和当下娱乐圈最火的小鲜肉,还计划着得了长假后将要去远方出游。一听这些话,就知道她们都是未婚的。另有几个已婚的女人,她们刚聊完孩子的功课,开始吐槽起自己的老公来。男人们或站或坐,说的是那个火热的"万人摇"新楼盘,这楼盘倒挂得厉害，众人趋之若鹜。

烧烤架旁，立着一个男人，他不断翻动架上的牛肉。有个面目慈祥的半老太太走过来，将几条烤鱼置到架上。

老太太眯着眼，对男人道："刘瑞，这种聚会，你太太一定觉得有些无聊吧？"

刘瑞看了看坐在草坡上的安灿，笑道："不会不会。只是，她这人好静。"

"别忙了，你去陪她，这里交给我。"

春节刚过，寒气虽未散尽，天气却逐渐转暖，这山顶的阳光更是和煦。安灿有些昏昏欲睡，她刚准备往后仰躺，一双大手托住了她的脖颈。

"先吃点东西，等你吃饱了，我送你回房间休息。"是刘瑞。

安灿坐起："还真有点饿了。"

如今，已是2019年2月，情人节连着元宵节，两个象征着幸福和团圆的节日刚刚过去。城内，有的是热衷于庆祝各种节日的男男女女，节日本身的意义更像是某种释放与狂欢，也是暂时剥离庸常生活的借口。和他们相比，安灿原本是个异类，要不是旁人提醒，她甚至会忘记自己的生日。大概是因为，这十数年来，陀螺一样转动着的她，还没来得及体会过庸常。她，从来都是轰轰烈烈。

离开新灿后的这段日子，算来只是须臾，对安灿而言却尤为漫长，漫长到她常常不知所措。比如，今天她跟着刘瑞来到有山的民宿，与他的同事和同事家属一起过周末，她仍然无法融入他们。

"于主任下个月就正式退休了，这次的聚会，其实是为了给她送行。她啊，奉献了大半辈子，现在终于有时间享受生活啦。"刘瑞看向正在烤肉的那位老太太。

嗯，退休。她安灿而今的心境，怕也是跟退休差不多吧。至于享受生活，这件事，她可能还需要适应和学习。

何夕说，生活从来都不是用来享受的，生活应该是一种修炼，它总是有着出人意料的关卡，让人猝不及防。譬如，情人节那晚，何夕突然告诉安灿和林一曼，她要和王超离婚。那晚，三个女人相约见面，林一曼在一边耐心开解何夕，可是安灿呢，她发现自己根本不会处理"家务事"，给不了任何有用的建议。

如果说何夕把生活当成修炼，对林一曼来说，生活则是努力寻找答案的过程。但在安灿这里，她还在摸索着往前走，她是个迷迷瞪瞪的新手。

电视台，演播厅内，一干工作人员在奔忙，或调试设备，或组织观众。两盏聚光灯分别照着台上的两张单人沙发，一个知性的女主持人已坐进了其中一张，她的目光和台下的观众一样，有好奇也有期待。他们都在等，等另一张沙发的主人，这一位，才是今天的主角。

后台，化妆间通往台前的甬道，灯光昏暗，只看到一男一女，两个背影正慢慢朝台前走来。依稀可见女人高挑的身形和利落的短发，修身套装勾勒出她难言的曼妙。走在她身侧的男人，亦步亦趋，虽只着简单的衬衫和西裤，却足可展现挺拔身姿。

"差点以为我又要去找你。"男人带着笑。

"怎么可能……"女人低声道，"我只是想挑个最合适的口红色号。"

第十三章　霜降

两人立在一侧，透过那扇通往台前的门，可以看到明亮的灯光。那光亮漏到他们的脸上，这才看清他们的真容。他们是任意和林一曼。任意看着林一曼，点点头，这个色号确实很衬她。

音乐响起又停下，女主持人的声线很有质感："这里是《熠冬访谈录》，我是主持人熠冬。我们这档谈话节目，已经开播十年，这十年里，我对话了无数各领域的精英，但是今天这位嘉宾呢，她的故事似乎更具传奇性，也更有神秘感。2017年底，她的丈夫离世，她接手了丈夫的事业，从那之后，她的身份便不仅仅是两个孩子的母亲，更是一家集团公司的总裁。她成长得非常迅速，可以说是出乎任何人的意料。在行业洗牌、公司负面新闻缠身、内部动荡之际，她刚毅果断，下令关闭了旗下数家分公司，撤销了公司差不多半数以上的业务线，将目光聚焦在了中高端女装行业。下面，让我们请出本期嘉宾，商界风云女性，新灿集团总裁林一曼女士！"

"该我上场了。"林一曼扭头冲任意笑道。

已入夜，山顶民宿的某间客房内，刚洗完澡的刘瑞正从浴室走出。通往客房露台的门大敞着，山风从那里灌进，一阵凉意向他袭来。他裹紧浴袍，取了条毯子就往露台走。

安灿就坐在露台的躺椅上，对着远处凝固的山色和近处晃动的树影。

那个动荡的岁末，对安灿来说并不容易，她离开了为之奋斗十一年的新灿集团。十一年了，从小厂房到新灿大厦，从籍籍无名到蜚声业界，她奉献了所有能奉献的。甚至，她失去了一路与她并肩作战的于新。最终，为了新灿集团能够继续发展，她选择了全身而退。有勇气开始，并不算什么，有勇气结束，却是令人钦佩。就好像，有时候"拿起"比"放下"要容易。

忙于事业的妻子终于闲适了下来，她有许多的时间来陪伴刘瑞。刚开始那些天，他们相携旅行，或者像正常夫妻般享受着温馨的居家生活，刘瑞确确实实感受到了快乐，可是妻子呢？她快乐吗？或许，在她的概念里，这种来自日常生活的快乐，它从来就不是必需品？

3

民宿房间的露台，躺椅上的安灿听到了刘瑞的脚步声，很快，一条柔软的毯子就盖到了她的身上。

不得不说，这是闲适的一天。上午，她跟着他和他的同事们到了山顶。中午安排的是烧烤和野餐，晚饭则是火锅。她试着去记他每一个同事，还有他们家属的名字。当不知道该说什么时，她就露出温婉的笑容。

以往，安灿也跟着刘瑞参加过类似的聚会，那时的她，颇为心不在焉，不是忙着接电话，就是中途开溜，说走就走，连个合适的借口都没给过他。看来，"刘太太"她从未用心来当，而费心经营着的"安总"角色，她也演砸了。

"最近我总是一吃饱就犯困……"此时，她侧转头看向他。

她的眸子晶亮，仍是那双曾经让他沦陷的眼睛。

"你的这些同事，还是不喜欢我吧？"她继续说着话，"我不是不想和他们来往，只是，我不知道该聊些什么。"

"我们安灿什么时候开始在乎这些了？"他半开着玩笑，摸摸她有些冰冷的脸。

第十三章　霜降

"我可以不在乎,但你应该会在乎。"

"首先,他们没有不喜欢你,其次,我在乎的根本不是这些。我在乎的是你喜不喜欢这样的交际,这样的聚会。安灿,你要是不喜欢,下次真的不用跟着我来,其实我一个人也OK的。"

"我是刘太太。"

他横抱起她:"那……刘太太,我们回房间吧。"

夜已有些深沉。

电视台后门,停着一辆低调的商务车。任意小跑着过去,旋即,车门开了,他上车。车内,林一曼已坐在那儿。

"等在前门的那几个记者,我都留了联系方式,我答应他们,后续只要时间允许,你会接受他们的专访。"任意对林一曼道。

林一曼点点头:"记得跟卫开说,现阶段我们得维护好媒体关系。眼下的新灿,看着还像那么回事,但只有我们清楚,新灿是再也经不起折腾了。有些事,骗得了别人,却骗不了自己。"

她说毕,转对司机:"老刘,我们走吧。"

"林总,是回家吗?"老刘问道。

她迟疑着,看向车窗外的空旷街道:"先转转,随便转转。"

老刘应声,这位林总的性子近来越发像已故的于总。忙完一天后,于总喜欢去那家私人会所,喜欢漫无目的地兜风,喜欢坐在车里发呆,就好像,晚一分钟回家也是好的。

不是林一曼不想回家,只是,她不愿背着工作上的重重压力回家。因为,在那个家里,她的角色是女儿、儿媳和两个孩子的妈妈,而不是林总。醍醐灌顶般,她理解了于新,也理解了安灿。不过,这种迟到的理解并无意义,他们还是离开了她,用各自不同的方式。

　　这段时间，新灿历经了一场大清洗，巨浪来袭，将于新和安灿辛苦搭建的堡垒冲掉了大半。新灿的10家分公司已关停了5家，另5家的日子同样不好过，其中有2家如今仍在整顿。曾让新灿引以为豪的数千家直营门店，也仅剩200多家。同时，经董事会决议，还砍掉了除"星作"和"歌颂"以外的所有品牌生产线。

　　能够让林一曼看到希望的似乎只有"歌颂"了，发展中高端女装，这本是安灿规划中的一把利刃，要靠它来助推版图的继续扩张，现在，它却成了安灿留给林一曼的退路。

　　林一曼来新灿后，曾有心学习如何当好管理者，到了今时今日，她已不得不学习。开疆拓土很难，要夹着尾巴承认溃败也不易。关停分公司、闭店、撤销生产线，迎来的是一系列需要立刻解决的问题，新灿的资金链已难以维系。就算把所有资源都集中到"歌颂"，可中高端女装品牌之间竞争激烈，这把利刃要是用不好，它就会伤害自己。

　　和安灿相比，林一曼是保守的。在中高层给的各种应对方案中，林一曼看到了陈启明的，他倒是和她不谋而合——在现阶段，新灿要的是稳，"小而稳"。是啊，属于新灿的时代已经过去了，一同化为云烟的还有这个行业野蛮生长的往昔。

　　因为"小而稳"的发展思路，新灿活下来了，暂时渡过了难关。甚至，她林一曼俨然已是带领新灿走出困境的人，是所谓的"成功人士"。刚才在电视台录访谈，她轻描淡写地说着那段其实艰辛的历程，就好像在说别人的故事。

　　车子继续往前行驶，车内静默无声。在一个路口，车子停下了。林一曼探头看，一位年迈的老妇正在过马路。老妇在车前止步,朝老刘做了个感谢的手势。任意欲下车搀扶,林一曼摇头。

"她不会想要人搀扶的,让她自己慢慢走过去吧……"林一曼顿了顿,"对了,明天都有什么安排?"

"明天上午十点,约了英赫资本的孙总,然后是到丽景大酒店,和尖塔集团的李总一起用午餐,下午同样是在丽景,有个行业论坛会议,晚上……"

"明晚不行,我要陪孩子。"

"是,我知道你有安排了,所以,明晚叶科的婚宴,杨奇会代你出席。杨奇如今进了董事会,他代你出席,叶科应该不会有什么想法,况且,他还是叶科的校友。"

叶科是行业新贵,他创立的服装电商平台异军突起,风头正劲。这位新贵的婚宴,说是婚宴,其实就是个大型社交场合,行业里,肯定有不少人要借这个机会和他套近乎,道理很简单,要是能坐上他的"顺风车",共谋一下发展总是好的。就算上不了车,也没关系,有谁不想和成功者打交道呢?不过,对叶科这样的人物,林一曼有着她自己的态度,交不交朋友是次要的,要紧的是,新灿不能再树敌。道阻且长,让新灿活下去,这一点,比什么都重要。

安灿从刘瑞臂弯里醒来时,刚好是凌晨两点半。这一个多星期来,她总是在凌晨两点半睁眼,接着,便是浑浑噩噩地等待天亮。她远没有他们想象的那么洒脱,她两手空空从新灿出来,那些本该放下的,却在此刻变得更加沉重。

刚离开新灿的那段时间,林一曼、卫开、杨奇,包括陆玲玲、陈启明、来聪、江振海,他们在处理公司的一些事务时,都会用各自的方式来"打扰"安灿，问问她的想法和建议。安灿严词拒绝过几次，于是，这样的"打扰"近来是越发少了。而离了安灿的新灿，也确如她预想的那样，正朝着好的方向发展。这让安灿欣慰，却也有着隐隐的失落感。

"是醒了，还是一直没合眼？"刘瑞半闭着眼睛，将安灿揽紧。

"你怎么也醒了？"

"这山上实在太安静了，安静到我都听到你心里的叹气声了。"

"我没事……"

"我知道你这样不是一两天了，现在给你两个选择，一个，光顾我们医院的睡眠科，明天就去，还有一个嘛，我和爸妈都不需要你陪，你爱干什么就干什么去。"

安灿刚要说话，她的手机就响了，她抓过手机看了一眼，不由皱眉："是张姐……"

那刘瑞一个激灵，掀开被子就下了床，他一边穿着衣服，一边急促道："快接电话！"

4

安父和安母失踪了。

手机那头，张姐已经急哭，断断续续说着："我半夜起来倒水喝，路过……路过他们俩的卧室，门啊，门大开着，没有人……我把整个家都找遍了，没有，还是没有！他们连手机都没带，包也没带，什么也没带！"

"那你倒是出去找啊！"安灿已经急眼。

刘瑞拿过安灿的手机，只叫张姐赶紧联系物业，让保安先帮忙在周边寻找，接着冷静地报警，把两位老人的体貌特征说得一丝不差。末了，还没忘嘱咐张姐，让她稳住，就在家安心等着，哪儿也别去。比起干着急的安灿，刘瑞的处理方式显然更有效率。

果然，两人的车还在半路上，就接到了张姐的电话，说二老已经找到。说完这个，张姐显得有些支支吾吾，只让安灿夫妻俩快点回家。

"有什么好大惊小怪的！今天是我儿子的忌日，我就想找个地方，给他好好烧几张纸……"

安灿和刘瑞回家时，安父正斥责张姐。

"你回来得正好！"安母上前，一把拉过安灿，"今天是你弟弟的忌日，你全忘了吧？"

"对不起，对不起……"母亲心脏本来就不好，安灿不希望她出事。

"你看看你，"安父走到安灿跟前，"要不是你当年非要来冇城，非要创业……要是你回家接手了纺织厂，后面的事情也不会变成现在这样……我创下的家业没了，我的儿子也没了！你呢，你又得到了什么？你现在又剩下些什么！悔之晚矣啊，安灿……我替自己心痛，替你妈心痛，但我更替你感到心痛！"

"爸，你冷静点。"刘瑞将安父搀到沙发上，又来搀安母。

那安母老泪纵横，只抱着安灿恸哭。安灿木然站着，过往种种涌上心头，只觉天旋地转。

跟往常一样，林一曼起得很早。如今，她每天的行程都被安排得满满当当，连回家吃晚饭都变得奢侈，她唯一能自由安排的就是清晨这段时光。简单的运动后，她总是尽力亲自为孩子们准备早餐，陪着他们吃完。要是当天上午没有什么特别重要的事情需要她去处理，她还会送儿子佐佐去幼儿园。等今年9月份，佐佐就该上小学了，在这幼小衔接的关键节点，她要尽可能地多给儿子一些陪伴。

按年龄来说，佐佐本该在去年就上小学的。因于新离世，佐佐在适应没有父亲的生活，已经够辛苦了，林一曼舍不得他再去适应陌生的小学环境。

林一曼备好早餐，佐佐就小跑着过来，他抱着妈妈的大腿，仰着小脸："妈妈你把耳朵给我，我有悄悄话要跟你说。"

"什么悄悄话啊？"林一曼蹲下，把耳朵凑到佐佐嘴边。

"我们有钱了。姑姑说，妈妈的公司缺钱，所以妈妈很忙……"佐佐从裤兜里掏出张银行卡，塞到林一曼手里，"喏，给你。"

林一曼一怔："佐佐，银行卡是谁给你的？"

"在家里啊，爸爸的书房，就夹在他那本很厚很厚的大字典里。"

于新离世后不久，林一曼已清点过他的遗物，但这张银行卡，她还真没见过。卡有些陈旧了，是一家民营银行的。

"那……妈妈先收着。"

"你说，这张卡里会不会有很多很多的钱？"

"你什么时候变成小财迷了？"

"我不想妈妈那么忙……把卡里的钱都给你，你就不会那么忙了。"

"妈妈上班，不只是为了钱。"

"唔……"本以为自己能帮到妈妈的佐佐，他显得有些失望。

"行，妈妈答应你，等妈妈有时间就去银行，不管卡里的钱有多少，我们把它全都取出来，然后呢，以于佐先生你的名义，投

第十三章 霜降　267

资给妈妈,好么?"

佐佐嘟了嘟嘴:"我要谢谢。"

"好,谢谢佐佐。"

安灿一夜未眠。

现在想来,父母来冇城生活后,看似相安无事的一切,其实是二老关起门来舔舐伤口,将所有痛苦都藏在了他们的波澜不惊下。曾自诩为成功女性的安灿,她确如父亲所说,梦幻泡影,事事皆空。这十余年来,她疏离的岂止是亲情?!而她全力加速去实现的事业理想,却因为她的狂妄自大,她的误判,让新灿偏离了轨道。如果在数年前,她就能意识到这些……

很快,一阵手机铃声就将安灿重新拉回现实。

来电话的是林一曼:"安灿,你在哪儿?我有件事要跟你商量,急事,非常重要。"

"我说过,我已经离开新灿,你才是新灿的总裁!"安灿一边说着,一边将脸上的泪水擦去。

接着,她挂断了电话。

新灿大厦,总裁办公室。

林一曼有些错愕地看着手机,一手捏着佐佐找到的那张银行卡。就在半分钟前,安灿极为不耐烦地挂断了林一曼的电话。

"林总,"任意敲门走进来,"英赫资本的孙总已经在会客室。"

英赫是国内一家知名投资公司,近几年,他们投资了不少服装品牌。可以说,以新灿的现状,能牵上英赫这条线并不容易。这次,英赫投资管理部的孙总来冇城,只是为了参加叶科的婚礼,约见林一曼原本不在他的行程安排里。三年前，孙总向新灿抛出过橄榄枝，那时候，不管是于新还是安灿，对跟英赫合作兴趣都不大。于新保守，只想先把眼下这一亩三分田耕好，安灿则是不愿因英赫的介入，而让新灿被钳制和束缚。

如今不一样了，新灿缺钱了……

林一曼缓缓站起，将手里的银行卡塞进抽屉。

"林总，是出什么事了吗？"任意不无关切地看着林一曼，她的脸色有些不好看。

"没什么，去见孙总吧……"林一曼顿了顿，"找人事调一下老刘的资料，发给我。"

"你的司机？"

"对，我的司机……"林一曼往门边走去，"然后，给我订个安静点的餐厅，订好餐厅后，你帮我约一下安灿。不管你用什么办法，我今天必须见到她。对了，再约一下何夕。"

5

售楼处里人来人往，一个售楼小姐端着两杯水，款款地走向坐在角落里的那对夫妇。

"买房是大事，二位是得好好看一下我们的认购书。"售楼小姐在一边坐下，露出并不怎么热情的微笑。

事实上，她的确不用耗费太多热情。这次摇号，中签的概率大概是1%。面前这对幸运的夫妇，他们要是不想签合同，后面有的是人在排队。

"就这样吧……"说话的是那位一直沉默的王太太，她说毕，利落地抓过笔，签下她的名字，那两个字颇为潦草，就好像她并不想买这套房子。

王太太身旁的王先生，他的话也不多，只签了字，点头道："好。"

售楼小姐还保持着她的微笑："王先生，王太太，我们的认购书已经签好了，接下来的手续……"

"我……"王太太指了指认购书上自己刚签下的名字，"我有名字，我叫何夕。"

何夕走出了售楼处，王超紧跟在她身后。

"你要回公司？"他道，"今天你不是请假了吗？"

"晚上一曼约了我吃饭，我还是先回公司……"何夕觉得没必要跟王超解释这个，又道，"我自己叫车了。"

"何夕，"他顿了顿，"那套老破小顺利出手，首付的钱差不多也筹够了，还能摇到这套房子……我们不容易。"

"你想说什么？"

"换大房子是你的心愿，现在心愿实现了，我希望你能开心起来，就像以前那样。"

"像以前那样……"何夕笑了笑，"原来，你还记得我们以前什么样。"

王超还想说话，何夕叫的车已经到了，她利落上车。车窗外，夕阳斜照，让这钢筋丛林多了些暖色。而使得钢筋丛林生动着的，则是穿行在其中的行人。

身为冇城土生土长的本地人，除了上大学那四年，何夕就从未离开过它。因父母把大半的爱都给了弟弟，何夕直到婚后才觉着自己有了真正的家。王超对何夕来说，不仅仅是丈夫，更是家人和携手与共的"战友"。她想象过，他们的婚姻生活会面临重重磨难，或是贫穷，或是疾病，或是平淡，或是无趣，可她唯独没想过，他会背叛她。

一切还要从刚刚过去的冬天说起。那夜，何夕发现了王超口袋里的那张珠宝店发票，他买了一条项链。好巧不巧，他火锅店里的美心刚刚得到了那么一条项链。他的解释是，火锅店生意有了起色，美心付出很多，也提了不少有用的建议。他答应美心，要送她一件生日礼物，让她自己选。是美心自己去买的那条项链，发票纯粹就是拿给他报销的。

当时，何夕已经冷静下来了，如果王超真的和美心有什么，他也不至于傻到开了发票，还把发票揣兜里带回家。另外，美心虽然只是何夕八竿子打不着的亲戚，可这事何夕要真去深究，谁的脸上都不好看。再说了，美心这女孩虽没什么真材实料，却是个心气极高的，她曾与何夕聊过她的择偶观，那可是非高富帅不嫁的。所以，王超这一款，她还未必看得上。

如此这般，何夕便只当自己多心，反觉得她对王超不够信任，甚至还有那么点愧疚。那会儿，安灿引咎辞职，正值新灿集团上下大乱，旗下的分公司不是关停就是整顿，公司高层决定断臂求生，将所有资源倾斜到中高端女装线，而何夕所在的三组则参与了"歌颂"的新品研发。王超的火锅店呢，生意确实越来越好，他比何夕还忙。于是，发票这事，就像黏在何夕牙齿上的一小片菜叶，只轻轻将它去了，就好像什么都没发生过。

今年一月初，火锅店的厨师长老陆有意或无意向何夕透露，说是美心搬出了员工宿舍，老板王超给她另租了个单身公寓。做餐饮的，一般都会解决员工的食宿问题，王超的沸腾火锅店也不例外。他在火锅店附近租下两个三居室当集体宿舍，一个是给男员工的，另外一个属于美心这些女员工。美心因沾亲带故，又升了前厅主管，本就独占着那三居室的一个次卧。为什么要给美心另租公寓？这事，何夕实在想不通。

"这小姑娘可不简单……"老陆的话意味深长，"管着前厅不够，连我后厨的事她都要指手画脚。再这么下去，她连老板都敢管。今天我还就多嘴了，就算她是你们家亲戚，老板也不该这么纵着她。"

何夕提醒了一下王超，王超大怒，说这是他店里的事，和她没关系。王超理由充分，说是美心如今已能帮他撑起这家店，她一个搞管理的，整天跟那几个服务员住在一起，容易没有距离感。再者说，这美心又不是别人，是自家亲戚，对她好一点怎么了？美心一听说何夕和王超因为她吵架，她打包了行李，哭哭啼啼地就要回老家。火锅店已经离不开美心了，王超怎么会放人。

何夕心里堵得慌，却无法言说。那王超一面好言安慰她，一面开始张罗家里置换大房子的事，只让她宽心。行，搞半天，又是她多想了。直到情人节那天，何夕路过火锅店，发现王超和美心都不在店里。

在第六感的驱使下，何夕到了王超给美心租的公寓。果然，那两人正浓情蜜意地吃着午饭，美心穿着件漂亮的围裙，俨然一副贤惠小娇妻的模样。何夕不但低估了美心，更是低估了王超——他的小算盘分明打得脆响，在时间管理方面表现优秀，情人节的午饭陪小情人吃，晚饭回家陪老婆吃，简直无缝对接。看得出来，他并不想离婚，不然也不会张罗着置换房子。他想的无非就是和老婆相安无事，得空了便在美心这边感受激情澎湃。

生活如此狗血，要不是林一曼和安灿陪着，何夕连跳冇江的心都有了。嘴上说"离婚"总是容易,可真到了实施这一步,何夕才发现自己有多软弱,孩子是软肋、多年的夫妻情分是软肋、对未来美好生活的想象是软肋,她就是一个大写加粗的"软肋"。

第十四章　蛰雷

你有秘密吗？那种谁也不能告诉的，见不得光的，就像一根刺扎在心头的。

1

王超的认错态度极好，却咬定他和美心还没到干柴烈火那一步。情人节次日，他就让美心收拾东西走人了。那美心是何夕的表姨介绍来的，何夕还没来得及跟表姨说明情况，美心倒是恶人先告状，说何夕如何如何容不下她，说她又是如何如何为火锅店卖命。

本是一桩不可外扬的家丑，何夕实在气不过，便一五一十跟表姨说了。何夕没想到，表姨一知道，娘家那边的人就全都知道了。何夕的弟媳飞奔而来，表示自己代表何家人来劝何夕，只让她原谅王超，说什么好不容易日子过得好些了，不能便宜别人。

何夕差点就掀桌子了，她告诉弟媳，就算她和王超离了婚，也不会带着儿子回娘家，不劳弟媳操心。末了，何母来了，抱着何夕，娘俩痛哭了一场。就在这个当口，何夕接到通知，那个中签率只有1%的倒挂盘，她和王超摇到了。他们的家快要散了，而他们梦想中的"新家"却在招手。

何夕考虑过马上和王超离婚，然后她再想办法独自买下这套房子。无奈的是，根据最新的限购条例，离异不满3年不算刚需。而何夕和王超当时能有摇号资格，就因为他们是刚需……

这真是莫大的讽刺。更大的讽刺是，何夕今天跟着王超，夫妻俩到售楼处签下了认购书。何夕分裂成了两个人，一个是她想象中的洒脱无畏的自己，一个是柔柔弱弱的王太太。何夕说，我要离开。王太太却擦了擦眼泪说，想想你的孩子，想想这套四居室，留下来吧，还远没到离婚那一步，未来仍然充满希望呢。

希望？何夕想着这个词，走出电梯，径直朝茶水间走去。茶水间里立着个正泡枸杞的男人，他有张何夕熟悉的黑脸。

何夕微微点头，打着招呼："李组长。"

"你不是请假了吗？"李新良问道。

"事情办好了，还是回公司比较踏实。手上那些工作，今天不干，明天一样得干。"何夕一边说，一边给自己倒着冰水，她急需压压火。

李新良摇摇头："这几天气温是回暖了，不过，冰水还是少喝点吧。"

何夕握住水杯，冷冽感瞬时传递到她的手指："是啊，回暖了，这个冬天可真够冷的。"

刚刚过去的冬天，它确实很冷。但此时的何夕并不知道，下一个冬天会更冷，那将是一场严寒。

"李组长，我摇到城西的世纪花园了，选了套四居，今天签了认购书，熬了这么多年，我儿子终于能住上大房子了。"何夕像是在跟李新良分享，也像是在对她自己重申。

"那是个万人摇的红盘，祝贺你。"

"有大房子了,却没家了……"她的声音很轻。

但李新良还是听到了,他拿过她手里的水杯,将冰水给倒了,扔了一撮枸杞进去,又冲上热水,低声道:"暖暖胃。"

这是一场盛大的婚礼,一应装饰美轮美奂,像个奢侈的幻梦。

陆玲玲一眼就看到了立在那群宾客中的杨奇。

同样是来参加婚礼,杨奇代表的是新灿集团和林一曼,而她陆玲玲能够来赴宴,只因为她是新娘的同窗。

新郎叫叶科,行业新贵,不管是他的公司还是他个人,皆是前途不可限量。有人说,叶科这架势,颇有些像当年的于新。这听着还真不像什么好话,颇为意味深长,毕竟,于新的结局并不美好。

新娘是施朗,陆玲玲的大学同学,一个原本平平无奇,却被命运眷顾,押对了宝,找到如意郎君的女人。对这样的女人,陆玲玲素来是有些看不上的。可不管她是否看得上施朗,人家今天确实穿着高定婚纱,戴着闪瞎人的钻戒,跻身到了另一个阶层。一个陆玲玲或许需要奋斗十年、二十年,甚至更长时间才能抵达的阶层。

"你也在?"杨奇晃荡着酒杯,走到陆玲玲跟前。

陆玲玲理了理耳边的碎发:"怎么,就许你杨总来,我陆玲玲就不能收到邀请了?施朗是我大学同学,一个宿舍的。"

"噢。"杨奇点头笑。

"忙你的去吧。"

"我有什么可忙的?"

"你看那帮人,一个个全围着叶科,你再不去,可就挤不进去了。"

"要不你去?"

"我?"陆玲玲无奈一笑,"我算什么?你杨奇现在是新灿市场部总监,新灿的董事,林总跟前的大红人。我嘛,姥姥不疼舅舅不爱,虽还挂着人事行政部总监的头衔,但连董事会都没让我进……"

"我觉得吧,"杨奇用酒杯碰了一下陆玲玲,"你与其抱怨,还不如想想你自己的问题。"

"我抱怨谁了?我敢抱怨吗?"

杨奇一饮而尽:"OK,这个话题到此结束。既然来了,就喝尽兴点。"

陆玲玲也喝光了杯中酒,继而看向那些光鲜的宾客:"你说啊,这场婚礼,有几个是来真心祝福新人的?要是以前,咱俩往这儿一站,会有一堆人往我们跟前凑,为什么,因为新灿牛啊。再看现在……这就是人性,不成功,就会被踩在脚下。"

"你喝多了?"

"我清醒着呢。杨奇,你在我面前肯定特别有优越感吧?没事,我不介意。其实,你追求的东西真就比我追求的高贵?所以,这人哪,不能凑近了看,凑近了看,全都是鬼……"

有服务生经过,要给陆玲玲和杨奇倒酒,杨奇将两人的酒杯放进托盘,冲服务生摇了摇头。

陆玲玲重新取了杯酒:"杨奇,你给我听好了,她安灿知难而退了,但我不会。"

她说毕,便转身朝那对新人走去。

今天下午,在丽景大酒店有个行业论坛会议。林一曼作为与会嘉宾出席，中午还和同来参会的尖塔集团的总裁李维英吃了个饭。尖塔的情况不比新灿好多少，大概是因为同是女性管理者，李维英向林一曼倒了不少苦水。

行业大洗牌，能活下来的都不容易，可是怎么才能继续走下去，李维英不知道，林一曼心里也没谱。不进则退，是谁都懂的道理，但是商海浮沉，并不是懂点道理就能够游刃有余的。

今晚本该是林一曼的"家庭之夜"，算起来，她已经有十天没回家吃晚饭了，她想陪陪孩子们。不过，因为佐佐找到的那张银行卡，晚上的安排有了变动。下午冗长无趣的会议结束后，林一曼走出丽景酒店，发现天色已经擦黑。那晕了蓝紫色墨水的天空里，挂着轮若隐若现的白色月亮。想必，她的脸色此刻也如这月亮般惨淡。

一辆黑色轿车驶到林一曼和任意跟前，它本是于新的座驾，林一曼接手了于新的一切，其中就包括它。

司机老刘已下车，打开了后座的车门，用手小心翼翼扶着车门顶端，等着林一曼上车。

林一曼看了老刘一眼："今天我想坐副驾。"

她说着，转对任意道："你可以下班了，老刘送我去餐厅就行。"

林一曼还是第一次坐这辆车的副驾，也是第一次认真打量老刘。老刘寡言，在新灿一直就是透明人般的存在。老刘平时接送林一曼，只要她不开口，他也绝对不说话。

车子徐徐往前开着，正是晚高峰，有些堵车。

"老刘，我们聊聊天吧。"林一曼突然道。

老刘顿了顿，才说道："好。"

"你是什么时候来新灿的?"

"2013年底。"

"记起来了,我就是在那年生的佐佐。"

"嗯。"

"于新跟我说过,除了你,他很少坐别人开的车。"

"是。"

"他是个好人,对吧?"

"是,于总是好人。"

林一曼从包里掏出那张银行卡,继续道:"能跟我说说,在2017年11月4日,确切地说,是于新走的前三天,为什么他会用这个账户给你转了一百万吗?就因为他是个好人?"

一声急刹,他们的车差点撞上前车。

2

于新的遗物是于慧帮着林一曼一同整理的,其中涉及个人财务的,股票、基金、存款等,该注销的账户已全部注销。佐佐找到的这张银行卡,林一曼之前并未见过,而已注销的那些银行卡没有一张是属于这家银行的。

是为了留个念想,更是对于新的突然离世心存疑惑,林一曼一直没去通信公司注销于新的两个手机号码。早上她也是灵机一动,通过其中一个手机号码,登录了那个银行账户的网上银行,查到了账户流水。

这账户,就像是于新专门为司机老刘开设的。从2015年7月起,每个月都会给老刘转一笔钱,多则五六万,少则两三万,而在于新离世的前三天,更是转给了老刘一百万。

车子下了高架，在路边停下。

林一曼没有说话，老刘终于开口了。

"说来惭愧，我在这座城市混了十来年，结婚生子，却一直没能给老婆孩子一个家，这笔钱，是于总给我的，他让我去买套房子。林总，你可以去查，"这是老刘话最多的一次，"房子我是在去年买的，就是用的这一百万交的首付。"

林一曼一时竟愣住了。

老刘继续道："当然，虽说这钱是于总给我的，毕竟无凭无据，你要是觉得这钱不该是我的，我可以给你打借条。如果你需要我马上还钱，行，我回家跟老婆说一声，我们明天就把房子挂出去卖。"

"那从2015年的7月份开始，他每个月都会用那个账户给你转钱，也是因为你要买房？"

"于总有不少私人应酬和开销，他放一些备用金在我这儿，只是为了方便。"

"看来，这些话，你早有准备，就等着我问了。"

"林总，你可以不相信我……"

"于新自杀前，到底发生了什么？"

"这个问题，警察问过我，安总问过我，你也问过我，我回答了无数遍，我不知道，我没发现他有什么反常。"

"从他走的那天起，我就在寻找真相……"

"真相就是你看到的这样。林总，我们都得面对真相，都得往前看。这正是于总所希望的。"

"他所希望的……"

"他希望他身边的人，每一个，都继续生活下去，好好地生活下去。"

"他要是还有希望,他就应该活着!"

随着一声惊雷,瓢泼大雨说来就来,豆大的雨点砸在车身上,激起大大小小的闷响。

冇城的这个初春格外干燥,今晚才降下了第一场雨。

何夕坐在菲斯特餐厅的观景包房里,静静地看着落地窗外的这场雨。雨雾中,夜色变得愈加迷离,远处交织着的城市灯火,它们辉煌却又落寞。

"你一个人?"林一曼推门而入,"安灿还是没来?"

何夕微笑道:"她……"

"你们这么急着找我,我能不来吗?"安灿从包房的洗手间内走出,挨着何夕坐下。

林一曼也坐下,她紧锁的眉头略舒展了些:"上午你为什么挂我电话?"

"还是先说说你的事,到底发生什么了,非要见面聊。"

"长话短说,"林一曼深呼一口气,"我找到一张于新的银行卡,查了往来记录,从2015年7月份开始,这张卡每个月都会往老刘卡上转账,于新走之前,还给老刘转了一百万。这事有蹊跷。"

"你找老刘了解过情况吗?"安灿问道。

"他说每个月的转账是备用金,那一百万是于新给他买房的。"

安灿抬头,看着林一曼:"那还有什么问题?"

"有什么问题?问题大了!且不说备用金,就说那一百万,于新为什么要帮老刘买房?还有,于新为什么要单独开一张卡,专门用来给老刘转账？"

"你到底在怀疑什么？"安灿有些不耐烦。

林一曼站了起来："我到底在怀疑什么……我的丈夫死得不明不白，他身边的每一个人，发生在他身上的每一件事，都值得我去怀疑！"

"我说过，人得往前看。你接受也好，不接受也好，于新已经走了。"

"是，所有人都跟我说，要往前看，要走出来。你们或许能做到，但我不行。我是他老婆，我和他有两个孩子，佐佐现在长得越来越像于新……安灿，我原以为你会和我站在一起找出真相……"

"真相就是他已经走了。你到底是想查出真相，还是你根本不能面对真相？一曼，别闹了，好么？"

"你觉得我在胡闹？"

"我忙了一天，以为你有什么解决不了的事，非要约我出来见面……"

"你忙？"林一曼顿了顿，"你现在比谁都闲。倒是我，这一天就没停过。"

"我不是非得围着新灿和你转的，我也有自己的生活。"安灿说着，拿了包就要走。

"安灿……"何夕拉住安灿，接着转对林一曼，"都好好说话，这是何必呢？"

"让她走。"林一曼扭过头。

待安灿走出门去，林一曼眼里蓄着泪："看见没有，这就是于新最信任的人。"

何夕沉吟:"她也不容易。"

"她怎么不容易了,她早就拍屁股走人,做她的闲云野鹤去了!"

"一曼,人要放下点什么,真的挺难的。我连放弃一个背叛我的男人都无比纠结,何况,她放下的几乎就是她的所有……"

滂沱大雨的夜,车子就像一艘驶进大江的船。

安灿以为停下来就能得到片刻喘息,可这凝固的感觉却差点让她窒息。在雨夜的山道上停车是这样,她突然停顿下来的人生也是这样。

她开了车窗,探头出去,她想透透气,可那山风裹挟着雨点毫不留情地打在了她的头发和脸上。她不觉湿冷,只觉通透。

那是某个夏夜,于新喝多了,搭着她的车回半山。也是在这山道上,他下车吐了很久。她也只能下车,递了水和纸巾给他。

虫鸣鸟叫,树叶被山风吹得窸窸窣窣。

他点了支烟,歪头看她,作出一副漫不经心的样子:"安灿,你有秘密吗?那种谁也不能告诉的,见不得光的,就像一根刺扎在心头的。"

见她没吱声,他再道:"我有。"

"舒服点了?"刘瑞端了杯冒着热气的花茶,走进浴室。

安灿泡在大浴缸里,正闭目养神。

"你就没有什么想问的吗?"她睁开眼睛。

刘瑞笑道:"问什么?问你为什么要把自己淋成落汤鸡?"

"你还可以问问,一曼叫我见面,到底是因为什么事。"

"你要是想告诉我,你会跟我说的。"

安灿从浴缸里伸出一只手,将那手放到刘瑞的掌心。他的手掌比她的整整大了一圈。

他握住了她的手,继续道:"你陪我的时间比以前多了,按说,我应该是高兴的。可是……没人要求你必须得放下些什么。你是新灿的创始人,这一点,并不会因为你离开了新灿就发生改变。还有一曼,你们是这么多年的同学和朋友,不是你说几句再也不管她了,就真的能够不过问。你总说,这个世界离了谁都无所谓。但对在乎你的人来说,你的离开就是有所谓。林一曼,她离不开你的,你也离不开她。"

"我不知道该怎么跟你说……我忙了这十来年,什么都没做好。但是你……"她反握住他的手,"你让我觉得,我好像并没有那么糟糕。"

3

雨停了,何夕抬眼看,一道闪电正好掠过墨黑的天空,紧跟着的是一个闷雷。她握紧了手里的伞,看样子,这雨还会继续下。比起往年,今年春天的雨水来得迟了。但该来的,总是会来。

何夕走进一个小区,刷卡进门,门口的保安转脸朝她微微笑。

卖掉那套老破小后,何夕一家便搬进了离新灿大厦不远的一个高档小区,租了套两居室过渡。这里的业主,一般都是在开发区创业或者上班的,普遍年轻,整体素质也高。物业服务什么的,就更不用说了。要知道,何夕原来住的地方,别说物业服务了,连物业都没有。

然而,住进了高档小区,摇到了城内红盘,这种明明充满期待的生活，并未给何夕带来几许快慰。

何夕走进家门，换着鞋，本坐在沙发上的王超马上站起。

他看起来颇为小心翼翼："乐乐已经睡了。厨房里有雪梨炖百合，我去给你盛，润润嗓子。你这个工作啊，费嗓子。"

何夕没说要，也没说不要，只机械地换鞋、放包、脱外套。王超盛了汤，小心地端到她面前，她便顺手接过来，象征性地喝了两口。

"何夕，我想和你谈谈。"他说道。

她将小汤碗放到茶几上："我累了。"

"我们能重新开始吗？"

"怎么个重新开始法？"何夕笑了笑，低头掰着手指头，她右手中指的指甲有条小小的裂缝，轻轻一动，便有些生疼。下午在公司时，她一边和同事沟通，一边复印资料，大概是聊得太投入，右手被打印机盖砸了一下。

王超嗫嚅着："美心的事，是我做错了……我没把持住，我是浑蛋，是渣男……"

这样的错，王超已经认过无数遍，这样的话，何夕也已经听厌。

"这些没有意义的话，以后你就不要再讲了。你不是要谈谈吗？行啊。刚才你说要重新开始，我就问你，怎么才算重新开始？怎么才能重新开始？"

"我……"王超从裤兜里掏出电子烟，猛吸了一口。以前，何夕没少劝他戒烟。春节前，他表了决心，说这回一定得戒。

"别装了。"何夕说着，从沙发垫下面翻出一盒烟，盒内只余一支香烟，里头还塞了个打火机。她将烟盒扔到他面前。

"这盒烟吧,是我有时候实在憋不住,就点一支……"

她摇摇头:"那就别戒了,抽吧。"

"不了,不抽了。"

"点上,等你抽完这支烟,我们再来谈。"

"真抽啊?"

"怎么,难道还要我给你点上?"

"我自己来,自己来。"他熟练地点火,那打火机却有些不争气,点了好几次都没点着。

酒吧门口,燃着一团小小蓝色火焰的打火机在几个年轻男女之间传递着。陆玲玲昂着头从他们身侧走过,却又不得不用余光去关注他们手上已经燃着的香烟,毕竟,她身上的这件外套很贵。

陆玲玲对奢侈品其实没什么兴趣,她追求的也绝对不是物质那么简单。但现实如此,这城内人人都很忙,大多数人只能通过外在了解彼此——穿什么衣服和鞋,背什么包,戴什么首饰,开什么车。至于被物质包裹着的内心,谁也没工夫来研究。他们看她如此,她看他们也一样。她承认,在这一点上,她并不比他们高明。

这间酒吧陆玲玲常来,她只喜欢独坐在吧台旁,看着那些陌生的男男女女。大概是她长相清冷,又摆着"生人勿近"的表情,倒是很少有异性来搭讪。

不过,今晚的情况好像不一样。不远处,一个穿着灰色西装的男人正看着陆玲玲。他冲她点了点头,然后慢慢朝她走来。

"一个人?"他问道。

陆玲玲微笑不语,她打量了一下这个男人,看他这身装束,倒是从头到脚都贵得很体面。钱是很神奇的玩意儿，有的人用钱只能买到一身的暴发户气质，有的人却能恰到好处地体现自己稀缺而宝贵的审美品位，眼前的男人自然属于后者。所以，对他的唐突，她并未觉得反感。

男人看着陆玲玲的眼睛，继续道："我们见过。"

可惜了，这么老套的开场白，和男人的品位并不相称。陆玲玲略有些失望，她没说话，只是低头喝了口酒。

男人再道："今晚早些时候，在叶科的婚宴上，我见过你，没想到，在这个酒吧，我又和你邂逅了。"

"你是……"

"至于我是谁，并不重要。重要的是，我知道你是谁。新灿集团人事行政部总监，陆玲玲，陆总。"

"你认识我？"陆玲玲不禁抬头。

"安灿把你带进了新灿，本来，摆在你面前的该是个美好的前程。遗憾的是，安灿走了。"

"你是谁？"

"更遗憾的是，林一曼不了解你的能力，她并不重用你。或者说，她并不打算重用你。"

"你到底是谁？"

"别急啊……"男人说着，便转对酒保，"两杯特基拉日出，我想告诉身边这位美女，太阳照常升起，不过嘛，得看她站在哪儿，也看她……跟谁站在一起。"

王超已抽完那支烟，何夕顺手拿过烟头，直接将它泡在了那碗她只尝了一口的雪梨炖百合里。燃着的烟头戳进汤水中，发出轻微的"嗞"声。终于灭了。

"呼……"何夕长出一口气,"说吧,说说我们怎么才算重新开始?怎么才能重新开始?"

"美心已经离开了餐厅,也离开了冇城,她不会再出现在我们的生活里,"王超顿了顿,"已经发生的事是改变不了的,我只希望你既往不咎,看在我们夫妻多年感情的分上,也看在儿子的分上,我们把那些糟烂事都忘掉,踏踏实实地过我们的小日子。"

何夕看着王超:"糟烂事,是啊,够糟烂的……他们都劝我原谅你,说王超已经认错了,他会改,他不会再犯,他的态度很诚恳,他的本性不坏……就好像,如果我不原谅你,我就有天大的罪过,就好像,除了原谅你,我再也没有别的选择……好啊,我原谅你,我确实只能原谅你,为了这个家,为了儿子,为了刚刚摇到的那套房子……但是王超你要记住,我原谅了你,不代表我就能够忘记。如果我的既往不咎就是我们重新开始的方式,对不起,我没法既往不咎。"

"那我们……还能怎么办?你说吧,你来说,只要我们还能回到过去,只要我们还能重归于好,你让我做什么都可以。"

"实话跟你说,"她突然笑了起来,"我也不知道应该怎么办。我真的不知道。我对你从来都没要求,因为我是个普通人,长得一般,能力一般,好多事我自己都做不到,我又有什么资格来要求你呢?我要的不多啊,王超。我从小爹不疼娘不爱,他们眼里只有我弟弟,我就想嫁给自己喜欢的人,有个家,属于我自己的家。我本以为,父母离异的你,也和我一样渴望有个真正的家……"

"我懂的,我都懂。"

"你不懂。我这人没有信仰，家就是我的信仰。你的那个错误，让我开始怀疑自己的信仰……"她站起来，"所以，你一点都不懂我。"

4

会议室里，沉默得有些微妙。这种沉默，已经持续了三分钟。

林一曼翻阅着面前的文件，不时抬头环顾。这个会列席的都是董事，是新灿的核心。坐在她左侧的是陈启明，年前他大病过一场，是下了病危通知书的那种。病愈后，陈太要求他在家调养，也不知他是闲不住还是放心不下，到底还是回公司了。

以林一曼的价值观来界定，陈启明当然不是好人。他颇有心机，且私德有亏。薛燕要不是因为和他的那点破事，也不会离开新灿，去异国他乡陪女儿读书。可要从另外一个角度来看，对新灿的发展，他一直求的是稳，是徐徐图之，这一点，倒是和林一曼的想法不谋而合。

那段时间，新灿又是关分公司，又是闭店，又是撤生产线的，每件事都牵一发而动全身，当时的陈启明也没闲着，他是躺在病床上，用手机来协调沟通的。林一曼去医院探望他，他红了眼，拍着胸脯表示，他对新灿的明天仍有信心。

所以啊，人是复杂的，人性也是复杂的。坐在林一曼右侧的是卫开，一个结了三次婚的男人。这一位，也不简单。从前林一曼只知他吊儿郎当，很是玩世不恭，可当新灿被卷进各种舆论风波时，冲在前面平息事态的那个人总是他。

列席的有两位新任董事，杨奇和来聪。杨奇是董事会里最年轻的，于新和安灿曾经都很器重他。还记得林一曼刚到新灿时，杨奇公然表达过对她的不满,说她"并不适合坐在那个位置上"。听说,安灿离开后,行业内有两家很不错的公司主动向他抛出橄榄枝,但他还是选择了留下。他从没向林一曼表过忠心,但是她觉得,他能留下,从某种层面上来说,就是对她的认可。

和其他几位相比,来聪算是新灿的"新人"。于新离世前夕,电商部有过一次人员优化,其实就是内部"大清洗",来聪就是在"大清洗"之后空降到的新灿。她为人强势,有着雷霆手段,有时甚至像进阶版的安灿。

坐在来聪对面那位,是财务总监江振海,他是2014年来的新灿。在有些公司,财务总监的地位仅次于总裁,是核心中的核心。不过,这江振海的性格却很是内敛,为人还有些随波逐流。刚才在会上,来聪提出,电商部要搞新项目开发,遭到了陈启明、卫开和杨奇的一致反对。至于江振海,都不用问他,他永远站在人多的那一方,然后一脸无辜地看着众人,像是在告诉大家,他这一票根本不重要,他这个人也根本不重要。可话说回来,江振海的业务能力一直很好。要不然,别说是风风火火的安灿了,就连温温吞吞的林一曼都想换掉这个财务总监。

除了这几位,另有两位今天并未列席的<u>独立董事赵川和陈默</u>,他们不在新灿任职,也不参与日常事务的管理。赵川经营着一家房地产公司,当初入股新灿,对他来说只是一次可有可无的投资行为。陈默是医美行业的,前段时间,她刚生了孩子,现阶段的她或许更想享受家庭生活。

安灿离开后,林一曼想推荐陆玲玲入董事会,但听安灿的意思,陆玲玲还太年轻,还需要历练,得"再等等"。总之,眼下环坐在林一曼身边的这五位,陈启明、卫开、杨奇、来聪、江振海,他们就是能够决定新灿未来的人，如果，新灿真的还有未来。

这新灿的头把交椅，林一曼坐在上边的时间虽还不够长，但她已不再是那个不知所措的菜鸟，而她身边的这些人，也开始对她有了要求。比如，在会议陷入僵局的此刻，她不能再沉默。

"新项目肯定是要有的，但什么时候开始研发，什么时候开始推广，这些，还是得慢慢来。新灿发展到现在，已经陷入瓶颈，可以说，过去的我们已经输了，输得很惨。但是呢，在电商这一块，我们也没能占领先机。刚才来总说得很有道理，手里有项目，就多一张牌，不至于再让我们处于被动状态……"林一曼看了看来聪，接着转对其他人，"但就像杨总他们顾虑的那样，我们可能要谨慎些。试错是要成本的，很显然，新灿的现状就摆在这里，我们试不起了。就先这样吧，我下午还有别的安排。当然，要是你们有新的想法，我们随时可以坐下来沟通。"

这话，像是什么都说了，又像是什么都没说。假如不能保持沉默，就让子弹再飞一会儿，这是林一曼近来学到的重要一课。

林一曼回到办公室没两分钟，陆玲玲就来了。刚才的董事会，说来说去，其实是钱的事。陆玲玲来汇报的，是人的事。缺钱，缺人，这就是新灿的现状。媒体和公众视线视野里的林一曼很是光鲜亮丽，简直是独立女性楷模般的存在，但是坐在这间办公室里的林一曼，她多少有些狼狈。

新灿已不是于新和安灿时期的新灿，而她林一曼既没有于新那样的人格魅力，也没有安灿那样的行事魄力，她再怎么包装，骨子里还是那个没什么主见，摊着手等着别人来给她做决定的女人。而这样的狼狈，还不能被人看出来，她得继续佯装淡定，就好像她什么都搞得定，就好像一切都不会有问题。

"林总,这是你要的绩效方案和招聘计划,我把重点都标出来了……"陆玲玲微笑道,"电商部是不是要新增两名研发人员?我的想法是和猎头公司合作,研发是专业人才,最好是来了就能上手……"

林一曼打断陆玲玲的话:"电商部要人,来总跟你提需求了?"

"那倒还没,我就是听说要研发新项目了,所以……"

"这事还没定。"

"是我自作聪明了。"

"玲玲,"林一曼示意陆玲玲坐下,"有些事不能急。"

陆玲玲冰雪般通透的人,怎么会不懂林一曼话里的深意:"我知道。"

"新灿不再是以前的新灿了,我也不是那个能够手把手带你的安灿,作为老板,我甚至都没法在你面前画饼,因为你比我还了解咱们公司的情况。你和杨奇,你们几个年轻人能留下,我内心是感激的。但这段时间实在太忙了,我都没能坐下来和你们好好聊聊,尤其是你。我许诺不了什么给你,说真的……"林一曼苦笑,"新灿能走多远,走向哪里,我自己心里都没底。可你知道我为什么还坐在这个位置上吗?"

陆玲玲摇了摇头。

林一曼继续道:"因为你们都还在,都留下了。每次我想放弃了,就会想到这一点。不说了,再说下去,我就成了那种空谈情怀的老板……"

就在这时,林一曼的手机响了。

5

下午三点,空气里散发着闷热的潮湿感。天色已有些阴沉,想是又要有一场暴雨。林一曼坐在车内的副驾驶,车窗严丝合缝,她正隔着车窗往街对面的咖啡馆看。过了一会儿,任意从咖啡馆里走出,手上拿着一个牛皮纸文件袋。

任意坐进驾驶座,将文件袋递给林一曼:"情况和老刘自己说的差不多,不过……"

"先开车吧。"林一曼道。

车子驶出繁华的闹市区,绕上了高架。晚高峰还没到,一路畅通。

林一曼决定用自己的方式来解决问题,她让任意找人查了司机老刘。或是因为所托之人的效率很高,或是因为老刘确实不像她想的那么复杂,只用了一天,她就拿到了手上这份所谓的调查报告。

老刘是2013年底来的新灿,那年,新灿集团正式成立,正是用人之际。老刘本名刘成,老家在临城,当时他已近四十岁,有过一段婚姻,经历了创业失败,他本是来新灿应聘市场专员的。于新刚好缺个司机,薛燕觉得老刘为人忠厚,且有十来年的驾龄,便把老刘派给了于新。直到2015年,孑然一身的老刘遇到了他现在的妻子,两人结婚,次年有了孩子,算是安了家。

"他的房子就在天润家园,确实是去年买的,"任意一边开车,一边说道,"他太太一直待业在家,加上他的小姨子因为一场事故成了植物人,离不开他太太的照料,他们的孩子还小……他的经济状况一直就不太好。"

"植物人?"林一曼翻着资料。

"已经过世了,前年过世的。"

"前年……于新也是那年走的……"林一曼说着,不免自嘲,"我是不是真的太敏感了?老刘的这种状况,以于新的为人,伸手帮老刘一把,这也算正常……我联系过薛燕,她说于新对老刘一直很照顾,她说我想多了。还有安灿,为这事,她还和我吵起来了。"

"我不知道该怎么说。失去至亲至爱的人是你,不是我们,无论如何,我们都没法站在你的角度去感受这一切。"

"感受……"林一曼看向任意,"我的感受就是这件事有问题,不对劲,但其实,我的怀疑根本站不住脚,对吧?"

"林总,我不是这个意思。"

"难道说老刘会为这一百万,处心积虑,把于新给害死了,然后制造了一个自杀现场?这根本说不通。且不说老刘的为人如何,当时警察是调查过的,于新确实是自杀的……"林一曼摇头,"安灿说得对,我根本不是在找什么真相,我只是不能接受真相,不能面对真相。我不能接受我的丈夫,他有着幸福美满的家庭,有着成功的事业,他几乎拥有这个世界上无数男人所追求的一切,可是,他还是选择了离开……我不能面对的是,他的离开其实和我也有关系,这些年我疏忽了他,我甚至不知道他有抑郁症!"

暮色时分,在响了两记闷雷后,天空仍未落雨。半山别墅16号的庭院里,浅草青青,应季的花也都开了。安父坐在小凉亭内,对雷声浑然不觉,只专注地喝着一杯茶。

安灿在修剪攀附在竹篱笆上的月季花,刘瑞告诉过她,这种蓝紫色的藤本月季还有个好听的名字，叫蓝色阴雨。蓝色代表忧郁，阴雨天容易惆怅，安灿并不觉得这是个好名字。

在安灿这个位置，能清楚地看到父亲，却又始终保持着距离。看到彼此，保持距离，这就是他们父女三十多年来的相处方式。在安灿的记忆里，父亲和她很少有什么亲密的举动，他们上一次拥抱，大概是在她收到海市大学服装设计专业的录取通知书时。

弟弟出意外后，相比母亲，父亲的情绪一直表现得很克制。可也就是如今，在失去了新灿之后，安灿才能真正体会父亲的心境。那场意外，对父亲来说，不仅仅是失去了儿子，还失去了寄托和希望。曾经，他也是创业者啊，赤手空拳到了海市，打拼半辈子才有了那家工厂，他需要有人继续他的事业和理想。是她辜负了父亲。

大雨即将倾盆，安灿拿了伞，走进小凉亭。

"爸，快下雨了。"

"坐吧，"他没有抬头看她，"我老啦，但是你不一样……所以，你得坐在这儿好好想想，接下来的路，你打算怎么走。"

窗外偶有闪电划过，这洒着柔金色灯光的卧室却是一派温馨，林一曼和两个孩子正坐在地板上搭积木。

佐佐把小脸贴在林一曼臂膀上："妈妈，你以后还会来幼儿园接我吗？"

"当然了，只要我有时间。"林一曼笑道。

"那……"佐佐犹豫了一下，"任叔叔呢？"

"嗯？"

"他也会来吗？"

"那可不一定,他是妈妈工作上的助理,没有义务陪妈妈来接你。"

"我希望他能来。"

"你喜欢他?"

佐佐点点头:"他和你一起来幼儿园,别的小朋友就会觉得我也有爸爸。"

"佐佐,你有爸爸,只是你爸爸……"林一曼不知该怎么说。

"奶奶说,你将来可能会给我找一个新爸爸,要是我可以自己选的话,我选任叔叔。"

林一曼听了这话,脸色都变了:"奶奶什么时候跟你说这种话的?她怎么可以……佐佐,我告诉你,以后不许再这么胡闹了,你不会有什么新爸爸,你的爸爸只有一个!"

面对突然恼怒的妈妈,佐佐吓得直往后躲,一旁的佑佑撇嘴就哭了起来。林父和林母听到动静,赶紧进来护住两个孩子。

"有气你到外边撒去,冲孩子算什么本事?"极少发脾气的林父瞪大了眼睛,"这两个孩子还不够可怜吗?没了爸爸不说,他们的这个妈,如今也跟没了差不多!"

"你就少说两句吧。"林母拉扯着林父。

"我受够了。你看她现在这样,忙着在外边当女强人,忙着上电视,忙着接受各种采访,忙着应酬……忙完了,好不容易有点时间陪孩子,可她倒好,开始拿孩子当出气筒了!"

林母忙牵着两个孩子出了房门:"不怕不怕,晚上你们跟外婆睡。"

"爸,你说够了吗?"林一曼抬头看林父,她的眼眶已经通红。

"你要当这个总裁,我当时是一千一万个不同意的。可我说的话，你根本就听不进去。就算于新什么都没给你们留下，你们几个也不会缺衣少食，你们还有我。你出去跟人拼什么？再跟于新似的，把命也给豁上吗？一曼，你现在做的这些事，真的值得吗？"

"值不值得？这个问题，我没考虑过。我刚去新灿时，是为了于新，我后来留在那儿，是为了安灿。可是到了今天，就在你问我值不值得时，我好像突然想明白了，我不再是为了他们，而是为了我自己。"

"你要是真为自己想，你就应该……"

"爸，你可能不信，我现在每天要处理的事情很复杂，我接触的那些人很复杂，我的生活也变得很复杂，但是……"林一曼站起来，指指自己的胸口，"但是我的内心，从没这么简单充实过。我喜欢现在的自己。"

第十五章　青阳

既没有勇气去选择新的生活，对现在的生活也没有期待。

1

新灿大厦，人事行政部，杨奇径直走进总监办公室。

"有事？"陆玲玲略抬了抬头。

杨奇反手把门关上，走到陆玲玲面前，接着，他双手撑桌，下巴就抵在电脑显示屏顶上，黑框眼镜里的那双眼睛，一动不动地盯着她。

陆玲玲推开正敲击着的键盘，诧异道："杨总这是要吃人？我怎么得罪你了？"

"他们都给你什么了？"

"他们是谁？我跟你说，你……"陆玲玲压低声音，"你少在我面前阴阳怪气，这是公司，这是我的办公室。"

"来聪的那个新项目，消息是怎么流出去的？"

"你是为这事来的？这事我也是刚知道，不过，你不是应该去问你们董事会的那几位吗？嗯，别说你了，我也想问，我就想知道，为什么会让尖塔集团占了先机，而且，这么短的时间，人家就靠这个项目，拿到了英赫的投资。"

"别装了。"

"你是在怀疑我?"陆玲玲往后一仰,靠在了椅背上,"你最好把话说明白。"

"我不想说得太明白,来你这儿,只是提醒你,不管你陆玲玲心里有多憋屈,你人还在新灿,你还坐在这间办公室里!"杨奇站直了身体。

陆玲玲笑看着他:"安灿走后,我不被林一曼器重,我没进董事会,甚至于我被你们边缘化,于是,我黑化了,我被尖塔的人收买了,又于是,脑门上刻着'伟光正'三个大字的杨总,跑到我这来兴师问罪了。还真是个完美的推理。好,那证据呢?"

"我没有证据。"

"杨奇,"陆玲玲慢慢站起来,"我知道你看不起我,但没想到,你会这么看不起我。来聪那个新项目到底是什么,我不清楚,但我听说她提出想法时,你们董事会没有任何一个人支持她。我都能想象得到你们的嘴脸,众口一词地说着,没钱,没人,没精力,时机不对,再等等,不着急……而你杨奇,可能还会摆出一堆所谓的数据来佐证这些话……有本事你去找林一曼啊,她是总裁,那么好的项目,她为什么不拍板!"

"新灿现在确实……"

"你看,你又来了。我们最缺的其实是底气,是安灿还在的时候,她给我们带来的底气。她一走,你们一个个的,都像是被打趴下了,认怂了,除了守住这一亩三分地,你们什么都不敢做。让我最失望的是你。你是不是觉得,我离开了安灿,我就什么都不是了?离不开安灿的,"陆玲玲指了指杨奇,用口形说着,"是你们。"

来聪从十八楼回来时,经过电商部副总监的办公室,那门大敞着,何夕正在里头。

"我跟你说多少遍了,你又不是品牌部的,整天跟他们混在一起,研究什么'歌颂'新品,你是电商部的,是不是要先把自己的事情干好……"严副总监就立在何夕面前,扯着嗓子在训话,"不想好好干,你趁早给我走人。来总顾及你那位老同学的面子,我可不顾及!"

来聪一只脚踏进门里,笑道:"要不要给你递个扩音器?"

严副总监这才发现来聪:"来总……我……"

"差不多就行了,"来聪说着,转对何夕,"你来我办公室一趟。"

何夕如蒙大赦。

两人进了总监办公室,来聪说道:"他不是冲你,他是在替我抱屈。大家都知道你和林总的那层关系,他又不敢跑去十八楼跟林总叫嚣,只好冲你来了。"

"嗯,我明白,"何夕点头,"但是这事也不能完全怪林总……"

来聪看着何夕:"你的这位老同学,不管她以前是谁,不管她以前是干什么的,但她现在是新灿的董事长兼总裁,除了在镜头前微笑,她还得承担责任,要对她所做的每一个决定负责。好了,你去忙吧。"

何夕还未踏出办公室,来聪又把她给叫住了。

"何夕,你最近在工作上,好像是有些心不在焉?"

"家里出了点小事,我能处理好。"

"你要是去在意,再小的事也会变成大事,可你要是不去在意,它就会变得微不足道。"

"谢谢来总。"

"你在这个年纪进入一个全新的行业,已经比别人晚了,多用点心吧。你是怎么来这儿的,谁是你的老同学,这些都不重要,重要的是,你要想清楚你是谁,你接下来要做的是什么。"

"来总,进你办公室之前,我想了一些安慰你的话,没想到,现在反过来了,是你在安慰我。"

"大概是有感而发?告诉你吧,35岁之前,我没上过班,相夫教子,岁月静好,后来,家里遇到点事,再后来,我就进了这一行……"来聪翻了翻桌上的文件,"不说了,大家都挺忙的。"

此时,林一曼正开着车,一路往半山方向走。跟每次一样,她遇到问题,首先想到的倾诉对象就是安灿。只是,她的车刚开到山脚,就停在那儿,再也动不了一步了。

因为,她看到了她的司机老刘。老刘骑着他的电动车,正从山上下来。而在昨天,他曾向她告假,说有点私事要办。他的电动车骑得很快,加之,在林一曼刚看到他时,恰好有辆车从他们中间穿过,所以,他并没有发现她。

一记闷雷在林一曼的脑袋里炸开,她只觉得天旋地转。

2

张姐领着林一曼进了客厅,安灿很快就迎了出来。

"来得正好,有泡好茶,你一定喜欢。"安灿笑道。

林一曼没吱声,只定定地看着这个她已经相识了十六年的朋友。

那年冬天,安灿和刘瑞的婚礼在即,半山别墅16号已装修完毕，就等着他们正式入住。这晚，林一曼和薛燕在帮安灿布置婚房。林一曼对安灿的装修风格很是费解，不是黑白，就是灰，到处都冷冷清清的，唯有这间婚房才有那么一星半点的温馨感。

"安灿，这是我给你准备的床品。"薛燕指指还没铺开的正红色的床品多件套，多件套是真丝的，泛着柔和的光泽，一看就是好东西。

"这也太红了吧？"安灿毫不掩饰自己对它的嫌弃，却又无可奈何道，"行吧，你们把它铺上，反正，等结完婚，我把它换下来就是了。"

"让一曼给你铺，我不能铺。"薛燕笑道。

安灿随口问着："为什么？"

"这婚床的铺盖，得是最有福气的人才能给你铺，比如，像我们一曼这样的，生活幸福，家庭美满。所以，我不行。"

"就因为你离过婚？"

林一曼摊开了被套："哎哟，燕姐让我们怎么做，我们就怎么做嘛。"

"我可真受不了你们俩，这都什么年代了，离婚怎么了？结婚了才能幸福，离婚了就是不幸？那在婚姻里不幸的人多了去了。"安灿认真了。

"呸呸呸！快，一曼你打一下她的嘴！我说安灿，你马上就要结婚了，满嘴说的都是些什么，不许再说那两个字！"薛燕忙道。

林一曼放下手里的被套，摸了下安灿的脸，就当打嘴了："听到没？让你乱说。"

安灿揽过薛燕，将她摁在床上坐好："我不但要你给我铺婚床，我还要你坐在这张婚床上。你要再叽叽歪歪，我就还提那两个字,离婚,离……"

"行了行了,我铺!但你这嘴,还是得打。"薛燕说毕,可是真的伸出手去,轻扇了下安灿的嘴。

"上来啊,"安灿拉过林一曼的手,带着她往楼上走,"李维英用新项目拿到英赫的投资,这事我知道了。当年,李维英还没当上总裁呢,只是尖塔市场部的一个副总监,她想拿下临城的市场,但是被我们抢先了一步。她这口气憋太久了,她……你没事吧?在想什么呢?"

"我想起了你结婚的时候。"林一曼站定。

安灿听了这话,视线慢慢转到楼下客厅。

安灿坐在楼梯的台阶上打电话,她尽量压低声音,一边说着话,一边看向客厅。

客厅里,林一曼一件件拆着她带来的东西:"那套锅特别好用,还有,这套餐具,我可是选了我们家的同款,对了对了,这几只雕花玻璃杯千万不能扔洗碗机,得手洗。"

"好,我记下了,谢谢你啊,一曼,"刘瑞拿起一只玻璃杯,他修长的手指和这精致的杯子倒是很搭,"于新呢?他怎么没来?"

"他说要给安灿准备一份特别的礼物,嗯,现在应该快到了。安灿、于新、我,我们三个不但是同学,还是最好的朋友,我和于新结婚的时候,我就在想,什么时候安灿也能找到自己的幸福呢?现在好啦,她找到了……"林一曼看着刘瑞,"刘医生,你一定要好好对安灿,你要是敢欺负她,别说我,于新就会第一个跟你拼命!"

"我要跟谁拼命？"是于新的声音，他拿着个文件袋，从门厅走至客厅。

"安灿，于新来了！"刘瑞转对楼梯上的安灿。

安灿摆摆手，表示自己知道了，却又不耐烦地对着电话道："我不想听借口，你现在才来跟我说你做不到，当时你是怎么向我保证的？辞职？你说得轻松！你走了，谁来收拾你的这个烂摊子？"

"嚯，"林一曼朝于新眨眨眼，"她的火气是越来越大了，哪有半点准新娘的样子。"

于新摇头，跨步上楼梯，拿过安灿的手机，直接把电话挂断了："消消气，可别把你的新郎给吓跑了。"

"跑不了，我们上午已经领证了。"安灿利落地走下楼梯。

刘瑞自然地拉过安灿的手："晚上我们请于新和一曼吃个饭吧。"

"不用……"安灿和于新几乎异口同声。

于新补充道："噢，我的意思是，今天你们领证，应该两个人好好庆祝。"

"我的意思是，不用跟他们俩客气，"安灿说着，拨弄了下林一曼的马尾，"是吧？"

林一曼则给了于新一个眼神："你不是有话要跟安灿说吗？"

"就是……"于新沉吟着，"安灿、刘医生，你们后天的婚礼我可能没法参加了，真的特别特别抱歉，上海那边有个行业论坛，我们还是第一次正式接受邀请，这个论坛吧……"

"知道，"安灿一笑，"论坛的事我知道。婚礼嘛，就是个形式，我不会介意的，刘瑞也不会。"

"我都跟他说了，别说是去开会，就是天大的事也不能错过你的婚礼。为这个，我还和他吵了一架。"林一曼说。

"真的没关系。"安灿从于新手里拿回她的手机，又要拨电话。

"你先别忙工作啊！"林一曼说着，转对于新，"你看到没？安灿生气了。你不是说给她准备了结婚礼物吗？在哪儿呢？赶紧拿出来。"

"我不知道该送你什么，五年前我们想要的，现在好像都有了，钱、房子、车子，还有事业、婚姻、家庭……"于新把文件袋塞到安灿怀里，"这是一个露营基地，在那儿，能看到我们当年的小工厂。"

安灿一手抱着文件袋，一手仍忍不住去拨弄手机，她什么都没说。

"你说的礼物，就是这个呀？"林一曼问于新。

于新点点头："商业产权，四十年，她想什么时候去那儿看星星都行。"

林一曼惊诧道："等等，你买了一个山头给安灿？"

"这太……"刘瑞大概是没想到合适的词，"我们不能要。"

"定金我都付了，这里面是合同，你们俩签个字就行，后续的事，我会让人办好。"

"唔，原来结个婚，还能有这么好的事，"安灿总算说话了，她在说话的当口，竟不知道从哪摸出一支笔来，"收啊，干吗不收，签字！"

林一曼跟着安灿，经过安灿的书房，她一眼瞥见书房茶几上摆着的两杯茶，旁边则是烟灰缸，里面扔着几个烟头。

"安灿。"林一曼并没有跟着往前走，而是站在了书房门口。

"嗯？"安灿回头。

第十五章 青阳

"你什么时候开始抽烟了?"

"噢,有个朋友来找我谈点事。"

"来找你的是老刘,对吧?"

3

尖塔集团抢占先机,用一个新项目拿到了两个亿的投资,这则新闻迅速在新灿大厦传播。最先得到消息的是来聪,她将消息连同她的态度一起放在了林一曼面前。今天,林一曼不但看到了来聪的咄咄逼人,还看到了陈启明的推诿扯皮、卫开的无能为力、杨奇的偏执冲动、江振海的置身事外。而当林一曼来找安灿,希望能得到一些宽慰时,却发现她的司机老刘刚刚离开。

不久前,林一曼发现于新生前曾给老刘转过一笔钱,这让她生出无数想象,在一番调查后,她差点就认定是自己"想多了"。可适才在山脚,她看到匆促离去的老刘时,直觉告诉她,这里面一定有问题。

此时,林一曼就站在安灿书房门口,一手指着里面茶几上的烟灰缸,一手扶着门框,她问安灿:"来找你的是老刘,对吧?"

"是,"安灿几乎没有迟疑,点头道,"刚才老刘来过。"

安灿的回答倒有些让林一曼出乎意料,林一曼顿了顿:"他来干什么?"

"他来干什么?"安灿重复林一曼的问话,笑着,"这是我的家,他是我的客人,我好像没有必要跟你汇报'他来干什么'。"

"我就是想弄清楚……我总觉得哪哪都不对劲,但又说不出个一二三四来。我问你,你和老刘,你们是不是有什么瞒着我?"

"他不想干了,打算把房子卖了,把那一百万还给你,然后带着老婆孩子回老家。"

"什么?"

"你不是想知道他为什么来找我吗?他是来和我商量这事的,不对,他就没打算和我商量,是来和我道别的。"

"他要辞职回老家?"

"不说别的,就你这疑神疑鬼的样子,他还能给你开车吗?"安灿说着,自顾自往楼下走去。

林一曼跟了下去:"我没让他还钱,钱如果真的是于新给他的,我……"

安灿转身,晃晃手机:"任意刚才给我发微信了,说他马上就到,公司里那么多事等着你去处理,我这里不用你帮忙。你这个遇到点事就到处躲的毛病,什么时候才能改?"

任意载着林一曼下了山,一路无话。直到进了通往市区的主路,那任意清了清嗓子,像是想说点什么。林一曼等了一会儿,也没听见他吱声。

"有话就说。"林一曼道。

"今天晚上有个饭局,叶科做东。"

"我记得。"

"尖塔那边也受邀了。"

"李维英?"

"林总,你要是觉得不合适,或者不太想去……"

"我是不想去,但是,我必须得去,不是么?"林一曼一手摸着车窗,窗外的街景从她手指里掠过,接着,她开了窗,把手伸了出去,"任意,我今天没有躲,我就想找个清静的地方待着,哪怕只有几分钟，我就想和安灿随便聊聊，哪怕她给不了我任何指点。"

"在和同行的竞争中，于总和安总也不总是赢的。"

"是啊，没有人能一直赢，可是……如果这次算是和尖塔的较量，你没发现，我们甚至连上场的勇气都没有吗？非但如此，我们那把没打磨好的刀，还被人捡走了，捡走了不说，人家居然能在那么短的时间里，将这把刀磨得又好又快。我和安灿不一样，她不管在什么时候，都能给人信心，我却总是让人失望。"

"你已经很好了，真的。我想起你刚到新灿的时候，那天开新闻发布会，你第一次面对那么多媒体，在台下你想逃，你忐忑不安，可当你上了台，你看起来好像一点不害怕了，很从容，也很真实……"

林一曼吸吸鼻子："什么味道？"

"噢，是臭豆腐的味道，这附近就是大学城的'垃圾街'了，有各种你想都想不到的小吃。"

"找个能停车的地方。"

大学城的这条"垃圾街"几经整顿，已全然没有当年任意上学时那种"脏乱差"却又充满着市井气息的氛围。不过，该有的小吃全都还在，包括林一曼很感兴趣的臭豆腐。

"自从当了于太太，我就没吃过这东西了，"林一曼用竹签翻着纸盒里的臭豆腐，"太香了。"

任意将捂在他手里的，仍然温热的奶茶递给林一曼，笑道："也很久没喝这个了吧？"

书房的阳台能眺到一片不错的山景。深深浅浅的绿里，有几丛杜鹃开了，泛着浓淡不一的红。安灿这才意识到，她从未认真欣赏过属于这栋房子附加价值的静美景致。

"你觉得你们还能瞒多久？"刘瑞走过去，给安灿披了件毛衣，"老刘回老家后，这事真的就能了结？一曼就不会再起什么念头？她如果真的细查……"

"让我再想想吧，也让老刘再想想。"

"你是什么时候知道这件事的？"

安灿沉默片刻，才道："于新出事后，我把所有能查的人，能查的事，全都查了一遍。我才是那个不敢面对现实的人，总以为查出点什么，我就可以不那么自责，我才能安心过好后半生。其实……"

刘瑞揽紧安灿，夫妻俩相视，安灿陡然觉得眼睛一热，随之，她的双肩微微抖动，泪水再也无法抑制。

4

陆玲玲刚到地下车库，一辆熟悉的灰色SUV就横在了她的面前。

只见车窗落下，杨奇从驾驶座探出个脑袋："上车。"

"杨总有事？"陆玲玲冷着脸。

"上午……"杨奇环顾了一下四周，"上午我确实是冲动了，不应该怀疑你。"

"所以呢？"

"一起吃个饭，算是向你道歉。"

"算是？不好意思，我没时间。"

"有约了？"

"和你无关。"

"行,爱吃不吃,随你。"

"不是,你向我道歉,请我吃饭,你就这个态度?"

"我大概知道问题出在哪个环节了,"杨奇低声,"尖塔的项目。"

陆玲玲听毕,犹豫了一下,拉开车门:"人均三千。"

"什么意思?"

"我说,这顿饭,至少要去人均三千的餐厅。"

今晚,叶科做东,他选了一家私房菜馆。据说,这家私房菜馆一天只接待两桌客人,预订已经排到了两年后。这顿饭,算是叶科婚后的答谢宴,但因受邀的都是业内同僚,也可以理解为这位后起之秀对前辈同僚们的尊重。

𣌬城位于国内最发达的地区之一,林一曼来到这座城市的十六年间,亲历着它的飞速发展,目睹着尘土飞扬的城市建设,感受着浩浩荡荡的人口激增,如今,它已是准一线城市。在𣌬城的一系列产业中,服装产业一直备受关注。哪怕是经历了行业寒冬,仍有像新灿、尖塔、久思等近十家企业在坚挺,当然,还有像叶科的沃培这样的新兴企业。他们说,沃培就像当年的新灿,而叶科则是当年的于新和安灿,一样的年轻,一样的充满野心,是注入行业的一剂强心剂。

私房菜馆地处桃花源,桃花源是老城改造后遗留下来的一个古民居群,经过翻新和开发,这里集聚了大量的民宿、酒吧、咖啡馆和餐厅,自是来客云集,热闹非凡。难得的是,那家私房菜馆位于深处,掩映在一小片桃花林后,闹中取静,很是清雅。

林一曼还未走出那片桃花林，就看到了李维英。

这李维英穿着红色修身套裙，戴着浑圆的淡金色珍珠耳坠，蓬松卷曲的长发自然垂于脑后，立在桃花树下，当真是人面桃花相映红。只见她春风得意，一点也不打算掩盖胜利的喜悦。是啊，尖塔的状况本不比新灿好多少，而今，他们一下就拿到了英赫两个亿的投资，在颓败的林一曼面前，她李维英能不得意吗？

"好久不见，林总。"李维英笑道。

林一曼只得站定："好久不见。"

"他们都已经到了，我啊，一直在这里等你，差点以为你不来了呢。"

"看李总这个架势，我都忘记今天做东的是叶总了，还以为是来参加你的庆功宴。"林一曼说着便往前走。

李维英跟了上去："庆功宴肯定是要有的，到时候林总一定得赏脸。怎么了，看起来你有那么点耿耿于怀？"

"那倒不至于。"

"来聪的想法也不是什么商业机密，她比谁都清楚，要完美实现，这里面需要投入大量的人力和财力，而且还未必会成功。你没有勇气去试错，但是我有，就这么简单。你只要能想到这一点，就不会耿耿于怀。"

"那天在丽景大酒店，我们聊了很多，我以为我们会是合作伙伴，甚至以为，我们会成为朋友。"

"你是不是觉得，我们都是女人，又都坐在那张椅子上，所以，我们是一样的？"李维英笑看着林一曼。

"难道不是吗？"

"当然不是，"李维英笑了起来，"林总，谁给你的这种错觉，让你觉得我们是一样的人?我屁股底下的椅子是我自己挣来的,你的……却是从天上掉下来的。"

"请你放尊重一点。"林一曼愤然。

城内新开的高档餐厅内,陆玲玲和杨奇在落地窗边对坐,他们身侧是一览无余的夜景。冇江两岸灯火通明,正对着这落地窗的五栋大厦,它们的楼体连成了巨大的灯光幕墙,不间断地播放着炫彩的画面,那些光亮透过洁净的玻璃,不由分说地映在这两个年轻人的脸上,令他们看不太清彼此的神情。

"人均三千,这里应该能满足。但是贵的,不一定就是好的。"杨奇笑道。

陆玲玲指指面前的和牛刺身:"我是来吃饭的,不是来听什么大道理的。我家乡的那个小镇,到现在为止也没有麦当劳和肯德基。那年我考进县里的高中,作为奖赏,父母才请我吃了人生中的第一顿肯德基。你不会相信,在我上大学之前,肯德基就是我眼里的米其林三星餐厅……"

杨奇笑了。

陆玲玲继续说着:"是啊,你当然不会相信。看起来,我们是同事,我们曾经是男女朋友,今晚,我们又坐在同一张餐桌旁吃饭,可是,我们从来就不一样。"

"我只是想找个话题随便聊聊,倒引出你这些妄自菲薄来了,没意思。"

"妄自菲薄?我为什么要妄自菲薄?不过,我承认,有时候看着满脸写着优越感的你,或者说你们,我会稍微感叹一下老天的不公,就一下下。酒呢?给我倒上啊。"

林一曼到桃花源的私房菜馆赴宴，遇到了小人得志的李维英，李维英有意奚落不说，还直接戳到了林一曼的痛处，说她这个总裁的位置是从天上掉下来的。确实，若不是于新离世，她不会来新灿，可她怎能允许亡夫被冒犯？不能忍，林一曼扔下李维英，便朝菜馆里头走去。

"抱歉，这句话确实是我说重了，"李维英拦住林一曼，"希望你知道，我对于新充满敬意，我的意思并不是说……其实，我理解你。当年，我在尖塔只是个有名无实的市场部副总监，好多人都认为，我能升职，靠的是我的脸。就是在那年，我和临城本地最大的一家商场牵上了线，想跟对方谈入驻，只要谈成，我们尖塔就算是正式进驻临城了。我要用这个证明自己的能力。有天，我约了那家商场的负责人吃饭，安灿不知从哪儿打听到消息，半道上把人给截走了，结果嘛，不用我说，你也知道。我很生气，跑去找她质问，你猜她跟我说什么？"

"她说什么了？"一直沉默着的林一曼问道。

李维英清了清嗓子，模仿着安灿讲话的口吻："李维英，我问你，你打算怎么跟人谈？你能给他们带来什么？你就那么自信，只凭一顿饭，他们就会跟你合作？如果他们提出诉求，你拿什么答应？公司给你这个权限了？一旦他们开出条件，你是不是还得回去，跟公司汇报，跟你的上级请示？那顿饭，就算我不截和，就你这个汇报请示的工夫，我跟他们的合作早就谈好了。"

"这确实是她会说的话。"林一曼笑了笑。

"我输了，但是不得不承认，她说得很有道理。就是从那之后，我告诉自己，我得成为那个做决策的，有权限的，说了就能算的人。"

"那就恭喜你,你做到了。"

"我去年被任命为总裁的时候,想到的第一个人就是安灿,可惜,就在那天,我看到了她离开新灿的新闻。我真的很想赢她一次,遗憾的是我入场了,她却退场了。如果安灿还在你们新灿,里面这一桌人,"李维英指指过道那头的包房,"不管是谁,只要有机会和她交手,一定会想尽办法置她于死地,让她不能翻身。可同样是那一桌子人,包括我,都非常非常希望有她这样一位合伙人,有她这样一位朋友。林总,我很羡慕你。"

林一曼沉吟着,抬手看表:"再不进去吃饭,就真的要让他们久等了。"

5

得知来聪的新项目计划流出,杨奇去找陆玲玲兴师问罪,不料却被陆玲玲反将一军,她质疑起了他和整个董事会的魄力和能力。之后,他得知项目流出的始作俑者不是她,要请她吃饭,以表歉意。

此刻,陆玲玲已酒足饭饱,正饶有兴味地欣赏着落地窗外的夜色。

"喔,这么说,流出计划的还真是来聪他们招商部的人?"她漫不经心极了。

杨奇问道:"你早就知道?"

她带着丝讥笑:"因为我有脑子。"

"行,是我冲动了,也小看你了。"

"你的怀疑不是没有道理,我眼下在新灿的处境,别说你会这么想我,连外人也是这么想的。其实,"她偏头看他,"尖塔的人找过我,就在叶科婚宴那天。他们倒不是来问我要什么项目计划的……是李维英想挖我,嗯,她开了个不错的条件。"

"你是怎么想的?"

"挺高兴的。"

他听了这话,干笑了两声。

她继续道:"这证明,离开了安姐,我也能行。人家李维英看到我的能力了,又那么欣赏我,难道不是件高兴的事?"

"遇到懂得欣赏你的人了,所以你打算……"

"我打算继续留在新灿。"

"那就好。"

"舍不得我走啊?"

"习惯了有你这么个经常和我抬杠的人。"

"你不说我也知道,我没进董事会是安姐的意思,她之所以这么做,是因为薛燕那事吧,我确实做得不地道。我呢,即便要离开新灿,也不是现在。我要是就这么走了,你看不起我就算了,连我都会看不起自己。"

"你说,她能放下吗?"

"什么?"

"新灿、林总、我们,这十几年来的各种人和事,她真的能放下?"

早已过了下班时间,电商部的氛围有些微妙。来聪和几个部门负责人在开会,底下好些人见上司没走,真忙的真忙,装忙的装忙,仿佛又到了月底需要抓紧完成绩效的时候。

小米耷拉着张脸,不时拨弄几下键盘,不时朝何夕看看。上个月,部门人员调整,小米被调到了三组。都说三组如今的"歌颂"是集中了公司资源要打造的主打品牌,按说小米应该是高兴的,可她最近在恋爱,心情犹如过山车般,时喜时怒,还把情绪带到了工作里。

"忙得差不多了?"何夕走到小米的工位旁,"下班吧。"

"何姐,"小米马上就笑了,"真的可以下班啊?"

"前几天人事行政部的陆总不是说了嘛,没事别加班,浪费公司水电。"

"可他们……"小米站起来,环顾一圈。

"你要不想下班,也可以啊,就是你男朋友要久等了。"

"你怎么知道他在等我……"

"我也是这个岁数过来的好吗?赶紧走。"

何夕本想趁机说一说小米,讲点什么女孩别太恋爱脑,工作也很重要,但她到底还是忍住了。对恋爱中的女孩而言,别说她何夕一个普通同事,就是父母朋友的劝告,人家都未必会听。想她自己,当年执意要和王超结婚时,她的父母就不太同意,但她一根筋,扬言这辈子就认定王超了,非他不嫁,和他在一起才会幸福。

陆续有同事熬不住下了班,何夕倒不急着回家。近来王超很殷勤,乐乐都是由他接送,他几乎每天都会做丰盛的晚餐,巴巴地等着她下班回家。他越是这样,她心里却是越不痛快,仿佛夹进碗里的每一口菜都写着"求原谅"。要命的是,她虽然很想在儿子面前装作什么都没发生,可她实在没有演技。与其这样,还不如能晚回家就晚回家。

何夕到员工食堂吃了点简单的饭菜,又处理了手头一些零碎工作,等到九点多,才不紧不慢地走出新灿大厦。只见李新良正立在大厦门口,看起来是在等车,他朝她点点头。

"来总他们还在开会?"他找了个话题。

"噢,我听说……"她低声,"流出去的那个项目计划,问题出在研发组……"

他像是愣了半晌,才道:"你叫车没,我的就快到了,要不……"

"为了换房,我把原来那房子卖了。我现在住在紫金苑,真挺近的,走走就能到,就当免费健身了。"

"那正好,一起走吧。我今天没开车,离这最近的地铁口就在紫金苑附近,送你到家,我坐地铁回,也很方便的。"

"你不是叫车了吗?"

"这都九点多了,你一个人往回走,我不放心。走吧。"他的语气根本由不得她拒绝,他甚至拿出手机,直接把叫的车给取消了。

两人路过一片繁华的街区,其实这个点,对这座城市来说,它的夜生活才刚刚开始,李新良的担心显然是多余的。

"当时安灿跟我说,她和于新要建一座大厦,要打造基地,我根本不相信,"何夕笑道,"要是那时候我信了,入伙了,现在大概……"

"你现在靠自己的能力得到了重视,不好吗?别看严副总监那么训你,一码归一码,他和来总其实都很看好你。他不止一次跟我说,说我和你的岁数都差不多,可你比我有冲劲多了。但是,各人有各人的活法嘛,对我来说,小玥能快快乐乐地长大,比什么都强。"

"真不应该让你送我的,都这个点了,小玥在家该等急了。"

"这几天她妈回来了,她妈带她去外婆家住几天,小丫头很开心，都有点乐不思蜀了。"

"嗯。"

"她想复婚。"

"谁？噢，小玥妈妈。那要是你们都还单着，复婚其实也是一种选择。"

"那年女儿还没上幼儿园，她就抛下我们父女俩了，人家说的也是'选择'，好，我尊重她的选择。现在她兜了一圈，发现自己没得选了，想起我们来了……所以，我不可能和她复婚，"李新良笑了，"再说，我也有自己的选择嘛。"

一听有情况，何夕挺为他高兴的："听你这意思，有喜欢的人了？要脱单。"

"怎么说呢，"他顿了顿，"我在等，但是不一定要等来什么。有那么点期待，好像也就够了。我以前一直以为这辈子就这样了，说不上好，也说不上不好，除了小玥，我再没有别的期待了。"

"有选择，有期待，这都是好事，"她犹豫着，"不像我，既没有勇气去选择新的生活，对现在的生活也没有期待。"

"我都听说了。"

"什么？"

"你家里的那点事。"

"不是……我从没跟公司的人说起过啊，除了林总。"

"大概是你哪次躲在茶水间打电话，说了些有的没的，被人听了一嘴，传来传去的，传到我这儿了，加上你最近的状态，我也就猜了个七七八八。不是什么大事，天塌不下来。"

"果然还是被八卦了……"

"何夕！"不远处，一个微胖的男人正朝何夕和李新良走来。

何夕定睛一看,那人正是王超。

"我就知道你得走回来,都这么晚了,你也太让人操心了,"王超说着,擦了把额上的微汗,"哟,这是……"

"李新良。"李新良伸出手去。

王超大力握了握那只手:"我是王超,何夕的老公,幸会。"

夫妻俩一路无话,两人并肩走进紫金苑,走到电梯门口,就在何夕伸手去按上行键时,王超一把抓住了她的手腕。

"那个李新良,"他的眼里泛着怒火,"就是你加班的原因吧?"

何夕愣了一下,才觉出丈夫这话的意思,她看着他,慢慢把自己的手腕从他的手里抽出来,半天憋出来两个字:"无耻!"

接着,她利落地转身,往楼梯间跑去。

第十六章　乱红

这是一个人被拥上巅峰,却又一点点滑落的故事;这是一个人被赋予一切,却又一点点失去的故事;这是一个人被套上光环,却又一点点暗灭的故事。

1

半山别墅16号,餐厅内,待安灿和刘瑞都入了座,安父才道:"有个事要宣布,是这样的,我们俩决定回海市。成也好,败也好,总之算是操劳大半生了,累了,也倦了……我们不想,或者说,也没能力替你们操心了。"

"噢,我都听你爸的,"安母转对安灿,"你们踏踏实实过你们的日子,我们呢,自然也有我们的活法。"

那个雨天,安灿和父亲长谈过一次。父亲说了许多话,谈起他当年创业的种种,转眼就是大半生,起起伏伏,讲起来,倒像是别人的故事。父女之间的隔阂,虽不是一次长谈就能弥合的,但是安灿觉得,这是一个良好的开端。只是,她怎么也没想到,父母会突然决定回海市去生活。

"我尊重爸妈的决定,只是……"安灿的话还没说完,她的手机突然响了,她看了眼来电显示,脸上一沉。

"嗯，好，我知道了，我来安排。"电话被她接起，很快就又被她挂断。

"怎么？出什么事了吗？"刘瑞关切地问。

她攥紧手机："是老刘，他说他做好决定了。"

2013年春天，新灿正式成立。也是在那一年，于新的第一个孩子出生了。好像生命中的所有馈赠，在这一刻都被打包妥当，递到了这个年轻人面前，而他所要做的，就只是伸手接过。

太快了，一切都来得太快了。哪怕是在锣鼓喧天的成立仪式上，他被簇拥着上了台，和他的合伙人并肩而立，他都觉得有些不可思议。金钱、权力、欲望，它们在疯狂加载，同时加载的还有他日渐膨胀的内心。这种膨胀，则让他觉得愈加虚幻。

市场像个越做越大的蛋糕，而身处风口的他，毫无疑问是已经起飞的猪。他所到之处，无人不和他谈未来和梦想，他说的每一句话，都宛如至理名言。大多数时候，他享受着这一切，可当他安静下来，又感到前所未有的羸弱无助。

他不是没有试过求助。

只是那时，妻子刚产下儿子，她将注意力全都放在了儿子身上，作为丈夫和父亲，在这个家里，他只能用不断输送物质来证明自己的价值。不久之后，他的应酬和晚归，都被列入合理。像他这样的男人，仿佛就应该如此，他们被允许和家庭生活保持距离，他们的首要任务就只有成功，不，是更成功。

而他的合伙人，她以另一种形式抚慰她自己那颗焦灼的心脏，是的，她一定是焦灼的，和他一样。她选择了树立一个更大的目标，将新灿的版图扩张、扩张，再扩张。她挥舞着旗帜，跑在他的前面，告诉他，他们的梦可以做得更大。他不知道那个"更大的梦"到底是什么，只是她要往前，他便不能停下。

这一年的冬天，他去一所北方的高校做演讲。他的行程里，有无数类似的安排，他早已习惯了掌声和鲜花。可就在那一次，他做完激情澎湃的励志演讲，引爆了场内一阵又一阵雷鸣般的掌声，得到了抱不过来的花束后，有个细小的声音出现在他耳畔。

"于老师，努力真的就能成功吗？还是说，这句话本身就是你们这些成功者用来麻痹世人的？"

他侧目去看，一个瘦小的女学生不知何时站在了他的身旁，她昂着那颗小巧的头颅，眼神里有好奇，更有不惧。

"人一定得成功吗？不对，我想问的是，我们就必须得取得世俗意义上的成功，才能被认可吗？可要是，世俗的成功根本就不是我想要的，来自世俗的认可，它又有什么意义？"她追问。

他露出标志性的微笑："同学，你叫什么名字？"

"万红，万紫千红的万红。"

"万红同学，你刚才的几个问题都很有意义，遗憾的是，这场演讲已经结束，而我，还要去赶飞机。"

她似是露出了一丝轻笑："懂，成功人士嘛，都很忙。赶飞机，自然是个很好的借口。但其实……这些问题，你给不了我答案，对吧？"

"答案，我可以去找，"他犹豫了一下，递过一个本子，"把你的邮箱写下来。"

她接过本子，撕下一张纸，塞到他手里："可以。你的，请写在这里。"

冇城的雨季还是来了。天气预报说，它会比往年持续得更长。

在于新转赠给卫开的那家私人会所里，观景包房内，这个落雨的午后显得特别冗长。雨滴有些无力地敲打在落地窗上，长长短短地蜿蜒着，不知它们最终要抵达何处。

酒，早已倒上；人，早已来齐；故事，也早已抛出了楔子。

"后来呢？"是林一曼在问话，她双腿交叠，半靠在沙发背上。

"后来……"老刘又点了一支烟，猛吸了两口，烟雾掩住了他的神色。

大约在一年后，2014年的冬天，万红来到了冇城。在过去的一年里，她已经和于老师通了几十封邮件。虽然，她想要的那些答案他还没能解出，可她的热切，却已和它们无关。因为，她有了新的问题，需要他当面解答。她毫不掩饰自己的这份热切，当他来机场接她时，她拥抱住了他。

将万红安顿在酒店后，于新问老刘："我该怎么办？"

后座上的老板，年轻、多金、帅气，有异性向他投怀送抱这种事，老刘已经见过好几回，那些女人，哪一个不比万红好看？哪一个他不是断然拒绝？这次他为什么会犯难？

"给她点钱，打发她走？"老刘尝试着给了建议。

于新的声音闷闷的："她要的不是钱。"

"那除了钱，你还能……"这后半句，就不太好说出口了。

倒是于新自己说了出来："是，除了钱，我还能给她什么呢？"

"你们有没有发生什么……"

"没有，我们就是写写邮件，她这次过来，是我们第二次见面。"

老刘像是在问自己："那她到底想要什么呢？"

"要我娶她。"

听了这话,老刘差点没把车开到防护栏上。

"于总,于老弟,"老刘决定倚老卖老,"我问你句实话,你是真的喜欢这姑娘,才这么犯难?"

"我就是喜欢和她说话。"

"说话?噢,就是写信。我估摸着这姑娘有点不对劲,可见,女人哪,要钱的那种不可怕,最难缠的就是不要钱的。你说你惹她干什么?你要想找人说话,你吱一声,多的是人排着队等着陪你聊天,聊什么都行,怎么聊都行,只要你愿意。"

"你不懂,和她,我能说真话。"

林一曼微咳了两声,老刘把手里的烟掐了。

安灿给他们续了酒,然后沉默着,在林一曼身边坐下。

林一曼握住了安灿的手,转对老刘:"所以,他和那个万红,他们……"

"不是这样的,"老刘摆着手,"没有的事,于总就没想过要和她怎么样。像他说的,他就是想找个能说话的人,那时候,其实他就已经得抑郁症了,但他自己没发现。"

"你慢慢讲,别着急。"安灿道。

"我看于总挺犯难的,就告诉他,这事交给我来办,肯定让万红乖乖走人,再也不会缠着他。后面几天,我带着万红,满城溜达了一遍,我跟她说,于总已经结婚了,根本不可能娶她,于总以后再也不会见她,更不会和她通信。这姑娘确实挺倔,她不信,哭哭啼啼地回学校了。于总的态度很坚决,从那之后,再没和她联系过,"老刘说着说着,竟掩面啜泣起来,"可谁能想到,没几个月后,她居然自杀了……"

2

在万红离开布城后的这段时间里,于新再未和她联系。有好几次,他打开邮箱,想给她写点什么,却始终没有发送出去。还有好几次,他带着期待打开邮箱,以为会收到她的只言片语,然而,什么也没有。他知道这种期待是可笑的,不仅可笑,还可耻。

一年时间,46封邮件,两次见面,这就是他和万红之间的全部。他必须承认,他喜欢她饱满的求知欲,她总是有着各种各样的问题,每一个问题都需要他来解答。同时,他不能否认,在某个瞬间,她让他觉得自己被需要。他贪恋这样的感觉,被需要的感觉,却因为这份贪恋,他不知不觉将这个女孩引到了一个危险的方向。有天,他删掉了那46封邮件,这个举动是轻点鼠标就能完成的,可他清楚,为了完成它,他到底有多决绝。决绝而自私。

本以为,生活会继续如常。直到有天,他收到了一个快递,里面是万红手写的诀别书。

于新,你或许很快就会把我忘记,但我要你永远都记得:你不杀伯仁,伯仁却因你而死。

她在诀别书的第一行里这样写道。

"他要去找她,被我给拦住了,"老刘的呼吸变得有些急促,"我说,这姑娘要真出了什么事,你怎么跟人父母解释,对方要是把事情闹大了,你打算怎么收场?我还说,没准她就是闹着玩的,这姑娘本来就花样百出的。于总还是很担心,于是我给万红打了电话,但她的电话始终没人接听。后来我才知道,她是真的不打算活了,因为,在她割腕前,她把手机之类的个人物品全都一把火给烧了……"

老刘再也说不下去。

林一曼的脸上没有任何表情,她只是紧盯着窗上蜿蜒的雨滴。她有些不确定是不是要继续听下去,她甚至后悔,她为什么要追问所谓的真相。这分明不是她想要的真相,可真相并不会因为她的意志而改变。真相就是真相。

一直没说话的卫开站了起来:"我来往下说。"

"不了,"老刘艰难地摇摇头,"还是我自己来说吧。这是我早就该说的。"

得知妹妹自杀的消息时,万青正在南方某城市电子厂的生产流水线上。这种一成不变的机械化生活,从万青十八岁就开始了,那年,父母先后病逝,留给她的除了债务,还有个比她小六岁的妹妹,没有时间犹豫,她果断退学,跟着同族的堂姐来到南方打工。一晃就是十年,妹妹万红即将大学毕业,这让她枯燥的流水线生活多少有了些期盼。然而,在那个消息到来后,她的期盼,被击落成了满地碎片。

万红没有醒来,但是还活着。医生告诉万青,自杀未遂的万红,她变成了一个植物人。万青只在电视里看过植物人,她蒙了,然而,让她更蒙的是巨额医药费。幸运的是,万红的学校发起了募捐,四面八方的好心人纷至沓来,刘成就是其中之一。

刘成告诉万青,他是来这座城市出差的,他在报纸上看到了万红的事,便迫不及待来到了医院,想为万红做点什么。他还说,他也是苦出身,他也有个在上大学的妹妹,他能够理解万青的心情。这位话有点多的好心人,留下了一笔不菲的捐款。让她诧异而感动的是,一个月后,他又出现了。他带来了一个好消息,说他所在的城市有家托养中心,可以接收万红这样的病人。如果万红进了托养中心,可以得到最专业的照顾,而万青则可以继续工作,他连工作都替她找好了。

万青念书时,读到过一句话,说"上帝关上了一扇门,必然会为你打开一扇窗",对她而言,刘成无疑就是那扇窗。就这样,万青带着久睡未醒的妹妹,跟着这位仅仅见过两次面的男人,来到了冇城。不知为什么,她就是相信他。不久之后,他们很自然地走到了一起。

刘成是可靠的。妹妹的病一直没起色,在万青支撑不住想要放弃时,是他在鼓励她,他坚信妹妹一定能够醒来。婚后,她执意要将妹妹从托养中心接回来,她好二十四小时贴身照顾,他几乎没有迟疑,立刻就答应了。待他们有了孩子,她不过嘟囔了几句,说她想有个真正的家,他便允诺买房。其实,她哪敢奢望买房,这两年,他挣的每一分钱都花在了妹妹的病上。也许,因为妹妹的病,他还欠下了不少债务。她用"也许",是因为,他的钱是怎么来的,他从不许她过问。而他把钱给了她,她是怎么花的,他也从来都不管。

结了婚,有了儿子,妹妹能够得到妥善的照顾,万青的生活渐渐有了指望。可是,2017年初秋的一天,妹妹突然没有了呼吸。这次,妹妹再也没有醒来的希望了。

安灿看着林一曼,缓缓说道:"你说的2015年7月起,于新每个月都会给老刘转账,是因为那时候,老刘已经把万青和万红接到了冇城,并把万红送进了托养中心。那两年,于新一直在努力赎罪,是他给万红找的托养中心,并借着老刘的名义,承担了几乎所有的费用。"

"是,万红走后,于总仍然按月给我打钱,他说他已经习惯了,这样做,他心里会舒服一点。他让我仍然把钱转交给万青,我懂他的意思。他走前的一个星期,突然问我将来有什么打算,有什么最想做的事情。我说,想给万青和儿子买套房。他说,首付的钱他替我出……"老刘低着头,"我实在推不过,想着先收下,以后我慢慢把钱还他。可谁能想到,他后来就出事了。钱的事,我根本不知道该怎么跟你说,林总……我想过的,想过有天你会问我这事……"

"钱?"林一曼转着手里的酒杯,"现在,我们说的已经不再是钱的事了。"

"林总,我之前没跟你说实话,除了要为于总保守秘密,这里面也有我的私心。在遇到万青之前,我其实没想过要结婚,可她真的是个特别好的女人,就是因为娶了她,我才有了家。要是她知道我欺骗了她,我的这个家,它就得散了,"老刘长叹了口气,"可是安总跟我说,这件事,我只有说出来了,才能够得到解脱。所以,今天,从这儿回家后,不管结果如何,我都会把一切告诉万青。"

"够了,真的够了,我想听的不是这些!我只想知道,为什么我的丈夫他会自杀,他怎么能够就这样离开!"林一曼站了起来。

3

是夜,一辆疾驶的出租车停在了新灿大厦门口,老刘从后门下来,一路跑得飞快。可就在跑到电梯间门口的时候,他突然顿住了。这时,他才发现,他根本不知道该怎么跟于新开口。

就在一小时前,万红没有了呼吸,一切来得突然,她甚至都没给老刘和万青送她去医院急救的机会。照料万红这两年,老刘和万青求医问药无数,对于万红可能随时会离开这件事,他们是有心理准备的。可当它真的来临时,他们还是无法接受。

电梯间里,显示灯一格一格往上跳着,老刘很快就到了十八楼。门一开,他就看到了于新的助理裴娜。

"来接于总?"裴娜微微诧异。

老刘低着头往于新办公室走:"我找于总有事,急事。"

"早着呢,他们还在吵,里头就跟菜市场似的。"

"那我就在外边等。"

"你们这一个个的,是要把他逼死才算完。"

老刘知道裴娜话里话外的意思。最近,安灿要重启和HG的合作计划,而薛燕和陈启明都持反对意见,他们双方在搞拉锯战,就等着于新表态。因为老刘是于新的司机,有几个总是跟他套近乎的中层,想从他这里打探消息。他哪有什么消息,老板到底是怎么想的,他可以说是一无所知。他了解的,是老板的另一面,一个善良得有些过了头的,只跟自己较劲的,什么事都憋在心里的,没有人可以说话的老板。

总裁办公室里,争执还在继续,于新的声音被其他人的盖过,也就是在这时,老刘才品出来为什么老板觉得没有人可以说话,其实,是老板说的话,根本就没有人在听。

万红还住在托养中心的时候,老刘曾带于新去看过她,不止一次。每次,老刘都会站在病房门口等,透过门上的小玻璃窗,他看到于新一直在说话。老刘从来没问过于新,他说的到底是什么，而不管他说了什么，这对一个根本没有意识的植物人来说，其实并无意义。

但立在这办公室门口，老刘忽然之间就懂了。他明白了于新为什么会对着沉睡的万红絮絮叨叨，更明白了当初他为什么要和万红通信。

"于总……"老刘没有敲门，径直就冲进了办公室，他不想再等了。

向来规矩的老刘从未如此冒失，里边的人都愣了一下。只见于新慢慢站起来，一双眼望向老刘。

当年老刘本是来应聘市场专员的，老板找他聊，说自己缺一个司机时，老刘之所以能够答应换岗，也是因为这双眼睛，它很真诚，也充满了善意。事实证明，老板的眼光是精准的，以老刘的性格，现在这个岗位显然更合适。而这些年，老板则一直履行着那日谈话里的承诺，从未亏待过他。

"于总，"老刘又喊了一声，他的鼻头开始发酸，"她……"

"嗯，"他应了一声，眼里的光瞬间黯淡，"我知道了。"

老刘什么都没说，可又什么都说了。因为，关于万红，老板有着和他一样的心理准备。

"你们先出去。"于新转对安灿他们道。

安灿直视着于新："可是，再不重启合作计划就要错过最好的时机了，我们不能再等。"

"时机总归还是有的嘛，稳妥一点好。"陈启明干笑了两声。

于新点点头，又摇摇头，接着，他笑了起来，笑着笑着，他就将手边的瓷杯掷了出去。那杯子直直地飞到天花板上，又弹落在地，碎了个四分五裂。

"滚!"他对他们说。

这是老刘第一次见到老板发脾气,也是最后一次。

雨势渐渐变小,包房里陷入了沉寂。

林一曼抽动了一下嘴角,看向卫开:"你一直有话想说,是么?"

"有天晚上,他约我在这见面,我迟到了,我来的时候,看到他就坐在这儿,坐在你现在坐着的这个位置,他面朝着落地窗,号啕大哭。他说,万红醒不过来了,"卫开喝下大半杯酒,"那时候,我才知道有这么个人,有这么件事。他说这个秘密压在他心头太久了,他已经快喘不过气来。后来,是我给他找的心理医生,结果并不乐观。那时的他,已经重度抑郁。抑郁的事,他不许我告诉任何人,他说他能扛下去。我太相信他了,以为他真的能够好起来。"

于新和卫开坐在窗边,两人看着雨中的夜色。于新把半张脸贴在玻璃上,他看起来已经喝醉了。

"我相信万红能够醒来,我都计划好了,等她醒过来,我会帮她继续完成学业,如果她愿意,我还可以送她去国外上学。换个环境,对她来说,应该不是坏事。那时候我就想,她醒了,或许,我这几年为她做的,能够让她不再那么怨恨我。哪怕她还是怨恨我,至少我会心安一些?"于新喋喋不休地说着,"只是老刘,万红要是醒了,你说老刘应该怎么跟万青坦白这一切,万青能原谅他么? 噢……万红再也醒不过来了啦,老刘连坦白的机会都没有了。他跟我说,万红还在,希望就在。唉,你知道那是一种什么样的希望吗?"

第十六章 乱红

"别喝了。"卫开夺过于新手里的酒瓶。

"做好人的希望,对,就是做好人的希望……"于新笑了,戴上了被他扔在一边的眼镜,"现在,我没有这种希望了。对了,我刚做了个决定。"

"什么决定?"

"重启和 HG 的合作计划,"于新点着头,"嗯,重启。其实,这些年,我虽然和安灿疏远了,但正是因为这样的疏远,我反而更了解她了。她想做的那些事,我何尝不想……卫开,我也想把新灿做强,往小了说,带着你们走上人生巅峰,往大了说,让新灿的女装品牌走出国门。当年她让我掌舵,我不同意,她跟我说,于新,服装设计师很多,不缺你一个,可你要是坐上这张椅子,你或许能够改变这个世界。"

他说着,大笑了起来,接着,他的神情渐渐变得凝重:"只有她,才讲得出这种话。而我,居然信了。是的,我到现在还相信。所以,我想明白了,我支持她。如果……我是说如果啊,有一天我不在这儿了,你得帮她,就像帮我一样。那些我没有能力去实现的,她一定可以完成。"

"瞎矫情什么。你不在这儿了?你去哪儿?是要上天啊?"

"去哪儿……这已经不重要了。"

4

落地窗外,丝雨绵绵,雾霭重重。那湿气穿透过玻璃,在包房内弥漫着。

"万红是什么时候走的?"林一曼问老刘。

"2017 年 9 月 7 日。"这个日子,老刘永远都不会忘,那天,他的妻子万青数度晕倒，被送到了医院。他找了朋友照顾万青和儿子，然后他疯了似的跑到新灿大厦，却又踟蹰着，不知该如何将万红的死讯告知于新。

林一曼拢紧了身上的披肩："那天，是我女儿的一岁生日。我记得。"

2017年9月7日，佑佑一岁生日的派对。林一曼早早就做了安排，派对就在家里开，到时候请上家人和朋友，一起为女儿庆生。林一曼很看重仪式感，安排好生活中这些重要的日子，是她作为"于太太"的成就感之一。

于新答应过林一曼，今晚，他一定能早点回家。但是，直到切蛋糕的那一刻，他都没有回来。在这之前，林一曼给他打过几个电话。后来，她再也不想催他了。

因为，这样的事，发生过很多次，比如上个月的七夕节，又比如上上个月于母的寿宴。她虽则习以为常，却还是难以掩饰自己的失落。但她的身份和这种身份应有的得体，让她不得不面带笑容，应对着满屋亲朋。

"最近这段时间呢，于新比较忙，没事，我们先切蛋糕，别让孩子们等急了。"她微笑着从保姆怀里抱过女儿。

太太圈里的一个朋友说道："上市公司的老板，能不忙么？"

林一曼不想搭腔，她摸摸女儿的小脸蛋："来来来，小寿星吹蜡烛喽。"

于新回来的时候，宾客早已散去，孩子们也都睡着了。林一曼追的那部美剧刚好播到了本季大结局，这个结局让她颇有些意难平，她将遥控器扔到一边，一抬头，就看到了于新。

"安排得很好,"于新看着满屋子的喜庆,女儿生日派对的布置还未拆去,处处张灯结彩,"我在朋友圈看到你发的照片了,安排得很好。抱歉,晚上临时出了点事,所以……"

"给你留了一小块蛋糕,我去给你拿。"林一曼站起来。

"一曼,"他走到她身边,"不用了,我不饿。"

"好,不饿的话,就去洗澡,洗完早点休息。"

"你生气了吧?"他想抓过她的手。

她轻轻往后退了一步,将她的双手插进睡袍两侧的宽大口袋:"没有。如果要为这样的事生气,我大概已经不在人世了。"

"对不起,一曼。"

"对不起?我承受不起这三个字。今晚的派对,人人都说我好福气,老公年轻有为,两个孩子聪明伶俐,衣食无忧,生活幸福,我过着的是很多女人羡慕的生活,也是你当初向我求婚,允诺要给我的生活,甚至,比你允诺给我的要多很多。太多了,真的太多了,多到当你缺席了女儿的生日派对,站在这里跟我说'对不起'的时候,我都没有办法不原谅你。"

"你别这么说,你越是这么说,我心里就越难受。我们怎么就变成这样了?"

"嘘,小点声……"她笑看着他,"我们怎么就变成这样了……这也是我想问你的,但我其实并没有资格问这话,不是么?我每天都告诉自己,林一曼你要知足,这样的生活哪个女人不想要,你在这里矫情个什么鬼。于新,我们都知足一点,好不好?你当好你的于总,我继续当我的于太太。"

他愣了半晌,低头往书房走去,走了几步,他慢慢回头:"于太太,好,于太太,我一直想告诉你,这个家有你,我很放心。

我可以放心了。"

雨势减弱，酒杯见底。

观景包房内，众人陷入了长久的沉默。这是一个人被拥上巅峰，却又一点点滑落的故事；这是一个人被赋予一切，却又一点点失去的故事；这是一个人被套上光环，却又一点点暗灭的故事。在梦幻泡影里，已没有人知道他想要的到底是什么，连他自己也一样。而说故事和听故事的他们，难道又能分清什么是欲望，什么才是理想？

从会所出来后，林一曼走进雨雾，安灿跟了上去，她们沉默着穿过一条街。天色渐暗，雾气渐浓，路灯依次亮起。她们身侧的广场，音乐喷泉准点启动，喷泉时高时低，时起时落，那些绚烂的水柱正伴着舒缓的歌声在舞动。喷泉旁，有群年轻人在欢呼，他们毫不掩饰自己对这座城市的热爱。

安灿停下来，叉着腰，朝着音乐喷泉的方向大吼了一声，然后一手指向林一曼。林一曼犹豫着，到底还是将一双手掌拢到了嘴边，学着安灿，也大吼了一声。

"痛快！"安灿道。

林一曼问："走累了吗？"

"还行。"

"那我们就再往前走走，慢慢走。"

"好。"

5

新灿大厦，总裁办公室。

林一曼正修剪着那株水培的白掌。这白掌，她初到这间办公室它就在了。最近，她才发现它底下盘错着细细密密的根枝，很是蓬勃。

何夕放下手里的咖啡杯："那后来，老刘跟万青坦白了吗？"

"嗯，坦白了，"林一曼剪下两片枯叶，"他全都说了，毫无保留。万青当天就带着儿子回老家了，今天，老刘正赶过去找她，想把他们母子接回来。"

"要是能接回来就好了，夫妻一场，又有孩子。"

"换作以前，我也会像你这么想，但是现在，我突然觉得，我们想象中的那种大团圆结局，它并不一定就是最好的。接下来，该怎么选，得看万青自己。"

"那你呢？你心里的那些疙瘩，能解开了吗？"

"实话告诉你，"林一曼将剪刀放到一边，转对何夕，"我不知道。就……往前看吧。以前，是你们这些人摁着我的头，让我往前看，现如今，我得自己把头抬起来，看看前边到底还有些什么在等着我。对了，你和王超怎么样了，还在冷战？"

"噢，"何夕顿了顿，"他开了家新店，挺忙的，最近都在店里住。"

"店里怎么住？"

"有个小办公室，他就在那支张床什么的吧，我也不知道，懒得去管。"

"总不能一直这样吧？"

"是，总不能一直这样。但是，嘴上说离婚都容易，真要离，哪有这么简单。"

"为了那套房子？"

"也不全是,"何夕苦笑,"房子、儿子、多年的夫妻情分,都有。我很矛盾,也很纠结,这么过下去,我不甘心,可真的要离婚,我好像也不甘心。就像我辛辛苦苦搭了个房子,哪怕它垮了塌了,也还是想修一修。"

"又是房子……"林一曼挨着何夕坐下,"有句话一直想跟你说,又怕你讲我站着说话不腰疼。"

"你说呗。"

"人活着,不能只为了房子,对吧?你就把房子什么的都先抛到一边,然后呢,你们俩到底要不要走下去,如果要走下去,该怎么走,这些问题,你都再好好想想。"

何夕还未置可否,任意敲门进来。

"林总,电商部项目计划流出的事,有人站出来了,是研发组的小卓,"任意道,"他承认,就是他把计划透露给尖塔的。"

"居然是他?"何夕对小卓还是有些印象的,那是个沉默寡言的小伙子,在部门里并没有什么存在感。

林一曼沉吟片刻:"具体怎么处理,你让陆总和来总一起商量。你告诉她们俩,既然小卓是自己认的,我们多少也留些余地给他吧。"

何夕从十八楼回电商部,经过茶水间的时候,见到一堆年轻同事正在八卦小卓的事,亲者痛仇者恨的,说什么的都有。这时,李新良端着空杯子挤了进去,里面有几个他的组员,他们向来有些惧怕他,看到他那张黑脸,他们立马走人了,其他几个见状,亦闷闷离去,颇有些意兴阑珊。

"看你把这些小孩给吓的。"何夕也走了进去,找了个纸杯倒咖啡。

他叹气道:"年纪轻轻的,整天聊八卦,没追求。"

"不过,我真没想到会是小卓。"

"我早就知道。"

何夕听了,赶紧把茶水间的门给关了:"你早就知道?"

"是。"

她压低声音:"这话你可别跟其他人说,上面会说你知情不报的。"

"你不用那么紧张。"

"不是,你是怎么知道的?"

"有一晚我加班,看见他从他们主管办公室里出来,鬼鬼祟祟的,那之后,他每次见了我,不是绕道走就是一脸警惕。我原本没想那么多,项目计划流出之后,我才记起这事。"他坦言。

"那来总让大家提供线索的时候,你怎么不站出来?"

"站出来干什么,立个功,让上司们对我另眼相看?我没必要出这个头。"

"你平时老是黑着张脸,看起来刚正不阿的,"她摇摇头,"我想不通你为什么……"

"这事,你说是我去提供线索,去举报,揪出他来,还是他自己主动认错好?"

她愣了一下,才道:"懂了,他之所以去'自首',就是你劝的他。"

"我跟他说,主动认错受罚,比被查出来要好。这事就算我不吭声,上面早晚也能查到是他。他还年轻,换个行业,换个城市,大概率能重新开始。小伙子太年轻,他说他可以去尖塔。我就问他,如果你是李维英,你会用一个这样的员工吗?他现在终于想明白了，嗯，想明白了就好啊。"

这件事要是换作何夕来处理，她未必能想到这一层。确实，小卓还年轻，未来的路还很长。李新良和小卓非亲非故，但他能为这个年轻人的前程着想，说明他为人不错。想到这些，她有些为他觉得可惜。就凭他的为人和能力，其实早就不应该是个小小的组长了。

可是，就如他自己所言，他这个单亲爸爸需要在女儿身上花费大量的时间和精力，要尽可能地去陪伴女儿的成长。人生就是这样，取舍之间，总得做个选择。

见何夕没吭声，只是定定看着自己，李新良问道："你这么看着我干什么？我脸上有脏东西？"

"那什么，"她移开自己的视线，"我就是觉得，你这么做很好，特别好。"

"夸我呢？"他笑了起来。

"咳，记得我刚来咱们部门时，林总要见我，你就是黑着这张脸领我去的十八楼。当时你说什么来着，噢，你说，何夕，这十八楼，要不是为了带你上去，我这种级别，还没什么机会去见世面呢……"她也乐了，"反正冷嘲热讽的，就是看不惯我呗。"

"你是关系户嘛。后来，我发现你这人干活挺较真，工作能力也完全没问题，再想起我那些冷嘲热讽的话，我还觉得挺抱歉的。"

"有什么好抱歉的。后来你不也帮了我很多忙嘛。"

两人聊着，视线对到了一起。

"那个，"何夕赶紧打开门，"我先回工位了。"

"嗯……"李新良将杯子里的水一气饮尽，旋即，他看了看那个空荡荡的门口，扭头又给自己倒了一杯。

第十六章 乱红

第十七章　烈日

"轰轰烈烈"很难，然而在"轰轰烈烈"之后，再去奢求"安安静静"，它却更难。

1

告别了梅雨季节，夏至已至。有城的夏天总是明晃晃的，刺目的阳光无处不在，整座城灼热而憋闷，连一丝风都吹不进来。然而，从四面八方奔赴而来的年轻人，他们感受到的却是热情，和当年那三个追梦人一样。如果要做梦，这里无疑是上佳选项之一。这座城总是生机勃勃，有着无限的可能，让他们觉着梦想总有一天能照进现实。

陆玲玲正开着车经过跨江大桥，桥的那头是城北。有城以西为贵，本地人对北边却多少有些执念，毕竟，城市的发展和规划一开始就是从北边开始的，原本那里才是市中心。她的目的地是城北的观花街，那是条两侧种满法国梧桐的老街，街边的建筑也都颇有年头和故事，而今它已成网红街拍打卡地，热闹是热闹，却失去了那份非要冷冷清清才有的年代感。

因高考失利，陆玲玲考上的大学很普通，专业也很普通，而她真正意识到自己是个普通人，却是她在有城的一所大学毕业之后。她实在不愿回家乡小镇——那个至今都没有肯德基和麦当劳的地方，尽管，她现在从不光顾它们。决定留在冇城追梦的她，一度幻想过自己将如何出人头地，又将如何衣锦还乡。现实却告诉她，凭借她浅薄的资历，在这座城市，她连一份拥有五险一金的像样工作都不太好找。

大学毕业后的第一年，跳槽成了陆玲玲的常态，伴随而来的自然是经济上的捉襟见肘，而她偏偏又那么骄傲，不肯向父母和朋友求援。最惨的时候，她租住在一间窗户没有脸盘大的小次卧里，开门就是床，连一张小书桌都容不下。

可是，当陆玲玲走出这间转不开身的卧室，走到冇城大街上时，她的气馁便会一扫而空。她相信，假以时日，这座五光十色的城，定会有她的立锥之地，她也能成为那五光十色的一部分。

据说，每个人的一生，能改变命运的机遇其实只有一个。那时，陆玲玲又一次失业，倒不是因为福利待遇和发展空间，而是她不堪忍受男上司的猥琐和骚扰，在他终于向她伸出咸猪手后，她抄起椅子暴打了他一顿，之后果断离职。

就在离职那天下午，陆玲玲走进城北的一家商场，比起琳琅满目的高档商品，更吸引她的是一家女装专柜的招聘启事，她成了这里的导购。一次遇到难缠的客户，另外一个客户替她解了围，那替她解围的正是安灿。

那时的安灿还蓄着蓬松的长发，五官明艳，表情凌厉，却有种让人信任的感觉。安灿带着哭哭啼啼的陆玲玲，到了这观花街上的一个小咖啡馆，陆玲玲就坐在安灿面前，将自己这一年的就业经历全都说了出来——她太需要倾诉了。

"我这有份工作，你愿意试试吗？"安灿对陆玲玲说。

"我愿意。"陆玲玲几乎不假思索,其实,也是别无选择。

"试用期一个月,一个月后,你得给我们留下你的理由。就好像,你说你要留在这个城市,你也应该给它留下你的理由。"

一个月后,陆玲玲留下了,留在了新灿。所以,陆玲玲一直视安灿为伯乐,不但是伯乐,还是偶像。去年底,偶像安灿离开了新灿,什么都放下了,什么都没带走,就这样,将她悉心培养的陆玲玲独自留下了。这让陆玲玲不得不重新面对当年面试时,安灿抛过来的那道难题:给这座城市留下你的理由。

车子驶入观花街,街的那头有座红顶带花园的小楼。今天,"歌颂"新品发布会将在这里举行。这会儿,小楼内已聚了一堆人。

何夕被几个记者围着,她正不紧不慢地回答着他们的问题。如今,何夕已调到品牌部,任副总监,承担起了"歌颂"线上线下的全面推广。这个发布会,便是她策划的。何夕的成长,在新灿几乎有目共睹。此刻,陆玲玲在何夕脸上看到的,不再是刚入职时的无措、窘迫和难堪,而是淡定从容。

陆玲玲抬眼望去,看到了不远处正在交谈的李维英和施朗。这两位,李维英是尖塔集团的总裁,不久前,尖塔拿到了英赫两个亿的投资,自然是春风得意,施朗则是沃培集团创始人叶科的娇妻,新婚燕尔,当然神采飞扬。她们俩站在一起,有说有笑的,吸引了不少人的目光。能够请到这两位,自然是林一曼的面子。

果然,林一曼一跨进院内,便被施朗一把给拉住了。

"林总,好久不见,"施朗对林一曼道,"我正找你呢,有事要请你帮忙。"

林一曼扫了一眼施朗身侧的李维英,转对施朗:"叶太太客气了。"

这位叶太太,林一曼是在叶科安排的婚后答谢宴上认识的。叶太太的惊艳长相自不必说,难得的是为人爽直,在答谢宴上,她向林一曼吐槽了不少她和叶科的婚后生活。新婚夫妻嘛,磨合总是少不了的。

"事情是这样的……"施朗说着,看了看李维英。

那李维英是个识趣的人,找了个借口就走了。

待李维英走远,施朗舒了口气:"她总算是走了。"

"怎么?"林一曼诧异。

"不好意思啊,林总,其实我就是烦她了,刚好看到你来,只能拿你当挡箭牌,替我挡一挡她的唾沫星子。"

林一曼不禁失笑:"有那么夸张吗?"

"我一到,她就拉着我说话,没完没了的。我是来出席你的新品发布会,又不是来这陪她李维英聊天的……"施朗从来都不藏着掖着,继续道,"我不喜欢李维英,她做事情目的太明确,恨不得把'我什么都要'写在脸上。她当我什么都不知道呢?叶科手上有个项目,想找同行合作,所以她才来跟我套近乎的。你要再不来,我都准备直接开怼了。"

林一曼顿了顿,才道:"她刚上任尖塔的总裁没多久,总得做一两件惊天动地的大事,心情迫切,可以理解。"

"哇哦,我还以为你会和我一起吐槽她呢。确实惊天动地,前段时间她不还拿了你们新灿的一个项目计划吗?"

"理解不代表认同嘛,就是因为我吃了暗亏,才决定试着去理解这些和自己不太一样的人,弄清楚他们的思维模式和行事准则。"

"所以,你是林总,我只能是叶太太。"

"你要是愿意,我可以叫你施朗的。"

"当然好,"施朗这才笑了,"那……那我叫你林姐,你不介意吧?"

"非常乐意。"

"你们新灿为什么不试试?"

"什么?"

"叶科要找同行合作,你们可以去试试呀。"施朗挽住了林一曼的手臂。

2

以往,"歌颂"新品发布会的场地都选得很高端,在这老城古街里,倒是头一回。小楼前身是一家布匹商行,如今变成了小型布料展览馆,也算和服装发布会契合。

当收到邀请函的安灿,踟蹰着赶到现场时,发布会已经开始。她静立在人群之后,找到了适合自己的位置。正午的骄阳被院子里的树木遮挡,从枝叶漏出的点点光斑洒在她脸上,她伸手挡了挡,戴上墨镜。

曾几何时,安灿是爱热闹的。她喜欢被人群包围,渴望成为焦点,最好,她就如悬在空中的烈日,明亮、灼热、刺眼,若张火伞,无可替代。谁能想到,"轰轰烈烈"很难,然而在"轰轰烈烈"之后,再去奢求"安安静静",它却更难。此刻,她看着面前这些男男女女,这些精致皮囊包裹之下的自以为是,竟有种说不出的厌倦。可她,又何尝不是在自以为是呢?

站在台上的是林一曼,她看起来神采飞扬:"我们的团队重新定义了'歌颂',所谓高级,不应该是冷漠和疏离,恰恰相反,我们'歌颂'的高级是对高端女装,对现代女性的再定义,当服装回归到服装,应该是舒适的,当女性回归到女性,应该是自在的。我们'歌颂'秋冬季新品的主题就是舒适和自在……"

有两个记者发现了安灿,他们凑了过来。

"今天这场发布会,你怎么看?你认为新灿的高端女装品牌会有未来吗?"

安灿指指台上的林一曼,告诉他们,那一位才是主角。

"那我有个问题,就一个,安女士,我想了解一下你接下来的规划,你有无可能回归新灿?"

"我……"安灿笑对记者道,"我已经回归家庭。"

发布会总算结束,安灿和林一曼、何夕、陆玲玲她们几个吃过晚饭,便独自驱车来到医院。刘瑞还在医院,安灿看了下时间,这个点,差不多应该结束了,她刚好可以接他回家。

安灿刚走出电梯,就看到了正杵在过道说话的刘瑞和洁瑞。穿着白大褂的身形挺拔的是刘瑞,自己的丈夫,安灿再熟悉不过。穿着短裙的拥有一双漫画腿的是洁瑞,这个时髦又大胆的富三代,安灿虽只见过一次,却印象深刻。

就是这个年轻的女孩,她曾要求安灿和刘瑞离婚,也是这个年轻的女孩,在舒兰四十岁的生日宴上,喊了安灿一声"阿姨",又是这个年轻的女孩,直指刘瑞永远排在安灿的那些雄心壮志之后,还是这个年轻的女孩,刘瑞说过,他会解决好和她之间的问题。

很显然,如今忘我般和女孩聊着天的刘瑞,他未能解决好他应该解决的问题。或许,他其实从来就没想过要解决这个问题……

这时，安灿背后的电梯门开了，她转过身，犹豫着。

"你到底下不下？"电梯间里，有人不耐烦地问道。

安灿匆促地点点头，终是走进了电梯。

晚饭后，陆玲玲主动提出送何夕回家。

其实，何夕早几年就认识陆玲玲，那时候，陆玲玲还是安灿的小跟班。再后来，陆玲玲和何夕先后入职新灿，她们能进新灿，多少都有些沾亲带故的意味，只是，那时，陆玲玲是高管，何夕就是个小职员。明里暗里，公司里不少人会拿她们俩做比较。因为这些，更因为两人在工作上并没什么交集，所以，她们的关系也就一直不远不近，不咸不淡的。那些关于陆玲玲被高层排挤的八卦，何夕不是没有听说过。同样，何夕很确信，陆玲玲对何夕那并不光彩的家事一定略有耳闻。

"何姐，你住哪儿？"上车后，陆玲玲问何夕。

何夕犹豫着："我要去一趟城西。"

王超的火锅店就开在城北，前段时间，他在城西的分店正式营业了，店里千头万绪，在家又不受何夕待见，他便顺理成章地三天两头住在分店里。但这么僵着，总不是长久之计。既然不打算离，那么，日子就还得往下过，再别扭下去，谁都不痛快。下周，儿子就放暑假了，刚好又赶上他的生日，何夕想请个年假，带儿子出去玩玩。如果王超能抽出时间，那就更好了。换个环境待两天，或许能让他们岌岌可危的夫妻关系有些小改善？所以，今晚她决定去王超的新店看看，算是给他个台阶下。

很快就到了分店门口，何夕解安全带的当口，那陆玲玲突然道："有什么我能帮得上忙的，你只管开口。"

何夕很是一愣，竟不知该说点什么。

"有些你解决不了的事,用我的方式没准能行。"陆玲玲继续说着。

"谢了,"何夕心领神会,"那女孩已经离开宥城了……就是我,我可能有点和自己过不去吧。"

"前边有个酒吧,我无聊的时候总会去那儿,你什么时候得空了,我请你喝一杯。"

"好啊,不怕你笑话,我还没去过酒吧呢。"

"从来没去过?"

"从来没去过。"

陆玲玲笑道:"那就这么说定了,我非带你去一次不可。"

"行。"何夕也笑了。

分店开业以来,老板娘何夕从未莅临过,一听说这位长得普普通通的女人就是老板娘,不少服务员扎堆凑过来瞧热闹。看得出来,老板王超还是很高兴的,他一面低声呵斥员工们各自去忙,一面领着何夕上了楼。

这分店比总店大,总共有三层,一楼是大厅,二楼设了几个包房,三楼则有办公室、更衣室和员工休息室等。

"怎么样,比总店气派多了吧?"待两人上了三楼,王超问何夕。

何夕张望着:"还行。"

"我办公室有点乱……"王超开了办公室的门。

办公室不大,走进去都是烟味,那办公桌上的烟灰缸,里面的烟头都快满出来了。再看边上的茶杯,杯口尽是黑黄色的茶垢。办公桌旁边有块古色古香的屏风,显得极不应景。何夕绕过屏风,看到了一张小床,床上扔着几只袜子,被子则草草地皱成一团。

"你就睡这儿?"何夕鼻子一酸,没敢回头看王超。

"这里也挺好的。"他一面说,一面走过来,伸手就去整理床铺。

何夕拉开他的手,她麻利地收起了那几只袜子,又顺手把被子给铺平了:"这都入夏了,你还盖这么厚的被子,不怕捂出痱子来?今天就别住这儿了,跟我回去。"

"我倒是想回去,"他憨憨一笑,"你不是烦我吗。"

她眼一横,却也没憋住笑:"别多想,我就是让你回去拿床夏凉被。"

3

刘瑞是晚上十点多回的家,张姐已经睡了,安灿还坐在客厅等他。

"发布会怎么样?见到不少老朋友了吧?"他很自然地走过去,挨着她坐下。

发布会很成功,"歌颂"女装品牌以全新的形象出现,为了配合秋冬季新品,实体门店重新装修,网店的设计风格也焕然一新。晚饭时,林一曼信心满满,和安灿分享了"歌颂"接下来的推广方案。安灿欣慰是真,但失落也是真,其中情绪,便只有她自己能体会。

"挺好的,我和一曼她们吃了个饭,"她微笑着,"你呢,今天还算顺利?"

"有两个病人度过危险期了,但是又进来一个颈部重伤的,情况不是很好。"

"还有呢?"

"让我想想……"他挨着她坐下,歪头看她。

"就没别的话要跟我说了？"安灿其实是在等刘瑞的一个说明和解释，希望他大大方方地说出来：他今晚见过洁瑞。以安灿的性格，绝不会告诉他，她去过医院，她看到了那一幕。但如果是他主动说出来的，她愿意听听这里面到底有何缘由。

这两年，从于新离世到新灿动荡，再到安灿离开新灿，安灿之所以能挺过来，刘瑞功不可没。现如今，他们的婚姻生活虽谈不上多么柔情蜜意，但两人的感情在日渐增进，这让她对他们的未来有了期盼。正因为如此，今晚在医院看到的那一幕，才会让安灿无所适从。只是，素来不擅表达情绪的她，潜意识里，已把这样的无所适从狠狠压制住了。

"还真有个事要跟你说，"他慢慢说着，"是这样，我爸妈过几天要来。他们这趟是出来旅游的，本来说的是刚好来看看你爸妈。可现在你爸妈不是回海市了嘛，我原本想劝我爸妈改变计划，直接回家的，但他们来冇城的机票都订好了……"

刘瑞的老家在本省的一个县级市，他父母都曾是当地那家三甲医院的医生，二老退休后的主要生活就是旅游。和同龄人相较，这二老是开明而豁达的。当初刘瑞要和安灿闪婚，二老充分表达了对这对年轻人的尊重。说起来，安灿与公婆见面的次数屈指可数，每回见面，彼此都是客客气气的，很是相安无事。婚礼那天，二老说好不干涉儿子和儿媳的生活，就真的从未指手画脚过。就冲这点，安灿对公婆便很是敬佩和尊重。

"到时候一起去接他们。"安灿再不多话。

此时，何夕和王超刚进家门。乐乐听到动静，趿着拖鞋从房间跑出来，他好几天没见到爸爸了，上去就揽住了王超。

"哎哟,我一身的火锅味呢。"王超宠溺地看着儿子。

"爸,我饿了,要吃你煮的鸡蛋面。"

"行啊,我这就……"

何夕笑着:"你们俩都胖成什么样了,还吃夜宵呢?别缠着你爸了。等你放暑假了,有的是时间缠着他。"

"这么说,爸爸也会陪我们出去玩?"乐乐差点要欢呼了。

"那是当然。好了,听你妈的,不吃夜宵了,你快去睡,养足精神准备期末考试。要是考好了,爸爸送你个大礼物。"王超道。

等乐乐回房间,何夕轻声对王超道:"别太惯着儿子。"

"我高兴,今天……我特别高兴……"王超看着何夕,"平时我挺能说的一个人,刚才我们在店里,我其实有好多话都想跟你说,但愣是一句都没说出口。我以为……我以为咱俩就那样了……你知道我心里有多害怕吗?要是咱俩的日子真的过成那样了,开了分店能怎么样?住进大房子能怎么样?挣再多的钱又能怎么样?可是今天,我觉得,我们的日子又有奔头了。所以,我真的……"

王超再也说不下去,泪水直在眼睛里打转,他一把抱住了何夕。

何夕伏在王超肩头,低低啜泣着:"我也不知道能不能翻篇,但是,我尽量吧。不是为了房子,也不是为了儿子,就只是为着我们这么多年的夫妻情分……我愿意试试。"

林一曼一回家,林母就告诉她,于慧来了,一直在书房等她。

只见于慧半坐在书房阳台的躺椅上,她扭头看了林一曼一眼,随后把手里的香烟给掐灭,接着朝另一张躺椅努努嘴,示意林一曼也坐。

"来一杯?"于慧问道。

林一曼坐下："行啊，来一杯。"

这套大平层有好几个阳台，书房的这个休闲阳台视野最好。此时，有晚风、有夜景、有美酒，有种难得的惬意。只是，直觉告诉林一曼，于慧今晚在这儿等她，并不是为着享受惬意的。

于新在世时，林一曼和大姑子于慧的关系并不见得多亲近。这两年，林一曼与公婆有过不少小矛盾，于慧没少从中调和。其实，于慧并不是什么大闲人，恰恰相反，她的公司刚开始搞直播，他们夫妻常常忙得脚不沾地，加之，她的公婆年迈体弱，儿子又马上要读高三了。公司也好，家里也好，哪哪都需要她做主，哪哪都离不开她。于新一走，于慧便把大部分心力放到了于父和于母那头，对林一曼也没少关照。从心底里，林一曼是感激于慧的。

"最近挺忙的?"于慧问着，又点了一支烟。

林一曼抿了口酒："你少抽点。我忙的还是那摊子事，公司里好些问题吧，也不是一时半会儿就能解决的。"

"今天佐佐的幼儿园不是有亲子活动嘛，我听说……"于慧顿了顿，"其实以后再有这样的活动，佐佐的外公外婆，还有爷爷奶奶，他们都能陪着，要是你不放心他们，你随时可以给我打电话，我和你姐夫也可以去的呀。你说你让个外人陪着孩子，那些不了解情况的人看了，还不定怎么想呢。"

原来是为这事。今天，佐佐的幼儿园确实有个亲子活动，大概是任意去幼儿园接过佐佐几次，加上这孩子确实喜欢任叔叔，这次的活动，因林一曼没时间，孩子便点名要任意陪着。林一曼不想让孩子失望，就答应了。

"唔，下次再有这样的活动，我要是没时间，一定请你们帮忙。"林一曼笑了笑。

"我知道你很忙，也很累，这两年确实为难你了，你也受了不少委屈……"

"别，姐，有什么话就直说吧。你这样，我更累。"

4

于慧低头一笑，对林一曼道："你知道我想说什么。"

"我还真不知道。"林一曼说的是实话。

"那个任意，"于慧迟疑着，"他毕竟只是你的助理，有些私事，就不要麻烦他了吧。"

"他虽然是我的助理，但其实也可以算是我的朋友。麻烦不麻烦的，我心里有数。"

"朋友……姐不是要干涉你交朋友，我也没这权利，但我刚才也说了，他是你的助理，保持点距离，对你没坏处。"

"姐，你说这些话，是不是有点越界了？"

"是，确实不合适。我说这些话，不是站在我是于新姐姐的角度，你还那么年轻，以后早晚要有自己的生活，我，我父母，任何人都不能干涉，这点道理，我们是懂的。但我不愿意你被人说闲话，说你和你的助理……"

"你都听到什么闲话了？"

"那佐佐在幼儿园，和任意那么亲，一口一个叔叔地叫着，会让别人误会的……"

"孩子喜欢他，就这么简单。佐佐和佑佑已经够让人心疼的了，我不想连孩子一个最简单的愿望都满足不了……"林一曼将杯子里的酒都喝了，"话到说到这份上了，我也直接点吧，姐，我从没想过要再找个人，要什么属于自己的生活，我现在的生活就挺好的。下半年，佐佐就上小学了，佑佑也上幼儿园了，我想的就是好好把他们抚养成人。"

"一曼，我不是那个意思，就是个善意提醒……"

"我懂，"林一曼撂下酒杯，拍了拍于慧的手背，"姐，我知道你是为我好。"

于慧吐了个大大的烟圈，那烟雾像是迷了她的眼，她揉了揉眼睛，把烟头掐灭："谁都不容易，不是么？"

"是不是遇到什么难处了？"

"我啊？"于慧呵呵一笑，"难处倒不至于。就是你姐夫埋怨我呗，说我三天两头往娘家跑。来你这儿之前，我们俩刚吵了一架。晚上我住这儿了啊。他要不来接我，我还就不回家了。"

"行，只要你想住，住多久都行。"

待林一曼回房洗漱好，发现佐佐探头探脑地站在房间门口。这个点，小人儿本该上床睡觉了。

"佐佐，你进来吧。"林一曼看着多少有些鬼鬼祟祟的儿子，忍不住笑道。

佐佐没敢看妈妈的眼睛，耷拉着个小脑袋就进来了。

"睡不着呀？"林一曼把儿子拉到身边，"对了，今天玩得开心吗？"

"开心呀，"佐佐立马抬头，满脸都写着兴奋，"任叔叔太厉害了，我们赢了好多比赛呢。"

"开心就好。"

"嗯……妈妈……下星期我就毕业了。"

"是啊，而且呀，再过两个月，我们佐佐就是小学生了。"

"我能邀请任叔叔参加毕业典礼吗？"

林一曼摸摸儿子的小耳朵："任叔叔恐怕没有时间。但是，我们全家人都会参加你的毕业典礼，我和佑佑，爷爷奶奶、外公外婆、姑姑一家……"

　　"噢……"小人儿还没学会如何掩饰自己的失望，他摊摊手，显得有些无奈，"妈妈晚安，那我回房间了。"

　　"你跟妈妈睡吧。"

　　佐佐摇着头："不，我是大孩子了。"

　　今年以来，不但佐佐不爱跟妈妈睡了，连佑佑也宣称要"独立"，要有自己的房间，小丫头还强调，得布置得像公主住的房间。孩子们一天天在长大，而她……

　　林一曼看着化妆镜里的自己，眼角已有了不浅的细纹，额上也是，就连她一直引以为傲的修长脖颈，那上面也有了岁月的痕迹。她拧开那些需要涂抹的保养品，不禁呼出一口长气。

　　夜色已深沉，然而街面上的热气还未散尽。微醺的陆玲玲和一个年轻男孩从酒吧出来，那男孩一手扶着她的腰，一手去拦出租车。这时，有个男人从街那头冲了过来，他将陆玲玲一把拉至自己身前。

　　陆玲玲定睛一看，那男人是杨奇。杨奇什么也没说，只看了那年轻男孩两眼，男孩有些尴尬，自己坐上出租车就走了。

　　"你倒是不挑食。"杨奇道。

　　陆玲玲往后退了两步："想什么呢，他就是帮我叫个车。你怎么在这儿？"

　　"我要是说我是路过，你信吗？"

　　"不信。"她大笑起来。

"陆玲玲,你给我站好了。"

"干吗?"

"我们还能试试吗?"

"试什么?"

"在一起,重新开始。"

"为什么?"

杨奇沉默着走上前去,这一次,他干脆把陆玲玲紧紧拥进了怀里:"没有为什么,我也不知道为什么。今天我去相亲了,对方很漂亮也很优秀,像你说的那样,她应该是和我一个世界的人。但是,我坐在那儿的每一分钟,都在想你。"

"杨奇……"

"别说话。你可以等两分钟再开口拒绝我吗?就两分钟。"

"我……"她拽紧了他的领带,仰头看他,"那我要是不想拒绝你呢?"

新灿大厦,老刘走进电梯间。相熟的同事纷纷和他打着招呼,他亦微笑着应对。到了十八楼,他直奔总裁办公室。

老刘请假有段时间了,林一曼一直没催他回来上班。毕竟,他和万青之间的那些纠葛,根本不是寻常的夫妻矛盾,也不是一时半刻就能解决的。

"林总,"老刘双眉紧锁,"万青要和我离婚,我同意了,孩子归她。"

其实,这个结局,林一曼能够预料到,她给老刘倒了杯咖啡:"尊重她的选择吧。"

"我是回来辞职的。"

"辞职?"这倒是林一曼没想到的。

"她带着孩子在她老家,我不放心,是,她现在和我没关系了,但我能离他们近点,我也安心些。所以,我打算辞职,然后去她老家,找机会做点小生意。这样,不管他们以后遇到什么事了,我都能搭把手。"

"做好决定了?"

"嗯,做好决定了。"

"有什么我能帮忙的?"

"不用不用,已经给你添了不少麻烦。"

"公司这边该办的手续,我会让他们尽快给你办妥。你的股份就继续留着吧,如果我们回购,就目前公司的情况,那些股份也不值几个钱。"

"谢谢林总,谢谢林总……"老刘站起来鞠了个躬。

"你这是干什么,这都是你应得的。"

那老刘慢慢站直身体,看着林一曼:"我还有句话想说,这话我以前也说过。"

"说吧。"

"于总是个好人,真的。"

林一曼顿了顿,才道:"是,我知道的。"

老刘走后没多久,任意进了办公室,他将一张小卡片毕恭毕敬地摆到了林一曼跟前。

"这是什么?"林一曼问。

任意笑着:"我给佐佐准备了一个小型的毕业典礼,这是给他的邀请函。"

佐佐的幼儿园毕业礼前几天就举行了,任意自然是没出席的。

虽然一大家子全都到齐给佐佐捧场，但看得出来，孩子还是有些不开心。但这个年纪的孩子，已经学会藏心事了。林一曼本想疏导疏导，却也不知该怎么跟孩子说。

"这……"林一曼看了看任意。

"佐佐昨天给我打电话了，所以，我给他安排了个小惊喜。这个小型的毕业典礼，就我们几个人，没别人。"

"就我们几个人？"

"你、佐佐、佑佑，还有我。"

"任意，"林一曼捏着那张精美的小卡片，沉声道，"我很感谢你，真的，感谢你对佐佐的这份用心。但是，你刚才说没别人，其实对我们家来说，你就是那个别人。"

"林总……"

"不过，"林一曼晃了晃手里的小卡片，"我还是得替佐佐谢谢你。"

5

桃花源景区，人工湖畔，几个男女正对着镜头微笑。

"靠近点，对，刘瑞，你把手搭在安灿肩膀上嘛……"举着单反相机的是刘父，摄影是他退休后的最大乐趣。

公婆这趟来冇城，安灿亲自做了安排，今天的行程是给刘父准备的，这边景致不错，他应该能拍到不少满意的照片。景区里树木成荫，又是上午，加之湖畔有几丝凉风，倒还不觉得很闷热。

刘父拍完合影，又张罗着要多拍几张风景照，那刘瑞亦步亦趋跟着。慢慢地，安灿和刘母就给落到了后边。刘母许是走累了，就着树底下的一张长椅坐下了。

安灿递了瓶水给刘母:"妈,累着了吧?"

"还好,就是有点热,还是老家凉快。不瞒你说,刘瑞从医学院毕业时,我和他爸都特别希望他能回老家。但有些事,由不得我们做父母的,他啊,从小就独立,没让我们操过心。"刘母说完,便示意安灿也坐。

安灿挨着刘母坐下:"刘瑞很优秀。"

"优秀……唔,"刘母笑了,"一个女人这样评价自己的丈夫,听着怎么有些生分了。"

安灿一愣。

刘母继续说着:"我啊,倒是希望你跟我吐槽吐槽他,是这个词吧?吐槽。"

安灿笑着:"是,但他确实没什么槽点。"

唯一的槽点大概是那个洁瑞吧?但这事,安灿并不打算和婆婆分享。

刘母看着安灿:"你们俩这日子过得……我本来不想跟你说这些,可这些话总得有人说。我是当妈的,虽然自诩开明,也尽力不过问你们夫妻的生活,可刘瑞毕竟是我儿子。"

"我懂的。"

"但愿你真的能懂。安灿啊,人生很长,你们都还那么年轻,"刘母叹了口气,"不是我危言耸听,要是有天刘瑞知道过日子是怎么回事了……"

"妈!安灿!"刘瑞折回头,快步朝刘母和安灿走来,"前面有个景不错,爸让你们快过去,等着你们合影呢。"

"走吧。"刘母拍拍安灿的肩膀。

机场,出发大厅。

乐乐拖着他的小行李箱，颇有些闷闷不乐地跟在何夕身后。说好一家三口的旅行，却因王超店里临时有急事要处理，变成了母子二人的旅行。

"爸爸不是说了嘛，等他忙完了，会给我们补上的。"何夕停下脚步，转身对乐乐道。

"补上能一样吗？这次可是我过生日！"乐乐别过脑袋。

"何夕！"

听到有人在喊自己，何夕忙回头，只见她的高中同学方菲正使劲招手示意。再一看，方菲一家人倒是整整齐齐，老公和两个女儿就站在她身边，大包小包的，肯定也是带孩子出去玩。

"就你和乐乐？去哪儿玩啊？"方菲问道。

何夕笑着摇摇头："上海，迪士尼乐园。噢，王超临时有点事，实在没办法，你看，乐乐正生气呢。"

"那什么……有件事我本来想微信上跟你说的，今天既然碰到你了，我……"

方菲的老公在一旁使着眼色："这都几点了，我们快去办托运。"

"怎么了，他都有脸做，我还不能说了！"方菲一面说着，一面将何夕拉到一边。

何夕微有些错愕："谁啊？咱们班同学又有什么八卦了？"

方菲是班长，人缘极好，组织同学聚会她最热情，传播同学的八卦她也最热衷。毕业那么多年，但凡谁有个风吹草动，何夕都是从方菲这里听说的。

"我就是气不过，咱们俩这么多年的同学了，这事，我说什么都得告诉你。"

"那你倒是说啊。"

"有个叫田美心的,你认识吗?"

太认识了……何夕已有不好的预感……

方菲见何夕没言语,再道:"我老公不是在卖车嘛,你们家王超给这个叫田美心的女的买了辆车。王超应该是没认出我老公,但我老公认得他啊。他回来跟我一说,我真的……"

"买车……是什么时候的事?"何夕攥紧了行李箱的拉杆。

"就昨天提的车。"

"昨天?"

"两人恩恩爱爱提的车。何夕,这事你可千万不能犯尿,虽说劝和不劝分,但我觉得,就王超现在这样,早离早清爽。不过,这财产,他可一分都别想要。咱班同学里就有律师,只要你吱一声,分分钟我就给你安排……何夕,我说的话,你到底听进去没有啊?何夕?"

何夕只觉得迷迷瞪瞪,那太阳光明晃晃的,穿过大厅的落地玻璃窗折进她眼里,亮得她根本睁不开眼。

宥城的酷暑不期而至,隔着窗,林一曼都能感受到室外升腾的热气。两个孩子跟着爷爷和奶奶回老家消暑了,林一曼虽然很想念孩子们,多了份牵挂,却也觉出了难得的轻松。新灿这边,熬过了悲催的上半年,及至"歌颂"新品发布,"星㐂"也通过直播去掉了不少库存,算是平稳过渡下来,公司上下也似乎有了底气和活力。所以,总的来说,林一曼近来的心情还算不错,颇有些摩拳擦掌要做点大事情的冲动。

"林总,杨总来了。"任意领着杨奇进了办公室。

林一曼转过身来,饶有兴味地看着杨奇:"确实高处不胜寒啊,我坐在这十八楼,不管什么事都是最后一个知道的。"

杨奇那张清隽的脸瞬时泛了微红:"林总,你是说我和陆玲玲的事吧……"

"这是好事。咱们新灿只规定董事之间不能恋爱结婚,同事之间嘛,目前还没有这个规定。"

"说到好事,"杨奇笑着,"沃培那边,说有个项目,要和我们合作。"

"叶科的沃培要和我们合作?"

"是,千真万确。"

"这事,你怎么看?"

"看着确实是件好事。"

"直接说'但是'吧。"

"但是……"杨奇缓缓坐下。

第十八章 流金

她们和这座城市的所有人一样,在变化中,不断得到,又不断失去。得失,大概就是这样的一种轮转,它是一个走不出去的圆。

1

总裁办公室内,又有一场"辩论赛"。

"这次不能再瞻前顾后了,"说话的是来聪,她双手叉腰,直视着杨奇,"我不管叶科是出于什么原因找我们合作,但我们必须抓住这次机会。接入沃培的电商平台资源,对'歌颂'来说是个机会。"

"我刚才已经说了,这件事没那么简单。叶科是我的校友,我比你们了解他,"杨奇说着,"去年,他就是用这种所谓的合作方式,直接把一家公司吞并了。"

"那家公司我知道,规模特别小,刚起步,只是沃培的常规收购扩张罢了。我们新灿虽然大不如前,但就目前来看,沃培还没那么大的胃口。"

"来总,你还是太小看叶科了。刚才林总说,这事可能是叶太太吹的枕头风,要叶科找我们合作。但是叶科……"杨奇笑了笑,

"他可不是会听老婆话的人,更不可能用这种合作来向老婆献殷勤。别的方面且不说,电商这块,我们是落后人家沃培的,强强才能合作,这个道理在座的各位应该比我懂。我们双方实力悬殊,最终只会把我们自己弄得很被动。"

"杨总你是不是有点杞人忧天了?借力打力,很多事都是可以斡旋的。"

"可是……"

"好了,"林一曼站起来,看向卫开、陈启明等人,"你们也说两句?"

"我的想法是,和沃培先接触接触,"卫开道,"别急着下定论。我知道,上次那个项目让李维英抢了先,来总心里有气,总觉得我们这几个人过于瞻前顾后了。但瞻前顾后也有瞻前顾后的好处,前面是什么都不知道就往里冲,那才叫不负责任。"

"卫总,你说谁不负责任呢?"来聪看向卫开。

林一曼示意来聪冷静,接着转对陈启明:"陈总,你怎么看?"

"叶科或许是想趁火打劫,但我们未必不能反客为主,就看怎么操作了。"陈启明笑道。

人事行政部总监办公室,何夕正坐在陆玲玲对面。

上周,何夕请了年假,带着儿子去上海迪士尼乐园,在机场偶遇高中同学方菲,何夕从方菲口中得知,王超给美心买了辆车。答应了儿子要出游,不能食言,何夕只能硬着头皮上了飞机。在上海的那几天,每分每秒她都如鲠在喉,恨不得立刻飞回冇城。

抵达上海当晚,何夕想过要找安灿和林一曼商量这事,可安灿正忙着接待公婆,林一曼这边也是千头万绪……这时,何夕想起了陆玲玲说的"有些你解决不了的事,用我的方式没准能行",便联系了陆玲玲。陆玲玲只让何夕假装什么都没发生,别在王超那里露出什么,一切等回到冇城再说。

"这是她目前住的小区,房子是租的,地段还不错,她确实刚添置了一辆车。"陆玲玲将几张照片摊到何夕跟前。

"居然是真的……"何夕心里早已下了定论,可看到这些时,她还是不敢相信。她一直以为美心已经离开冇城,这是王超允诺过的。

陆玲玲迟疑着:"还有,最近王超每天都会去她那儿。"

"我太傻了,就在去上海之前,我还相信他已经知错。"

"何姐,你知道我跟安姐这么多年,学到的最好的东西是什么吗?那就是情绪解决不了任何问题。你的心情我都理解,我也应该好好安慰你,但这些其实……"

"离婚,必须离婚。我什么都不要,只要儿子。"

"你说这种话,就说明我刚讲的那些,你一句都没听进去。"陆玲玲握住何夕的手,"先冷静下来。这婚是要离的,可是,属于你的东西,你也必须拿到。就算你不为自己考虑,也应该为乐乐想想。如果消息准确的话,这个田美心她已经怀孕了。"

"怀孕!"何夕站了起来,却又重重跌到了椅子上,"谁的?王超?这不可能,我不相信……"

"何姐,你别着急,事情已经发生了,我们一件件来解决……"陆玲玲话还没说完,她的手机就响了,"我先接个电话。"

这个并不算正式的董事会会议就在林一曼的办公室里召开,会议结束,众人都散去了,唯有来聪还站在那儿,她并没有离开的意思。

林一曼在鼓捣手冲咖啡，看来，这次的咖啡豆烘焙得不错，瞬时香气四溢。她倒了一杯给自己，又倒了一杯给来聪。

"尝尝？"林一曼道。

来聪显然对这杯咖啡兴趣不大，出于礼貌，她还是接过闻了闻："挺香。"

"看来你不喜欢咖啡？"

"喜欢啊，只是，我没有林总的闲情雅致，更没有精力来磨咖啡豆。我的故事你应该听说过，三十几岁才出来工作，没办法嘛，丈夫投资失败，负债累累，他被打趴下了，为了生活能够继续过下去，我只能出来闯荡，可是我的起点比别人低，起步也比别人晚，除了努力，我还要学会如何充分利用时间。"

"听出来了，来总话里有话。"

来聪放下杯子："你是总裁。"

"是，我是总裁。"

"作为总裁，我认为你应该有自己的判断。"

"你怎么知道我没有自己的判断？"林一曼笑看着来聪，"我明白你是怎么看我的，你对我的看法，可能也代表这栋楼里大多数人对我的看法。我经验不足，没有魄力，难成大事……是这些吧？要是还有别的，欢迎你继续补充。"

来聪沉默着。

林一曼继续说道："李维英说我这个总裁的位置是从天上掉下来的，大概，很多人都是这么想的吧，包括你。"

"林总，我没这么想过……"

"我和你一样，曾经在家当全职太太，因为家庭变故，不得不重新选择人生轨迹,不对,应该说,我们都没得选。你之所以觉得你比我强,无非是你有今天是你一点点挣来的,而我的今天,是于新和安灿创造的。正因为这样,我才要守好新灿,要对你们每一个人负责。来总,有些事不能急。比如上次那个项目,是,确实是被李维英抢了先,可你扪心自问,就咱们公司的现状,真的有那么多资源来运作它吗?对,你会说,不是有英赫的投资吗?但你再仔细琢磨琢磨,这英赫给李维英投资,真的就只是因为这个项目?"

来聪从未听林一曼说过这样的长篇大论,她心内微微一震。

"如果新灿还要像以前那样冲锋陷阵,还要四处围猎,安灿就不会走了,更不会就这么把这摊子事交到我手里了……"林一曼举了举手里的杯子,"这些,就是我平时在煮咖啡的时候想明白的。我的时间,同样很宝贵。"

来聪听毕,笑着拿起了自己面前的杯子,喝了一大口咖啡:"味道不错,谢谢林总。"

2

下班之后,何夕就去了美心租住的小区,她甚至不知道自己为什么要来这里。一探究竟?方菲虽然是个大嘴巴,但她绝不会凭空捏造,何况这是她老公亲眼所见的事。陆玲玲找人查了王超和美心,别的不说,照片总是真的吧?那照片里,王超和美心出双入对,还拍到了那辆崭新的红色两厢轿车。

何夕三十岁生日那天,王超说,等几年,他一定要给何夕买辆车,他问她喜欢什么样的。何夕提到了这款车,她说就选红色的吧。夫妻俩大笑起来,仿佛已经把车开回了家。车子并不算贵,哪怕当时她还没入职新灿，他还没开餐馆，咬咬牙，他们也是买得起的。只是，何夕觉得家里已经有辆车了，没必要再花这个钱。家里的车自然是王超在开，而她，早已习惯挤地铁和公交。

就在她和儿子出去旅行前，她发现共享单车在搞活动，一块钱就能包个月卡，她回家后高兴得跟什么似的，和王超说，反正家里离公司近，以后她就骑车上下班了。那天，他可没说要给她买车。是啊，那天，他大概就已经给美心订好了车。

真相就摆在这儿，真相是戳进何夕双眼的两把冰锥，她不需要再去验证。那她要干什么？手撕小三？控诉渣男？当街和他们吵，和他们闹？这样的视频她在网上看过好多，那个伤痕累累的小三固然丢人，然而，歇斯底里的正室也并不体面。甚至，在类似的视频里，那个明明做错了事的男主角，他要么干脆缺席，要么就傻站在一边，仿佛两个女人的纷争和他毫无关系。

照片里的那辆红色车子正缓缓驶出小区，何夕戴上墨镜，背转过身，伸手拦了一辆出租车。出租车跟着红车驶过两个路口，最终，红车在一家高档商场附近停了下来，从那车里下来的，正是王超和美心。微胖的王超笨拙地小跑着，去副驾驶给美心开门，将她搀扶下来，如此小心翼翼，如此体贴入微。

"你要在这儿下车吗？"出租车司机扭头问何夕。

"我……"

"现在就好比是你手里的包子掉地上了，刚好掉在一坨屎上，就算你把包子捡起来了，你还吃得下吗？"

"……"

"这种事我见多了，刚才你让我跟着那辆车，我就猜到是怎么回事了。姐，听我句劝，你还年轻，天高海阔的，什么样的男人找不到。"

"开车,走吧。"

王超回家的时候已是晚上八点多,他是拎着两篮子水果进门的。

"吃了吧?"王超看了看坐在沙发上的何夕,"今天店里事多,一时走不开,所以没能赶回来陪你吃饭。明天我一定早点回来,给你们做顿大餐。哎,乐乐呢?朋友送了我点进口水果,他一定爱吃。"

何夕头都没抬,只道:"乐乐去我妈那儿了。"

王超换鞋进门,一眼看到了餐桌上摆着的丰盛菜肴,这桌子菜,几乎全都是他爱吃的。

"你还没吃?一直在等我回家?"他诧异,却也难掩感动和欣喜。

"噢,想等你回来了,和你喝两杯。"

"今天又有什么高兴的事了?"

"你猜猜?"她站起来,走到餐桌旁,将醒好的红酒倒进两个高脚杯。

"升职加薪了?"

"比那还高兴。"

"到底是什么大喜事呀?"他凑过来,要揽她的腰。

她闪躲到一旁,静静地看着他:"确实是件大喜事。坐吧,这是咱俩吃的最后一顿饭了。"

"何夕……"

"俗称,散伙饭。"

这个婚，何夕是离定了。

何夕当初不顾父母家人的反对，一意孤行要和王超结婚时，从未想过他们有天会离婚。她想把小日子过得好好的，不说扬眉吐气，但得向他们证明她的选择没有错。这些年，她的那些同学里，就有不少离婚的，她每每听到这些，总是感叹，怎么好好的就偏要闹到离婚这一步呢？

如今，何夕自己成了这种"离婚新闻"里的女主角。想必，方菲已经把这个故事广为传播，她何夕也成了他人茶余饭后的一个小谈资。而他们，又将如何感叹她呢？

当何夕把那些照片放到王超面前时，他立马就跪下了。上一次他朝她下跪，还是他向她求婚时，不过是单膝。这一次，他是双膝着地，砸得木地板发出沉闷的响声。

"就一次，真的就那么一次。五月份的时候，她突然回冇城了，说是回来拿点东西就走，要见我一面，最后一面……"王超双手掩面，"她约我在一家酒店见面，我琢磨了很久，觉得反正是最后一面了，该说的我早就跟她说清楚了，就是见个面，也没什么的……"

"是啊，就是见个面。"何夕冷笑。

"我们喝了点酒，然后就……事后她说了，就当给她留个回忆，留个念想，她从没想过要破坏我们的婚姻，以后绝对不会再出现在我们的生活里。"

"你信了？"

"我当时是信的，可是前段时间，她联系我，说她……"

"怀孕了。"

"是，我怎么知道她会怀孕，就那么一次，怎么她就怀上了……"

"就那么一次？王超，有些事情，一次就够了。"

"我就是个浑蛋，我对不起你和乐乐。"

"别说这些没用的，也别跪着了，站起来说话。"

王超缓缓站起："老婆，我不想离婚，我也没想过要离婚。你让我做什么都可以，千刀万剐都行，但是，我不能和你离婚。"

"哦，你不想离婚。没有算错的话，美心肚子里的孩子得有三个来月了，再过两个月，可就显怀了。到时候，你打算怎么办？"

何夕的脸上没有任何表情，不愤怒、不惊惶、不失望、不悲伤，她只是直视着王超，就好像他们谈的这些事和她没有任何关系，她就是一个旁观者。

王超非常笃定地说着："我已经和美心谈好了。她没别的要求，只想回老家开个小超市，再有辆代步车，车我已经给她买了，开超市的钱我也会想办法。这些就算是给她的补偿。至于孩子，她会打掉的。她只希望，在这之前，我能多陪陪她。"

何夕这才明白，站在自己面前的男人，他到底有多愚蠢。美心的思路已经很清晰了，她是想借着肚子里的孩子，一步步绑定王超，她怎么可能会把孩子打掉？但是王超，他居然信了。

"老婆，我错了，我这回真的知错了。只要你不和我离婚，你让我干什么都可以。"王超又跪下了。

曾几何时，何夕是崇拜这个男人的。她因为没能考进学校当老师，只好暂时到那家公司上班时，她的心里多少带着点不甘。可是，她遇到了当时还是同事的他，随着两人慢慢靠近，他成了她留在公司的理由，也成了她按时上班的动力。他那时还没发胖，不说有多帅，但每天都把自己打扮得清清爽爽，加之能言善辩，还爱看点书,在一干男同事里,颇有点鹤立鸡群的感觉。

何夕喜欢王超的那股子与众不同,也欣赏他的清高。可就是这样一个男人,他今天在她面前下跪了两次。她并不觉得心疼,只感到深深的遗憾,这样的遗憾,是为她自己,也是为他们这么多年的夫妻情分。

"写下来。"何夕推过早就准备好的纸和笔。

王超问道:"写什么?"

"你们俩是怎么勾搭到一起的,那孩子又是怎么来的,全都写下来。对了,你转给她的钱,包括买车时的转账记录,这些,也全部截图给我。"

"你这是……"

"你不是说你错了吗?你不是说你做什么都可以吗?我现在只要这个,要你的一份悔过书,"她拿笔敲了敲桌子,"这样的要求,不过分吧?"

3

为着公婆的喜好,安灿特地订了家环境雅致的餐厅。可这顿晚饭的氛围,却多少有些微妙。先是刘父无意间谈起刘瑞的某个叔伯辈喜得长孙,顺着话题,刘瑞说到他和安灿已将要孩子的事提上日程。刘父听到,倒是宽慰的,刘母却说,要孩子不着急,话里话外的,意思就是儿子和安灿的婚姻关系且得磨合。

安灿疲于应对这场面,找个借口去到包间外的露台,没想到,刘瑞也跟着出来了。

"我妈的话,听听就好。"刘瑞笑道。

"你妈说得对,结婚这么多年,都是你在为我付出,我好像什么都没为你做过，"安灿也笑，"有些事，你没跟我提过，但我都知道。我弟弟出意外那年，你有个去国外进修的机会，可是你放弃了。前年，你本可以和我离婚的，那样的话，你就可以重新选择伴侣，选一个……"

"这都是我心甘情愿的。"

"你不累吗？"

"你到底想说什么？"

"我总觉得自己亏欠你很多……"

刘瑞沉吟片刻："亏欠是吧，如果是亏欠，那你打算怎么还？"

"我不知道……"安灿摇头，"我真的不知道。"

"那就先进去，把这顿饭吃完。就当……就当是你还我的。"

他说毕，便扭头走进包房。

入户电梯门开了，安灿径直入内，看到了穿着睡裙的林一曼。

"巧了，"林一曼带着安灿越过玄关，一指客厅，"何夕也在我这儿，她刚到。你们俩这是约好的？"

"她怎么了？"

林一曼止步，打量着安灿："还是你看起来比较让人担心。"

"我没事，就是路过，想上来看看你。"

"来吧，今晚这里只有我们三个人，"林一曼慢慢往里走着，"孩子们跟爷爷奶奶回老家了，我爸妈出去旅游了，我还给阿姨们放了假。我从没觉得这么自在，就像是过一个想干什么就干什么的长假。"

"那你想干什么呢？"

安灿这话倒是把林一曼问住了，林一曼笑道："还没想好。"

林一曼话音刚落，本半靠在沙发上的何夕站了起来，她望向两位老友："恭喜我，我要离婚了。"

安灿诧异地看了看林一曼，林一曼双手一摊，表示她也才知道。

那年冬天，在城中村的出租房，何夕说着她和王超的相遇，安灿和林一曼都听得很入迷。当时，于新还未向林一曼表白，安灿更没有遇见刘瑞，她们无比羡慕何夕。在何夕的描述里，王超是一个完美的男朋友，他才华横溢，他体贴入微，他还有着她喜欢的小霸道和小傲娇，仿佛是从言情小说里走出来的男主角。何夕只希望能早早地和王超结婚，组建起一个幸福的家庭。

何夕如愿嫁给了王超，在他们的婚礼上，这对新人哭得稀里哗啦，安灿和林一曼亦跟着落泪，连于新都哭了。何夕和王超一路走来，最终能够修成正果，其实并不算容易。王超没钱、没房、没车，倒是有一对已经离异的父母，父母各自有了新家庭，谁都顾不上他。何夕的娘家呢，则想着男方能给点彩礼，好为何夕的弟弟攒点结婚本。

因为这笔彩礼钱，王超疯了似的工作，恨不得把一个人分成八个人用。为了抢一笔单子，他豁出去陪客户喝酒，硬是喝到酒精中毒被送去急诊。何夕这边，死命顶住娘家的压力，摆出了非王超不嫁的架势，一向乖顺的她就差没跟家人决裂了。

两人结婚后，脚踏实地工作，脚踏实地生活，有了儿子，有了属于他们自己的房子。这看似寻常得不能再寻常的生活，却是他们付出了无数的心力才换得的。眼见着他们的生活越来越好，儿子渐渐懂事，房子也换了大的，可是，他们却要离婚了。

离婚的原因并不新奇,是那种狗血而烂俗的桥段。那些故事里,疲惫不堪的太太永远比不过活力四射的小三,当诱惑来临,软弱的先生们似乎总无法抗拒。何况,那个美心,大概从她到王超那里上班的第一天起,她就开始了缜密的计划,一点一点,一步一步,不达目的不罢休。

何夕咨询了陆玲玲推荐的律师,让王超写下了一份悔过书。有了这份悔过书,即便王超不同意协议离婚,何夕也可以顺利地走诉讼离婚的这条路。迈出这一步,并不像她想的那么艰难,当然,也不太容易。她原本是那种做任何决定之前,都需要别人推一把的人,可是这一回,她不想再这样了。

在林一曼的观景大平层内,三个女人看着外边那个真实却又虚幻的世界,她们和这座城市的所有人一样,在变化中,不断得到,又不断失去。得失,大概就是这样的一种轮转,它是一个走不出去的圆。她们要找寻的,终究还是那个圆心,那个她们出发的地方。

"王超说,自从我到新灿上班,我变了,我变得很忙,很累,变得没有那么关注他……"何夕笑着,"我变了吗?刚来的路上,我开始反思自己,是不是我们的婚姻走到这一步,我也有错?不,我一点也没变,他只是在为他自己的行为找借口,你看,是我老婆没时间陪我,我才禁不起诱惑的,你看,是我老婆不够关心我,我才去找小三的……但是!我不需要反思什么,我没错。"

"你当然没错,"林一曼开了罐啤酒,塞到何夕手里,"喝了它,为没错干杯。"

"我有错……"刚喝下半罐啤酒的安灿,她突然幽幽说道,

"来这儿之前,我和刘瑞吵了一架,其实也不算吵架……严格来讲,我和他就从没认真吵过架,哪怕一次都没有。"

"你和刘医生,你们怎么了?"林一曼问安灿。

坐在地板上的安灿,她把自己的脑袋沉沉地靠在了沙发上,嘴里嘟囔着:"我说了,是我的错。"

安灿极少谈及她的感情生活,甚至是讳莫如深,连带着,她的丈夫刘瑞也罩了一层神秘感。在她们三个人中,安灿的角色始终都是那个负责倾听和解决问题的人,久之,林一曼和何夕便也忘了,其实安灿也需要被倾听,安灿也有各种各样的问题待解决。

"这十几年,我所拥有的,都是我争取来的,但刘瑞不是。他就像是一个意外的礼物,我什么都没有付出,什么都没有做,他就出现在我的生活里了。大概是这样,我也从来没有真正地去珍惜过他,珍视过我们的婚姻……"安灿说着,"等我意识到这些时,我已经不知道该怎么和他相处了。其实,他也一样,他比我还小心翼翼,他比我还要累。"

"那你打算怎么办?"何夕问道。

安灿摇了摇头:"说实话,我不知道。"

4

凌晨有场阵雨,雨量不大,堪堪将街面淋湿了一遍,待到七八点钟,街面的那层薄水便被升腾的太阳所蒸发,连一丝痕迹都不见。城市苏醒,又开始了夏季里冗长的一天。

狮子座的杨奇就生在这个季节,今天是他32岁的生日。他走进办公室没多久,部门的同事就齐齐涌入,带了蛋糕为他庆生。给同事过生日,这在新灿是个传统。按照往年,他该请大家吃个晚饭的,也算搞搞部门团建。可是今年,他似乎并无表示。众人说了点祝福的话,趁机会光明正大吹了点彩虹屁,便也陆续离去了。

想来也是,这杨总正和人事行政部的陆总热恋,今天的大日子,肯定是佳人有约。不然,本在临城出差的他也不会提前赶回来了。

犹记得他们双双发朋友圈"官宣"恋情那天,差不多把整个新灿都震了一震。各种八卦和传言满天飞,有说他们其实早就在一起了,有说他们这次是分手之后的复合。不管怎样,在旁人看来,这都是般配的一对。大家议论得火热,两位当事人在公司里却仍保持着该保持的距离,也没见他们整天腻歪在一起,让一干等着嗑糖的年轻女职员落了个空。

杨奇今天也落了个空。他本以为从临城回来就能见到陆玲玲了,但是,在早上返程的高铁上,他收到她的微信,说她临时要去外地出差。就这样,一对刚刚复合不久的恋人整了一出擦肩而过。

这次复合,他们有约法三章,是陆玲玲提出来的:一是恋爱不以结婚为目的,因为她对结婚没有兴趣;二是尽量不谈工作,除非是工作需要,上一次他们分手就是谈了太多工作的缘故;三是给对方足够的空间,毕竟他们都很忙。第一条杨奇持保留意见,但对后两条他是举双手赞成的。

爱情是个很吊诡的玩意儿,杨奇喜欢陆玲玲身上那股子劲,却又常常为此而头疼。每当他想占据主导的时候,事态的发展往往是反过来的,反被她给占了上风。就拿结婚这事来说,是,现在谈结婚确实还有点早,可杨奇毕竟也到了该成家的年纪,要不然，他之前怎么会去相亲？不过，比起上次两人的秘密地下恋情，这次终归是见了光，算是取得了突破性进展。

"杨总，"来聪敲了敲敞着的门，她一眼看到了吃剩的蛋糕，"生日啊？生日快乐。"

"噢，谢谢，"杨奇摘掉了脑袋上不知被谁套上的生日帽，"来总有事？"

"沃培那边来人了，陈总正和他们聊呢。只是……"

沃培想和新灿合作，邀请"歌颂"入驻沃培的女装电商平台。因对沃培的动机存疑，几个董事一番争执后，林一曼将项目对接交给了陈启明负责。

"有问题吗？"杨奇问来聪，"这本来就是陈总的工作。"

来聪意味深长地看着杨奇："你真觉得只靠陈启明，就能搞定这事？他那一套，放五年前没准还行，放现在……也就是林总，用人不疑，还信任陈启明。"

"那来总准备怎么做呢？"

"我是过来邀请杨总的，我们一起去会会沃培的人？"

新灿大厦门口，一行人浩浩荡荡，沃培的几个人正乘车离去，陈启明等人则在送行。众人脸上都堆着笑意，只是，陈启明的笑意随着车辆的远去渐渐消失。接着，他一个转身，望向来聪和杨奇。

"林总交给我办的事，二位如此用心，真是辛苦了，"陈启明冷脸道，"尤其是来总，刚才当着沃培那几个人的面，可真是滔滔不绝。怎么，他们人一走，你就没话说了？"

"我们就是想跟着陈总学点干货，是吧，杨总？"来聪看了看杨奇。

杨奇这才明白，他无意当中卷进了陈启明和来聪的是非恩怨。自从来聪空降到电商部，和原本独掌大权的陈启明就一直不太对付。陈启明行事保守，来聪则很是激进，两人在很多事情上观点都不一致，明里暗里，总想压对方一头。

这陈启明大病归来，自觉大势已去，难免有种被架空的感觉。林一曼让他负责接洽沃培，他自然是要借此表现表现的。杨奇虽然和来聪一样，也质疑陈启明的能力和忠诚，却极度反感这种无谓的内斗，他正要找借口脱身，卫开来了。

"刚好有事找你，你跟我来。"卫开说着，揽着杨奇的肩膀，两人低声说着话就走了，只剩陈启明和来聪大眼瞪小眼。

陈启明叹了口气，继续对来聪说："来总，你要想接我手里这摊子事，没问题，走，我们去林总那儿，你自己跟她说。"

"林总不在公司。"来聪笑道。

"你知道你差点坏我的事吗？噢，人家沃培就来了几个项目部的人，我们倒好，我一个副总裁出面还不够，还加上电商部总监和市场部总监。我原本是想，今天就随便聊聊，摆出个不合作也无所谓的姿态，先探探他们的底。你们这么一弄，阵仗搞这么大，弄得好像我们就等着沃培赏饭吃了……"

来聪不想听陈启明絮叨，便自顾自走向了电梯间。

5

昨晚，结束那顿不太美妙的家庭聚餐后，安灿到了林一曼家。安灿心内本就五味杂陈，又听到何夕在和王超闹离婚，一时感慨，便多喝了几杯，酒醉后便在林一曼家住下了。待她酒醒，已是中午时分，这才想起要送公婆去机场。很显然，她赶不上了。

离开林一曼家后，安灿驱车来到医院，不管怎么样，她有必要当面向他道个歉。他们约了在医院停车场见面，很快，她就看到了行色匆匆的他。他指指自己的车，示意她有话到车上再说。

她上了他的副驾，说着："抱歉，我迟到了，昨天晚上我……"

"没必要为这个说抱歉，我爸妈能理解。"他重重关上车门。

"我只是想和你把话说清楚。"

"好，那就从你对我的亏欠说起。昨天我问你，这些亏欠，打算怎么弥补，你都想好了？"

"不是，我……"

"你是不知道说呢，还是不好意思说出口？我来替你说吧。你打算就这么别别扭扭地和我生活在一起，就这么不明不白地过完这辈子，没准你会为我生一个孩子，像是某种天大的恩赐和施舍。我说得对吗？"

安灿无可辩驳，她沉默着。

"我们结婚后没多久，我就发现你并没有那么喜欢我。你有你的世界，你总是有忙不完的工作，我猜不到你在想什么，也看不到我们的未来。我想过放弃，想过很多次。有时候我不知道应该怎么对你，用什么样的方式去爱你……"他继续说着。

"是我的问题，我承认……"

他打断她的话："你离开新灿后，我虽然为你觉得可惜，但我心里有那么一丝庆幸。那就是你终于可以停下来了，停下来让我看看你需要的是什么，而我又能给你什么。很显然，我又搞砸了。"

"你可以离开的，随时都可以。"

"是啊，我可以离开的……我做的这一切，只换来你这句'你可以离开的'。安灿，这句话你怎么说得出口？我为什么不离开？这个问题的答案简单得不能再简单了，你要是真的一点都感受不到，行，我现在就可以回答你，我不离开，是因为我爱你，我不想放弃。听清楚了吗？听懂了吗？"

"别那么激动，也不用那么大声，我听清楚了，我也听懂了。好，我告诉你，我去参加发布会那天晚上，到过医院，想要接你回家。那晚，我看到你和洁瑞在一起，你们有说有笑，我很久没见你那样笑了。我给不了你这样的笑容，洁瑞可以。"

"所以？"

"我就想，如果我们分开，你应该可以活得轻松一些。"

"你确实太自以为是了……怎么，你要开始安排我的人生了？"

"你可以对我坦诚的，我能接受。"

"坦诚什么？我是和她见过面，她来医院找我，是来道别的，她要去国外定居了。而且，她不是一个人去的，有她未婚夫陪着。"

"未婚夫？"

"就在上个月，她订婚了。我没告诉你，是因为没有必要，这和我们的生活没有关系。我笑得那么开心，是真的为她感到高兴。我不知道你是怎么想的，但在我想要的未来里，并没有洁瑞或者别的女人，只有你安灿。我对你付出也好，牺牲也罢，这是我心甘情愿的，不是要拿这些把你绑在身边的，更不求你有什么回报。我只希望你能感受得到，你能对我们的未来有那么一点信心，现在看来，我也自以为是了。"

安灿觉得透不过气来，她开了车窗："说完了吗？"

刘瑞抬手看表:"说完了,我该回去上班了。"

他说着,便打开车门下了车,她犹豫着,下车去追。他走得很快,她跟着他穿过急诊室大厅。她的耳畔不时传来急救车的呼啸声,医生和护士皆脚步匆匆,有病人的呻吟声,也有病人家属的痛哭声。

弟弟安庆出车祸那天,她在这里见到了弟弟最后一面。她咆哮、痛哭、哀号,匆匆赶来的刘瑞几乎用尽全部力气才控制住她,他只将她紧抱在怀里。她想挣脱他的怀抱,用手掐他,用脚踢他,用牙齿咬他,他仍一动不动,直到她精疲力尽,直到她安静下来。这就是她的丈夫,缄默、温暖、坚定。可是作为妻子,她从没问过他想要的是什么,他对未来有着怎样的期许。

她甚至不知道,他们接下来的路要怎么走下去。

此时,他一个回头,她站定。在嘈杂里,她听到他说"就这样吧"。好,就这样吧,她噙着泪,转身离开。

杨奇取消了预订的生日大餐。按原计划,在那家他花了些心思才找到的小众餐厅,他会和陆玲玲一起度过他32岁的生日。其实,他是沣城本地人,父母近在咫尺。不过,他工作后就从家里搬出来住了,父母也习惯了他的忙碌。趁着自己过生日,把陆玲玲带回去见见父母,这个念头他不是没有过,只是她未必愿意。

待杨奇从健身房出来,夜已有些深了,但对这个季节的沣城来说,精彩的夜生活怕是还没拉开帷幕。他对夜生活没有兴趣,这些年,他只用健身和阅读来缓解压力,甚至没有什么朋友。和同龄人相比,他确实有些孤僻,可他并未觉得这样的生活有什么不妥。直到有几次他推开空荡荡的家门,才突然意识到,这个家应该有个女主人了。

今晚,杨奇跟往常一样推开家门,却发现家里灯光大亮,只见陆玲玲捧着个小蛋糕,正慢慢朝他走来。

"生日快乐,"她笑道,"你去哪儿啦?我等你好一会儿了。"

他有些恍惚:"你不是去临城了吗?"

"事情办得还算顺利,就赶最后一班高铁回来了。还好还好,没过零点,现在还是你的生日。"

他一口气吹掉蛋糕上的蜡烛,将蛋糕摆到一边,接着,便紧紧地拥住了她。

第十九章　浮花

都说好聚好散，然而，大多数人无法做到真正洒脱。因为，散掉的还有自己曾心甘情愿付出的情感，以及，那段大概不堪回首却无法抹去而又终将要成为回忆的过往。

1

自从调到品牌部，何夕的工作越来越忙了。现已接近下班时间，但还有个会要开，她整理了一些资料抱在怀里，正准备挪步去会议室。这时，前台给她打来电话，说是有位王超先生来访。她挂断电话后，犹豫了一会儿，才匆匆下楼。

何夕已和王超摊牌，要协议离婚，他不愿意，颇有点死皮赖脸要和她继续过下去的意思。说真的，要是他痛痛快快答应离婚了，在她眼里，他多少还有那么一丁点仅存的尊严。

原先何夕混混沌沌的，纠结着到底能否原谅王超，纠结着日子是否还要继续，可自从得知美心怀上了王超的孩子，何夕就被当头的这一棒给打醒了。何夕的思路从未像现在这般清晰。既然王超不同意协议离婚，那就走诉讼离婚的程序，把一切交给律师去办。另外，她以工作忙为借口，把儿子乐乐送到娘家暂住。目前她还不能和娘家人提及离婚的事，主要是怕他们来搅浑水，待事情办妥了再告诉他们也不迟。再就是，她把现在租住房子的门锁给换了，直接将王超挡在了外面。今天他来找她，难道是因为门锁的事？

何夕有些惴惴不安，她出了电梯，缓缓走向立在一楼大厅的王超。

"有什么话，到边上说。"何夕指指不远处的某个僻静角落。

王超双目泛红，怒道："现在知道要好好说话了？何阳砸店打人的时候，他可没有想过要好好说话！"

"你说什么？"

"你别装糊涂，就是因为我不同意离婚，你才让何阳这么干的。你也别得意，他现在就蹲在派出所。"

"到底是怎么回事？"何夕拉着王超往边上走，"何阳他为什么要砸店，又为什么要打人？我和他的关系你是清楚的，就是因为他三天两头惹事，我就差没把他的微信给拉黑了。他要做什么，怎么可能会和我商量？"

王超的眉毛都拧到一起了，好半天憋出一句话来："他说要给你出气，带着一帮人来砸店，把店里的客人全都给吓跑了。"

何阳是何夕的弟弟，这小子确实是个暴脾气，又没好好上过学，职技校毕业后就混社会了，很是有些三教九流的酒肉朋友。王超说何阳砸店打人，这些事，还真就是他的行事风格。但她和王超闹离婚的事，她一个字都没和娘家人提过，何阳又是怎么知道的？

"那打人又是怎么回事？"何夕问道。

"他打了我还不算，刚好美心到店里，她就是路过，何阳上去就给了她两个耳光。如果只是砸店，我也不至于报警，这都上手打人了，连女人都……"王超的声音越来越低，"是，我对不起你，可美心毕竟是个柔柔弱弱的女人，还怀着孩子……"

何夕本觉着何阳大可不必，但听了王超这后面几句话，她不禁叹气道："也对，等何阳从派出所出来，我跟他说一声，让他以后见你一次打一次。"

"你们打人还有理了？"

这时，何夕已脑补出美心梨花带雨，扑在王超怀里求安慰的画面，她只觉得恶心。

"王超，你到底在糊弄谁呢？你一边不同意和我离婚，一边又继续和她纠缠不清。我原以为你就是一时糊涂，被她给蒙蔽了。现在我才明白，是你一直在糊弄我们。"何夕压低声音，"我都能想到你是怎么跟她说的，你说的肯定是你要离婚，我不同意，对吧？你既不想失去我和乐乐，也想要田美心和她肚子里的孩子……家外有家？你想得也太美了……是我小看你了！"

被这话戳中的王超一时恼羞成怒，他大声道："你就没糊弄过我吗？你和那个李新良就一点事都没有？"

王超的声音很大，大厅里来来往往的人有一多半都听见了。

"你说什么？王超你……"何夕抬手，想狠狠给王超一巴掌。

有人抓住了何夕的手腕："别，先冷静下来。"

何夕扭头看，那人正是陆玲玲。

新灿大厦，人事行政部总监办公室内，陆玲玲坐在王超和何夕的对面。

陆玲玲笑着给王超递了杯茶："我还以为出什么大事了呢。其实吧，就是何姐的弟弟喝多了，发了点酒疯，弄坏了店里几张不值钱的桌椅板凳，误伤了一个无关紧要的人。都是一家人嘛，不至于闹到派出所。"

这话乍听还真是那么回事,王超都不知道该怎么回应了。

陆玲玲再道:"你和何姐最近有点矛盾,我多多少少也听说了一些。可你们俩现在不还没离婚吗?只要没离婚,你们的店就算开得再大,也有她的一半不是?桌椅板凳也好,锅碗瓢盆也罢,都有她的份。她哪怕把她那一半送给自家亲弟弟,让他使劲砸,这姐姐要惯着弟弟,咱也拦不住,是吧?"

"到底是新灿的人事行政部总监,还真是不一般,嘴皮子很溜。砸店的事我可以不追究,那打人怎么算?总要给我个说法吧?"

"噢,追究……说到追究,我倒是想起一件事。你用你和何姐的钱给那女人买车,这事,咱是不是也得追究追究?行,那就这么办,何阳在派出所是死是活,我们不管了,你呢,让田美心乖乖把车子还回来……"陆玲玲说着,转向一直沉默的何夕,"何姐,那车也值个小十万块钱呢,田美心要是不还这车,你完全可以起诉她侵占你的婚内共同财产。"

"除了车,他还给她转了不少钱,我手里都有记录。"何夕笑了笑。

"你们……"王超气极站起。

陆玲玲敛了笑容,抬手看表:"是你报的警,不管是撤案还是和解,你自己去搞定。现在是下午四点半,六点半之前,何阳必须回家。没别的,就是我何姐好久没和弟弟吃饭了,今天晚上,他们姐弟俩想好好吃个饭。"

电梯间里,陆玲玲拥着何夕的肩膀:"没事,回办公室后,就当什么都没发生。大家都很忙,谁也没工夫关心别人的家事。真的听了什么风言风语,也别在意,人哪,最关心的还是他们自己。"

"今天要不是你,我都不知道怎么办了,没准,还会闹出更大的笑话。"何夕道。

"我说过的,有什么事尽管来找我。对了,晚宴的事,林总跟你说了吧?"

"说了,她刚给我发了微信,"何夕晃晃手机,笑道,"不过,今天晚上,我得跟何阳好好吃个饭,不是吗?"

两人出了电梯间,何夕正要走进办公区,陆玲玲叫住了她。

"离婚没有那么可怕,"陆玲玲说着,"将就着过才可怕。有件事我从没跟人提过,我爸妈的感情一直不怎么好……"

何夕看向陆玲玲。

陆玲玲轻描淡写,就像在说她从哪儿听来的故事:"我爸也干过特别浑蛋的事,和我的幼儿园老师……我妈选择了原谅和忍让,这一忍,就忍到了现在。我特别希望她能勇敢一点,走出这段在将就的痛苦的婚姻,可惜她没有。这世界上应该是有幸福的婚姻的,但我不认为我有那种运气。所以,从没想过要结婚。"

"其实……"何夕想说点什么,陆玲玲已转身进了电梯。

2

临下班前,何夕找了个由头去电商部,自己和王超闹离婚,结果莫名其妙把李新良卷进来了,她至少得跟他道个歉。于是,她约了他在茶水间碰头。

何夕一到茶水间门口,原本站在茶水间里的几个同事就都走了出来,讪笑着从她面前走过。不用说,王超在大厅叫嚣的一幕已不知道变换出了几个版本,在这格子间里疯狂传播。而李新良作为八卦的主角之一,也正饱受关注。他们已笃定何夕和李新良关系非常,这是在给两位主角腾地呢。

"咖啡?"李新良看着何夕,他的神色跟往常无异。

"嗯。"

他操作着咖啡机,仍是不苟言笑:"要不要加点牛奶?"

"那个……"她迟疑着,"抱歉啊,王超他……"

"你找我,就是为这事?"他问。

"嗯,他不该把你扯进来的,简直是胡说八道。"

他往咖啡里倒着牛奶,顺手把杯子递给了她:"早点下班,明天见。"

何夕到底还是回娘家了。是何母开的门,她没吱声,只是将何夕一把拉了进去。何父、何阳、何阳的妻子小颂、乐乐正围坐在餐桌旁吃饭,那何阳啃着个卤鸡爪,还喝着小酒,跟没事人似的,连头都没抬。

"妈!"乐乐上去就搂住了何夕,"你来接我回家了?"

"我……"

"本来是想吃完饭再给你打电话的,行,你来得正好。"何父看向何夕。

素来对何夕有些冷淡的小颂,一反常态,她忙不迭站起:"姐,你还没吃吧,快坐,我去给你拿碗筷。"

"乐乐你过来,"何父从裤兜里摸出几张钱,"你不是想吃披萨吗?拿着,现在就去。"

"可是我已经吃饱了……"乐乐喃喃道。

"哎哟,外公让你去你就去嘛,"何母拿过何父手里的钱,塞到乐乐口袋里,"把楼下的淘淘也叫上,有个伴。"

"妈?"乐乐看了何夕一眼。

何夕点点头:"去吧。"

待乐乐出了门,小颂拉了何夕坐下,一桌子人,谁也没说话。想来,这何阳进了一趟派出所之后,何夕和王超的那点事,娘家人便也什么都知道了。

沉默了好一会儿,何夕才道:"那个……何阳你没事吧?没伤着吧?"

何阳叼了根牙签:"我能有什么事,又不是第一次进派出所。倒是你,什么都不跟我们说,我还是从你一个老同学那知道的这事。王超是欺负我们何家没人了?"

"爸妈,小颂,不好意思,我是真不知道何阳会去找王超,也不知道王超会报警……"在这个家里,何夕从来都是小心谨慎。

何父圆眼一瞪,一拍桌子:"砸得好,打得好!就是何阳不去,我知道了,我也是要去的,看我不把那浑蛋的腿打断!"

"要不是他后面报了警,别说是腿了,就是他的脖子我都能给拧下来。"何阳愤愤然。

娘家人的反应,倒是出乎何夕的意料,她深吸一口气:"我准备和他离婚了,乐乐肯定是要跟我的,属于我的东西我也得拿回来。这些,我本来是打算等手续办好了再跟你们说,主要是不想给你们添堵……"

"我和你妈还没死呢,这么大的事,你愣是一声不吭?今天要不是何阳跟我们说,我们还全蒙在鼓里。"何父又拍了一下桌子。

"原先我们劝你别离婚,是觉得王超还不至于……我们也是刚知道美心怀孕了……"何母的眼圈都红了,"离吧,赶紧离。他以为他是谁啊?离了他你就不能过了?"

"何阳回来一说,我都气炸了,"小颂接嘴道,"他说他扇了那女人两耳光,那女人护着肚子说自己怀孕了,怀的还是姐夫……呸,王超的孩子。算起来,她还是咱们家远房亲戚,她是要叫你一声姐的,可她干的这都叫什么事?"

"狗屁亲戚!"何阳喝干杯里的酒,"那帮子人,以后咱们家谁也不许跟他们再来往。"

"你少喝点,"小颂横了何阳一眼,然后转对何夕,"姐,要不然你就搬回来住几天?"

没等何夕说话,何阳就道:"不会说话就闭嘴。什么叫住几天?她是我姐,她想住多久就住多久。"

"我说的就是这个意思嘛……"小颂给何夕夹了一筷子菜,"多吃点,越是这样,就越要好好吃饭,把自己养得漂漂亮亮的,气死那对狗男女。"

娘家人都很愤怒。至于何夕,其实她早就不愤怒了。这段时间,她不喜不悲,对王超仅存的那点爱意也已磨没,既然没了爱,便也谈不上恨。决定离婚之后,她就再没有哭过。但是,此刻,在她的家人面前,她的眼泪却在不争气地往下流。生活真的太有意思了,也真的太讽刺了,曾经,她以为世界上最在意她的那个男人,如今却背叛了她,可她以为世界上最不在意她的这几个家人呢,却在告诉她,其实家门一直都在为她敞开着。

3

下了一场微润的雨。这场雨并未让炎热消减,只换来半日的清凉。尽管如此,城中的很多女人都换上了早秋最时髦的着装。再过几日,便是中秋了,而秋天本身,它似乎还未显现出端倪。

民政局离婚登记处,有几对男女正等着办手续。和结婚登记处那边的喜庆欢快不同，这边的氛围有些微妙的沉默。离婚，从来就不是一件轻松的事，它更像是切割的过程。切割的不仅是两人所共同拥有的物质，还有共同的社交圈，当然，还有一对夫妻或长或短，或深或浅的情分。若是切到二人黏连之处，不痛是不可能的。都说好聚好散，然而，大多数人无法做到真正洒脱。因为，散掉的还有自己曾心甘情愿付出的情感，以及，那段大概不堪回首却无法抹去而又终将要成为回忆的过往。

刚进门的那对男女很年轻，女人怀里抱着还不会走路的孩子，孩子一会儿摸摸女人的脸，一会儿又抓抓男人的耳朵。但男人和女人的表情都很平静。在带着户口本、身份证、结婚证和离婚协议书走进这里之前，他们各自的内心定是历经波涛汹涌。到了今时今刻，确实也只剩平静了。

何夕看了看时间，王超应该就快到了。可能是何阳去店里那么一闹，把王超给闹怕了，也可能是何夕扯下了王超最后一块遮羞布，让他再也无法伪装。总之，他终于同意协议离婚。协议是何夕的律师拟的，出乎意料的是，王超那方没有提出任何异议。儿子乐乐的抚养权归何夕，那套还未交付的房子归何夕，此外，他转让掉了总店，转让费也归何夕。何夕虽没过问过餐厅的账目，但她知道，为了开分店，他投入了不少钱，其中有部分是向银行贷的款。可以说，离完这个婚，王超便只剩那家前景并不明朗的分店，而且身上还负着债。

该拿到的都拿到了，但是，何夕并没有感到任何快慰。

王超来了，他慢慢走到何夕身边。这些年，原本清瘦的王超胖了不少，脸圆了，肚子也大了。开餐厅后，他更是变得油腻感十足，和结婚证上的那个他相比，早已判若两人。何夕倒是比当年瘦了，可是，没有了苹果肌的脸颊很显衰老，让本就不出彩的五官更显普通。但变化的何止是他们的外形，还有他们那份曾自认为海枯石烂的爱情。

"就快轮到我们了，再等等。"何夕说着。

"好，不急……"王超嘟囔道，"我刚才跑错了，跑到结婚登记那边去了。"

她没搭腔。

他继续道："东西都带齐了？"

"噢，都带了。"

"乐乐那边，你想好怎么跟他说了吗？"

"我会跟他说的。"

"我希望……"他抿了抿嘴，"你跟孩子说的时候，尽量能……就是别让孩子太恨我……"

"知道。对男孩来说，父亲就是他的榜样，虽然你不够格，但我希望你在他眼里还是个好父亲。况且，协议书上写了，你有探视权。走吧，到我们了。"

"这么快？"

"别磨蹭了。大家都挺忙的，早点办完，早点走人。"

王超红着眼睛，抬头望向天花板，他唯恐一低头，眼泪就会溢出来。何夕拿过他手里的各种证件，径直走向了办事窗口。他是在后悔？大概吧。而她，或许没有那么洒脱，却已准备好迎接这不可避免的分离。

新灿大厦，多功能厅，一场新闻发布会正在举行。台上，林一曼和叶科并肩而站。台下，迫不及待发问的记者们纷纷举手。

"叶总，沃培为什么会选择和新灿合作？"一位被点到的女记者迅速站起。

叶科微笑道："我相信新灿的实力。但是刚才这位女士的问题，我想冒昧做个小纠正，其实，不是我们选择了新灿，而是新灿选择了我们。"

那位女记者也笑了，她看向林一曼："林总，那新灿为什么会选择沃培呢？"

"算起来，今年是新灿发展的第十二年，这十二年里，我们历经了服装业的飞速发展，在这个行业里，不谦虚地说，我们新灿积累了无数宝贵的经验，特别是在女装领域。新灿有丰富的经验，而沃培有先进的理念和技术，我相信，我们的合作会非常成功，当然，也会非常愉快……"林一曼缓缓说着。

台下前排，杨奇正襟危坐，他边上坐着的是面带笑容的陆玲玲。此时，杨奇用左手食指敲了敲陆玲玲的右手手背。

"今天晚上……"话是对她说的，但他的表情看起来仍在认真参会。

她也还是目视前方："我说了，我不去。"

"就是吃个饭，你别有压力。"

"只要和你爸妈吃过饭，就相当于见家长了。你知道的，我对谈婚论嫁没兴趣。"

"吃个饭而已。"

"你要是想结婚，就不该和我在一起。"她说毕，将自己的右手收到膝上。

何夕和王超走出民政局，此时，他们身上都多了本薄薄的离婚证。这张证，既代表了他们婚姻的终结，也代表了他们各自人生的开始。如果何夕没有看错的话，街对面王超车子的副驾驶上坐着的正是美心。嗯，王超已经开始了他全新的人生，和另一个女人，以及她腹中即将出生的孩子。

前几天，何夕无意当中看到一个短视频，视频里，民政局门口，一个男人刚和前妻走出离婚登记处，就和另外一个女人走进了结婚登记处。短视频或许是演的，但如今摆在何夕面前的，却是真的。如果此刻王超领着美心进了结婚登记处，何夕一点都不觉得荒诞。她这段日子所承受的一切，已足够荒诞。

"她非要跟着……"王超的声音很轻，他试图向何夕解释些什么。

何夕看向那辆车。车还是乐乐出生那年买的，为了省钱，何夕和王超决定买二手车，那段时间，他们没少跑二手车市场，为了几百块钱的差价和老板软磨硬泡。也算是运气，这么多年，车子几乎没出什么故障，很是皮实，帮着一家人遮风挡雨，也方便了王超跑业务。哪怕后来两人有了些余钱，也没舍得换掉它。而现在，它的副驾驶上坐着的是别人，一个原本和这个家庭毫不相干的女人。

副驾驶的车门开了，美心从车上走了下来。她化了精致的妆，那件有些紧身的连衣裙勾出了丰满的身形，活像一只饱满的水蜜桃。只见她一手拿着只簇新的包，印满LOGO的包身显示着它的贵气，另一手则扶着微隆起的小腹，娇嗔地看着王超："走啊，还愣在这儿干什么？我还要去做产检呢。"

王超指了指车："你上车！"

"怎么了？手续不都办完了吗？你跟她还有什么可说的？"

"你给我上车！"

美心走到王超身边，死死地挽住了他的胳膊："我偏不。"

停车位边上有个工地，何夕笑着走向工地，十秒钟后，她手里多了块砖头。她狠狠地将砖头砸向那辆车的挡风玻璃，玻璃瞬间裂出无数细密的小缝，看样子，这车也不是那么皮实。

美心失声尖叫，王超却一脸木然。

这时，一辆黑色SUV在他们身边停了下来，安灿从车上跳下，她一把揽过何夕："我们走。"

"不……不能走……这车……"美心跺着脚。

安灿微昂着头："你就是田美心？"

"我就是田美心，怎……怎么了？"

"没怎么，送你一个字，滚。"安灿说毕，拉着何夕就上了车。

美心推着一动不动的王超："你看她们！她们欺负我！"

"滚！"王超甩开美心的手，声嘶力竭地吼道。

4

"沃培集团与新灿集团的合作签约仪式今天在新灿大厦举行，这意味着年轻的沃培将给新灿注入新的活力。据悉，双方合作的第一个项目是'歌颂'……"

安灿和何夕在车内听着这则新闻，两人不禁相视一笑。

"今天是个好日子，你恢复了单身，一曼呢，搞定了和沃培的合作。一曼说了，等她那边结束后，就会过来和我们会合，大家一起庆祝一下，"安灿道，"说吧，想怎么庆祝？"

"酒吧。"

"酒吧？"

"我还从没去过呢，上次陆玲玲说要带我去的，结果一直没时间。"

"行,那就去酒吧,把陆玲玲也叫上。"

"你看我这前面十几年活的,"何夕叹了口气,"连呼吸都小心翼翼,这个不敢做,那个不敢想,瞻前顾后,以为安个家,做个贤妻良母,这辈子就算是圆满了。别的不说,连件贵一点的衣服都不敢买。现在,我要好好透口气。"

"现在时间还早,我先陪你逛逛商场。对了,还有什么想干的?"

"我还想……做点有仪式感的事,"何夕沉吟片刻,"比如,把离婚证发到朋友圈?"

"发呗。"

"真发啊?"

安灿苦笑,靠边停了车,向何夕伸手道:"手机给我,我帮你发。"

"我还是自己来吧。"何夕也笑了。

新闻发布会结束后,还有个酒会。新灿和沃培的中高层都聚齐了,众人举杯,很是其乐融融,每个人脸上都洋溢着微笑,看起来,双方对即将展开的合作充满期待。

"林总,"叶科走向林一曼,"合作愉快。"

"合作愉快。"林一曼和叶科碰杯。

"我太太说她特别钦佩你,"叶科笑着,"今天,我也想跟你说这句话。"

"多谢叶总抬举,我其实什么都不懂,坐在这个位置上,多少也有些勉为其难。"

叶科看了看不远处的陈启明和来聪,说道:"你的这两员大将演了一出好戏啊,但我怎么觉得,林总你才是这出戏的导演呢?"

林一曼笑而不语,慢慢地喝着杯中的酒。

这陈启明到底老辣,他一面表现出对沃培的合作没兴趣,一面放风出去,说新灿的电商部要独立出来,并积极和几个投资公司接洽。来聪性子急,她是最想和沃培合作的,私下各种和沃培项目部的人接触。这两人搞得沃培云里雾里,他们想探探林一曼的口风,林一曼倒好,带着孩子去度假了,摆出一副两耳不闻窗外事的姿态,任由陈启明和来聪斗法。

叶科对新灿是有执念的,这份执念源于新灿的两位创始人,他们可以说是他的领路人,更是他的偶像。对他而言,拿下新灿,也就意味着超越偶像,那实在令人快慰。沃培本就想用合作为契机,进而掌控主动权,最终吞并新灿的电商业务,一听说陈启明要将这块业务分割出来,沃培便有些坐不住了。

那来聪偏是不撞南墙不死心的性格,耐着性子一点点和沃培磨合作条款,各种争取主动权。沃培那边不再咄咄逼人,在叶科的授意下,决定以退为进,不管怎么样,先用这个项目投石问路。他如今最是春风得意,总以为一切尽在掌控,直到确定合作,签了协议后,他才品出味来,这林一曼还真的没那么简单,他怕是被她给摆了一道。

"所以,电商部根本没有分割出新灿的打算?"叶科突然问林一曼。

林一曼并未正面回答,她顿了顿:"刚才在新闻发布会上,我说,我们新灿有宝贵的经验。叶总,你知道这些经验里,我最受用的是哪一条吗?"

"洗耳恭听。"

"这条经验是安灿最近才告诉我的,她说,当一个人觉得自己无懈可击,一定能赢的时候,从某种意义上来说,'太想赢'就会是他的软肋。叶总,你太想赢了。"

"受教了。你这出戏很精彩,让我有了那么一点挫败感……"叶科看着林一曼,"但不知为什么,看到这样的林总,我好像突然放心了,也真的对我们的合作有了信心。"

"我一直都很有信心。"

叶科将酒饮尽,晃了晃空酒杯:"再来一杯?"

"为了合作愉快?"林一曼浅笑道。

"这一杯,敬于新,敬安灿。"

"好,敬他们。"

杨奇匆匆离开酒会,走到停车场,他刚坐上车没多久,就发现陆玲玲站在了他车前。

车窗徐徐落下,杨奇探出半个脑袋:"不是不想和我父母见面吗?"

"只是吃饭,别的一概不聊。"陆玲玲笑了笑。

"本来就是吃饭嘛,你想得太严重了。上车。"

陆玲玲一指副驾驶的车门,杨奇无奈一笑,下了车,打开车门,将她请了进去。

她坐定,系上安全带:"刚在酒会上我看你心不在焉的,算啦,这顿饭我还是陪你去吃,给你个面子。不过吃完饭我得早点离开,安姐她们约了我。"

他拨了下她的长发:"你会喜欢我爸妈的。"

在杨奇和陆玲玲还没复合前,杨奇的父母给他张罗了不少相亲对象,这也是他想带陆玲玲回家的主要原因,想先让父母宽宽心，别再为他的事操心了。况且，他已经发过朋友圈官宣恋情，父母是知道有陆玲玲这个人的。

杨奇觉得陆玲玲应该会配合，不料当他提出这个想法时，她当即就表示了不同意。可是，他已经和父母约定了时间，就在今天。本以为晚上要一个人回父母那儿了，没想到，她最终还是同意了。

"何姐离婚了。"陆玲玲突然道。

杨奇点点头："你跟我提过的，说她老公出轨了。要真的这样，离婚是解脱。"

"这个我当然知道，只是有些感慨。两个人走着走着，不知道哪天就会散。可能是因为这个，我想，在我们俩还没走散之前，尽量都让对方开心吧。"

"所以，你答应跟我回父母家吃饭，就是为了让我开心？"

"不然呢？"她翻了个白眼。

"可我要是一直都想和你在一起呢？"

"一直？一直是多久？"

"……"

"你看，那个词你也说不出口。"

"你知道吗？我喜欢你的真实，但有些时候，我又讨厌你的真实。"

"开车吧。"

5

酒会结束后，林一曼便去了商场和安灿会合，她们决定先陪何夕买几件衣服，然后找个地方吃饭，等吃完饭，就带何夕去酒吧。此时，何夕正在试衣间里换衣服。

"刚才那条颜色会不会太素了？你看，要不要让她试试这条？"林一曼指着架子上的一条蓝色连衣裙，对安灿道。

"噢……"安灿的手机响了，她皱眉看了手机屏幕一眼，随即将手机翻了个面，"我先接个电话，是刘瑞。"

林一曼看着安灿走出专柜，她一边走，一边又将手机翻了过来，贴紧耳朵。但给她打电话的并不是刘瑞，而是早已从新灿离职的曾任于新和林一曼助理的裴娜。安灿并不知，她拿出手机的瞬间，林一曼的眼角余光分明已瞥到是裴娜来电。

据说裴娜离职后就出国了，自此，林一曼便再未见过她，她就像凭空消失了般，连微博和朋友圈都不再更新状态。这样一位新灿的前员工，她为什么会忽然给安灿来电话，还是说，她们一直都有联系？如果只是个简单的电话，安灿为什么要对林一曼遮遮掩掩？

"蓝色不错，还是你的眼光好。"安灿已接完电话折回，对略有些发怔的林一曼道。

林一曼回过神来，她伸手触摸着那条连衣裙，"嗯，版型也好，很挺括。对了，刚刘瑞给你打电话……怎么，你们终于和好了？"

"你可真够八卦的。"

天刚蒙蒙亮，照了一夜的路灯已熄，街道变得异常空旷。任意穿过人行道，往街对面走去。那里，有辆车正打着双闪。

任意拉开车门，看到了坐在驾驶座上的林一曼。林一曼穿着白色长袖T恤和牛仔裤，清爽的短发下是一张未涂脂粉的脸。这是任意没有看到过的林一曼，往常的她，总是套在各种精致的正装里，从发型到妆容皆一丝不苟。

半小时前，本在睡梦中的任意，他接到林一曼的电话，说她在这儿等他。作为林一曼的助理，他和她本有很多独处的机会。只是近来，因为种种原因，他们与彼此都保持着应有的距离，除了工作，他们之间几乎再无别的话题。所以接到她的电话时，他是诧异的。除了诧异，更多的则是担心。她成长飞速，不再是那个情绪化的林总，也不再甘心做什么吉祥物总裁。她的外表固然柔弱，可她的内心逐渐强大，他已提供不了情绪价值。这让他有些失落，却又为她感到高兴。而今天，她急着要见他，怕是遇到什么难事了。这让他有些担心。

"林总，是出什么事了吗？"他急切地问道。

她沉默了一会儿，反问道："任意，我能相信你吗？"

"当然可以。"他没有任何犹豫。

林一曼到新灿快两年了，这两年来，她看明白了许多事。因她坐在这个位置上，那帮人虽对她前呼后拥，却各有各的出发点。像卫开，他留下是为了于新，杨奇的眼里只有新灿的未来发展，来聪和陆玲玲是为了个人抱负，陈启明等人则见风使舵，说白了，他们其实没有那么在意林一曼这个总裁，甚至，对他们而言，谁当总裁都一样。唯有身边这个年轻的助理，他是她的亲信，更是她的朋友。他是真正能站在她的立场上，替她去考虑问题的人。

"还记得我的前助理裴娜吗？"她问他。

他点头："记得，安总离开新灿后，裴娜就辞职了。"

"昨天，安灿接到裴娜的电话，她显然不想让我知道给她打电话的人是裴娜。我的第六感告诉我，这里面有问题，而且和新灿有关。"

第十九章 浮花

"那你为什么不问问安总……"

"她不想告诉我的事,我问了也徒劳。比如,上次老刘那件事。我一晚上都没睡,就在刚才,我在这儿等你的时候,好像突然有些想明白了。安灿离开,裴娜跟着也离开了,这里面一定有关联,是为了掩人耳目,而且,和那个人有关。"

"那个暗中搞事的人?"

"对,就是那个制造了新灿的罢工门事件,还让安灿不得不引咎辞职的人。或许,他真正的目标从来就不是安灿,是新灿。我们不知道他接下来还要做什么……"

"林总……"任意有些不寒而栗,"你是说,他根本就不是我们的竞争对手,他就在我们身边?"

"这也是我约你在这里见面的原因。公司人多嘴杂,况且,我们还不知道他躲在哪儿,他披着什么样的皮囊。"

"即便你的猜测是对的,但我实在想不出安总隐瞒你的理由。"

"以我对她的了解,她大概是想用自己的方式来解决问题。或者,她不想打草惊蛇?又或者说……她其实并不相信我,她不相信我有能力和她并肩作战。任意,我现在就像置身黑暗中,那暗处有无数双眼睛在看着我,有善意的保护,也有恶意的伏击,他们双方在纠缠,在斗法,而我,却对此一无所知。"

"那我们应该怎么办?"

"安灿有她的方式,我也应该有我的。"林一曼看向前方,天色已渐渐大亮。

第二十章 幻月

看似便捷的社交和通信,并没有让他们和身边的人更加亲近,有时,反而是某种疏离。

1

再过两天就是中秋节了,城内的节日氛围很是浓重,处处都在提醒这个阖家团圆的日子即将来临。夜幕下,墨蓝色的空中挂着轮明月,它已无限趋近全圆。刘瑞正独自走在这月色里,他穿过喧闹的街,来到一家餐厅。安灿订的是餐厅的露台包房,半封闭的露台,既保证了隐私,又能感受徐徐晚风,还可以欣赏夜景。

刘瑞到的时候,安灿已经坐在那儿等他了。来之前,他就知道这不会是一顿简单的晚饭,她也不是真的为了过所谓的二人世界。毕竟,她从来就不是有情调的人,月色再美,她都未必会抬头看。关于这一点,他早就已经习惯。这段时间,他们夫妻陷入了冷战,今天的"约会"是安灿提出来的,她说有话想和他说。他不是不想沟通,但他无比矛盾,他既希望她能坦诚,却又害怕她的坦诚。

"坐吧,"她给他倒了醒好的酒,"我们喝一杯。"

"好,喝一杯。"当年他与她在朋友的聚会上重逢后,他们的第一次约会就是在酒吧，微醺后，他看到她眼里的光亮。想必，那时她确实是对他有好感的吧？只是，这样的光亮，在他们婚后，他就极少见到了。若不是为着最初的这点微光，这段婚姻，他也坚持不了这么多年。

她笑着仰头喝尽杯中酒，还如彼时豪爽。但她喝完这杯酒后，就只定定看着他，却一句话也说不出来。

"还是我来替你说吧，好吗？"他用指关节敲击着桌面，像是在反复斟酌接下来要说出口的每一个字。

"好……"她的眼里有泪光，"你来说。"

"我们之间的问题，从来就只有一个，那就是，你的心里只有他，也只容得下他，是吗？"

"还有呢？"

"多么伟大啊，安灿，于新知道你的牺牲吗？林一曼懂得你的舍弃吗？而我，作为这个故事里的小配角，也只是成全你所谓的伟大的工具人。"

"你继续。"

"这些话，我憋在心里已经很多年了，好，很好，现在全都说出来了。嗯，说出这些，比我以前想象的要轻松。"他站起，给自己倒了满满一大杯酒，一气喝下。

"那是不是轮到我说了，有些话，我得自己来说。"

"你还有什么可说的？"

"刘瑞，我犯过很多的错。但我犯的最大的错，是在过去的那些年里，我没有珍惜过你，没有珍惜过我们的婚姻。现在我想珍惜，只是，我不一定有这样的机会了。我对你，不仅仅有亏欠和感激，也有从没说出口的爱。这个，你有权利知道。"

"别骗自己了。洁瑞说得对,我刘瑞永远排在你那些雄心壮志之后,不过,她应该再补充一句,我不但排在你的雄心壮志后边,还排在于新后边……"他不可抑止地笑了起来,"或许,在你心里,我什么都不是。"

"不是这样的,我以为你能懂,这段时间以来,我努力……"

"我们分开吧。"他说。

这句话,他说得特别平静。她沉默地坐到他对面,餐桌上,她的手几度差点触碰到他的,却又几度缩了回来。他向来深思熟虑,当年决定和她结婚时是这样,现在决定和她离婚时也应该是这样。她没理由再将他留在身边,为了这段婚姻,为了这个家,为了她,他已经承受太多。他们分开,他一定会轻松许多。

良久之后,她道:"好,我们分开。"

他仍是那个得体的男人。喧嚣也好,寂寥也好,他总能用自己的生活哲学去应对。她丝毫不忧虑他的未来,因为,离开了她,他会拥有更好的未来。她早就该放手的。

年轻时,安灿总以为一切都来得及。她既来得及去追随心中所爱,也来得及去追寻心中所想。大概是这样,她感知自己已经喜欢上于新时,并不急于表白。是啊,爱从来就无须刻意。她想象中的爱情,是水到渠成,是两个人在时光里的慢慢靠近。于是,她跟他来到了冇城。

直到有天,于新告诉安灿,他喜欢的是另一个女孩,而那女孩对安灿来说同样重要。后悔吗?当然。爱情是自私的,她从来不以为自己伟大,她的失落和痛苦都如此真实。只是,当她冷静下来,换个角度去想的时候,那两个她所在意和在乎的人,他们如果真的能修成正果,或许是另一种欣慰。

安灿默默退出他们的生活,自此将事业视为所有。她未曾想过,有天刘瑞会闯进她的世界。刚才,刘瑞说她爱的人是于新,刘瑞错了。她对于新的爱,早已不是男女之间的那种情愫,而是一种并肩作战的志同道合。这一点,在于新离世前她就明了了。

只是,在于新离世后,动荡之下,安灿才明白这些年刘瑞的守候和付出。渐渐地,她对刘瑞的感恩已经就变成了爱。这些话,她无数次想说出口,却因她的迟疑和犹豫,始终未能向他剖白——她天真地以为他能懂。而今,她必须为自己的错误埋单了。

是啊,这世间,万事万物,纷繁却精彩,她安灿又怎能把所有美好都收纳?她本就不是那轮曜日,她既照亮不了自己的前程,也温暖不了自己身边的人,哪怕,这个人是她最该珍视的枕边人。

2

这个中秋节,何夕准备回娘家过。她离婚后,乐乐就一直跟着何母,没少给娘家人添麻烦。她便想着,趁着过节,给家里人选几样礼物,也是表表自己的谢意。

没想到,何夕刚走进一家商场,就看到了美心。美心正独自站在一个珠宝柜台前,试戴着一枚婚戒。按说,既然是来买婚戒,王超应该就在附近。但直到何夕买好了礼物折回,美心还是一个人在那儿选婚戒。

大好的节日,何夕不想给自己找晦气,决定绕道走开。不料,美心眼尖,她一个转身就发现了何夕。

美心朝拎着大包小包的何夕走来,脸上带着笑:"你这日子倒是过得不错。"

"你也不差,都开始选婚戒了。"

"本来呢，王超要陪我来的，店里生意实在太好，他走不开，就让我自己来选，选好了，他埋单。要不然，你帮我参谋参谋？"

"我不懂这些，不过，我听说钻石吧，小于一克拉的都不保值。你就往大了选，越大越好。"

"也是，他肯定会给我买最好的。你别酸我，也别恨我，每个人都有自己的命。"

何夕笑着："说实话，酸是没有，我反而有点心疼你。美心，抱着这处心积虑得来的男人，你每天晚上都睡不安生吧？你一定很担心，担心王超会遇到别的女人，一个像你这样的，或者比你更年轻、更漂亮的。我和他这么多年的感情，该经历的都经历了，他可是说背叛就背叛，何况，你和他才在一起几天啊……你们都会为自己的行为付出代价的，所以，我也不需要恨你们。你们挺合适的，特别般配。还有啊，你们必须得结婚，最好能白头到老，省得再去祸害别人。"

"你……"

"快去选婚戒吧，记住，一定要选最大的。"

何夕刚到娘家门口，还没敲门，那门自己就开了，何母将一篮子大闸蟹扔了出来。

"妈，好好的怎么就扔了？"何夕纳闷。

何母咬牙切齿道："好什么好，晦气得很，是刚才王超送来的。"

"什么时候？"

"就十分钟前，让你爸给轰走了，"何母指了指那篮大闸蟹，"这玩意儿，你爸说了，就是我们全家都饿死了，也不吃。"

十分钟前？何夕联想到独自选婚戒的美心，不禁觉得有些可笑。不是说王超在忙，没时间陪她选婚戒吗？怎么倒有时间来送东西了？

何夕将手里的大包小包塞给何母，转身将那篮子蟹提起："吃啊，为什么不吃？全都下锅蒸了，蒸得透透的。"

"何阳也是这么说的。行，你们姐弟俩倒是没心没肺。"

"没心没肺才好。妈，我今天特别高兴。"

"瞧出来了。"何母笑着摇摇头。

这种日子，林一曼家总是挤满了人。今年的中秋，全是于慧给张罗的，于林两家的父母都聚齐了，还有些林一曼叫不上名字来的亲戚朋友。孩子们满屋跑，哭的哭，笑的笑，闹的闹，大人们则举杯欢庆，谁也没闲着。

当然，他们主要是不想让林一曼闲着。只要闲着，这个家的女主人难免就会想起已经缺席的男主人。林一曼感激于慧的体恤，虽然这样的热闹并不能真正帮助到她，可是，总比冷冷清清要好。

酒过三巡，到了孩子们表演节目的时间，林一曼接到了任意的电话。

手机里，传来任意有些急切的声音："林总，裴娜确实回国了。"

"她在哪儿？"林一曼一下站起。

"她一直在换地方。目前，她住在郊外的一家民宿。"

林一曼看了看这一屋子人，顿了顿："把具体位置发给我，我去找她。"

"我知道你急，现在我就在你家附近，我陪你过去。"

"任意，今天毕竟是中秋节，你……"

"别犹豫了，林总，要是晚了，以后再想找到她就没那么容易了。"

"好，你等我，我马上下楼。"

中秋之夜，城内人声鼎沸、光影交织，有节庆的欢腾，自然也有欢腾之下不为人察觉的清寂。下了高架，进入隧道，便出城到了北郊。一进北郊，画风突变，没了那些人声和光影，唯有虫鸣鸟叫和点点灯光，月色明朗了许多。北郊因靠山，建有一个民宿群，那星星点点的灯光，就是错落在其中的大大小小、规格不一的民宿所散发出来的。

裴娜住的那间民宿在一处山坡，停了车，还需顺着石阶而上。任意给林一曼开了车门，却见她直视前方，并没有要下车的意思。

"林总，到了。"任意说着。

"那是……"林一曼指指不远处的一辆黑色SUV，"那是安灿的车，她也在这儿。你上车吧，我们走。"

"走？"任意不解。中秋节的晚上，他们抛下各自的家人来这儿，就是为了找到裴娜，寻求一个答案，尽管他们谁也不知道这个答案对应着的到底是什么问题。

林一曼很坚定，她冲任意点点头："走。"

"我们就这样走了？"

"去江贝新村。"

"江贝新村？"

"我们几个以前就住那儿，我想回去看看。"

任意虽是一脑袋问号，却再无二话，他径直上车，开了导航。江贝新村位于城南，是一个城中村，从这过去，差不多要穿过一整座城。这城中村边上有个很大的劳务市场，即便是冇城本地人，任意也从没去过那里。

3

2007年中秋,江贝新村某出租房。小小的两居室虽则简陋,却很是整洁、温馨,简易折叠餐桌上摆满了酒菜。这应该是林一曼、安灿、于新在江贝新村过的最后一个中秋节了。

过完中秋,城中村这套房子的租约就满了,安灿提出搬去市中心租住,于新和林一曼自然是同意的。市中心交通便利不说,居住环境更是比这里好得多。

三人正吃着饭,安灿接了个电话,便对林一曼和于新道:"噢,是中介来着,说是帮我们找到合适的房子了,过几天就可以搬。"

"其实住在这儿也挺好的,"林一曼说,"对了,那边的房子也是两居室吗?厨房大不大?我最想要的就是大厨房,那样的话,我就可以每天换着花样给你们做好吃的了。要再有个烤箱就更好了……"

"你们租的那套,厨房还不错。"

"我们那套?什么意思?"林一曼一下站起,"你不跟我们住了?你要一个人住这儿?"

"当然不是,我租的是另一套,不过,离你们那个小区还算近,我还可以来蹭饭的嘛。"

林一曼看向于新:"安灿她不和我们一起住了,这事你知道吗?"

"她有她的想法嘛。"于新低头掰着手里的半块月饼。

"我们总不能一直住在一起的呀,"安灿摁着林一曼,让林一曼坐下,"你们俩早晚都是要结婚的,以后,于新会给你买一套大房子，只要你高兴，想在厨房骑自行车都行。至于我，已经看中一套公寓，过几天就交首付，等那边一交房，我就可以住在自己的房子里。眼下租房，对我们来说，都只是个过渡……"

"既然是过渡，你为什么不能跟我们一起过渡？"林一曼有些不高兴。

安灿顿了顿，才低声道："分开住，你们二人世界，我也乐得自在，不是挺好的吗？"

林一曼将筷子一撂，看向安灿："就是因为以后迟早要分开住，才要珍惜我们住在一起的每一天。"

于新塞了一小块月饼到林一曼嘴里："只是分开住，以后还是能常常见面的，别不高兴了。来，尝尝这月饼，是你最喜欢的蛋黄莲蓉馅。"

此刻，江贝新村最热闹的街道上，夜排档的生意正是红火。林一曼毫不在意地坐上了一张略显油腻的板凳，抓过同样油腻的菜单，熟练地点了几样小炒。

"那时候我们常来这家，不对，也不算是常来，有什么高兴的事才会来。嗯，老板没换，菜单也没换，瞧着，连桌子椅子都没换……"林一曼对任意笑道，"当年我害怕要在这城中村住一辈子，却更害怕离开。就好像一旦离开了这里，我一撒手，他们俩就会走远。"

任意用纸巾擦拭着林一曼跟前的桌面："林总是来怀旧的？"

林一曼多少听出点任意的不满，确实，今晚他们的任务本该去民宿找裴娜，为了调查裴娜的行踪，任意该是下了一番功夫的。

"我没进民宿，是因为安灿就在那儿。没别的，是我相信她，我相信她有她解决问题的方式。要是我冒冒失失地出现,搞不好会让她方寸大乱。至于来这儿,只是我突然想起我们在江贝新村过的最后一个中秋节。"林一曼解释道。

"我懂,你们是很好的朋友。"

"也是亲人。只可惜,那年之后,我们就再也没有机会一起过中秋。刚才在民宿那边,我很想冲进去,要问问她到底有什么事情瞒着我,那些事情我为什么不能知道……可是,她这么做,总有她的道理。"

"那这事我们就不查了?就这样了?"

"当然不是,我说过,她有她的方式,我也有我的。暂时不聊这些了,我想喝一杯。"林一曼打开一罐啤酒,猛喝了两口。

任意忙道:"慢点喝,会醉的。"

"我啊,没那么容易醉。出来之前,我在家里还喝了半瓶红酒呢。搬出江贝新村后,于新越来越忙,至于安灿,我见她的次数也越来越少。就是从那时候开始,我学会了喝酒,一个人喝,偷偷喝。于新出事后,我的酒量又比先前好了许多。"

"你一定很想他吧?"

"想……"林一曼沉吟着,"很想,非常非常想。我有多爱他,就有多恨他,恨他就这么离开了我。可是同样,我有多恨他,就有多想他。他出事后,我的生活全都打乱了,像是所有的东西都得推倒重来。我忙着去重建一切,甚至都没时间坐下来好好想一想他。我的家人们,还有你们,都希望我能正常地活下去,最好就像什么都没发生过。其实,是不能的,对吧?"

"林总……"

"他走了就是走了,是事实,更是现实。我心里空了的那一大块，是什么都填补不了的，父母不行，孩子不行，朋友也不行，任何人都不行，除非于新能够起死回生。我没得选，只有接受。这些，你不会懂的，或许，有天你遇到你的那个她，你们组建了家庭，你才能明白'夫妻'到底意味着什么……"

"我不一定会结婚。"

"嗯？"

任意顿了顿，才道："不是谁都能那么幸运地和自己喜欢的人在一起的。所以，于总是幸运的，你也是。"

"有道理。喝完这酒，我们就走吧，我得回家了，你也是。"林一曼再不多话，只将剩下的啤酒一口一口喝完。

4

这个中秋，杨奇再次将陆玲玲带到了父母家。很意外，陆玲玲答应得异常爽快，还提前准备了伴手礼。上一回，他带她回家，一顿饭下来，他父母对她很满意，明里暗里问了他好几次。他只说还在交往，以后的事以后再说。

此刻，陆玲玲正和杨家父母喝茶，杨奇被指派去厨房切水果了。陆玲玲一边喝着茶，一边和面前的这对老夫妻闲聊。她不禁想起那句来自名著里的话：幸福的家庭都是相似的，不幸的家庭各有各的不幸。很显然，杨家是幸福的。这样的幸福不用刻意去秀，也不需要向任何人证明，自然至极。她也终于明白杨奇的优越感到底来自何处了，不对，"优越感"是她的理解，而他对自己所拥有的一切，都只是某种习以为常。

喝了三道茶，陆玲玲才和杨奇一起离开。不得不说，这是陆玲玲有生以来过得最惬意，也最舒心的一个中秋节。对节日，她从小就有种莫名的恐惧。因为在她的那个家里，她的父母"每逢佳节必干架"。大概在每个本该喜庆的日子里，旁人的欢乐总会让父母备感婚姻的无奈和无助吧，节日于他们而言，无疑就是灾难。这样的灾难在节前就会开始，往往是父亲板着脸下班回家，母亲开始念叨节庆要预备的花销。两人先是为钱吵，吵着吵着，母亲就会将话题引到父亲出轨的事上，父亲恼羞成怒，接着便是砸锅摔碗。这段本是为了孩子才将就的婚姻，当夫妻俩在干架的时候，却总是忽略缩在一边瑟瑟发抖的孩子。

所以，这个孩子从来就不喜欢过节，哪怕在她长大之后，哪怕她知道她应该努力摆脱原生家庭带来的伤害。其实，她试图逃离的根本不是家乡的小镇，而是生她养她的父母。

"看得出来，我爸妈很喜欢你。"杨奇开着车，对坐在旁边的陆玲玲道。

陆玲玲笑着："我也很喜欢他们。"

"有个事征求一下你的意见。下个月我想带他们出去玩一趟……"

"你是想……让我也一起去？"

"对。"

"不行。"她拒绝得很干脆。

"为什么？"

"这次是和你们一家人过中秋节，接着是组团去旅行，那再下次，是不是就要一起过年了？杨奇，我不想让你的父母对我有什么期待，对我和你的关系有什么期待。"

"我会找合适的机会跟他们说的，说我们暂时没有结婚的打算。"

"不是暂时，我就没打算和你结婚，或者和其他任何人结婚。至于这个中秋为什么要跟你回家，只是因为……你的父母实在太好了，他们让我知道这世界上还是有美好的婚姻存在……"

"你怎么就能断言这样的婚姻，你和我不会有？"

"在这座城市，我见到了比肯德基更高大上的美食，也见到了真正恩爱的夫妻是什么样子，相信了还有另一种婚姻，和我父母的婚姻完全不同的那种……可是杨奇，我见到了，不代表我就有资格去拥有，有能力去维护。"

"我不知道你到底经历了什么……"

"很庆幸，我经历的那些你没有经历过，很遗憾，正因为如此，你永远都没办法和我感同身受。杨奇，就到这儿吧。"

"就到这儿？什么意思？"

"意思就是，我们分手。你完全可以找一个对婚姻有期待的女孩，你们……"

"绕了半天，你要说的就是这话？"杨奇苦涩一笑，将车靠边停好，"难道，你说开始就开始，你说结束就结束？"

"这一次，是你要先开始的。"

"好，是我要先开始的，那也必须得是我喊停，懂了吗？"

"杨奇……"

杨奇解开安全带，俯过身去，紧紧抱住了陆玲玲："我不会和你分手的，决不。"

何家人将王超送来的大闸蟹吃干抹净，加上何母准备的各色餐食，倒是过了个像样的中秋节。饭毕，弟媳小颂换上何夕买的新裙子，神神秘秘地钻进了何夕的房间。

"姐,好看吗?"小颂笑问。

何夕也笑:"好看。"

"跟你说个事呗,"小颂挨着何夕坐下,"你听了肯定特高兴。田美心的肚子不是大了嘛,那田家一直在逼婚,可我听说,王超好像不太愿意,反正,闹得有点僵。"

"难怪……晚上我在商场遇到她了,一个人在那儿选钻戒呢。"

"你就没骂她一顿?"

"没必要。"

"要是我,早就撕烂她的脸了。"

"不值得,恶人自有恶人磨,我费那力气干吗。"

"你回来之前,我听爸妈在那儿聊呢,他们就怕你一心软,又跟王超和好了。所以,爸才把王超连人带礼给轰出去了。"

"我不可能心软,我和他已经离婚了,再说……"

"妈……"乐乐不知什么时候站在了门边。

何夕看向乐乐,她知道离婚的事再也瞒不住了。

杨奇的车停在江边,他和陆玲玲坐在撑开的后备箱里赏月。这对年轻人少有类似的闲暇,他们和这座城市的大部分人一样,每日都在奔忙。看似便捷的社交和通信,并没有让他们和身边的人更加亲近,有时,反而是某种疏离。就好像,杨奇明明已经认识陆玲玲很久了,他们经历过恋爱、分手、复合,可他仍然不够了解她。

"我妈就像个疯子,冲到幼儿园,打了那个女老师,我吓坏了,真的吓坏了,我才五岁,根本不知道发生了什么。直到后来,我才知道,我爸居然和我的幼儿园老师好上了。我妈原谅了我爸,至少她是这么说的,说为了我,她只能原谅,不能离婚。就这样,他们打着'为了孩子'的旗号,打打闹闹过了一辈子。每次他们吵完架,我妈总会反复念叨,说要不是送了我去那家幼儿园,我爸也不会认识那个女人。而我爸呢,就老是苦着个脸,一喝醉就拿我撒气。就好像他们婚姻的不幸全是因我而起。我拼命读书,我想在这座城市扎根,就是为了逃离那个家。"陆玲玲慢慢说着。

杨奇揽过陆玲玲:"你做到了。"

"我喜欢现在的自己,也喜欢现在的生活,真的,特别特别好,比我以往的任何时候都要好。所以,我不希望有什么改变,也不希望去经历婚姻。"

"那就……不经历了。我以前一直按照规划去生活,婚姻就在我的规划中,可是,我不想为了结婚而结婚。今天之后,我想试着放松下来,跟着自己的感觉去走。"

"好,那我们就跟着感觉走。"

房间里只剩何夕和乐乐,小颂大概是觉得自己闯了祸,有些不好意思,早就找由头离开了。

何夕拍拍身侧:"乐乐,你过来坐。"

乐乐并没有坐下,只是走到何夕面前:"我都知道了。"

"对不起啊,乐乐,我和你爸……我们一直没找到合适的机会跟你说。"

那乐乐沉默了好一会儿,突然伸手拍了拍何夕的肩膀:"妈妈,你一定很难过吧?别难过,没什么的。"

何夕没想到儿子会是这种反应,她百感交集,极力忍住眼泪,将儿子拉到自己身侧坐下:"妈不难过。乐乐,你记住,我和你爸分开,是我和他之间的事,不管是我,还是你爸,我们都跟从前一样爱你。虽然你以后是跟着妈妈一起生活的,可你要是想见爸爸,随时都可以去找他。"

"我知道啊,"乐乐点点头,"我们班就有单亲家庭的同学。还有小玥姐姐,她的爸爸妈妈也离婚了,对吧?"

"是……"

"你和爸爸分开了,你们都会开心吗?"

"说不上开心或者不开心,就是,两个人不合适了,没法在一起生活下去了。"

乐乐似懂非懂:"强扭的瓜不甜?"

"嗯,大概是这意思。"

"那……妈妈,我们还有家吗?"

"当然有,有……"何夕抱住了儿子,眼泪夺眶而出,"我们当然还有家。"

5

新灿大厦十八楼,总裁办公室,林一曼和任意立在落地窗边。

"裴娜不是有城本地人,在这里她没有亲人。至于朋友,好像也没有。"任意顿了顿,"不过,她是陈总介绍到新灿的。"

林一曼问道:"陈启明?"

"是的,陈总应该比较了解裴娜的情况。我想是不是……"

"别惊动他们,"林一曼说着,抬手看表,"该去机场接燕姐了,到时候我直接问她吧。陈启明知道的那些事,燕姐肯定也知道。"

薛燕自从出国给女儿当陪读后,还从没回来过。这次,她是回来探亲的。她虽已和新灿没关系，但毕竟是新灿的老人，公司里上上下下这些事、这些人，就没有她不了解的。

如果不清楚问题是什么，是没办法寻找答案的。这就是眼下林一曼面临的处境。预感和仅有的线索告诉林一曼，裴娜身上或许藏着什么秘密，而安灿讳莫如深的行径更让人费解。林一曼既不想影响安灿可能会有的那个计划，当然，计划到底是什么，林一曼同样一无所知，同时，她也不想让自己太被动，想用自己的方式探究真相。所以，从已是局外人的薛燕口中获取信息，是林一曼能想到的最安全，也最妥帖的渠道。

林一曼转身走到办公桌前，她看到了摆在桌面的一份任命文件。

"李新良……"林一曼转而问任意，"这个新任电商部副总监李新良，你了解多少？"

"他是新灿的老员工了，各方面都很出众，可能是为人低调，好几个比他晚来的，能力不如他的都晋升了，他这次晋升，是众望所归。"

"我听何夕说过一次，这李新良是个单亲爸爸？"

"嗯，据说就是为了照顾女儿，才一直没想着晋升。"

"那倒是挺好。"

"什么挺好？"任意听得一头雾水。

林一曼笑道："你不懂。"

李新良选的这家餐厅很不错，既没有高级到让人有心理负担，也不是那种嘈杂的小馆子，中规中矩，倒是幽静。

"请坐。"李新良替何夕拉开餐椅。

"我还以为……"

"就请了你。"

何夕笑着坐下："升职宴就请了我？你也太低调了些。"

他笑了，接着翻开菜单，推到她跟前："最近怎么样？"

"嗯？"

"离婚后，都还习惯吗？"

"习不习惯的，都已经是事实，除了担心乐乐，别的都还好。说起乐乐，我正打算向你请教，就是……"

"你想让孩子觉得什么都没发生，或者说，你们离婚这事最好别对他造成任何影响？何夕，我当初就是这么想的，现实却是不可能。"

"那总得做点什么吧？"

"我刚离婚那会儿，小玥才不到三岁，我就是你现在这种心态，对女儿只比以前更好，把我所能付出的都给她，以为这样就能弥补。直到小玥上了小学，我才发现，这孩子和我的交流越来越少。好在那时一个朋友帮了我不少忙，小玥很喜欢她，什么话都和她说……噢，你别误会，我那朋友就是一个女同事，不是……"

"我没误会，你接着往下说。"

"她告诉我，我的那些付出给孩子造成压力了，孩子喜欢的是开心的爸爸。其实呢，我们自己乐观地去面对生活，孩子们是能感知到的，这份乐观会给他们带来勇气。你刚才说，总得做点什么，不如，先从保重自己开始？"

"懂了，谢谢你，也谢谢你的那位朋友。对啦，既然她是我们的同事，方便的时候，我做东，请你们一起吃个饭？"

"这个饭……"他沉吟着，"她暂时还没机会吃。"

"怎么……"

"你饿了吧？先点菜？"

他岔开了话题，她也不便再追问。

薛燕家，林一曼正陪薛燕喝茶。看来，薛燕已经适应了国外的生活，看起来气色很好，她说了不少佳音的事，佳音居然要结婚了。林一曼依稀记得，自己第一次见到佳音时，小姑娘还是个初中生。时间这东西，它看不见，也摸不着，在孩子们身上，却总能看见它飞速滑过的踪迹。

"燕姐，你知道的，安灿的妈妈身体不太好，她忙着照顾，所以，她今天没能一起来接你，"林一曼对薛燕道，"你这次回来了，索性就多住些日子，等安灿空下来了，我们再聚。"

"我上飞机前，她就给我打过电话啦。这几年，发生了这么多事情，你不容易，她也不容易……你们都……"

"不许煽情，"林一曼给薛燕倒了杯茶，"我们都挺好的，真的。燕姐，不瞒你说，我今天来接你，不只是为了叙旧……"

"是出什么事了？"

林一曼欲言又止："这件事……"

"一曼，你不相信我？"

"当然不是，我只是不知该从何说起。你还记得裴娜吗？"

"记得啊，怎么不记得。"

"你了解这个人吗？"

"裴娜是2014年进的新灿，当时于新需要一个合适的助理，这女孩方方面面都挺符合要求的，人也聪明上进。"

"据说，人是陈启明推荐的？"

"也是，也不是，"薛燕一笑，"其实裴娜是江振海介绍给陈启明的，陈启明喜欢揽功嘛，就说是自己推荐的。江振海这人你也知道，他是最不喜欢出风头的。"

江振海是新灿的财务总监，他确如薛燕所说，为人素来低调内敛。

那薛燕顿了顿，继续道："裴娜是江振海的老乡，不过，就算撇开这层关系，裴娜本身也很优秀。裴娜很快就胜任了这份工作，别说是于新了，就连安灿，她都对这个女孩赞不绝口。对了，想起来个事，当年和裴娜一起入职的，还有一个女孩，她们俩关系不错……"

"那女孩还在新灿吗？她叫什么？"

"很可惜，她……"薛燕叹了口气，"她长得很漂亮，她还有个非常好听的名字，她叫……"

"她叫沈芳如，"李新良喝了口酒，定定地看着何夕，"曾经是新灿财务部的一个出纳。"

何夕一怔："你的那位朋友？"

"是啊，我敢说，当年在新灿，没有人不喜欢她。她的脸上总是带着微笑，天生就有一种亲切感。公司里很多单身的男同事都在追她，她好像对谁都不中意。"

"坐牢？沈芳如到底做了什么，怎么会……"林一曼诧异地望着薛燕。

薛燕像是想起了很多前尘往事，她用茶巾慢慢擦拭着茶桌上的水痕："那是2015年的事了，说来话长，她啊，看着挺本分，不知怎么犯了糊涂，竟然私盖公章，侵占了一百多万的公款，被判了几年有期徒刑。对了，你怎么想起来问这些？你是不是听说什么了？"

"没有，就是……"

薛燕叹了口气："她家里人又来闹了？是沈芳如自己一时糊涂，证据就摆在那儿，闹也没有用的。何况，我听说她在监狱里有立功表现，减了刑，再过段时间，她就应该能出来了。"

"不是她的家人，"林一曼犹豫着，"是裴娜，裴娜回来了。我不知道她为什么会突然回来，也不知道沈芳如的事和她突然回来，这两者是不是有什么关联。总之，我什么都不知道。"

"安灿呢？她知道吗？"

"大概，只有她才是最明白的吧。我希望是我想多了，可是直觉告诉我，这事没那么简单。"

"等等，"薛燕顿了顿，"当时沈芳如入了狱，公司里不少声音，都在说，她不可能做这样的事，她是被冤枉的，是被陷害的。可是证据确凿，是做了反复调查的。这裴娜，不会是回来给沈芳如洗冤的吧？不过，这就更奇怪了，既然是这样，裴娜为什么要离职呢？如果她想查出是谁陷害的沈芳如，那她留在新灿不是更方便吗？说不通的，说不通。"

"还有一种可能，"林一曼的脑子里冒出一个念头，"那就是裴娜手里有了什么新证据，能证明那个陷害沈芳如的人是谁。而那个人，刚好就是安灿也在找的人。"

"你是说……你的意思是……"

薛燕这话只说了半截，而坐在她对面的林一曼，则重重地点了点头。

"沈芳如是被陷害的,"说到这个,李新良适才紧锁着的眉头渐渐舒展,他的神色里透露出了几丝欣喜和激动,"很快就能等来真相。虽然……即便查不出真相,再过半年她也就能出来了,但真相就是真相,能够让她清清白白做人……是啊,可能是有点晚了,不,是晚了太久太久,可我们从没放弃过。"

"你们?"

"是,我们。"他笑了笑。

"我不知道'你们'里还有谁,你也不用告诉我,但是,我希望你们能等来真相。"

"肯定会的。"

"我现在终于明白了。"

"明白什么了?"

"你应该还记得之前研发组的小卓吧?他把公司的重要资料给了尖塔,你明明可以直接去举报他的,但是,你却劝他主动承认错误,你还说,主动认错比被揪出来要好,他还年轻,还有机会重新开始。也就是这件事,让我对你有了更深的认识。来,我敬你一杯,为了……"

"为了真相。"

"嗯,为了真相。"

第二十一章　白藏

城的繁华是需要用清寂来映衬的,如果处处皆繁华,繁华本身也就失去了意义。

1

再过几天就是国庆节了。秋雨送来的几丝凉意很快就被闷热击退,让分明应该离场的夏季变得异常漫长。

两个月前,已从新灿离职的裴娜出现在安灿面前。在这之前,她们之间从没联络过。哪怕是裴娜还在新灿时,除了工作关系,她和安灿私下并无交集。这一次,从裴娜口中,安灿听到了一个故事。一个曾经就发生在安灿身边,就发生在新灿大厦里的故事,而裴娜,就是那个故事的主人公之一。就是因为这个故事,牵扯出了那个一直隐在黑暗里的人。裴娜要让这个人付出应有的代价,还沈芳如清白,而安灿,则要揪出这个人,还新灿安宁。今天,安灿又秘密约见了裴娜,两人聊了很久。

此时,新灿大厦总裁办公室内,林一曼正准备离开,任意带着陈启明进来了。那陈启明看了任意一眼,任意会意,转身要走。

林一曼叫住了任意,转对陈启明道:"如果是公司的事,没什么是他不能知道的,不用回避。"

陈启明有些尴尬地笑了笑:"我找林总,除了公事,还能有什么。只是,这事和任助理有关……"

"你就直说吧。"

"我听说,任助理成任侦探了,在查当年那个沈芳如的事?"

任意一时无措,这事他自认为做得极其隐秘,不知这陈启明是如何得知的。别说是任意了,就连林一曼都有些慌乱。

陈启明继续道:"这栋楼看着挺大,可真要想藏点什么,却并不容易。沈芳如侵占公司财产,数额高达百万,这是铁板钉钉的事,她入狱,是法院的判决,不是谁……"

"陈总,"林一曼打断陈启明的话,她缓缓说着,"是我让任意去查的,出于好奇,仅此而已。"

"眼下咱们应该稳定军心,而不是动摇……"

"我就算是要正儿八经过问一下沈芳如的事,又怎么样?陈总的话让我有些费解,动摇军心?我动摇了谁的军心?你的?那么我就又要好奇了,你和这件事到底有没有关系?"

"哪件事?沈芳如的事?当然没关系!"陈启明一屁股坐下,"怎么可能有关系!我的意思是,当时就搞得财务部人心惶惶的,现在沈芳如的刑期都快满了,你们把这事翻出来,别人难免就会多想。"

"别人?这些别人,都有谁?"

陈启明的脸色越来越难看,他伸手要拍桌子,那手本已悬在空中,林一曼飞过一个凌厉的眼神,他才将手缩回去,转而拍了一下他自己的脑门,接着长叹了口气。

林一曼平时极少发脾气,向来和颜悦色,或许是这样,她这偶尔显出的怒色才有那么点威慑力。况且,自从安灿离开后,公司诸事都发生了变动,而坐在陈启明面前的林一曼,她给他的感觉是,她一直是信赖并倚仗他的,当然,他对她也是一样。假如而今的新灿有派系,那他陈启明定然是林一曼的人,他是这么想的,其他人亦然。得罪林一曼,对陈启明来说没有任何好处。所以,林一曼知道,陈启明今天来找她,这后边肯定另有隐情。

果然,陈启明在一声长叹后,说道:"林总,我和江振海都算是公司元老了,是,我老了,没什么用了,江振海呢,虽然是堂堂财务总监,可以说是位高权重了,但他呢,从来都是老实本分人一个,从没对公司提过什么要求,但是你不能因为这样,就当我们不存在,把我们边缘化吧?这后浪推前浪的道理我懂,新灿的以后还得靠年轻人,这道理我也懂,但我们这些元老还在新灿呢,我们还没退休吧?"

"陈总,你是不是想太多了?"林一曼敛了怒色。

"你说啊,和沃培合作新项目这事,我是有功的吧,可事情成了之后,你就不让我碰这个项目了,行,我能理解你,真的,我无所谓。你不是以前的林总了,你凡事都有自己的想法,你比我有大局观。但沈芳如这事,你查它干什么?要不是江振海告诉我,我还不知道呢。他不是我,会跑到你这儿来,当面锣对面鼓地跟你聊,他只会把委屈咽下……"

"陈总是说我查沈芳如动了江振海的军心?"

"是啊。当年那事闹得特别大,说什么的都有,对财务部多多少少是有负面影响的,对江振海也一样。好,你要查没问题,可你为什么不直接向他了解情况?说到底,还是你不信任他嘛,起码在他看来是这样。我啊,说心里话,难免有些兔死狐悲。"

林一曼给了任意一个眼神,任意立即捧了杯热茶给陈启明。

"都怪我，"林一曼笑道，"我就是道听途说，知道了这事，有点好奇，让任意私下去了解了一下情况。你们啊，想复杂了。这样，明天就是国庆节了，你来安排，叫上新灿的几个元老，我们一起吃个饭，大家坐下来，畅所欲言地聊一聊。你今天这番话让我意识到，很多事呢，我考虑得未必全面，所以啊，以后还得靠你提点。"

"言重了，言重了。"陈启明也笑道。

待陈启明走后，任意低声问林一曼："会是他吗？"

林一曼摇摇头："不一定。"

接着，林一曼深吸一口气，拨通了安灿的电话："我需要和你见一面，就现在……我不知道你到底有什么计划，我可能……打草惊蛇了……"

2

三天前，裴娜从北郊的民宿搬到了这家新开不久的高档酒店。她回国以来，只见过两个人，一个是安灿，另一个是李新良。今晚，她接到安灿的电话，安灿说半小时后会到，同来的还有如今坐在新灿头把交椅上的林一曼。半小时而已，和过去那漫长的几年相比，只算须臾。几年前，沈芳如入狱。这几年里的每分每秒，裴娜想着的就只有一件事，她要找到那个陷害沈芳如的人。

不过，她们的故事应该从哪儿说起呢？

那年裴娜还是一个大二的学生，长相出众，成绩优异，却也因此成为被一众同学排挤的对象。她自认不是软弱的人，可她的对抗却换来更冷漠也更残酷的霸凌。就拿她住的宿舍来说，她的床铺永远都不会干净，不是堆着各种莫名其妙的垃圾，就是被不明液体弄得湿漉漉的。她不懂她们的恶意到底来自哪儿，但她明白，被霸凌的这个人不是她，也会是别人，而她，只是不太幸运的那一个。

裴娜试过找辅导员和班主任求助，他们虽已尽力，但她的处境却并未得到太多改善。为了摆脱这些，她申请搬出宿舍，在学校周边租了房子，自此，她变得更加独来独往。消解着她的孤独的，除了学习和阅读，就剩那台电脑了。互联网让她看到更大的世界，也认识了很多素未谋面的网友。在这些网友里，与她最为知心的就是身处冇城的沈芳如。

沈芳如比裴娜小两岁，当时高中刚毕业的她在一家服装店打工。其实，沈芳如参加高考了，成绩并不差，却因家境等原因，与大学生活无缘。她倒不觉得上不了大学是遗憾，在他们村，她的那些小伙伴大多如此。

如果不是网络，两个女孩的人生本无交集。在沈芳如入狱的这几年里，裴娜想过无数次，要是她们从未相识，如今的沈芳如应该过着平淡却平静的生活，那样的生活，未必不是一种幸福。她们相识后不久，在裴娜的鼓励下，沈芳如报考了电大，还准备考会计从业资格证。因为裴娜，沈芳如这才知道，在她的面前还有更美好的未来。如果说，天真的沈芳如是照进裴娜晦暗生活的那道光，那善良的裴娜则给了沈芳如改变命运的希望。

她们的第一次见面，就是在冇城。

沈芳如喜欢冇城，她觉得这是一个充满希望的地方。裴娜便和沈芳如约定，有天她们将会一起在冇城生活。当两人笑着拉钩时，虽没再说别的，却都明白，她们之间的感情已不仅仅是网友，她们已成为彼此不可或缺的朋友。

第二十一章　白藏

裴娜研究生毕业时，沈芳如也拿到了会计从业资格证。

当然，对裴娜来说，找一份满意的工作并不难。这座蓬勃着的城市，对裴娜这样的高学历人才总是敞开大门欢迎的。但是，只拿着电大文凭和会计从业资格证的沈芳如，她想找到合适的工作却不容易。

与此同时，打听到裴娜现状的裴母，心疼女儿，辗转托了老乡，请对方关照裴娜。于是，老乡江振海叔叔就这样出现在了裴娜面前，他不但替裴娜在新灿安排了工作，附带着，还将沈芳如弄进了新灿。两个女孩是如此信任江叔叔，视他为贵人。回想起来，那是裴娜和沈芳如最快乐的时光。或许，正是因为太过快乐，让原本冰雪聪明的裴娜忘记了世上没有免费的午餐。

在裴娜和沈芳如眼里，江振海不但是她们值得信任的人，他身上更有令她们钦佩的品质。江振海赤手空拳来到冇城，从一个小小的会计做起，如今成为偌大的新灿集团的董事和财务总监，必是比常人优秀，也付出了比常人更多的努力。刚入职新灿的沈芳如是把江振海当偶像的。江振海对两个女孩自是非常照顾，尤其是工作上，他给了她们诸多指点，让她们少走了很多弯路。

只是，江振海也有他的苦恼。他既没有光鲜的履历，也不像陈启明、卫开，他们在进入新灿之前已经有了不错的事业基础，他江振海能拿出来说的，无非就是他来得比他们早，在于新和安灿创业初期，他就跟着他们了。但要说早，薛燕来得更早，她可是和两位创始人拜过把子的。为了跟上新灿前进的步伐，江振海确实每分每秒都在努力，可要光凭能力，比他有能力的多的是，以新灿如今的局面，完全可以找到更好的财务总监。新灿大厦刚落成时，安灿就曾提议，要将江振海换掉，她认为他不再是那个岗位上最合适的人选。好在，于新是个念旧的人。

裴娜这才明白，江振海的谨小慎微来自何处，因为在他看来，他是随时可能会被替换的那个人。江振海告诉裴娜，在新灿，每个人身后都有盘根错节的关系，比如，陈启明的身边有薛燕，薛燕的背后则是于新，而以安灿为首的那个派系，则聚拢了一群年轻人。这两股势力，一股代表着保守，一股代表着创新。他江振海不属于任何一派，所以，被孤立的他需要强有力的臂膀。他在新灿的处境，让裴娜想起了她曾被排挤的大学生活。

江振海希望裴娜能够成为他的臂膀。初入职场的裴娜，她其实没有太多的选择。在新灿，她成为他臂膀的同时，他也是她的依靠，她是如此相信他。何况，他让裴娜做的并不多，或者说，他无非是在于新身边安插了一个耳目。直到……

这时，门铃声将裴娜从回忆拉进现实，她开了门，安灿带着林一曼走了进来。

林一曼终于见到了裴娜。每个成年人的脸上都有张面具，既是掩饰，也是自保。面前的裴娜，不但是林一曼的前助理，也曾是于新的助理，但是，林一曼好像并不了解她，或者说，林一曼所了解的只是她想让林一曼了解的。

裴娜离职之前，曾跟林一曼说过，她说，她在新灿见过太多人和事，真真假假、虚虚实实，有些是不能看的、不能听的、不能言的，她还说，如果有机会的话，这些话，只有在离开新灿之后才能告诉林一曼。遗憾的是，那时，林一曼正为风雨飘摇的新灿而忧虑，并未追问裴娜。在那种情况下，就算是林一曼追问了，裴娜也未必会说。当然，对裴娜而言，打破缄默，既要看时机，也要看人——也就是说，比起林一曼，裴娜更信任的人是安灿。哪怕，裴娜曾经是林一曼的助理。

"抱歉，林总……"裴娜看向安灿身后的林一曼。

抱歉？于新离世，林一曼初到新灿之时，觉着全世界都对不住她，都欠她一句抱歉。可是，如今的她总算明白，自己要的那些个"抱歉"根本解决不了任何问题。情绪化是无用的，那会让她像个弱者。或者说，曾经的她就是个弱者。

"我们聊聊？"林一曼笑对裴娜。

3

尾岛位于冇江下游，这里原本籍籍无名，是被遗忘的所在，直到前两年，一位颇有情怀的老板，倾尽全副身家，在这建了个度假村，此地才为人知晓。不过，比起尾岛本身，老板和他的故事反而更出名些。据说，他是在原来的行业做得风生水起时，突然决定全身而退，携家带口来到了尾岛。大概，对他来说，度假村是副业，安度余生才是主业。

度假村规模不算大，吃喝玩乐倒是一条龙，还极有格调，只可惜老板的心思并不在经营上，所以，哪怕是国庆假期，游人仍然寥寥。当然，他自己未必觉着可惜。无非是，有的人选择继续奔走，而有的人想要暂时停下脚步。时代洪流里，有已经上船的，也有急着上船的，还有一小部分，像老板那样，找了个小岛靠岸的。拿起什么，又放下什么，都是一次又一次的选择，如此而已。

于新，也只是作出了他的选择……

"林总，都安排好了，现在可以去餐厅了。"任意打断了林一曼的思绪。

林一曼正背对着任意，坐在套房阳台的一张休闲躺椅上，她手里捧着杯早就凉了的咖啡。阳台的视野很好，淡绯红的夕阳映着江水，水天一色，波光粼粼。

她问道："人都到齐了？"

"都到齐了。"

今明两天，新灿的一些老员工们都会聚集在尾岛度假村，算是一次团建，只不过，总裁林一曼意不在此。

夜幕降临，江面有艘小游艇正破浪而来，安灿和裴娜就在游艇上。她们也是去尾岛，但不是为着参加什么团建，何况，她们早已不是新灿的员工。

冇江两岸华灯初上，满目尽是璀璨。游艇开得很快，那些璀璨也便稍纵即逝，随着快到江下游的尾岛，就只余星点灯光。城市的触角还未完全延伸到这，是一处清寂的留白。虽不知这处留白何时会被抹上各色油彩，但它如今还在，就算是一桩幸事。城的繁华是需要用清寂来映衬的，如果处处皆繁华，繁华本身也就失去了意义。

裴娜看向坐在她身侧的安灿，刚到新灿时，她并不喜欢这位女上司。安灿就像这座热烈的城，丝毫不掩饰自己的雄心壮志，激进而亢奋。那时，新灿流传着不少关于安灿的故事，在她的追随者眼里，她极富魅力和感召力，但在其他人眼里，这就是个杀伐决断的女魔头。

好几次，裴娜无意间听到安灿和于新在争执，每一次，都是于新败下阵来。有回因为人事上的问题，安灿拍了于新的桌子，之后拂袖而去，将刚入职不久的裴娜吓了个不知所措。

"客观来说,她是对的,是吧?"于新问裴娜。

未等裴娜回答,于新又道:"我知道她是对的,我也知道不能姑息养奸,可是,好些事并不能用简单的对错来界定。"

"但你是总裁,安总她不应该……"

"不应该和我叫板?"于新笑了,"你待的时间长了就会明白,如果她不这样,我们新灿早就完了。当然,如果我总是由着她,那也不行。我和她,既是互相牵制,也在互相妥协。"

于新说着,压低了声音,像在自语:"当初因为我们是朋友,才做了合伙人,可做了合伙人之后,才发现……现在的我们大概是回不到以前了吧。"

确如于新所言,如果管理者都跟他一样,新灿已经倒闭一百次了,渐渐地,裴娜也就领悟了他的那番话,对安灿也有了新的了解。于新突然离世,噩耗骤然降临,要不是安灿处事果断,新灿定会大乱。也只有这个人人忌惮的女魔头,才能压得住阵脚。

相比之下,于新是温和而仁慈的,他待人素来亲厚。在裴娜的记忆里,他似乎从未对她发过脾气,哪怕她曾是个冒冒失失的新员工。就在他自杀的前两天,他还和她有过一次谈话,不经意地揭穿了她当年入职的目的——她是江振海的眼线。她惊慌失措地立在他的面前,他却说,怎么来的不重要,重要的是知道自己真正要的是什么。两天后,就在她决定将自己知道的一切和盘托出时,他离开了这个世界。他其实什么都知道,而他选择离开,正是因为他的无所不知。

"这件事解决之后,你真的不准备回新灿吗?"小游艇上,裴娜问正有些出神的安灿。

安灿将远眺江面的目光收回,转对裴娜:"不了,离开的时候，就没想过要回去。"

"真的像他们说的那样，你打算回归家庭了？"

"有些事，不是打算就可以的。"

"我没听明白。"

"怎么说呢，我和刘瑞准备离婚了。"

"那你不是……"裴娜吞回了后半句话。

"一无所有？孤家寡人？是的吧，是的……"安灿站起来，看向不远处的尾岛，"我当初往前跑的时候，也没奢望有人会在原地等我回头，这是预料之中的结局。我以为自己是能够接受的，毕竟这个设定一开始就是这样。但是我好像不太能接受。可是我又有什么资格要求他站在那儿等我呢？"

"安总，其实……"

"跟你说过很多次，我早就不是什么安总了。"

"安姐，于总说过一句话，他说这世上没有什么事能够难倒你。我相信他的判断，你也应该相信你自己。"

"你不懂，我就是太相信自己了。"

裴娜一时语塞："安姐……"

安灿沉默了一会儿，继而问道："该靠岸了吧？"

"嗯，前边就是尾岛。林总刚发了消息过来，一切准备就绪。"

今晚，林一曼喝了不少酒，她挨个给老员工们敬酒，听着他们诉说他们各自和于新的故事。这样的故事，在于新离开后，她已经听了无数遍。活在回忆里的人总是完美的，在别人的回忆里于新是这样，在林一曼的回忆里于新也是这样。

"于总是个好人啊，要是他还在……"他们说。

是啊，要是他还在……

第二十一章　白藏

要是他还在,她或许会将精力从孩子们身上挪出来点,她会花时间多陪陪他,哪怕只是相对无言。她会带他来这个小岛,告诉他,人生有很多很多的选择,不一定要走那条无法回头的路,他们可以像度假村的老板一家那样,半隐居在此,远离他不能承受的喧嚣。她还会告诉他,没有瑜伽课、插花课、艺术鉴赏课,没有那些太太团的姐妹,没有精致的下午茶,没有奢侈品,她也能够好好活着。要知道,她和他在一起时,他们本就一无所有。

"让林总给我们说几句?"陈启明笑着看向众人。

掌声很热烈,掌声中,林一曼徐徐站起,她也是笑着的:"在座的除了新灿的老员工,就是新灿的高层,说起来你们可能比我都了解新灿。我不想给你们画饼,我画了,你们也不一定会相信。毕竟,我刚来新灿那会儿,还是个躲在杂物间里哭鼻子的窝囊总裁,别说是你们了,就是我自己,都不相信我能撑到今天。一句话,感谢大家。我还年轻,资历尚浅,难免有考虑得不周到的地方,还请多担待。陈总上次提醒我,说我得信任大家,尤其是董事会的几位元老,不能有了新人忘旧人……"

陈启明忙道:"林总,我不是这个意思……"

"陈总提醒得很及时。可我也有冤要伸,借着酒劲,我要说,如果连你们几个我都信不过,我还能相信谁?这杯我先干了,你们随意。"

陈启明忙给江振海、卫开等人使眼色,那几个人齐刷刷站起,将杯中酒都饮了。比起光鲜的陈、王等人,江振海就是一道黯淡的影子。一直以来,他都像此刻般站在他们中间,显得平庸而木讷,似乎不参与任何争斗,天生就逆来顺受,平静地接受着新灿的所有变故。可他忘记了,正是这种黯淡将他从一众光鲜里拔了出来，让他无处躲藏。

"这一杯……"林一曼给自己倒了杯酒，"单独敬江总。印象里，咱俩好像还没这么喝过？"

"是……"那江振海定睛看着林一曼，"谢谢林总。"

"于新就那样撒撒手，把新灿托付给了我们，我林一曼自问还算对得起他，料想江总也是这样，江总也是对得起于新的。"林一曼举着杯子，走到江振海身边。

"我只是尽力而为。"

"那就……谢谢你的尽力而为。"

4

江振海极少喝酒，今晚是个例外。他的人设就是如此，不喜社交、沉默寡言、兢兢业业，是一头不起眼的老黄牛。因为不起眼，好事轮不到他，但也不会惹来什么坏事，只冷眼看着旁人拉帮结派，独善其身，倚靠着还算过硬的工作能力和一起"打江山"的资历，就这么不疾不徐、无惊无险地坐上了新灿集团财务总监的位置。当然，他要的不只是这些，他得到的也不只是这些。所以，晚上这顿饭，他喝得有些心慌。

就在江振海回度假村客房不久后，有位不速之客到了，此人正是裴娜。

"你……"江振海开了门，那双眯缝着的醉眼微微张开，"你回国了？"

裴娜一手推门，径直走入："江叔叔，好久不见。"

"我离开新灿后，你一直盯着我的行踪，我是不是回国了，什么时候回国的，这些，你比谁都清楚。在我这儿，你就别演了。"

裴娜兀自坐下。

"不错，娜娜，你这些年有长进，"江振海递了瓶水给裴娜，"怎么，找我有事？"

"有笔交易要跟你谈。"

"交易？你和我？我们之间有什么交易可谈的？"

"沈芳如是被冤枉的，我找到证据了。"

江振海干笑了两声："是么……"

"她马上就要出狱，这证据改变不了她遭受过无妄之灾的事实，也换不了她在牢里那几年的青春，我想着，或许，我能用手里的证据和你换点什么。"

"娜娜，是我喝多了，还是你喝多了？你说的这些，我怎么听不明白呢？"

"芳如出来后，我要带她离开，我们需要钱。"

"你们接下来要怎么生活和我有关？"

"2015年初，芳如无意中跟我说起你们财务部的事，她说有几笔账……"裴娜顿了顿，"她当年没弄明白的事，我弄明白了，而且，我还知道了很多早就该知道的。就看你和他们……谁先和我谈交易。"

"什么他们……他们是谁？"江振海竭力淡定，捧着保温杯的手已在颤抖。

裴娜顿了顿，慢慢说着："安灿、林一曼，就是新灿那帮人，他们。现在我们可以开始谈了吗？"

林一曼的套房内，观景阳台，她也正和一位客人在交谈，她的客人是安灿。从她们坐着的角度，刚好可以看到尾岛的码头，码头上停着一艘小游艇,它是度假村用来接送散客的,也用来临时应急。此刻,它早就收工,安安静静靠着岸。不过,林一曼没猜错的话,很快,它就要载着一位焦灼的客人离去,驶入冇江上游的繁华。果然,一刻钟后,小游艇驶出了港湾。

这时,林一曼的手机响起,来电话的是任意。

"林总,江振海回城了,和他一起离开的是裴娜。"任意说道。

"看清楚了吗?"

"看得一清二楚。"

林一曼挂断电话,将手机反盖在茶几上,带着些许得意的表情,看向安灿。

安灿笑了:"还是你沉得住气,还是你有办法,满意了?"

"既然我已经打草惊蛇,就只能将计就计。江振海自认为滴水不漏,但这些年,就凭他做的那些事,他会比谁都多疑。现在,我们什么都不用做了,等他着急忙慌回城,他马上就会露出马脚。他忙着呢,好多东西要擦要抹,好多资产要转要移。只要他一动,他就完了。"

"看来,他小看林总了。"

"小看我林一曼的不只是他,对吧?"

"我可没敢小看你,就是……"

"你就是想着,你凭借一己之力,帮新灿,帮我,把江振海这颗毒瘤给除了,大包大揽,过度自信,嗯,这确实是你的风格。但你必须得承认,你和裴娜都不够信任我,都不相信我有能力和你们一起解决问题。"

安灿愣了半响,才道:"是,我承认。"

沈芳如含冤入狱,起因就是她发现了江振海挪用公款的蛛丝马迹，江振海警觉，反咬了她一口。裴娜回来，就是因为她搜集到了沈芳如可能含冤的证据。裴娜离职后，曾找过安灿，说出了她对江振海的怀疑。裴娜要为沈芳如洗冤，安灿要为林一曼祛除毒瘤，两个女人很快就结成了联盟。

  这些年，江振海以小额转账的方式从公司挪用公款，还以远房亲戚的名义开设了好几家公司，其中不乏公关公司。新灿好几次陷入舆情压力，卷起的负面影响，都和他脱不了干系。他的目标很纯粹，就是为了将安灿赶出新灿。在他看来，能够威胁到他的人只有安灿。但是，除了江振海设局让沈芳如入狱外，其他事暂时还都没有确切证据。而裴娜那边呢，证人还在犹豫是否出庭作证，搞得她挺被动的。那证人以前也是新灿财务部的员工，算是江振海陷害沈芳如的帮凶，自然会有诸多顾虑。林一曼建议，利用江振海的多疑，她和裴娜配合演一出戏。结果显而易见，江振海真的上钩了。说起来，要不是林一曼的"打草惊蛇"，未必有办法挖出江振海那些事。

  安灿对林一曼不免有些愧意，她本该相信林一曼的。她离开新灿的这些时日，林一曼林总裁早就可以独当一面。如果说，新灿初创时，需要安灿这种人，可如今的新灿，需要的却是林一曼这样的管理者——能够平衡理性和感性。

  这么想着，安灿顿觉轻松了，类似的轻松，从创业那天开始，她就从未有过。这一回她终于可以停下来，去思考她想要的到底是什么了。又或者，她什么都不用想，先把自己放空，就像此刻，吹着江上的夜风，无比惬意地享受人生百味。

  "想什么呢？"见安灿沉默着，林一曼问道。

  "我在想，你真的做到了。对你，对新灿的未来，我很放心。"

"所以从今以后,你能把我当成战友了?"

"这件事处理完之后,我们再也没有机会成为战友了。来的路上,裴娜问我会不会回新灿,我告诉她,我不会。"

"安灿,你随时都可以回来的,这个总裁的位置本来就应该是你的,我……"

"我和新灿的一切,就要结束了。"

"你真的不用这样。"

"等办完离婚手续,我想出去走走。以前你总是在外边旅行,这回,该轮到我了。"

"你和刘瑞真的到了无法挽回的地步?我不信。"

安灿站起,抬手看表:"你不是给我安排了房间吗?我该回房了,困了,也累了。"

"我们再聊会儿?"

"我知道你想和我聊什么,但是不必了。你了解我这人,笃定了的事,谁劝都没用。"

5

冇城人民医院,刘瑞正疾步赶往停车场。快走到时,他踟蹰着停下,从口袋里摸出一包烟,抽了一支塞进嘴里。但是,他很快就把烟拿掉了,连着那盒烟和打火机扔进了就近的垃圾箱。接着,他深吸一口气,朝不远处那辆黑色SUV走去。

"是你……"刘瑞拉开副驾驶的门。

驾驶座的是林一曼,她推了推鼻梁上的墨镜:"你以为是安灿?失望了吧?"

"他们说有个人找我,在停车场,然后我看到安灿的车……"

"我问安灿借的,故意的,让你以为是她找你,看看你会不会出现。你看,其实你还是放不下她。上车吧,我有话跟你说。"

刘瑞上了车,坐定:"我和她的事,我们都决定好了……"

"先不提这些。对了,你看新闻了吗?江振海的事,你都知道了吧?"

"看了,真没想到会是他。"

这两天,新灿集团又有了负面新闻,和财务总监江振海有关。据说,这江振海利用财务总监的职务之便,编造购买理财产品等各种理由,欺上瞒下,从而达到转移公司巨额资金的目的。他谎称这些非法占有资金已被用于购买理财产品,并告诉其他出纳人员无须经常查看这些账户,同时编造虚假的资金日报蒙骗公司。而这件事,从新灿大厦落成后不久,他就开始做了。积年累月,他已挪用近八千万。因前财务部出纳沈芳如发现端倪,他还设下圈套,将沈芳如送进了监狱。

刘瑞对江振海有点印象,那是个稍显木讷的家伙。新灿的高管,除了江振海,哪一个不是衣冠楚楚,这一位,却朴素得扔进人堆里都找不着。

"当年,新灿不断做大,需要更合适的财务管理人员,安灿想换掉江振海,这事不知怎么被江振海给知道了,心里一直憋着恨。从那以后,他就开始挪用公司钱款,并一发不可收拾。而且他还暗地里各种造势。你还记得之前新灿的罢工门事件吧,全是他一手搞的,他的目的就是让安灿离开。我从不知道,原来仇恨可以这么可怕……"林一曼对刘瑞道。

"其实,新灿对江振海不薄。"

"人心难测。这段时间,安灿一直在为这事奔波。好了,现在她终于能放心,也终于能放下。她说了,新灿是于新交到她手里的,如今她完完全全转交给了我。虽然我内心里仍然希望她能在我身边,但是,站在她的角度去想,她确实需要去过一些不一样的生活。而我,好像比于新和她更适合坐在那把椅子上。"

"你不再是以前的于太太,也不再是以前的林一曼。"

"我要是说,其实我一直都没变,你信吗?"

"我信。还记得张姐吗?她跟我说过好几次,说于太太在家带孩子太可惜了。"

"替我谢谢张姐。江振海的事,说起来都是于新心软,那时一定要把江振海留下,这一留,就留成了祸患。这种事,他没少干。"

"也不能全怪于新,我了解安灿的行事,她有时候想得过于简单,嗯,甚至过于粗暴。"

林一曼听了这话,不禁失笑,刘瑞也笑了起来。

"是啊,我们俩其实是世界上最了解他们俩的人,只可惜,他们至今都没发现。于新是再没机会发现了,但是安灿,你是不是应该再给她一个机会呢?"林一曼摘下墨镜,直视着刘瑞。

"我就知道,你来找我,不只是为了絮叨江振海的事,对吧?"

"你猜啊。"

"我猜……"刘瑞无奈一笑,"你是来劝我的,劝我别和她离婚的?"

林一曼将双手放到方向盘上:"也对,也不对。"

李新良开着车,副驾驶上坐着何夕,后座上则是裴娜和沈芳如。今天,这两个女孩就要离开冇城,去往另外一个城市,开始她们新的生活。

第二十一章 白藏

何夕和李新良一直送她们进了安检口,不知怎么,看着她们的背影,何夕忍不住鼻尖一酸。

"送的是我的朋友,你怎么看着比我还伤心?"李新良笑问何夕。

"你不懂,这就像我平时追剧,追到大结局的时候,总是会有些失落的。"

"生活不是戏剧。一个故事结束了,又会开始另一个故事,这才是生活。"

"大概吧。"

"你呢,打算什么时候开始新的故事?"

"已经开始了啊,一个励精图治的单亲妈妈,我拿到的剧本,和你拿到的差不多。"

"没有男主角?"

"嗯?"

"我是说,如果可以的话,你的新故事里应该有个男主角。"

"再说吧。"

"再说啊,行,那就再说……"李新良仍是笑着。

何夕躲避着李新良的目光,一手攥着小挎包的包带:"我该去我妈家接乐乐了。"

"我送你过去。"

"不用了,咱俩不顺路。"

"何夕……"

"真的不用。"她说毕,便快步往外走去。

何夕并不迟钝,怎么可能听不出李新良话里话外的意思。诚然,李新良是个不错的对象,连林一曼都说了他一火车的好话,私下里想要促成他们。只是,她刚刚结束一段婚姻,混着一身血泪从满地鸡毛里抽出身来,对未来,她有着各种各样的不确定。对她来说,独角戏会更容易些。

那辆黑色SUV仍静静地停在医院的停车场内。

"于新和安灿,他们俩有一个小宇宙,那个小宇宙,好像谁都闯不进去,是吧?"林一曼问刘瑞。

刘瑞缄默着。

林一曼继续道:"你肯定也这么想过,想着要是他们真的发生点什么,有什么实锤,倒也好了,这样你就会死心了。"

"是⋯⋯"全被她说中了。

"我之所以能猜到你曾经的想法,是因为,我也这么想过。从某种意义上来说,我们有过一样的处境。你应该也听说过,于新和我结婚前,他找过安灿,他想悔婚,他想和她在一起。这样的于新很可恶,但也很可贵。可恶的是,他这辈子都没弄清楚他要的是什么,可贵的是,他始终坚守着自己对我的承诺。至于安灿,她总是那样,委屈是留给自己的,自我感动,觉得做了特别大的牺牲。但是刘瑞,你仔细想想,要不是因为这些,你和她会拥有这段婚姻吗?"

"你这是在自我安慰?"

"当然不是,我既不是自我安慰,也不是为他们开脱。好些事阴差阳错,到底是谁的错,到底是怎么错的,过去的,都已经过去,还重要吗?人在变,人心底的那份感情其实也在变。相信我,有段时间我比你更介意这些,我比你更痛苦。不过,人的情感是复杂的,安灿和于新他们之间的种种,不能够被简单地定义。这么多年，他们始终各自坚守着婚姻，从没做过任何非分的事，真的就只是因为道德的约束？不，不是这样的。他们或许真的相爱过，但是我能感觉到，于新对我的爱并不虚假，我们有家庭，有两个孩子，有紧紧相连着的所有，那些生活里的细节，它们不会欺骗我。"

"一曼，你到底想说什么？"

"在你们正式办理离婚手续前，我希望你能梳理一下这些，你能冷静下来好好想一想。你得想清楚，放不下那些旧事的到底是他们，还是我们。你说我是来劝你的，劝你不要离婚……"林一曼笑了笑，"不全是这样，真的不全是这样。你要是没想明白，你要是还放不下，即便离了婚，你也没法重新开始。"

"你也劝过她吧？"

"想劝，她没让。她就是这样，仿佛天生的不需要任何人的劝慰，什么事情都能自己解决。她既不懂示弱，也从没有过会哭就有糖吃的童年。她就这么一路往前跑，跌跌撞撞。刘瑞，我想为她做点什么。"

"谢谢，"刘瑞说毕，顿了顿，拉开车门，"我会试着放下的，像你一样。"

林一曼点点头："对了，你不想知道她去哪儿了吗？"

"你知道？"

"我也不知道。"

"但是，她总会回来的，是吧？"

第二十二章 玄冬

那些本以为很重要的事,刹那之间,统统都变得不再重要。

1

12月31日,这座北方的小城早已入冬,冰天雪地的夜,连空气都像是被冻住了。一对年轻男女相互依偎着,两人循着不远处的灯火辉煌,穿进了城内最热闹的街。不少仿佛有着无穷精力的年轻人,入夜后,总喜欢来这儿。何况今晚是跨年,仪式感不可缺少。

街上的酒吧都挂了花花绿绿的灯牌,有好几家灯牌上的字,不是缺胳膊就是少腿,根本分不清谁是谁。不过,这并不重要。这对男女随便选了家酒吧,人气、酒气、暖气扑面而来,女孩急不可耐地脱掉了厚重的羽绒服。

"再请一轮!再请一轮!"酒吧里,有人在高声说着,也有人在附和。

女孩还没弄清楚是怎么回事,就看到一个穿着红色修身连衣裙的女人上了酒吧中间的小舞台,那女人不知从谁手上夺过一只麦克风,那麦克风离音箱太近了,瞬时发出刺耳的鸣叫。

"这谁啊?"女孩问同行的男孩。

男孩笑道:"刚小方他们不是发微信给我了嘛,说这女的在这儿喝一晚上了,出手特别大方。要不,我也不会带你来蹭酒不是?反正,瞧着不像本地人。人傻钱多呗,要么,就是受了什么情伤?"

女孩抬眼望去,台上的女人约莫三四十岁,即便是在闪瞎眼的灯光下,仍能清晰分辨出她深刻的五官。她很美。这么美,又这么有钱,怎么可能受伤?大概,她只会让别人受伤吧。

"你小算盘打得可以啊,带我来这儿跨年,"女孩就近找地方坐下,"一杯酒,我自己也是喝得起的。"

"过日子,不就是要精打细算嘛。"男孩倒是不觉着尴尬。

"我……"台上的女人拍了拍麦克风,笑道,"我今天特别高兴,那就再请一轮!"

女人说毕,在掌声和欢呼声的雷动里,甩甩手就下了台。她一下台,就有不少人拿着酒杯要和她喝,她来者不拒,很是洒脱。看样子,这帮人不将她灌醉是不会罢休的。等等,她应该已经醉了吧?

女孩抛下男孩,走过去,扒拉开那堆劝酒的人,抓过女人的手:"喂,你跟我过来!"

"不是,你谁啊?你哪位啊?"有人看着女孩。

"我啊,我是你爸爸!"女孩瞪着大眼睛,"滚开!"

女孩拉拽着女人,到一处稍显僻静的卡座,摁着她坐下。那男孩小跑着过来,一头雾水。

"我就是看不惯,占便宜没个完了是吧?到底还要喝几轮啊?真以为人家的钱是大风刮来的啊?"女孩叨叨个没完,很是古道热肠,"别站着了,去找杯热茶,给她醒醒酒。"

"咱俩这是约会来了,还是当活雷锋来了?至于么?"男孩虽然不太情愿,但还是往吧台方向去了,"好好好,热茶,我这就去给你弄。"

男孩一走,本迷离着醉眼沉默着的女人突然笑出了声:"妹妹,我还行,不算醉。"

"漂亮、有钱、海量,好,是我打扰了。"女孩没好气道。

"还是得谢谢你,"女人伸出一只手,"我叫安灿,你呢?"

女孩握了握那只手:"看来你是真的没醉,我啊,珊子。珊瑚的珊。"

"灿烂的灿。"

"是挺灿烂的,"珊子乐了,"外地来的吧?我跟你说,就这帮人里,可没几个好人。早点回酒店去吧。"

"我觉着挺好的,起码真实。我没年轻过,特别想知道年轻人到底都是怎么生活的。"

"没年轻过?谁都年轻过!"

安灿看着珊子:"我的意思是,我年轻的时候过得不那么精彩。"

"是体验生活来了吧?写小说的?不像啊。演员?也不像,你这条件,嗯,离女明星总归还是差一点。"

安灿笑出了声:"你的条件倒是不错。"

"真的?"

"当然是真的,咱俩素昧平生,我没必要恭维你。哎,"安灿指指还在吧台问人要热茶的男孩,"你男朋友?"

"算是吧。"

"什么叫算是?"

"先处处看呗。别看他长得不错,但他这脑子……"珊子沉吟,"不过,我也笨笨的,不是什么聪明蛋。我和他,谁也别嫌弃谁。"

安灿已经有些欣赏身边这个热心、耿直、坦率的女孩了。安灿这一路,走了很多大大小小的城市,倒不是为着看什么风景,她只一门心思喜欢钻到年轻人多的地方,不为什么,就为着她没这么生活过,看看别人的生活也是好的。想想她走出校园后的青春,除了工作,简直一无所有。

"姐姐,"珊子轻撞了下安灿的肩膀,"我不知道你年轻时是怎么过的,但是吧,如果等我到了你这个年纪,能够像你这样,我这辈子就知足了。"

"我这样?我这样可不太好。"

"怎么不好?各人有各人的活法,只要不碍着别人,只要不违法乱纪,怎么活都是好的。你就是太贪心,你看啊,你羡慕我们这些人,我们还羡慕你呢。我就特别讨厌那些教别人怎么生活的家伙,就那种毒鸡汤的文章和短视频,呵,他们自己都没活明白呢。"

"怎么才叫活明白?"

"你问我?"珊子皱着眉,倒是非常认真地想了想,"为什么要活得那么明白?要都活明白了,还有什么意思?你买过福袋吗?拆福袋前要知道里面有什么,还拆个啥呀。"

"珊子,"安灿顿了顿,"你一点都不笨。"

"是吧?"珊子挺得意的,"有大智若愚那味了?"

"绝对有,"安灿说着,站了起来,"我去埋单,埋完单回酒店。今天晚上,应该能睡个安稳觉。"

"不再聊会儿?那傻狗子还没把热茶端来呢!"

"不啦,明天啊,我还要去见一个朋友。"

"嚯,原来你在这儿有朋友,"珊子也站起,重重拍了下安灿的肩膀,"行,那我放心啦。"

"10……9……8……7……"酒吧内,众人在高呼。

安灿微笑着:"新年快乐!珊子。"

珊子雀跃,跟着众人呐喊:"2……1!新年快乐!新年快乐!"

下了一夜的雪,刘成用雪铲把门边的积雪给清了,才拉起那道卷闸门。进了门,开灯、理货、打开收银机、摆好收款码的小牌,再泡了浓茶,便慢悠悠地点起香烟,开启了小超市又一天的营业。

"老刘,过得还不错?"安灿掀开那道厚重的挡风帘,笑着走了进来。

刘成惊得手里的香烟都快掉了,他立马掐了烟,一时有些手忙脚乱:"安总,你怎么来了?"

刘成从新灿离职后,便追随着万青来到了这座北方小城。这家小超市虽然只是小买卖,倒也每天都有流水,过过小日子总归是没问题的。他想过会遇到以前的老同事、老朋友,但万万没想到他遇到的第一个人会是安灿。不对,不算遇到,看她那样子是专程来找他的?

安灿一眼就看到了挂在墙上的刘成一家三口的合影,她点点头:"万青到底还是原谅你了。"

"滴水穿石嘛。你不知道,那段时间,我是每天变着法子出现在她跟前。她说过去的就让它过去吧,都是命。万红有万红的命中注定,我们也有我们的命中注定。你和林总都好吧?"刘成泡了杯茶给安灿。

安灿将那杯热茶捧在手里："好，我们都很好。"

不知怎么，刘成浑浊的眼里突然就有了泪花，他仰仰头，不想让自己难堪，更不想让安灿难堪。安灿愣了一下，将柜台上的纸巾盒推了过去。

"不好意思啊，安总，我只是想起了于总。他是个好人，可好人总是……"

"是啊，他是个好人。一个活得太明白了的好人。老刘，"安灿看着墙上的那张全家福，"于新做过不少好事，你和万青能在一起，应该也算其中之一。"

"那是当然……"刘成好像想起了什么，"你这句话我听着有点耳熟，噢，于总跟我说过差不多的话，他说，他把你交给刘医生，他做了件大好事。"

"刘瑞是我自己选的，和他可没关系。"

"是是，你看我……"

安灿喝了口茶："他还说什么了？"

"这……"

"你跟了他这么多年，他的事，我们几个人的事，怕是没有你不知道的。说吧。"

"他说他猜到你会和刘医生结婚，如果是别人，他可能不太放心，但是刘医生，他放心。他还说，他放心了，也就能放下了。"

"嗯……"一道热泪从安灿的左脸颊滑落，"我知道的，其实我和他，我们早就放下了。"

2

城市是一台运作精密的机器,坐落在城市里的大大小小的机构,它们又是分工不同的小机器。所以,冇城还是那个冇城,新灿还是那个新灿,来来去去的人也好,兜兜转转的事也罢,机器总是照常运转。

江振海出事之后,新灿很快就恢复了宁静,宁静得就像是什么都没发生过。不外乎,就是新灿大厦里多了些陌生的面孔,换了些新鲜的血液,而这些面孔和血液,会飞快融入这台机器,继续着它未完成的使命。这是规律,规律是客观的,是欠缺了一点人情味的。

林一曼是那个试图在规律里寻摸一点人情味的管理者。所以,新灿的员工,和江振海有牵扯的,只要主动站出来说明情况的,问题不严重的,她都愿意网开一面,绝不上纲上线,也绝不打倒一大片。

这件事,让新灿上下都看到了林一曼的能力和魄力,更看到了她和于新、安灿不一样的处事风格。于新宽厚有余,威严不足,安灿只讲原则,手腕强硬,林一曼呢,更像是介于他们二者之间的存在。对这个阶段的新灿来说,她实在是最合适不过的掌舵人。

此时,会议室里,一场关于新灿下一阶段规划的会议已经结束,在座的皆是董事。散会后,众人正准备离去,只见那陈启明扬扬手,看起来,他还有话要说。

"都先别急着走,"那陈启明笑了笑,"趁着你们都在,我宣布个事。我是在这栋楼落成那天来的新灿,也就是在那天,我答应过于总,我要在新灿干到干不动为止。没想到这一天来得这么快……"

"陈总?"卫开打断陈启明的话。

陈启明跟没听见似的,继续往下说:"长话短说,我该回家养老了。想说的就是这事,好啦,说完了。嗯,说出这些话,比我原先想得要容易。往后,新灿就靠你们了。噢,还有一句,林总算是我诓骗到新灿来的,我可能做错过很多事,但这件事,我做对了。你们谁要是在这件事上挑我的错处,我不同意。"

林一曼沉默片刻,将目光转向卫开,冲他点了点头,他心领神会,带着其他几个董事走出了会议室。

"没什么是我不能说的,也没什么是他们不能听的。"陈启明面有愠色。

林一曼低了低头:"我只是觉得太突然了。"

"一曼,"陈启明虽然总是倚老卖老,但他很少这么叫林一曼,"我已经跟不上趟了。新灿有你,还有卫开、杨奇、来聪这些得力的人,我留着只会是个阻碍。"

"你怎么会这么想……"

"这是事实,你心里比谁都清楚。新灿能撑下来不容易,我这个老家伙,也该挪出位置来了。这件事你怕是做不了决定,我来帮你做决定。别心软!你站的高度不一样了,就应该看得比别人都远。毕竟,你得领着这帮人往前走呢。我总是说,要求稳,要稳中求进,你也好,新灿也好,都蛰伏得够久的了,也该露露锋芒了,放手去干吧。"

"真的决定好了?"林一曼抬头看向陈启明。

"没有任何商量的余地。"

"好,我尊重你的决定。"

陈启明呼出一口长气，像是终于轻松了，他的脸上露出了微微的笑意："当初是我把你弄到这来，让你坐上这个位置的。觉得你好糊弄，好摆布，像你以前说的那样，你就是新灿的吉祥物。我那么做，有私心，权、钱、地位，我这个俗人怎么可能不想要。可这私心里也是有公心的，我担心安灿接任总裁，担心她会让新灿万劫不复，她太好强了，做事情从来不考虑后果。不过，我是怎么都没想到，你林一曼真能坐得这么稳当，真的能胜任。我很挫败啊，一曼，但是，我又很欣慰。"

"人总是复杂的。"

"是，人总是复杂的，所以像于新和安灿那么纯粹的人，他们在初创时能成功，却没有能力守住这份家业。他们俩哪，他们俩……"陈启明有些哽咽，"我陈启明人前人后演了大半辈子的戏，自以为比别人多一些经营算计，自以为高明，自以为能看透最复杂的人心，可是这二位，他们是把心剖出来，摆到桌面上给所有人看的，能够和他们共事这么一场，我也算是圆满了。"

"创业，是简单的两个字，白手起家听起来好像也不是什么难事，但我比谁都了解，他们为此付出了什么。陈总你放心吧，我会好好守住新灿的，不仅仅是为了他们。"

"好啊，好，我就等着你说这句话。时间不早了，你走吧，我再坐会儿。"陈启明似乎在慢慢平复自己的情绪。

林一曼站起来，走了两步，却又回头："有件事，想来想去还是得告诉你一声，燕姐要走了，还是去陪女儿，明天的飞机。"

"这事我知道，前几天我和她见过一面。"

林一曼有些诧异。

陈启明再道："就是老朋友见个面，喝杯茶。我要离开新灿，她是第一个知道的。她说挺好的，年纪大了，也是时候享受享受生活了。她还说她要结婚了，对方和她一样，也是在国外陪孩子读书的，嗯，是挺合适的，对吧？"

"那个人我见过一面，丧偶很多年了，为人不错，对燕姐很照顾。在他们这个岁数，还能够遇到相互扶持着走下去的另一半，很幸运，也很幸福。"

"你曾经和我说过，说我欠她一个道歉，那天，我向她道歉了。"

"都过去了，都能过去的。"

"一曼，演戏，也有假戏真做的时候……"陈启明摩挲着反扣在会议桌上的手机，"那时，我不全是为了利用她……但是这话，你知道就好，就别告诉她了吧。我这么做，你应该能懂？"

林一曼点点头，旋即离开了会议室。她独自走过长长的过道，百般滋味涌上心头，脸上却是不喜不悲。两边的办公室，有的都还亮着灯，灯下那些面孔，有她熟悉的，更多的，则是她还不熟悉的。过道尽头，是她的办公室，那里曾经属于她的亡夫。她推开略有些沉重的门，径直而入，坐上了早已属于她的那把椅子。对她来说，一切都变了，可对新灿而言，大概，一切都没有变吧。没变就好。

3

北方那座小城是安灿这次旅行的最后一站，待她回冇城时，已是2020年1月初。何夕是在火车站接到的安灿，乍一看，何夕差点没认出她来，她黑了，也瘦了，一身的背包客装束，风尘仆仆，但整个人显得很有精神。

两人上了何夕的车，安灿分享着她一路的见闻，听得何夕心里直痒痒。

安灿喋喋不休："路上我遇到不少玩房车的，有年轻人，也有退了休的老两口，特别有意思……"

"哎哎哎，"何夕打断安灿，"你现在是逍遥自在了，但请考虑一下我这个上班狗的心情，行不行？"

"很忙？"

"倒也还好，就是……"何夕笑着，声音压得低低的，"我啊，又升职了，品牌部总监。和一曼没关系啊，我靠的是自己的实力。"

"这个我相信，你没问题的。对了，公司那边都还好？"

"和沃培合作的那个项目挺顺利的，'歌颂'的直营门店又开了好几家，最近在和国外一家买手制百货公司谈入驻，总的来说，四个字'欣欣向荣'。噢，本来一曼要一起来接你的，都准备出发了，临时又有急事要处理，所以……"

"我不是跟你说过嘛，不用来接我的。"

"那怎么行，这回要是见不到你，下回你又出去浪，都不知道什么时候才能见面了。一曼说了，晚上我们几个一起吃个饭，然后……"何夕还在说着话，她的手机响了，手里是连着车载蓝牙的，中控的屏幕上跳出来一个熟悉的名字，是刘瑞。

"是刘医生啊……"何夕看了安灿一眼，"要接吗？"

"他不知道我回来，应该不是找我的，接吧。"

刘瑞的这通电话，果然不是来打探安灿行踪的，说是王超进了急诊。

"急诊那边说，有几个人把王超送来了，他们说他是从楼上摔下来的,交了点钱,然后就着急忙慌走了。送进来得有半天了,也不见有人来看他,更别说陪护了。他身上没有证件,也没有手机,要不是刚好被我撞见了,都不知道该联系谁。他毕竟是乐乐的爸爸,"刘瑞道,"要不然,你帮忙联系一下他的家人朋友什么的?"

何夕愣了半晌,问着:"他……现在怎么样?很严重?"

"颈部、腰部、腿部都有骨折,再有些外伤,目前还昏迷着,你放心,没有生命危险,就是看这样,至少得养上个一年半载的。"

"行,我联系一下他父母。谢谢你啊,刘医生。"

"那个,安灿……"刘瑞似乎顿了顿,"算了,我不问了,问了你也不一定知道,知道了你也不一定会说。就这样吧,到医院了,有什么事随时找我,我都在的。"

何夕正要回话,那头已经把电话挂断。

"你们就这样了啊?"何夕问安灿,"这段时间就一直没联系过?连个微信都没发过?"

"嗯。"安灿闷声。

"可是……"

"别可是了,赶紧开车,直接去医院。到了医院,我自己打个车回家。"

"去医院?我为什么要去医院?"何夕赌着气,"我最多也就是给他父母打个电话。"

"我还不知道你?像刘瑞说的那样,王超毕竟是乐乐的爸爸,是死是活,是好是歹,你就不想去看看?夫妻一场……"

"有意思,到我这儿,你讲起道理来,就是夫妻一场,"何夕半开玩笑,"我和他可是离了婚的。倒是你和刘医生,你们是夫妻,你们还没有离婚……"

"好好开车。"

何夕到医院的时候,王超已经有些许意识,算是醒过来了。他躺在病床上,眨巴着眼睛,很艰难地说着话。大概,他的身上除了眼睛和嘴巴,别的地方全都无法动弹了。听说何夕要给他父母打电话,他不同意。

"别……你要是方便……你……你请个护工……钱……钱我自己会付。"王超看着何夕,眼里蓄着泪。

说实话,何夕心里多少有些不是滋味。王超的父母早就离异,他算是个爹不疼娘不爱的孩子,他很清楚,就算联系了二老,已经重新组建了家庭的他们,也未必能腾出时间精力来照顾他。这一点,何夕其实也了解。

面前这个男人,何夕的前夫,在她最失望最难过最无助时,她不是没有诅咒过他,诅咒他噩运缠身、不得好死、粉身碎骨。可是,当他真的碎了骨头躺在这儿,她才发现,她并不觉着解气。她甚至想问问,他为什么把他自己弄到了这步田地,怎么就跳楼了。

"你们……"这时,美心刚走进病房,便下意识地往后退到门外。

也许是想起了如今她美心和王超才是一对,何夕已经和王超离婚了,于是乎,她又趾高气昂地走进门来。

"请什么护工,不是有我么?"美心说这话时,是看着何夕的,她必须宣告主权。

"你出去!"是王超的声音。

美心马上就哭了:"我知道你还在生气,别生气了,来之前我都跟他们说了,婚礼不办了,我以后和他们断绝关系,咱俩的事咱俩自己解决,谁也不能再插手了。"

何夕立在那儿,总归是个多余的,她拿包就走,刚走出门,就听到美心在叫她。她回头,见美心挪着已然很笨重的身体朝她走来。

"姐,姐……我能和你聊聊么?"美心几乎是在哀求了。

从美心嘴里,何夕算是知道了王超"跳楼"的始末。美心和王超准备办婚礼了,娘家人提的要求挺苛刻的,说王超二婚,可美心毕竟是个大姑娘,多少有些狮子大开口的意思。昨天娘家那边来了一帮人,威逼利诱地,非要王超给个明确的答复,不给答复就不许出门,还收了他的手机。王超被逼得没办法,今天早上想扒窗户逃跑,直接就摔下楼了。好在是四楼,好在没出人命。送王超来医院的就是那帮娘家人,一个个见出了事,凑点钱把医药费一交,就都跑了。

"我就是想要一个体面点的婚礼,没想到事情会变成这样。我没逼他,是他们……对,就是他们……"美心哭得梨花带雨。

何夕摇头:"你们这是非法监禁!是犯法的,懂不懂!"

"王超肯定恨死我了……姐,你能帮我说两句好话吗?"

"我?美心,你找错人了吧。"

"也是,我怎么这么傻,你怎么会帮我呢?你一直在等着看我们的笑话呢,现在看到了,满意了?"

"你明明知道他是净身出户的,除了那家火锅店,他什么都没有,还欠了一屁股债。你们问他要这个那个,他也得拿得出来吧?"

"我要的不是钱,就是态度,只要有态度,钱的事是可以解决的呀,他还可以去借的……"

"不可理喻!我跟你说不清楚。不好意思,我该走了。"

"你跩什么跩!"美心扶着高高隆起的孕肚,"我和他在一起,从来就不是图他的钱,是……是真爱!"

"真爱么?真爱就那么了不起?真爱就能介入别人的婚姻?别冲我嚷嚷,他还躺在那儿,需要人照顾。他是我儿子的爸爸,我不希望他就这么潦潦草草地死了。所以,立好你的真爱牌坊,滚回去照顾他吧,用心点,我还等着他康复,等着他下地挣钱来付儿子的抚养费呢。"何夕说完,扭头便走了。

美心很快就收起了悲愤,低下头重新酝酿出一汪哀哀戚戚的眼泪水,弱柳扶风地走入了病房:"亲爱的,看在我肚子里孩子的分上,你就原谅我吧……"

为了和王超在一起,美心可谓机关算尽,本以为怀上他的孩子,就找到了依托和饭碗,她后半辈子便可以做个高枕无忧的老板娘,万没想到他会净身出户,变得一无所有。她不是没想过逃跑,可她已经怀孕了啊,她就是再狠心,也舍不得打掉孩子,或者生下孩子跟着她受罪,她身无所长,能挣几个钱?她怎么养活自己和孩子啊?孩子本是她捆绑王超的一把铁锁,未承想,如今这把锁,反过来将她自己结结实实地锁住了。

"你可千万不能有事哪,你要是瘫了,我们娘俩可怎么办啊?"

一阵阵或高或低的哀号声从病房里传出,路过的人听了,无不为之感动。唯有王超,他就跟块石头似的,无声无息,一动不动——没毛病啊,他眼下确实动弹不得。

第二十二章 玄冬

4

自从安灿开始那段说走就走的旅行,林一曼的日子却并不轻松,两人像是交换了人生。林一曼好不容易盼着安灿回来了,心里憋着许多话要和她说,虽没时间去接她,但一顿替她接风洗尘的饭是肯定要吃的。

晚上,安灿如约来到林一曼预订的餐厅,一眼就看到了林一曼、何夕和陆玲玲,边上还有张熟悉面孔,是任意。那任意正向林一曼汇报工作上的事,看着他沉着冷静的神情,安灿就知道,他不再是当初她那个慌慌张张、冒冒失失的小助理了。任意汇报完工作,就要走,安灿笑了笑,跟着他走出门去。两人就站在门边,说着话。

"不错,你终于能独当一面了,替一曼分担了不少事。"安灿笑道。

任意倒是谦逊:"都是分内的工作,很感谢安总,要不是你给我机会,我也进不了新灿。"

"你还记得你曾经问过我为什么要录用你吗?今天,我可以回答你了。是于新建议我录用你的,我一开始没同意,那批应聘的人里,你并不是最优秀的。可到了最后,我还是妥协了。"

"只可惜,我入职后,他就……"

"好好干,新灿需要你,一曼也……"

"安总,有件事我还没来得及跟你说,我打算辞职了。"

"那么突然?"安灿诧异,"为什么?一曼知道吗?"

"她应该是知道的……"任意顿了顿,微笑道,"安总,用餐愉快,我先走了。"

待安灿回到餐桌旁,听到何夕正跟林一曼和陆玲玲吐槽王超"跳楼"的事,这事荒诞无比,让人唏嘘。曾几何时,何夕的婚姻生活让安灿和林一曼很是羡慕,觉得这对夫妻相濡以沫,两人把日子过得极有滋味,是那种平平淡淡却难能可贵的幸福。未料到,最终会是这样的结局。那王超算是被美心缠上,想要脱身是再也不能。至于何夕,也绝对不是什么赢家——那段已经终结的婚姻,对双方而言,本就没有输赢。

四个女人吃完饭从餐厅里出来,夜已经深沉。宥城的这个冬天格外冷,它的冷和那座北方小城完全不同,是侵入骨头缝里的湿冷。安灿让何夕和陆玲玲各自先回了,她则负责送林一曼回家。

"有事啊?"林一曼心领神会,待她上了安灿的车,便笑问道。

安灿驱车,缓缓驶离地下停车场:"你猜。"

停车场出口像张巨大的嘴,将一辆辆缓行的车子吐出。车子们鱼贯而出,转而快速分散到两条方向完全不同的主干道,各自驶入夜幕。

车内,安灿身侧的林一曼,穿着雅致的灰色格纹大衣,一头利落的短发勾勒出柔和的侧脸线条,她还是她,十几年了,除了剪短的头发,好像就没怎么变。而身着白色轻薄羽绒服的安灿,则和当年一般,蓄起了长发,五官仍是凌冽,微上翘的嘴角仍是带着骄傲,她也没变。两人仿若被时间定格了——只是,她们自己浑然不觉。

"你想和我聊的,是任意?"林一曼猜到了。

安灿点头:"他要辞职?"

林一曼别过脑袋,看向车窗外,"果然。"

"好好的怎么就要辞职了?别是你们亏待了他吧。我走之前,可是你自己提出的把他留给你当助理。人留给你了，你可要器重他。"

林一曼划拉着起雾的车窗，信手在上边画着奇奇怪怪的图案："可能他有更好的发展了。人往高处走，这个拦不住的。"

"一曼，你没跟我说实话。"

"想听实话？"林一曼笑了两声，"实话就是他不再当我是老板。"

安灿想起了那些传言，关于林一曼和任意的。即便是安灿这样已和新灿没有瓜葛的人，也听到过几句风言风语，她不认为这是个事，也就没跟林一曼聊起过。坐在林一曼的这个位置上，举手投足都备受关注，种种传闻多是空穴来风。可是此刻，林一曼的态度，倒让安灿有些担忧了，她不知该不该继续问下去。

"你有没有觉得，这个冬天特别冷？"安灿岔开话题，"还是北方好，吃饭的时候我不是跟你们说起过吗，就老刘他们家那个小院，搭了个阳光房，出太阳的时候坐在里面嗑瓜子喝茶，那边的太阳特别暖和，只要是坐在阳光底下，就……"

"转得可真够生硬的。不想听实话了？"

"实话，你刚才不都说了吗？"

"我原以为装傻充愣，保持距离，我们就还是总裁和助理，还是朋友。很显然，他不是这么想的，他也没办法这么想了……"

"一曼，这个话题到此为止吧。"

林一曼摇摇头，继续说着："我是林一曼，带着两个孩子的单亲妈妈，是任意的老板，我还比他大那么多，这里面随便揪出一条来，都是很难逾越的鸿沟。何况，我又打定了主意不再恋爱、不再结婚，虽然于新已经不在人世，但有人要想取代他在我心里的位置，那也是不能够的。所以，任意和我就是个死扣。我们之间或许有那么一星半点的互相欣赏，还有那么一星半点的惺惺相惜，可是，也只能到这儿了。"

"好，那就到这儿，你想好了就行。"

"安灿，我刚和你说的每一句都是实话，我从没跟任何人说过的实话，连任意都不知道的实话。你全都听明白了？"

"听明白了。"

"要是听明白了，就都忘掉，"林一曼说毕，便用手掌抹去了她在车窗上画着的那些图案，"我也会忘掉。"

5

冬夜的山顶露营基地，那堆篝火将年轻人们聚拢，他们谈笑，歌舞，或者干脆放空自己。不远处的观景台，架了天文望远镜，有位老者在调试它，边上，有个女人安静地站着，正看向山下那片建筑工地。因是冬季，工地已停工。据说以此为中心，连着周边一大片，将建成住宅区和相关配套设施。

"安灿，"老者看向女人，"你真的想好了？"

安灿点头："爸，你说得对，我还年轻，路还很长，现在重新开始，一切都来得及。"

一个月前，安父和安母接手了这个露营基地。二老喜欢和年轻人相处，将基地打点得很是妥帖。创了大半辈子业的安父，倒也乐得在此发挥余热。也是那时，安灿和父亲商量，她打算建个服装厂，从头再来。

"那你和刘瑞真的没有回旋的余地了？"安父问道。

"我回来后，一直住在公寓，没回过半山，也没见过刘瑞。倒是和张姐见过一面,张姐说她年纪大了,该回老家养老了……"

"这些年多亏了她。"

"我知道,都安排好了,"安灿顿了顿,"前几天我让律师联系了刘瑞,谈了一下协议的事,既然他不想要半山的房子,就把那房子卖了吧。"

"是啊,你全都决定好了。我老了,给不了你任何建议和帮助。不过你好像也不需要我,你向来是有主见的。"

"爸,离婚是我和刘瑞之间的事,再说,我都快四十岁的人了,知道该怎么处理……"

"快四十岁了?"安父苦笑了两声,"十几年前的你,二十岁出头,我为你在海市安排好了一切,只等你回来接管家里的纺织厂,你呢?你是怎么做的?你说走就走,问过我的建议么?你就是太有主见了!"

"创立新灿,离开新灿,和刘瑞结婚,又要和刘瑞离婚,这些,都是我自己的选择。你说过,自己选的,自己负责。十几年前,我一意孤行来到宥城,认为爱是追随,是义无反顾,是轰轰烈烈。可是现在,我有了新的理解。新灿已经不需要我了,我的使命已经完成。至于刘瑞,他很好,他真的很好,他值得去过更好的生活。"

"当然,他值得。可是,为什么不能是你呢?你就不能和他一起去创造理想中的婚姻生活吗?"

"本来应该是我的,不过,我搞砸了。"

这天,安灿来到了半山的家,她这次回来,是带着中介来看房子的。中介小李很积极,早就站在16号别墅门口等她。见16号里有人,隔壁那栋的邻居便过来打招呼。那栋房子本是于新和林一曼的,后来卖给了一对来此颐养天年的老夫妻,来人就是这家的老太太。听说安灿要卖房子,老太太很是有些诧异。

"上礼拜你先生回来过,里里外外打扫了一遍,说是快过年了,得做个大扫除,辞旧迎新。我还以为你们要搬回来住了,没想到是卖房子。"

"他真的回来过?"

"不止一次,以前啊,他还常回来修剪花花草草。你们家那株梅花,开得多好啊,你瞧见没?好几回,我看见他一个人坐在这儿,喝着茶看着书,惬意极了。孩子,你要是有时间,也该陪着常回来看看,小住也行啊,这里环境多好,养人呢……"

一番交谈后,安灿送老太太出了门,果真在庭院里看到了那株被精心修剪过的梅花,细枝上缀满耀目的红,安安静静绽放着,并不在意是否有人欣赏。和这栋房子有关的细碎往事,因着这片红,一点点揉进了安灿的思绪。

"姐,我要去楼上拍点照片,方便吧?"小李跟了出来,站在安灿身后。

"什么照片?"

"现在都流行3D看房了,不得多拍点照片啊。"

"噢……"

小李兴冲冲就要往楼下跑,安灿突然扭头:"不好意思,这房子不卖了。"

"哎哟,我的姐,我们不是说得好好的么?你和我签约,让我独家代理,助我冲销冠……当然,我肯定能给你谈个好价格。这……怎么突然就变卦了?现在像这种独栋是稀缺房源,只要挂出去,很快就会脱手的。"

"真的很抱歉,以后再说吧。你跑一趟不容易,我会给你车马费。"

"我要什么车马费啊,不用!咱再聊聊?"

"以后再说吧。"

"别以后了,就今天,就现在,你再好好考虑考虑。我不急,我就坐在里边等你。"

"哎……"

安灿话没说完,小李就又进了客厅,他还真不拿自己当外人,一屁股坐进沙发,一副要死磕到底的样子。安灿无奈,只得自顾自上二楼,想着小李很快就会知趣离开。

当安灿推开二楼的主卧时,整个人都愣住了。这里不再是之前的冷冷清清的装修风格,已换了暖色调的墙纸和木地板,对着床的墙面上则挂了她和刘瑞的婚纱照。没记错的话,这是刘瑞当年想象中的完美婚房。那时他们准备结婚,他聊起婚房装修,说起自己的设想,几乎每一条都被她否决……

就是这时,安灿的手机响起,来电话的正好是刘瑞。在此之前,他们已很久没联络。她迟疑着,在铃声快要消失时,滑动了通话键。

"安灿。"是他的声音,带了点沙哑。

"嗯……有事么?"

"我知道你回来了,也知道爸妈在冇城,在那个露营基地,你马上把他们接回家,还有,你们尽量少出门,尽量……"

"你……"她瞬间就像炸了雷,哽咽道,"你想干什么啊,刘瑞!我今天来半山,是打算卖房子的,你又是种花种草,又是翻修房间的,这房子,我到底还能不能卖了!"

"别哭。这些，我晚点会跟你解释的。现在，你先听我把话说完。我刚才已经给爸爸打了电话叮嘱，让他准备口罩和消毒水，你记着，这段时间，让他们尽量少出门，你自己也是……"

刘瑞的话还没说完，安灿就听得电话那头，他的同事在叫他，声音很急切。

"先这样，我有个很重要的会要开。"

"刘瑞？刘瑞！"

电话已经挂断。

安灿带着不太好的预感，抹了眼泪，急匆匆下楼。客厅里，誓要签约的小李还在，他正坐在沙发上，一动不动地盯着电视。

"目前资料显示，它是肯定有人传人的。要提高警惕了……"央视新闻频道里，钟南山院士在接受白岩松的采访。

"那个……姐……独家代理的事，"小李看到安灿，立时站起，"等你有时间了，咱们再议，我老婆正在医院做产检呢……再大的单子也没老婆孩子重要不是？你说这进医院是不是要戴口罩？对，我马上去买！我走了啊。"

独家代理不重要了，能不能当上销冠也不重要了。那些本以为很重要的事，刹那之间，统统都变得不再重要。

小李小跑而去，连大门都未替安灿关上。

于是，冷风细密，卷着微尘，不由分说地穿堂而入。

第二十三章 归途

故事就是这些故事,没什么新鲜,无非是:人间路,漫漫且慢慢,有的人,踏上了征途,有的人,迈入了归途。而我们,终将得以聚首。

1

城市安静下来了。安静到,让人忘记它曾喧嚣。每一帧画面都在放慢倍数,凝滞而迟缓。

街边,那个穿着红色羽绒服的女孩显得格外惹眼,她调整着脸上的口罩,神色有些焦灼。一辆黑色SUV在女孩身旁停下,车窗里,有位女司机探出张同样戴着口罩的脸。

"等车?"女司机问道。

"嗯。"

"这种时候,不好等吧,上车,我送送你。"

"谢谢,不过,"女孩小心翼翼,"我是去医院。"

"哪家医院?"

"人民医院。"

"巧了,我也是。"

"我是医院的护士,所以……"女孩眼里露出"你懂的"的神情,"我还是再等等吧,刚才我给同事打电话了,让他绕路过来……总之,还是谢谢你。"

女司机笑道:"别再耽误时间了,上车。"

女孩犹豫着,加戴了一个口罩,这才上到车后座。

"你去医院是……"女孩问道。

"送饭,"女司机顿了顿,明眸里有了温柔的笑意,"给我老公送饭。"

对大多数人来说,这是个不同寻常的春节。

林一曼的父母春节前就来了,公婆后脚就到,紧跟着的,是美其名曰要来照顾自家二老的大姑子于慧一家,如此,和林一曼一起居家防疫的竟有十几口人。之前这么多人聚着,无非是吃顿年夜饭就散了,这次,则需要裹在一块儿生活14天,很是考验他们对彼此的耐性。好在于慧向来爱大包大揽,家里的琐事都由她来安排,这也让暂时在家办公的林一曼腾挪出了精力。

书房里,林一曼刚开完视频会议,就接到了任意的电话。年前,任意就已办好离职手续。关于他的离职,公司里说什么的都有。有说他另谋高就去了,有说他是因为被人排挤,再有好事者,难免也会八卦着他和她的那些传闻——这种事没法解释,也不需要解释。

新来的女助理叫高兴,她本人和她的名字一样喜气,有着好看的笑容,当然,还有漂亮的履历。林一曼对高兴很满意。只是,我们的林总裁并不预备和她的这位助理成为朋友。因为,她曾经做过类似的傻事,结果,她既失去了一个得力的帮手,又失去了一个交心的朋友。

所以，林一曼万没想到，给她来电话的就是她自认已经失去的这位朋友。上一次联系，还是除夕那天他发来简单的新春祝福微信，她回了两句应景的吉祥话。

"我就在你家楼下。你能下来一下吗？我有话跟你说。"任意的语气，并不像是在征求她的同意，很急促，也很坚定。

她定定神："就在电话里说吧。"

"不行。"那一头在沉默半晌后，斩钉截铁地说出这两个字。

载着年轻女孩的SUV正疾速驶往医院，车内放着的调频广播，则不疾不缓地播报着一则新闻。

"不计报酬，不论生死！召之即来，来之能战，战之能胜！随时听从命令，决不退缩！一封封来自各地相关单位、组织的请战书犹如最响亮的战斗号角……不仅仅是医务工作者，逆行者还有很多各行各业的人们：加班加点紧急生产紧缺的医用口罩、医用防护服的工厂工人们……"

"就快到了。"女司机说道。

女孩笑道："你就别进去了，把餐盒交给我，我保证送到你先生手里。对了，他是哪位医生，在哪个科室？"

"他叫刘瑞，就在前几天，他进了隔离病区。"

林一曼下了楼，才发现自己没带小区出入证。而且，就算她带了，肯定也出不去。按照防疫规定，每户人家每天可以安排一个人出去采买，就在今天早上，外出的"份额"已经被于慧用掉。

远远地，林一曼就看到了任意，他穿着志愿者的红马甲，拖着个大行李箱，正冲她招手。她犹豫一下，指指左侧的铁栅栏，提醒他往那个方向走。于是,半分钟后,两人保持着一米的安全距离,终于隔着铁栅栏见了面。

"你……"林一曼看着任意的红马甲,"不错。这种时候,都应该力所能及做点有用的事。"

任意下意识往前走了一步,接着却又退后一大步:"这几天我帮在家隔离的街坊邻居采买,跑跑腿。我看新闻了,新灿捐了一大笔防疫物资。我还听说,安总建了一家口罩厂,正赶工生产。相比之下,我能力有限,只能……"

"要不是你们这些志愿者,这个城市真的就得停摆了。所以,我们每个人都在努力,都在尽全力。"

"众志成城,全民抗疫!"任意喊了句口号。

林一曼脱口而出:"防控新冠,人人有责。"

两人对视,都笑了。

以前,林一曼总觉着喊口号特别傻。可是,在眼下这种时候,每一句口号都有着坚定人心、安抚人心的作用,既能驱散恐慌,又能凝心聚力。就连她的佐佐和佑佑,两个孩子都学会了不少口号。

"噢,我带了点吃的给你们。"他指指身侧的行李箱。

她忙道:"其实不用……"

"你一个人带着两个孩子……"

"没有,我们家现在最不缺的就是人,佐佐他们兄妹的爷爷、奶奶、外公、外婆、姑姑一家,还有两个保姆,全都在。我们社区没有确诊病例,每户人家每天都能安排一个人出去采买,家里不缺……"

"等一下我会把东西放到门口的放置处,你记得让人去拿。"

第二十三章 归途

"我不知道该说什么,总之,这不合适。东西你拿回去……"

"那个,"他打断她的话,"林一曼。"

"……"

"对,我就叫你林一曼了。"

"你不再是我的助理,当然可以这么叫我。"

"林一曼。"他一字一顿地再次喊着她的名字。

接着,他深吸一口气:"不知道明天和意外哪个先来,所以,我只想见到最想见的人。现在,我见到了。"

他说完,也不等她有什么反应,拖着那个箱子就往小区大门口的方向走去。

隔着远远的,安灿见到了刘瑞,他就立在隔离病区那栋楼的一个小窗前,从她这个角度望去,就只是个小黑点。很快,他就能吃上她做的饭菜了吧?这两天,她照着菜谱和短视频,学做了好几道菜。

他进驻隔离病区前,两人有过一次短暂的视频通话。他告诉她,如果没有疫情,此时的他和她应该在半山的家里。这就是他装修那间婚房的缘由。这一次,他要用他的方式来重启,重启他们的这段婚姻。

"回去吧。"他给她打了电话。

此刻,他们相隔甚远,但好在还可以通电话。自从他进驻了隔离病区,连这样简简单单的一通电话都未必有时间给她打,自然,也就变得珍贵。

她得抓紧时间把话给说了:"我们都好,你自己多保重,我……"

"我得挂电话了，快回。照顾好自己。"

那个小黑点晃荡了一下，跟着他的声音，一齐消失了。

她把手机扣在胸前，喃喃道："我等你回家。"

2

有些事情不再那么重要，另一些，则变得非常重要。于是，任意去见了他最想见的人。两人隔着一道铁栅栏，隔着一米的安全距离，隔着两个口罩，但他从没觉得他们如此靠近过。尽管，他知道自己的鲁莽会让林一曼风中凌乱，也知道他和她不会有结果——至少，现在不会。

在风中凌乱了好一会儿的林一曼，她到底还是拖着行李箱回了家，她径直把箱子推进厨房，看到于慧正在那清点库存的食材。

"这里边装的是什么？"于慧问道，"你刚才下楼了？下楼干什么？回家后洗手了吗？"

这一串问题，林一曼不知道先回答哪个，只推了推箱子："朋友送的，应该都是吃的，要不，你打开看看？分类存放一下？"

"哪个朋友啊？你这朋友人真不错，这种时候，还想着……"

"这人你认识，任意。"

"嗯？"于慧愣了会儿，一抬头，发现林一曼已经没了人影。

于慧是在书房找到林一曼的，她关上房门，在林一曼对面坐下："烦我了？我也就是随口一问。"

"姐，没有，我没烦你。"让林一曼烦恼的根本不是这些，相反，最近和于慧每天在一块儿，相处得还算融洽，偶尔会为小事拌个嘴，那是因为她们真拿彼此当家人了。

"春节前我跟我爸妈商量过，我说要不今年就让你自己安排，让他们去我家过年。可这不是特殊时期嘛,他们俩的心总是悬在佐佐和佑佑身上,非要来。我一看,家里那么多老人,你也应付不过来,这才拖家带口来凑热闹的……"

"你们都在,我挺高兴的,没骗你。你也说了,特殊时期,那这种时候,一家人就更该在一块儿,每天能见着,总比不在一处的互相牵挂要好。"

"你高兴啊?你这眉头皱的,一张脸都快拧成抹布了。"

"不是为家里的事……"

"是因为……"于慧顿了顿,"那位朋友?送东西来的那位?你怎么不吱声啊?行,我又多事了。"

于慧站起来,都快走到门边了,又折回来,她敲敲桌子:"一曼,别想那么多。以后不管你怎么过,和谁过,那都是你的事。你刚才说我们都是你的家人,既然是家人,就没有谁希望自己的家人过得不好、不开心的。你啊,别想太多,把一颗心放到肚子里,该怎么着就怎么着,懂了么?"

"我就没想过要和谁过……"

"为什么不想?是不能想,还是不敢想?"于慧看着林一曼的眼睛,"其实你知道,有些事,如果你笃定了要去做,没人拦着你,除了你自己。"

超市里人虽不多,但货品充足,前两天脱销的消毒水已补好了货,满满当当地堆在最显眼处,让人很有安全感。大家都戴了口罩,人与人之间保持着安全距离。特殊时期,每个人都在自觉地维护着往日的井然有序。总之,生活仍在继续。

"那你打算继续装傻?"超市生鲜区,安灿正对着手机说话。

手机屏幕里,是穿着正装的林一曼,背景是她家书房,屏幕右下角依稀可以看到她套了宽松的家居裤。这打扮，应该是刚开完视频会议。

林一曼一脸严肃："我不想聊这个话题。"

"没记错的话，是你要和我视频，说什么任意给你送了一大堆菜肉蛋奶的吧？我可没人给我送东西，刘瑞出不了医院，我又不放心让爸妈出门，只能自己来超市。"

"我就是这么跟你一说，没想要你给我什么建议。"

"是，你现在主意大，你不需要我了。挂了啊，我买完菜送回家，还得去口罩厂那边……"

"等一下，"林一曼顿了顿，"如果是你，你会怎么办？"

安灿笑道："要是以前的我，绝对不会让这样的事发生，不用他自己辞职，我先把他给开了。现在的我，大概会觉得，能遇到他，也算是一种难得。不过，这问题到底怎么解决，你心里应该有答案了。"

"嗯……对了，你就一直没见到刘瑞？"

"从我和他分居，到我旅行回来，再到现在，我和他就没见过面。那天我回半山要卖房子，是想早点把事情解决，和他把婚给离了。可到了那儿我才发现，我根本离不开他，他也离不开我。没有什么完美的婚姻，婚姻本身就是牵绊和纠缠，我们俩挺愿意缠在一块儿的。"

"一切都会好的，等他从隔离病区出来……"

"他要去武汉，已经递交了请战书，"安灿敛了笑容，目光坚定，"我支持他。"

待安灿选好东西，推着购物车往收银台方向去时，她见到了久违的卫开。两人在认出对方之后，都有些诧异。毕竟，他们日常现身的场景,好像都比超市要高大上,而他们自身也比此时此刻要光鲜。他们是前后脚走出的超市,到了门口那个空空旷旷的小广场,找了张长椅坐下,一左一右,一米距离,很是默契。两辆"战果累累"的购物车挨在各自身侧,这意味着他们很好地完成了采买任务。

最近来超市的时候,安灿发现,超市里有好多卫开这样五谷不分的男人,拿着老婆给的清单,开着视频聊天,满场乱窜。当然,和他们比起来,她也强不了太多,她的场外技术支持主要来自张姐。

"满载而归?"安灿看了眼卫开的购物车,打破沉默。

"咳,你不知道,原本,我们家负责做这些事的都是我老婆。别看她比我小那么多,娇滴滴的,其实呢,生活上,都是她在照顾我……"卫开摸了摸口袋,掏出一包烟来,"我哪懂这些啊,都是她开的单子,我照着单子买。"

安灿指指他脸上的口罩,他苦笑着,又把烟给放了回去,那右手却还悬着,做着抽烟的姿势,悠悠道:"你不知道,我第一次来买菜时,觉得这地方就像个迷宫,简直无从下手。"

"熟能生巧,我都会做凉皮了。"

"真的假的?"卫开大笑起来,"你,安灿,做凉皮?"

"你知道吗?以前,我满口的大局观,总觉得自己是做大事的,总觉得芸芸众生都在坐井观天,可说起来,坐井观天的其实是我。是我把自己困在了新灿,认为我的生活里只能有新灿。可当我走出来了,才明白海……"

"还可以做凉皮?"

"海阔天空。"

卫开仍抽着他想象中的香烟,吐了个想象中的烟圈,沉吟道:"人这辈子,无非就是在和自己的执念较劲,对吗?"

安灿没有回答,只微笑着站起:"都回家吧。"

3

是夜,紫金苑门口还站着不少志愿者,他们正配合着保安,在给进出小区的业主测量体温。一辆车在不远处停下,车上下来的是何夕和李新良。李新良正打开后备箱,把蔬果等东西拿出来。

春节前,弟弟何阳要陪妻子小颂回娘家过年,小颂的父母很是热情好客,一力邀请何家二老和何夕母子同去。感动归感动,何夕不愿给别人添麻烦,便婉拒了。于是,这个年,便只有她和乐乐两个人过。也许,以后的很多个年都得这么过,乐乐早晚要适应的。前两天,何阳来电话,说因着疫情,他们和父母暂时回不了冇城,还得在小颂娘家住段日子。小颂倒是挺乐意,向来不擅处理家庭关系的何阳可就头大了。

"不是什么坏事,这么一来,何阳没准就能体谅到小颂的不容易了。小颂是远嫁,受过不少委屈。我爸那人古板,我妈嘴碎,何阳呢,吊儿郎当了这么些年,极其不务正业,也就是小颂心大,不然未必能过到现在。"何夕从李新良手里接过一袋东西。

李新良笑道:"何阳要真的一无是处,小颂也不会死心塌地。只是你这个当姐姐的,有些一叶障目了。"

"他啊,也就是上回带着人去找王超替我出气,让我觉着有这么个弟弟好像也不赖,那事吧,虽然不太地道,但是解气。时间不早了,你赶紧回家吧。"

何夕是在超市遇到李新良的,两人买完东西,他一定要送她回来。就好像,他能算到今天她的车子坏了,是骑共享单车来的,拿着这堆东西回家确实不方便一样。

进了家门,何夕就听到乐乐在他自己房间跟人通话。大概是聊得太投入了,他都没发现妈妈已经回家。

"你答应我的事,可不能反悔,对,一顿大餐,我想吃什么你就得请什么……你就放心吧,小玥姐姐,以后再有这样的情报,我一定第一时间告诉你……好,没问题啊……妈……啊,不是不是,是我妈回来了……"乐乐扔了iPad,屏幕里的小玥表情略有些尴尬,不一会儿,她就切掉了视频。

"一顿饭就把亲妈给卖了?我说呢,怎么小玥的爸爸就那么巧,就……"何夕没好气,"王乐乐你挺有能耐啊。"

"都是小玥姐姐,是她指使的。"

"还学会往别人身上甩锅了?"

"不是……真不是……"乐乐叹了口气,"那还不是我们这些当儿女的,在为你们操心嘛。李叔叔喜欢你,小玥也喜欢你,我呢,我觉得李叔叔不错,他对你挺好的。"

"小小年纪的,一天天都在想什么呀。把iPad捡起来,给我,没收了。"

乐乐乖乖照做,嘴里嘟囔着:"反正我喜欢他们,也愿意和他们成为家人。换了别人,就是天天请我吃饭,我都不乐意。"

"你和小玥挺有意思啊,只听说过不高兴有后爸后妈的,还没听说过自己去找后爸后妈的。"何夕果真收起了iPad,严严实实地捂在怀里。

"如果迟早都得有,不如选个自己喜欢的。这叫面对现实,你不懂。"

"我不懂?"何夕作势要打乐乐,"我怎么不懂!"

"电话,电话,"乐乐鼠窜,"妈,你手机响了,快去接电话。"

何夕走到客厅,从包里掏出手机,很是愣了一下,给她来电话的是王超。自从王超出事那天,她在医院见过他后,便再无联系。倒是从别人的嘴里听到些后续,说是王超出院后不久,美心肚子里的孩子便降生了。无奈王超仍需卧床静养,美心母子就被她娘家人接走照顾了。王超"跳楼"的事,何夕一直都瞒着乐乐,乐乐倒是问过几次,说爸爸怎么最近都没来看他了,她只说王超忙。不管怎么样,在儿子面前,她还是得维护王超为人父的体面。

"妈,你倒是接电话啊,"乐乐笑着,"是不是李叔叔给你打的?快接快接。"

"噢。"何夕一边接起电话,一边走进卧室。

沸腾火锅店,大门敞着,门口堆了不少东西,多是食材,已被分门别类摆好。何夕绕过那堆东西,径直走了进去。有个拎着两袋蔬菜的服务员走出,和何夕撞了个满怀。服务员惊得扔下袋子,转身就往后厨跑。

不一会儿,厨师长老陆进了前厅,他怀里正抱着一只冻羊腿:"老板娘?真的是老板娘?这都戴着口罩呢,可别认错了。她来这儿干什么,她和老板已经离……"

"老陆,忙着呢?"何夕笑道。

"老板娘!还真是你,路过啊?"老陆也笑,"那正好,给乐乐带两个大羊腿回去。噢,我们在分东西呢,分完拉倒。你要有看得上的,我连带着羊腿,直接给你送家去。那浑蛋的便宜,要占也是你先占,我们都得靠后。当然,这也不算占便宜,都是我们该得的。"

"我早就不是什么老板娘了。不过,我今天来这儿,不是路过,是王超让我来的。"

"什么意思?"

何夕环顾众人,这些家伙,拿肉的拿肉,拿菜的拿菜,还有一个端着口笨重的鸳鸯锅,她忍俊不禁:"不累啊?把手里的东西先放一放,听我把话说完,你们再分也来得及。"

"咳,我们几个就是觉得这些食材放着也是放着,不如……我就实话实说吧,本来我们留在冇城过年,留在店里上班,那是因为过年的时候生意最好,老板答应过我们,到时候工资翻好几倍,还会发大红包。可眼下,哪有什么客人!这些食材再放下去,可就全放坏了。"老陆这话没毛病。

老陆说毕,先撂下了那冻羊腿,继续道:"就算没有疫情,店也早就开不下去了,老板本想趁着过年来个咸鱼翻身,结果,他自己直接躺床上翻不过来身了。说句不该说的,你们俩要是不离婚,老板不会变成这样,我们的店也不会变成这样。"

何夕没接那个话茬,只道:"按说这些事我不想管,也不是我能管的。现状就是,王超躺着,至少还得躺两个月,田美心呢,刚生了孩子在坐月子。是王超拜托了我,我看在乐乐的分上,才答应来这儿和你们沟通的。"

"懂了,全权代表老板来的呗。"老陆讪笑。

"这么理解也没错。眼下,他有两套方案,委托我跟你们详细说说。方案一呢,你们把店里拿得动的、拆得了的,全都给分了,他不会追究你们的责任,从此你们双方两清,不外乎就是店没了,你们另外找地方谋生,他呢,他要是想不开,等他能爬起来了,再去跳一次楼,那也和你们没任何关系。"

老陆锁紧眉头:"方案二呢?"

"方案二的话,店暂时能保住。他了解过,好多餐厅都不营业了,附近的几个社区、医院,噢,还有我朋友他们的口罩厂,其中有部分人的吃饭问题得有人解决。我们不做火锅,做快餐,按成本价给他们供应饭菜,送餐上门。他说了,不管产生多少营业额,钱都是你们的,由老陆你来分配。这样一来,食材不会浪费,你们这段时间也都有了收入。最重要的是,这些人的吃饭问题有了着落。"

"好是好……这是好事,"老陆的眉头略略舒展,"可是……"

"别急着答复,你们好好考虑,总之,这家店,这店里的东西,全都是你们的了。你们自己决定就行。"何夕说着,就走出了店门。

"老……老板娘,"老陆追了出来,叫住何夕,"你看我叫顺嘴了,一时还改不过来。是,老板的方案二是不错,不过……"

"老陆,你是有什么顾虑吗?"何夕站定。

"骂归骂,说归说,对王超,对这家店,我们都还是有感情的,"老陆叹气,"按他说的,我们的收入暂时有了保障,那些人的吃饭问题也能得到解决,他呢?他可真就一无所有了。"

"这个我问过他。他说他本来就一无所有,大不了等站起来了从头再来。"

"咳……"老陆沉吟,"本来多好的人,要不是摊上田美心,被灌了迷魂汤……怕是他命里就有这么一劫吧?"

"我不信命。不管怎么说,"何夕看着路上零落的行人,"每个人都得为自己的行为负责。他的今天是他自己选的。好在他还有明天,我也是。"

"我们小老百姓，不就是希望生活有个盼头嘛。那歌里都唱了，明天会更好。"

"是啊，"何夕重复着老陆的话，"明天会更好。"

4

城郊的这家口罩厂规模不算大，年前因经营不善，本已停产。如今在安灿的帮助下，它正以最快的速度重新投产。原有的积压库存全部捐出，现下生产出的口罩，则只捐不卖。

安灿赶到的时候，看到陆玲玲在流水线上忙活。没办法，现在厂里最缺的就是工人，这些朋友都当起了"临时工"。

"有几个本地的工人愿意回来，明天就能到岗，"陆玲玲将手里的口罩码整齐，妥帖装袋，"还有几个志愿者会来帮忙，这么一来，人手就凑得差不多了。生产的进度是能保障，可这口罩做好了，还得在解析库挥发灭菌两周。原材料的紧缺也是个问题，要是没有熔喷布和无纺布，我们就是人再多也没用。总而言之，困难不少，一个个解决吧。"

陆玲玲想起什么："刚才何夕给我打了电话，说我们这些工人的吃饭问题已经解决，王超那家火锅店会定时送饭过来。"

"陈启明呢，劝回家了吧？"安灿问道。

陈启明一听说安灿搞了个口罩厂，立刻就来帮忙，已经在口罩厂待了好几天，连家都没回过。

"回了，说是明天还得来。真让他闲着，他也闲不住。"

"还有你，我听他们说，你昨晚就在这儿了，一直忙到现在，"安灿码着几只口罩，"这可不行，赶紧回家。"

"总得让我做点什么吧？"

"新灿那边更需要你,虽然线上办公了,但事情只多不少。而且,我听一曼提过,过段时间要选举新董事,这次,你是最有希望的。"

"安姐……"陆玲玲停下手里的工作,慢慢抬头看向安灿。

"我知道进入董事会一直是你的目标。以前我认为你还需要历练,还不够成熟。但不可否认,你在新灿的工作很出彩,你也沉稳了很多……"

"其实,我有别的打算。"

"难道你不想进董事会?"

"嗯。"

"是因为杨奇?是啊,他已经是董事,你们又有这层关系。但凡事都有例外,一曼他们有这个判断力。毕竟你和杨奇没有结婚,不是夫妻关系……"

"不是因为他,不是因为这些。"

安灿看着支支吾吾的陆玲玲,正色道:"到底怎么了?"

雾气从江上升腾,融进莽莽的无边夜色。两岸的灯光依旧璀璨,站在这江边远眺,这座城市好像未有丝毫改变,只是,它很安静,安静得每一丝风都吹得无比分明。

江边,安灿和陆玲玲并肩而立,望向那些宛如幻境的光影。

"我爸妈终于要离婚了,"陆玲玲摘下口罩,长出一口气,"安姐,我有别的打算,就是因为他们终于要离婚了。我妈说,居家隔离的这些日子,她和我爸日日相对,她才发现,就算是余生将他们俩捆在一起,他们也不可能相爱了,他们的感情早就消耗殆尽。她如今总算明白,明白了我为什么坚持要让他们离婚。"

陆玲玲的声音夹在风里,安灿侧着耳朵才能听清。

"我妈这大半辈子坚守着的就是我爸,可她发现自己的坚守是一种错误时,她还是做出了决定,还是能够及时止损。那我呢?我那些个追求、理想、梦想,就都是对的?它们是我内心真正想要的?还是说,我像她一样,被什么给迷了心窍?"

"所以?"安灿也取下了口罩,将它拎在手里,看着它在风里飘来荡去。

"所以,我不需要成为董事,甚至,我会离开新灿。新灿不缺我这个人事行政总监,会有更合适的人来担任。但是我妈妈,她缺一个开心的女儿,一个走出原生家庭带来的负面影响、不被那些虚荣和欲望左右的女儿。我知道,哪有人会天天开心啊,不管我怎么选,我在哪儿,我和谁在一起,生活它总是波澜起伏,没有什么一路坦途、顺风顺水,但我希望自己的内心是平静的,哪怕只是相对平静。"

"离开新灿,然后呢?"

"当年,我来到这个城市,找了很多工作,却屡屡遇挫,是你给了我一份工作。回忆起来,那份工作才是我喜欢的,它让我心安。我还想跟着你干,你愿意收下我吗?"

"又回到起点了,你能甘心?"

"你不也回到起点了吗?"

安灿笑了:"你要是真的想回来,就回来吧。人总是喜欢自己和自己兜圈子,能够兜回起点,大概也不错。玲玲,我挺喜欢你的,你有进取心,学习和适应能力都很强。就算把你扔在孤岛,你也可以绝处逢生。大概是这样,我好像又不太喜欢你。"

"我懂,"陆玲玲看着安灿,"没人会喜欢和自己太像的人。大概我们的性格里有相似的部分，而我又总是在努力模仿你，尽管模仿得很笨拙。安姐，你说我们这样的人，会有好的结局吗？"

"哪种结局才算好？你这么快就开始想结局的事了？要我说，我们各自的故事明明才刚开始。"

"也对，故事才刚开始。"

5

故事才刚开始。

对安灿和陆玲玲来说是这样，对林一曼和何夕来说，也是这样。

这天，林一曼走出了家门，她要见任意一面。尽管，她还没想好要跟他说些什么。在人生过往的三十几年，她从来循规蹈矩，连她这个总裁的位置，都是被旁人给推上去的。而躲在杂物间里掉眼泪的情形，就像是在昨天。至于那个把她从杂物间里领出来，给了她莫大勇气的任意，却在她已能独当一面的今天，选择远离她的生活。

任意和两个志愿者就站在林一曼的视线范围内，他们正在一个小区门口给进出的业主测量体温。她喊了他的名字，他迅速扭过头来，几乎是朝她飞奔来的。跑到半路，才发现自己还捏着把体温枪，只好折回去，将体温枪交到另外的志愿者手里。

"你……不会是路过吧？"他看着她的眼睛，有些明知故问，这一片离她家很远，想要"路过"并不容易。

"我问于慧要了这两天出门的'份额'，她问我出门干什么，我说，我要去见一个朋友，"她低头调整了一下脸上的口罩，恨不得将整张脸都盖严实了，"一个挺重要的朋友。任意，我已经失去了一个称职的助理，不想再失去一个可以交心的朋友。"

"能听到这句话，我已经很开心了，"他眯着笑眼，"这会儿要是没戴口罩，你就会看到，我的嘴角已经咧到了耳朵根。上次见面仓促，没来得及跟你说，我和几个同学在上海注册了公司，要不是疫情，我已经在上海了。"

"你要离开？"

"我打出生起就在冇城，除了旅游，几乎没有在别的城市待过，我想换个地方待待看，历练历练。"

她又将头低了下去："唔……"

"不是你想的那样。"

"我什么都没想。"

"我去上海，既不是为了逃避什么，更不是为了远离什么。正好相反，"他还是笑着，"我希望有一天，能通过自己的努力，和自己在意的……朋友，站在同一处看风景。就算抵达不了她的高度，也不能差着她太远。"

"那个……"她抬眼看向他，"努力可以，但别过了头，毕竟，她也没站得有多高。"

今晨起的浓雾慢慢散去，及至中午时分，已是天清气朗，算是这个冬日里难得的好天气。阳光散射进挡风玻璃，明晃晃地洒在何夕身上，这让她觉着有些轻微的不真实。透过后视镜，她瞧见了那辆一路跟着她的车子，是李新良的。不用说，肯定是乐乐又和小玥通了气，透露了她要去口罩厂的行踪。

驶入郊区后不久，何夕放慢车速，靠边停下，果然，李新良的车也靠了边。未等她下车，他倒过来敲了敲她的车窗，毫不客气地坐进了她的车。

"说吧,这次又是拿什么贿赂两个小孩的?"她扭脸,并不看他。

他笑道:"我是冤枉的。只不过,小玥给自己找后妈,我给自己找老婆,这两条线没冲突,她和我统一了一下战线。"

"李新良!"

"窗户纸都让两个孩子捅破了,我还藏着掖着干什么?索性把话说开,我就是喜欢你,后半辈子想和你一起生活。男未婚女未嫁,我没什么不好意思的。"他拨弄着她车上的小挂件。

"太快了。"

"什么太快了?"

"我离婚才没多久,单着挺好的。"

"噢,"他几乎立刻就拉开了车门,迈腿就走,"行,我知道了。"

"不是……就这样?"

他已经下了车:"那还能怎么样?你喜欢单着,就先单着,我喜欢等着,就先等着,你单你的,我等我的,没毛病。"

"哎,你……"她打开车门,探出半个身体,冲他嚷嚷,"你要等,随便你,但是别再跟着我了,这算什么啊?"

"路那么宽,那么长,你开你的,我开我的,"他几乎快要笑出声来,"这也没毛病吧?"

杨奇给陆玲玲送饭菜时,一眼就看到了正忙着分发盒饭的李新良和何夕。

陆玲玲道:"我不是跟你提起过嘛,何夕前夫的火锅店定时给我们供应中餐和晚餐,今天可能是那边人手不够吧,所以让何夕帮忙送过来。"

"那李新良呢?"杨奇笑道。

"他要干什么不是明摆着吗?他这人还真够执着的。"

"我还以为他和你一样,也要跳槽了。"

"我跟你说过的,这不叫跳槽,叫回归,"陆玲玲摩挲着饭盒,"对了,以后你别再给我送饭菜了,老是麻烦你妈妈,怪不好意思的。"

"你觉得不好意思了?行,那我也麻烦麻烦你。我爸妈说,等疫情过去,他们想出去好好玩一趟,希望咱俩能一起去。我跟他们讲了,这事我可以跟你提一提,但你答不答应,我说了可不算。"

陆玲玲笑着:"你可以说了算。"

"你不担心了?"

"担心什么?"

"担心一起出去旅游了,他们会对我们的关系进展有期待,逼着咱俩结婚什么的?"

"我啊,我……"陆玲玲指指饭盒,"谁叫我吃人嘴短。"

此时,简单而隆重的送行仪式刚结束,刘瑞所在的医疗队马上就要出征。送行的家属里,一个女孩对着那辆即将出发去机场的大巴车,双臂向上甩,比了个大大的爱心。安灿犹豫了一下,便学着那女孩,做着同样的姿势。只是,她的姿势有些笨拙。大巴车内,刘瑞一张贴着玻璃窗的脸都快变形了,他好像在说着什么。

是在说我爱你?不,不像。

安灿保持着那个笨拙的姿势,一遍遍在解读。刘瑞好像急了,他朝她晃了晃手机。对，对，还有手机。她怎么蠢到这个地步！

"等我回家，"他说，"我等了你这么多年，这一回，也该轮到你等我了。"

她抽泣着，不停点头："好，我等你。等你回家。"

"别哭啊，别哭。我会回来的，我们医疗队的人，一个不少，全都会回来的。"这是他给她的承诺。

她并未止住哭，只将电话挂断，在那张早已哭花的脸上尽力挤出笑容。她看到，车窗内他的表情，几乎和她的一模一样。两人对视，又都大笑了起来。

万物生发，推陈出新。这是冇城的又一个春天。故事就是这些故事，没什么新鲜，无非是：人间路，漫漫且慢慢，有的人，踏上了征途，有的人，迈入了归途。

而我们，终将得以聚首。